Mirjam Müntefering

Hund aufs Herz

AF217013

Über die Autorin

Mirjam Müntefering, geboren 1969 im Sauerland, studierte Theater- und Filmwissenschaften sowie Germanistik und arbeitete als Fernsehredakteurin. Seit dem Jahr 2000 schreibt sie Jugendbücher und Romane für Erwachsene. Nachdem sie mehrere Jahre lang eine eigene Hundeschule betrieb, konzentriert sie sich inzwischen ganz aufs Schreiben. Sie lebt mit ihrer Partnerin und ihren Hunden im Ruhrgebiet.

Mirjam Müntefering

Hund aufs Herz

beHEARTBEAT

Vollständige ePub-to-Print-Ausgabe des in der Bastei Lübbe AG
erschienenen eBooks »Hund aufs Herz« von Mirjam Müntefering

beHEARTBEAT by Bastei Entertainment in der Bastei Lübbe AG

Copyright © 2017 by Bastei Lübbe AG, Köln

Textredaktion: Clarissa Czöppan
Lektorat/Projektmanagement: Rena Roßkamp
Covergestaltung: **Kirstin Osenau** unter Verwendung von Motiven ©
shutterstock/detchana wangkheeree, © shutterstock/Resul Muslu, ©
shutterstock/Ivonne Wierink, © shutterstock/homydesign, © shutterstock/
Zeljko Radojko, © shutterstock/Kamenetskiy Konstantin, © shutterstock/
cynoclub, © shutterstock/Very_Very, © shutterstock/Pawel Kazmierczak, ©
iStock.com/cmannphoto, © iStock.com/yellowsarah
Satz: 3w+p GmbH, Ochsenfurt
Druck: Books on Demand GmbH, Norderstedt

ISBN 978-3-7413-0056-1

www.be-ebooks.de
www.lesejury.de

1. Kapitel

»Scheidung?«, wiederholte ich irritiert und sah von der Auftragsbestätigung auf, die ich gerade studiert hatte. »Was meinst du mit Scheidung?«

Marcel betrachtete mich einen Augenblick ungläubig durch seine schwarzgerahmte Markenbrille und seufzte dann. »Lara, soll das heißen, dass du mir gar nicht zugehört hast?«

Er stand in meinem kleinen Büro, dem Schreibtisch gegenüber an den Aktenschrank gelehnt, und wirkte mit einem Mal verärgert.

»Ähm ...«, machte ich, blinzelte kurz und legte dann entschlossen die Hände auf den vielversprechenden Auftrag vor mir. »Doch. Natürlich. Du hast gesagt, dass Tatjana aus der Buchhaltung schwanger ist«, sagte ich dann. Denn das war tatsächlich das, woran ich mich gerade noch so erinnern konnte. Verflixt, Marcel wusste doch, dass er mich im Büro besser nicht bei der Arbeit störte. Ich war meist so versunken, dass ich nicht viel mitbekam von dem, was er mir mitzuteilen hatte.

»Aber das ist doch kein Beinbruch«, fuhr ich fort, als ich das bestürzte Gesicht meines Mannes sah. »Sie wird vermutlich ein Jahr Elternzeit nehmen. Das können wir irgendwie überbrücken. Unter uns gesagt, die Arbeit, die sie so täglich wegschafft, könnte ich mit Leichtigkeit noch zu meinen Aufgaben dazu nehmen. Sie scheint ja eher dem gängigen Klischee von vollbusigen Sekretärinnen zu entsprechen.« Ich lachte. Doch zu meiner Überraschung lachte Marcel nicht mit. Sein Gesicht verzog sich lediglich zu einer kläglichen Grimasse.

»Larchen«, sagte er dann. Eigentlich hieß ich Lara, aber von unserer Anfangszeit, auch wenn sie schon lange zurücklag, war diese Koseform meines Namens irgendwie als Rudiment geblieben. Marcel nannte mich immer so.

Er löste sich von dem Aktenschrank und trat an den Schreibtisch heran. Ein paar Sekunden lang starrte er mich an. Mit so viel Ernst, schlechtem Gewissen und Flehen im Blick, wie ich es nur von den Momenten kannte, in denen er mich darum bat, wieder einmal seine Eltern Fritz und Elvira Munter, also meine Schwiegereltern und somit die Begründer und Leiter der Reinigungsfirma PUTZmunter, zu einem Abendessen zu uns einzuladen. Angesichts des tollen, großen Auftrags, der vor mir auf dem Tisch lag und gute Laune machte, wollte ich schon gnädig nicken und kommenden Samstag vorschlagen.

Doch da sagte Marcel: »Das Kind ist von mir, Larchen.«

Jetzt war ich diejenige, die starrte. »Das …?«, bekam ich nur mühsam heraus.

«Das Kind. Tatjana und ich«, sagte Marcel so leise, als befürchtete er, mich durch ein zu lautes Wort vom Stuhl zu fegen. Dazu nickte er langsam.

Das musste ein Scherz sein. Oder ein Traum. Ja, bestimmt träumte ich einen dieser extrem realistischen, grausamen Träume, die uns auch das Unmöglichste plötzlich wie die Wirklichkeit erscheinen lassen. Bis wir schließlich nach Luft schnappend aufwachen und uns nassgeschwitzt, aber grenzenlos erleichtert im eigenen Bett wiederfinden. Neben dem Mann, mit dem wir seit zwanzig Jahren verheiratet sind. Doch so sehr ich mich auch bemühte, mir klarzumachen, dass ich nur träumte, ich wurde einfach nicht wach.

»Es tut mir sehr leid, Larchen«, hauchte Marcel, der mich weiter beinahe hypnotisch beobachtete. »Aber du weißt, wie sehr ich immer Kinder wollte. Du weißt, wie sehr ich es bereut habe, dass wir damals, als wir jung genug waren, die Firma über alles gestellt und unsere eigenen Wünsche und Lebensträume zurückgestellt haben.«

Ich musste schlucken. Wusste ich all das wirklich?

»Das mit Tatjana und mir … das war nicht geplant oder so. Bitte denk nicht, dass ich dich verlassen *wollte*. Es war nur …« Er rang die Hände. »Es ist einfach passiert. Und als sie mir letzte Woche sagte, dass sie … dass *wir* …« Sein Gesichtsausdruck wechselte von kummervoll verzogener Miene zu … Freude.

Nein. Das konnte doch kein Traum sein. Nicht mal im Traum wäre ich so stumpfsinnig, von einem Ehemann zu fantasieren, der trotz des soeben ausgesprochenen Scheidungswunsches die Dreistigkeit hätte, vor lauter Freude über seine schwangere Geliebte seine Ehefrau dermaßen anzustrahlen.

Vielleicht las er in meinem Blick ebenso wie ich in seinem. Denn er gab sich einen Ruck und räusperte sich.

«Natürlich steht dir die Hälfte des Hauses zu. Ich werde es belasten und dich auszahlen. Aber selbstverständlich erst, wenn wir für dich eine gute Alternative gefunden haben. Was hältst du von einer hübschen Eigentumswohnung in diesem neuen Komplex mit Blick auf den See? Es sollen noch welche zu haben sein, habe ich neulich gehört. Klar. Die sind nicht billig, aber dafür haben die diesen unglaublichen Blick. Weißt du noch, wie wir im letzten Sommer da spazieren waren und die Baustelle angeschaut haben? Du hast gemeint, was für ein wahnsinniges Glück die Leute haben, die da wohnen werden. Immer den See vor Augen und …«

«Raus!«, sagte ich. Meine Stimme, das konnte ich selbst hören, klang eisiger als die der Schneekönigin.

»Larchen, jetzt reagier doch nicht über«, bat Marcel. »Lass uns in Ruhe darüber reden. Ich …«

»Raus hier!«, schrie ich und griff nach dem Briefbeschwerer. Ein Hochzeitsgeschenk seiner Eltern.

Marcel mag manchmal ein bisschen reaktionslahm sein. Doch in diesem Moment beschleunigte er auf ungeahnte Weise. In der Tür drehte er sich noch mal um. »Nimm doch den Rest des Tages einfach frei und …« Ich hob die Hand. Er schloss schnell die Tür. Der Briefbeschwerer traf mit zerstörerischer Wucht das gerahmte Familienbild an der Wand daneben. Das Glas klirrte und splitterte, der Rahmen hüpfte von der Wand und zerschellte am Boden. Ich starrte vom Schreibtisch aus, hinter dem ich aufgesprungen war, darauf. Der Briefbeschwerer mit dieser dämlichen, im Glas eingeschlossenen roten Rose, den ich wegen seines Symbolwertes zwanzig Jahre in Ehren gehalten und auf meinem Firmenschreibtisch geduldet hatte, obwohl ich ihn scheußlich fand, war noch heil. Echte deutsche Wertarbeit eben.

2. Kapitel

«O Gott, das tut mir so schrecklich leid!«, sagte Sandra.

Sie und ich waren seit vielen Jahren befreundet. Eigentlich seitdem ihr Mann Jürgen und Marcel sich im Tennisklub kennengelernt hatten. Deswegen war sie die Erste, die ich nach meinem überstürzten Aufbruch aus der Firma und der Ankunft zu Hause anrief.

»Ich dachte immer, ihr wärt das ideale Paar. Die gemeinsame Arbeit. Gleiche Interessen. Es hat immer alles so gut gepasst.« Ich konnte sie vor mir sehen, wie sie betroffen den Kopf schüttelte. Ihr Mitgefühl tat mir gut.

»Ach, Sandra. Wir wissen doch beide, dass so ein Eindruck täuschen kann. Was nützen denn gemeinsame Hobbys und der ganze Quatsch, wenn dein Mann hinter deinem Rücken doch eine andere vögelt«, sagte ich bitter.

»Du musst erst mal zur Ruhe kommen«, riet Sandra mir.

Ich nickte, und zugleich fiel mir auf, dass Sandra das ja nicht sehen konnte. »Du hast recht«, schob ich hinterher. »Ich glaube, ich brauche jetzt erst mal etwas Zeit, um einen klaren Kopf zu bekommen. Da drin herrscht nämlich gerade Chaos. Kann ich vielleicht bei euch im Gästezimmer übernachten?«

Es wurde sehr still in der Leitung.

»Sandra?«, fragte ich schließlich mit heiserer Stimme.

Sie räusperte sich. »Tut mir wirklich schrecklich leid, das musst du mir glauben. Aber … bitte versteh, dass ich das nicht einfach so über Jürgens Kopf hinweg entscheiden kann. Wir sind schließlich auch seine Freunde. Jürgen und Marcel in ihrem Männer-Tennis-Klub und so. Verstehst du? Da ist es schwierig, sich in so einer Situation auf eine von beiden Seiten zu stellen.«

Eine heiße Welle schwappte mit einem Mal durch meinen Magen. Es tat geradezu körperlich weh. Ich hätte nicht sagen können, wieso, aber dass sie meiner simplen Bitte nicht nachkommen wollte, schmerzte plötzlich fast ebenso, wie Marcels Eröffnung vorhin im Büro es getan hatte.

»Kapiere«, sagte ich dumpf.

»Du bist doch nicht ärgerlich?«

»Scheiße, nein, Sandra«, erwiderte ich. »Ich bin stinkesauer! Wenn du erst deinen Mann fragen musst, ob ich ›ne Nacht in euerm Gästebett schlafen darf, fahr ich besser zu jemand anderem. Jemandem, der es nicht ›schwierig‹ findet.«

»Ach Lara«, murmelte Sandra bestürzt. Aber ich hatte den Eindruck, dass sie erleichtert war, als wir kurz darauf das Gespräch beendeten.

♥

Ich versuchte es bei allen.

Jaqueline. Theresa. Jennifer. Sogar bei unserem schwulen Freundespaar Mattes und Tom. Alle waren sie schockiert, betroffen, mitfühlend und verständnisvoll. Doch sobald ich um eine vorübergehende Bleibe für die nächsten Tage bat, bekam ich eine Ausflucht nach der anderen zu hören. *Das Gästezimmer wird renoviert. Das Schlafsofa ist total kaputt und lässt sich nicht mehr ausklappen. Die Kinder haben allesamt Frühjahrsgrippe.* Kurz: Keiner unserer gemeinsamen Freunde stellte sich in dieser grässlichen Situation als *mein* Freund heraus. Es war niederschmetternd.

Die Stunden verstrichen. Schließlich näherte sich die Uhrzeit, zu der Marcel gewöhnlich Feierabend machte und aus der Firma nach Hause kam. Würde er überhaupt nach Hause kommen? Oder würde er die neu gewonnene Freiheit dazu nutzen, um gleich bei Tatjana zu übernachten?

Ich jedenfalls wollte nicht riskieren, ihm heute noch einmal zu begegnen. Viel zu viel ging mir durch den Kopf, in dem schieres

Chaos herrschte. Damit hatte Sandra recht gehabt: Ich brauchte wirklich dringend Ruhe. Also ging ich ins Schlafzimmer hinüber, nahm einige, wenige Sachen aus dem Kleiderschrank und stopfte sie in meine Sporttasche. Als ich den Schrank wieder schloss, hielt ich einen Moment inne. Aus der verspiegelten Tür blickte mir mein eigenes, momentan ziemlich blasses Gesicht entgegen. Offenbar war ich mir beim Telefonieren häufiger durchs lange braune Haar gefahren – es wirkte zerzaust. Meine ebenfalls braunen Augen waren rotgerändert. Kurz: Ich sah genau so aus, wie ich mich fühlte.

Nachdem ich aus dem Büro gekommen war, hatte ich mich umgezogen. Meine Lieblingsjeans wirkten schon reichlich abgetragen und das T-Shirt verwaschen. Ja, in diesem lässigen Freizeitdress sah ich zwar schlank und sportlich aus. Aber die strengen, teuren Kostümchen, die Tatjana im Büro trug, schoben sich plötzlich vor mein inneres Auge. Ihre Anfang-zwanzig-Frische. Das stets perfekte Make-up mit dem knallroten Kussmund. Das eindrucksvolle Dekolleté.

Ich drehte mich zur Seite und zog das T-Shirt straffer. Längst nicht so gewaltig wie Tatjanas Profil, aber immerhin auch kein Flachland. Dann beugte ich mich zum Spiegel vor und betrachtete genau die kleinen Fältchen, die sich in meinen Augenwinkeln eingenistet hatten. Bisher hatte ich immer selbstbewusst die Meinung vertreten, dass man einer Frau ruhig ansehen durfte, dass sie die Vierzig überschritten hatte. Schließlich war das ein wunderbares Alter – nicht mehr geprägt von einer rastlosen Suche wie die Zwanziger oder dem zwanghaften Durchsetzen-Wollen von Herzenswünschen wie in den Dreißigern. Nein, ich hatte immer gedacht, dreiundvierzig zu sein, sei im Grunde der Idealzustand der emanzipierten, starken Frau von heute.

Was für eine Ironie.

Aber was tat ich hier eigentlich? Wenn ich mich noch länger im Spiegel anstarren würde, liefe ich Gefahr, tatsächlich

Marcel zu begegnen. Also tat ich, was sich nicht vermeiden ließ. Mit den nötigsten Sachen in meiner Tasche fuhr ich wieder los.

Ich parkte in der vertrauten, immer leicht schmuddelig wirkenden Straße im Norden der Stadt, gegenüber dem Kiosk.

»Hey, Larri, lässte dich ma wieder blicken!«, grölte Mohammed aus der kleinen Öffnung mit dem Schiebefenster. Ich winkte ihm zu. Er kannte mich seit über vierzig Jahren. Ich hatte früher bei ihm gemischte Tüten und die *BRAVO* gekauft und ein bisschen für den immer gut gelaunten, glutäugigen Kerl geschwärmt – auch wenn er im Alter meiner Eltern war.

»Wie geht's? Alles paletti?«, rief er mir jetzt zu.

»Es muss, Mohammed. Muss, oder?«, erwiderte ich.

Er lachte.

In dem Moment öffnete sich hinter mir die Tür des kleinen Zechenhäuschens, und meine Mutter erschien im Türrahmen.

»Wusst ich's doch: Die Stimme kenn ich! Tach, Mohammed!« Sie drehte den Kopf und rief in den Flur: »Issie wirklich, Heinz!«

Ich nickte Mohammed noch einmal zu und ging dann den schmalen, mit den alten Platten gepflasterten Weg entlang zur Haustür.

»Was schleppst du denn da an?«, wollte meine Mutter wissen und winkte dann ab. »Aber schön, dass du dich mal wieder blicken lässt. Komm rein. Papa und ich essen gerade Abendbrot.«

Ich folgte ihr durch den engen Flur in die Küche, die schon früher das Zentrum des Familienlebens gewesen war, als mein Bruder Thomas und ich noch hier gewohnt hatten.

Mein Vater saß am Tisch und schmierte sich gerade ein Brot. »Spätzken! Dat ist aber ›ne Überraschung!«, dröhnte er und nahm meinen Begrüßungskuss mit einem breiten Grinsen entgegen. »Setz dich doch. Willste auch Gürksken? Hat deine Mutter selbst eingelegt.« Er hielt eingelegte Gurken für den Hauptbestandteil der Ernährung einer Vegetarierin wie mir.

»Papa, ich …«, begann ich.

»Jetzt lass das Kind doch erst mal seine Jacke ausziehen«, unterbrach meine Mutter mich und nahm mir die Tasche ab. Beim Hineinspähen zog sie die Brauen hoch. »Sieht ja aus, als wollteste verreisen?!«

Ich sah sie beide an. Da ich nicht sofort antwortete, füllte eine befremdliche Stille den Raum.

»Mama, Papa«, sagte ich schließlich. »Marcel hat mir heute eröffnet, dass er sich scheiden lassen will.«

Mein Vater hielt in der Bewegung inne, mit der er die Leberwurst auf seinem Brot verstreichen wollte.

Meine Mutter setzte die Tasche auf dem Boden ab und legte die Hand an den Mund. »Aber … Kind …«, hauchte sie.

Das dreiundvierzigjährige Kind vor ihr zuckte mit den Achseln.

»Isset wegen dem Alten?!«, knurrte Papa, das Wurstmesser immer noch in der Hand. »Dem warst du doch noch nie gut genug für seinen feinen Juniorfirmenchefsohn.«

»Nein, es ist …«, begann ich.

«O Gott!«, schluckte meine Mutter dazwischen. »Hat er ›ne andere?«

Ich nickte.

Mein Vater bohrte das Messer in die Wurst. »Pffff, wat soll dat denn für eine sein?! Besser als unsre Lara? So hübsch und gertenschlank und hier oben«, er tippte sich mit einem Finger der freien Hand an die Schläfe, »pfiffiger als alle anderen in der Schule. Und dazu ackert se wie ›n Brauereipferd in der blöden Firma. Wat besseres? Pah! Gibt's doch im Leben nich!«

Ach Papa. Er hat mich schon immer für das hellste Licht unter der Sonne gehalten. Und wie immer tat sein Beistand gut. Aber leider sprach die Realität eine andere Sprache.

»Sie … na ja, sie ist Sekretärin in der Buchhaltung. Und zwanzig Jahre jünger als ich. Und …« Diesmal musste ich schlucken. »… sie ist schwanger.«

«Von ihm?«, quietschte meine Mutter.

»Ja, sicher«, antwortete ich reflexartig schnell.

»Aber ich dachte, er kann nicht …«, stammelte sie und brach verwirrt ab.

»Mama! Ich hab dir doch schon öfter erklärt, dass es nicht allein an Marcel lag. Wir … wollten am Anfang keine Kinder. Und später – hat es einfach nicht mehr geklappt.« Verflixt. Ich hatte es doch gewusst. Hierherzukommen war keine gute Idee gewesen. Ich suchte Ruhe, um meine Gedanken zu ordnen. Stattdessen musste ich nun meinen Eltern Rede und Antwort stehen.

Meine Mutter murmelte etwas Unverständliches und drehte sich zur Küchenzeile, wo sie herumzuhantieren begann.

«Ach, der kriegt sich schon wieder ein«, brummte Papa und biss von seinem Brot ab. »Dat is die Mitleifkreisis, sach ich immer. Da drehen manche einfach durch. Wat sachste, Hilde?«

»Ach nichts«, nuschelte meine Mutter. »Ich dachte nur gerad, dass ich schon immer der Meinung war, dass Kinder eine Ehe zusammenhalten. Das siehst du ja an uns«, setzte sie an mich gewandt nach.

♥

Nachdem ich das Abendessen mit meinen Eltern überstanden hatte, bei dem ich lediglich eine Tasse Tee herunterbekam, zog ich mich eiligst zurück. Mein Jungmädchenzimmer war inzwischen generalüberholt worden und diente meiner Mutter als Bügelzimmer und Besuch als Übernachtungsmöglichkeit. Ich schnappte mir das Telefon und ließ mich aufs Bett sinken.

Jetzt, da ich eine Bleibe für die Nacht gefunden hatte, dachte ich plötzlich an die einzige Freundin, bei der ich nicht spontan hätte unterkommen können. Weil sie einfach zu weit weg wohnte. Aber dafür war ich sicher, dass ihre Reaktion auf meine Neuigkeiten mich nicht enttäuschen würde: Wiebke.

Als wir vierzehn Jahre alt gewesen waren, hatte ich auf ihre Brieffreundinnen-Suchanzeige in der *Poprocky* geantwortet, und es war ein lebhafter Briefaustausch daraus geworden. Dem folgten häufige gegenseitige Besuche. Wiebke war gerne zu mir ins Ruhrgebiet gekommen und hatte die großstädtischen Ausflüge genossen. Und ich hatte sie auf Usedom besucht, wo Strand, Wald, Meer und Sonne lockten. Wir waren also seit dreißig Jahren eng befreundet.

Obwohl sie auf dem beliebten Campingplatz Ostseeblick in Trassenheide einen kleinen Lebensmittelladen betrieb, eine Familie mit drei Kindern zwischen neun und fünfzehn Jahren, Ehemann Ole und eine kratzbürstige Katze zu managen hatte, war sie gleich am Apparat.

»Du rufst genau zur richtigen Zeit an!«, freute sie sich, als ich mich meldete. »Die Bande sitzt ausnahmsweise mal geschlossen vor der Flimmerkiste, und ich hab meine Ruhe.«

Ich lachte.

Sie stutzte. »Was ist los, Lara?«, fragte sie besorgt.

Und schon heulte ich wie ein Schlosshund. Es war ein wahres Wunder, dass sie aus meinem geschluchzten Gestammel überhaupt etwas heraushören konnte. Erstaunlicherweise war sie aber zum Kern der Sache innerhalb kürzester Zeit vorgestoßen.

»*Es ist einfach passiert?*«, wiederholte sie mit einer Stimme, die vor Sarkasmus nur so triefte. »So ein Arschloch! Entschuldige …«

»Kein Problem«, erwiderte ich. Und jetzt mussten wir beide lachen. Mit einem Mal hatte ich das Gefühl, als würden sich die Ketten, die sich seit dem Morgen immer enger um meine Brust gelegt hatten, plötzlich weiten. Ich konnte wieder atmen.

»Das ist wirklich eine riesige Sauerei, in der du da jetzt steckst, Lara. Aber eins verstehe ich nicht richtig: Wieso bist du da zu deinen Eltern gefahren?«, fragte Wiebke schließlich.

Ich musste den Kloß im Hals wegräuspern. »Ob du es glaubst oder nicht, aber offenbar stehen Marcels und meine gemeinsamen Freunde in so einer Situation für mich nicht zur Verfügung.«

»Aber Schätzchen, wieso bist du denn nicht erst mal in ein Hotel gegangen?«, wollte Wiebke wissen und entwaffnete mich mit dieser simplen Logik.

Schon heulte ich wieder los. Darauf war ich doch tatsächlich nicht gekommen.

Wiebke ließ mich weinen, murmelte liebevolle Worte und wartete einfach ab, bis ich mich beruhigt hatte. Dann sagte sie in ihrer typischen aufgeräumten Art: »So, jetzt mal ganz sachlich überlegt: Gibt's momentan etwas, das du im Ruhrgebiet unbedingt erledigen musst? Wie sieht es aus mit Anwalt und so?«

»Tja, ja, den müsste ich morgen wohl mal anrufen«, schniefte ich.

»Aber davon abgesehen … Was ist mit der Arbeit?«

»Die können mir erst mal gestohlen bleiben!«, brummte ich. Doch der Gedanke an die Firma, an mein Büro, das ich samt kaputtem Familienbild einfach so zurückgelassen hatte, an die kleine Kantine und die Flure, auf denen mir Mitarbeiter begegnen würden, die vielleicht schon seit Längerem von Marcels Affäre wussten, senkte sich wie ein Bleigewicht auf meine Eingeweide.

»Wiebke«, sagte ich in plötzlichem Begreifen, »ich glaub, ich kann da überhaupt nie wieder hingehen. Ich meine, ich kann da noch nicht weiterarbeiten. Tür an Tür mit Marcel und seiner Neuen samt Babybauch.«

»Denk da jetzt erst mal nicht dran!«, meinte Wiebke entschieden. »Darüber reden wir, wenn du hier bist. Uns fällt bestimmt was ein.«

»Wenn ich …?«, wiederholte ich.

«Na, ist doch wohl klar, dass du erst mal zu uns kommst!«, sagte die beste Freundin der Welt mit fester Stimme, die keinen Widerspruch duldete. »Morgen früh fährst du ins Haus, packst zwei Koffer mit deinen liebsten Sachen und kommst rauf!«

Als ich später das Licht löschte und im Dunkeln diesem Tag nachspürte, an dem sich mein ganzes bisheriges Leben geändert hatte, waren es nicht Marcels betretene Miene oder der fliegende Briefbeschwerer, nicht die von angeblichen Freunden am Telefon gemurmelten Entschuldigungen, die den ersten Platz in meinen Gedanken und in meinem Herzen einnahmen. Sondern es waren diese Worte meiner Freundin auf Usedom, die mich einluden und auffingen. Als würde auf der Insel noch mehr auf mich warten als nur ein Ort zum Ausruhen.

3. Kapitel

Am nächsten Morgen tat ich genau das, was Wiebke mir geraten hatte: Ich fuhr in das Haus, in dem Marcel und ich seit unserer Hochzeit gemeinsam gewohnt hatten und das ich bis gestern noch für mein Zuhause gehalten hatte. Als ich die Tür aufschloss, horchte ich kurz hinein. Doch alles war still. Marcel war bestimmt wie üblich längst in der Firma. Als ich zwei Koffer und eine Reisetasche vom Dachboden kramte und den Kleiderschrank nach bequemen Klamotten durchwühlte, in denen ich mich auf der Insel zwischen Sonne, Wind und Meer wohlfühlen würde, ging es mir langsam ein wenig besser.

Das Frühstück mit meinen Eltern war eine kleine emotionale Katastrophe gewesen. Ich wusste ja, dass sie es nur gut meinten. Doch meine Mutter hatte mich wie ein weidwundes Reh beobachtet, und mein Vater hatte zwischen Kaffee und Tageszeitungs-Kreuzworträtsel ständig Bemerkungen wie »Der wird schon wieder schlau! Wart's nur ab. Nicht lange, und der kommt wieder angekrochen!« hinausgeschmettert.

Ich hatte sie von Herzen lieb und spürte, dass es ihnen ebenso ging. Doch aus dem Alter, in dem sie mir bei meinen Problemen helfen konnten, war ich schon mit siebzehn herausgewachsen.

Und so war ich erleichtert, mich mit dem Packen von meinen zermürbenden Gedanken rund um Marcel und die schwangere Tatjana ablenken zu können. Zwei, drei dicke Pullover wanderten ebenso ins Gepäck wie die Regenjacke und der Südwester, den ich ausschließlich bei meinen Wiebke-Besuchen auf Usedom trug. Aber auch jede Menge T-

Shirts waren mit von der Partie, meine Wanderstiefel, Turn-schuhe und sogar eine kurze Hose. Es war zwar erst Ende April, aber von meinen vielen Urlauben auf der Insel wusste ich, dass das Wetter dort unberechenbar war – Sturm und Re-gen ebenso wie der plötzlich hervorbrechende Sonnenschein.

Als ich auch meine Zahnbürste und ein paar Kosmetiksa-chen zusammengeräumt und im Koffer verstaut hatte, sah ich mich noch einmal gründlich um. Das Bett war gemacht. Aber ich widerstand der Versuchung, mit der Hand unter die De-cke zu fahren, um dort eventuell noch dem letzten Rest Wär-me nachzuspüren, den Marcel dort hinterlassen haben könn-te. Viel zu groß war die Angst davor, dass ich zwischen den Laken nur kühles Nichts finden würde, und die Gewissheit, dass er die letzte Nacht bei seiner Geliebten verbracht hatte.

Mein Herz zog sich bei dem Gedanken zusammen.

Vor der auf antik gemachten Schiefertafel im Flur zögerte ich. Hier hatten wir uns immer gern kleine Nachrichten hin-terlassen. Mir kam die Idee, einfach ohne ein Wort aufzubre-chen und Marcel in der Ungewissheit zurückzulassen, wohin ich gegangen war.

Doch nachdem ich mich einen Moment in dieser Vorstel-lung gesonnt, mir seine Sorge und sein Schuldbewusstsein ausgemalt hatte, wurde mir klar, dass er innerhalb von Sekun-den auf die Lösung kommen würde.

Also griff ich nach der Kreide und schrieb: »Bin bei Wie-bke.« Nicht mehr. Aber auch nicht weniger.

♥

Ich hatte die Fahrt nach Usedom immer geliebt.

Marcel hatte das nicht verstanden, sondern stets nur von den Staus und Baustellen und der endlosen Fahrt gesprochen. Doch das war mir alles egal gewesen. Die vertraute Strecke be-deutete für mich: Die Reise in meine ganz persönliche Auszeit. Nachmittage am Strand. Gemeinsames Gelächter mit der besten Freundin. Wind in den Haaren und Salzwasser auf der Haut.

Auch heute flog draußen die Landschaft vorbei, und ich fühlte mich, als würde ich Stück für Stück abstreifen und hinter mir lassen, was passiert war. Der Schock über Marcels Eröffnung. Die Gewissheit des monatelangen Betruges. Die Demütigung durch Lüge und Hintergehen.

Und wie um mir zu zeigen, dass ich mit meiner Flucht hierher die richtige Entscheidung getroffen hatte, brach die Wolkendecke plötzlich auf, als ich bei Wolgast auf die Insel fuhr. Ein gebündelter, gleißender Sonnenstrahl fiel direkt vor mir auf die Straße, und als ich hindurchfuhr, musste ich lächeln.

Nach Trassenheide war es von hier aus nicht mehr weit. Und die Fahrt über die Insel war ein bisschen wie nach Hause kommen. Ich sauste an den Feldern vorbei, lächelte über die im Ruhrgebiet nirgends vorkommenden *Vorsicht! Otter-Wechsel!*-Schilder und staunte über einen Schwarm Kraniche. Mit heruntergelassener Scheibe schnupperte ich die Inselluft, stets vermischt mit dem Freiheit verheißenden Geruch des Meeres.

Die Straße in Trassenheide, in der Wiebke und ihre Familie wohnten, war mir vertraut wie meine Westentasche. Wiebke hatte mich offenbar erwartet und stürzte aus dem kleinen Ziegelhaus, kaum, dass ich in der Einfahrt gehalten hatte. Als Teenager war sie spindeldürr gewesen, mit wehenden Spaghettihaaren und Sommersprossen rund um die Nase. Letztere waren immer noch da. Doch ihre Haare trug sie jetzt in einer witzig strubbeligen Muss-schnell-gehen-bin-dreifache-Mutter-Kurzhaarfrisur, und jede der Schwangerschaften hatte ein paar Kilo auf ihren Hüften hinterlassen – was ihrem Schwung jedoch keinen Abbruch tat.

»Moin, Ostseekrabbe!«, bekam ich gerade noch raus, bevor sie die Arme um mich warf und mich an sich drückte.

»Meine Ruhrischnecke!«, grinste sie, als sie mich daraufhin auf Armeslänge von sich schob und prüfend ansah.

»Bist du krank, Lara?«, erklang da hinter Wiebke eine helle Stimme. Es war der neunjährige Lasse, der dort herumzappelte.

»Wie kommst du darauf, Seemann?«, fragte ich.

»Mama hat gesagt, du musst zu uns ins Pflege-Gehege. Und so wie sie dich jetzt anguckt, guckt sie mich immer an, wenn ich Halsweh hab und trotzdem an den Strand zum Spielen will«, erklärte der Junge.

»Lasse, davon verstehst du noch nichts«, raunzte Wiebke ihren Jüngsten an. »Jetzt schnapp dir die Tasche hier und bring sie rauf in Inkens Zimmer.«

Sie selbst und ich nahmen jeweils einen der Koffer und trugen sie hinein.

»Hab ich das richtig gehört? Inkens Zimmer?«, erkundigte ich mich vorsichtig.

»Ja, klar«, sagte Wiebke. »Du brauchst einen Raum für dich. Wenn du länger bleibst, kannst du doch nicht auf dem Sofa im Wohnzimmer schlafen, so wie sonst immer.«

Wir ließen die Koffer im Flur stehen und gingen weiter in die gemütliche Wohnküche, wo die Teenagerabteilung, Wiebkes älterer Sohn Sönke und ihre Tochter Inken, gerade dabei war, sich um die Aufteilung ihrer Haushaltspflichten zu streiten.

»Ich wasch den Salat und putze die Möhren, du schälst die Kartoffeln und räumst hinterher das Geschirr in die Spülmaschine«, kommandierte die fünfzehnjährige Inken ihren drei Jahre jüngeren Bruder herum. »So war es abgesprochen. War es doch, oder Mama? Moin, Lara!«

»Moin, ihr zwei!«, nickte ich den beiden zu.

Katze Minka, die entspannt auf der gepolsterten Eckbank gelegen hatte, sah mich, erschrak und stürmte mit gesträubtem Fell davon. Das kannte ich schon. Spätestens übermorgen würde sie schnurrend auf meinem Schoß liegen. Ich fragte mich nur, wieso wir das anstrengende Ritual der Annäherung bei jedem Besuch aufs Neue durchmachen mussten.

Sönke winkte kurz, wandte sich aber dann sofort wieder an Wiebke: »Wieso muss ich die ganzen blöden Aufgaben machen? Kartoffeln schälen und Abräumen? Das ist doch voll unfair!«, beschwerte er sich.

»Entschuldige mal«, bemerkte Inken patzig. »Komm mir bloß nicht mit ›unfair‹! Wer von uns muss denn jetzt auf dem Sofa …«

»Inken!«, zischte Wiebke. Ihre Tochter verstummte gehorsam. Doch ich hatte genug gehört.

»Moment!«, sagte ich und hob die Hände. »Geht es hier etwa darum, dass ich in dein Zimmer ziehen soll, Inken?«

»Das ist vollkommen in Ordnung für sie!«, knurrte Wiebke und warf Inken einen scharfen Blick zu.

Inken zog in ihre Richtung eine Grimasse, doch das Lächeln, das sie mir schenkte, war echt. »Geht schon klar, Lara. Weil du das bist. Aber Sönke muss dafür …«

»Wenn ich das aber gar nicht möchte?«, unterbrach ich sie.

»Lara …«, begann Wiebke.

»Nein!«, sagte ich. Und etwas leiser: »Bitte. Ich komm wirklich gut klar mit dem Schlafsofa. Wir kennen uns doch.« Ich zwinkerte den Kindern zu. Sönke grinste. Und auf Inkens Gesicht zeichnete sich etwas ab, das einer verhaltenen Hoffnung glich.

An Wiebke gewandt setzte ich hinzu: »Weißt du etwa nicht mehr, wie das ist, wenn man Teenager ist und sein eigenes Reich haben will, Ostseekrabbe?«

Die kleine Erinnerung an unsere Anfangszeit, zu der sie sich oft darüber beklagt hatte, mit ihrer älteren Schwester ein Zimmer teilen zu müssen, half offenbar.

»Na gut«, brummte Wiebke schließlich.

»Cool, Lara«, lächelte Inken, war aber schlau genug, ihrer Freude nicht zu temperamentvoll Ausdruck zu verleihen. Sie erinnerte mich oft an Wiebke in diesem Alter. Auf jeden Fall hatte sie extrem feine Antennen für die Befindlichkeiten ihrer Mutter und deren bester Freundin. »Wie geht's dir denn? Ich mein …?«

»Seit ich auf Usedom bin, wunderbar!«, strahlte ich, um sie zu beruhigen, setzte dann aber rasch hinzu: »Allerdings habe ich noch eine Bedingung.«

»Bedingung?«, echoten alle drei.

»Ja, dafür, dass ihr mich hier bei euch aufnehmen dürft«, erklärte ich und machte ein paar schnelle Schritte zu Sönke hinüber. Ich griff den Sparschäler von der Arbeitsfläche. »Ich bin für Kartoffelschälen und Spülmaschine einräumen zuständig. Denn das sind zufällig die Sachen im Haushalt, die ich wirklich liebe.«

»Echt jetzt?«, ächzte Sönke.

»Das brauchst du doch nicht …«, begann Wiebke. Doch ich hielt das Messer in die Höhe. Und dann deutete ich auf meine Koffer im Flur.

»Alles klar«, grinste sie. »Dann herzlich willkommen bei den Petersens!«

♥

Der Abend bei Wiebke und ihrer Familie unterschied sich so grundlegend vom vorangegangenen bei meinen Eltern, dass ich mir absolut sicher war, mit meiner überstürzten Reise hierher genau das Richtige getan zu haben.

Als Ole von der Arbeit nach Hause kam, drückte er mich an seine breite Brust und murmelte etwas davon, dass Marcel ein »verdammter Idiot« sei und dass ich bei ihnen bleiben könne, solange ich wolle. Mehr sagte er nicht zu meiner Situation.

Und das war auch nicht notwendig. Dass es für ihn selbstverständlich war, dass seine Frau ihre frisch verlassene beste Freundin einfach so auf unbestimmte Zeit bei ihnen einquartierte, sagte mehr als tausend Worte.

Den Kindern war die Freude über meinen unverhofften »Besuch« anzumerken. Und so verbrachten wir ein lustiges Abendessen, bei dem ich es genoss, über die Familie-Petersen-üblichen Scherze zu lachen.

Nur hin und wieder überkam mich mit einem Mal das Gefühl, gar nicht wirklich in meiner Haut zu stecken. Es kam mir vor, als würde ich mich von außen betrachten, wie ich hier mit dieser reizenden Familie zusammensaß. Es war, als würde ich mich an all die vorangegangenen Besuche hier erinnern, bei denen ich mich ebenso willkommen gefühlt hatte. Bei denen jedoch etwas Maßgebliches anders gewesen war: Auch wenn ich für ein paar Tage und Abende mit ihnen ihr Heim geteilt und sie mich in ihre Familie aufgenommen hatten, war mir doch immer bewusst gewesen, dass auch ich selbst ein Zuhause besaß. Ein gemütliches Haus, einen liebenden Ehemann, eine erfüllende Arbeit, die daheim auf mich warteten.

Das war diesmal nicht der Fall.

Und das fühlte sich seltsam falsch und irreal an.

♥

Später, als Ole mit den Kindern in einem der Kinderzimmer Karten spielte, machten Wiebke und ich uns im Wohnzimmer breit und sprachen bei einer Kanne Tee über alles, was nun getan werden musste.

Und da war sie wieder mit voller Wucht präsent: meine komplett veränderte Lebenssituation, in der plötzlich Schlagworte wie Anwalt, Verlust der Arbeitsstelle und Kampf um das gemeinsame Haus oder auch der Umzug in eine eigene

Wohnung im Mittelpunkt standen und mir damit deutlich machten, dass ich dieses Mal nicht für einen entspannenden Urlaub auf der Insel war.

Als wir gemeinsam eine Liste aller notwendigen Erledigungen, Anrufe und Fragestellungen erstellt hatten, wie es für die Familienmanagerin Wiebke typisch war, saßen wir eine Weile einfach nur da und starrten auf das bekritzelte Blatt Papier.

»Wie konnte mir das nur passieren?«, hörte ich mich plötzlich fragen. »Warum habe ich nichts gemerkt?«

Wiebke, die dicht neben mir saß, griff nach meiner Hand und hielt sie in ihrer. »Hattest du denn gar keine Ahnung? Ich meine, ist dir nie irgendetwas aufgefallen in der letzten Zeit? Noch längere Arbeitszeiten? Sich häufende Ausflüge des Tennisklubs? Lippenstift am Hemd? Parfüm?«

Ich dachte über ihre Beispiele nach, doch schließlich schüttelte ich den Kopf. »Nichts. Oh mein Gott, Wiebke, meinst du, ich bin eine derart grässliche Ehefrau, dass ich es nicht mal merke, wenn mein Mann mich mit der Sekretärin betrügt?« Ich wollte schlucken. Doch der Kloß in meinem Hals hinderte mich daran.

»Du hast geliebt. Und vertraut«, sagte Wiebke leise. »Ich finde, es zeigt nur, was für ein guter Mensch und was für eine tolle Ehefrau du bist, wenn du keinen blassen Schimmer hattest.«

Sie war wirklich die beste Freundin der Welt, dass sie das so sah.

»Meinst du, dir könnte das auch passieren?«, erkundigte ich mich vorsichtig.

»Mir?«, wiederholte Wiebke skeptisch. »Mrs Kontrolletti? Der Frau, die permanent darauf achten muss, dass ihre Teenagertochter nicht die Schule schwänzt, weil sie es für cool hält? Darauf, dass keines der Kinder zu spät zu einem seiner diversen Kurse oder Sportangebote kommt, dass ihr Mann seine Pullover nicht auf links anzieht, dass alle Rechnungen der Fälligkeit nach sortiert und bezahlt werden, dass immer ausreichend Essen im Kühlschrank ist, dass für den Laden sämtliche Bestellungen pünktlich rausgehen …« Sie brach ab und wandte sich mir mit großen Augen zu. »Ach, du Schreck. Ich klinge wie eine, die sich nicht eine Sekunde entspannen kann, richtig?«

Bei ihrem entsetzten Gesichtsausdruck wusste ich nicht recht, ob ich lachen oder weinen sollte.

»Du klingst wie eine, die jeden Betrug auf Seemeilen im Voraus wittern und der deswegen so was nie im Leben passieren würde«, sagte ich schließlich. Und die Erkenntnis traf mich wie ein Schlag: »Wer weiß, vielleicht hätte ich meine Ehe noch retten können, wenn ich früh genug mitbekommen hätte, was da läuft?«

Wiebke setzte sich aufrechter hin und fasste meine Hand so fest, dass es fast schmerzte. »Lara«, sagte sie. »Du bist ein grandioser Mensch. Und eine der Sachen, die ich an dir wirklich schätze, ist deine Fähigkeiten, in jedem Konflikt auch deinen Anteil daran zu suchen. Aber das hier ist was anderes. Und wenn ich noch einmal höre, wie du dir tatsächlich selbst die Schuld an Marcels körbchengrößengesteuertem Fehltritt mit Folgen gibst, bekommen wir zwei unseren ersten handfesten Streit. Klar?«

Manchmal sind beste Freundinnen einfach durch nichts zu ersetzen.

4. Kapitel

Ich zog den Schal noch ein wenig enger um den Hals, stopfte ihn zurück in den Kragen meiner Jacke und stapfte durch den Sand der Dünen. Obwohl der soeben angebrochene Mai uns derzeit schon jede Menge warmer Tage und Sonnenschein bescherte, war es morgens am Wasser immer noch empfindlich frisch. Das Meer wirkte eisig grau, und die kleinen Wellen, die an den Strand rollten, hinterließen weißen Schaum.

Die Möwen schien das nicht zu stören. Sie kreischten über den Wellen, hüpften nach Futter suchend am Wasser herum oder schaukelten weiter draußen bei schwachem Seegang. Ihr Rufen und ihre halsbrecherischen Flugmanöver faszinierten mich auch nach so vielen Jahren immer noch. Vielleicht auch, weil man sie im Ruhrgebiet nur an den großen Stauseen zu sehen bekam.

In den letzten Tagen hatte ich mir angewöhnt, morgens einen Spaziergang am Strand zu machen. Irgendwie tat es mir gut, wenn der Wind meine Haare zerzauste und die vor Gischt feuchte Luft sich auf meine Haut legte.

Eine Woche war vergangen, seit ich auf Usedom angekommen war. Eine Woche, in der ich damit beschäftigt gewesen war, eine Trennung zu organisieren, die ich gar nicht gewollt und schon gar nicht geplant hatte. Die Telefonate mit unserem Anwalt im Ruhrgebiet waren anstrengend gewesen. Aber nichts im Vergleich zu den Gesprächen, die ich mit Marcel hatte führen müssen. Die Stimmung meines Noch-Ehemannes schwankte nämlich derart, als wäre in Wahrheit er derjenige, der von Schwangerschaftshormonen durcheinandergebracht würde, und nicht die vollbusige Tatjana. Mal erging er sich in Selbstvorwürfen und Entschuldigungen. Dann wieder brodelte in ihm kindlich anmutender Trotz, als wäre sein Fremdgehen meine Schuld gewesen. Als hätte ich allein unsere Kinderlosigkeit entschieden und ihn damit in die Arme einer jüngeren Frau und willigen Mutter getrieben. Beim nächsten Gespräch schien er dann wieder geradezu besorgt und fragte sich laut, was denn nun »mit mir werden« würde.

Er hatte tatsächlich versucht, mich davon zu überzeugen, dass es doch bestimmt machbar sei, dass ich weiterhin in unserer Firma PUTZmunter meiner gewohnten Arbeit würde nachgehen können. Tatjana sei ja sowieso bald in Mutterschutz. Und so wie es klang, freute sie sich jetzt schon darauf, dann in ihrer Mutterrolle ganz aufzugehen. Sprich, sie dachte nicht daran, wieder arbeiten zu gehen, wenn das Kind erst mal da sein würde.

Bei der Klärung dieser Frage brauchte ich noch nicht einmal den Blick meiner zornesbebenden Freundin Wiebke, um sehr klar und deutlich zu formulieren, dass das für mich nicht infrage kam. Na ja, ich drückte es ein bisschen anders aus. So anders, dass Marcel sich seit diesem letzten Telefonat vor zwei Tagen nicht mehr gemeldet hat.

Ich sah aufs Meer hinaus. Am Horizont zog ein großes Schiff vorüber. Wo immer seine Reise auch hinging, ich konnte nur hoffen, dass Kapitän und Steuerfrau besser wussten, wohin sie unterwegs waren, als ich im Moment.

Schon ab dem zweiten Tag meines Aufenthaltes hier hatte ich die Ruhrgebiets-Stellenangebote im Netz durchkämmt. Es gab durchaus ein paar, die mir interessant erschienen – doch die Zeit, in der ich Bewerbungen hatte schreiben müssen, war so lange her, dass es mir vorkam wie ein anderes Leben. Was es ja im Grunde auch tatsächlich war. Daher schreckte ich noch ein wenig davor zurück.

Wiebke fand, ich solle mir doch ruhig Zeit lassen: »Das Mindeste, was er jetzt tun kann, ist doch, für dich aufzukommen, solange du keine neue Arbeit gefunden hast. Nimm dir doch erst mal eine Auszeit. Entspann dich. Mach was Schönes. Und lass ihn gefälligst dafür bezahlen!«, hatte sie gestern Abend noch gewettert.

Natürlich hatte sie recht. Marcel und ich waren gerade mal seit einer Woche getrennt. Ich sollte wirklich nichts überstürzen. In unserem ersten Telefonat, das ich mit ihm von Usedom aus geführt hatte, hatte er angeboten, die nächsten Monate komplett für mich aufzukommen. Doch irgendwie fühlte sich diese Vorstellung nicht richtig an. Auch in unserer Ehe war es mir immer wichtig gewesen, selbst Geld zu verdienen und finanziell zumindest theoretisch unabhängig zu sein. Mich von meinem Mann einfach nur versorgen zu lassen, war mir zuwider gewesen. Und damit würde ich jetzt, *nach* meiner Ehe, auch nicht mehr anfangen.

Herrje, das waren ja nicht gerade fröhliche Gedanken am Morgen.

Fröstelnd bog ich beim nächsten Pfad ab. Mitten in den Dünen, umgeben von sich wiegendem Strandhafer und mit Blick aufs Meer, hockte ein Häuschen, eine alte Fischerkate. Das kleine Gebäude kannte ich noch aus unseren Jugendtagen. Doch mittlerweile war sein ehemals verwittertes Holz leuchtend weiß und blau gestrichen, und eine Veranda war angebaut worden. Ein schmaler Weg aus dicken Bohlen führte einladend hinüber. Über der Tür war ein Schild mit der Aufschrift STRANDBAR angebracht. Das wirkte sehr urig, und ich hätte gerne einen Blick hineingeworfen, doch die Bar war natürlich um diese frühe Uhrzeit geschlossen. Ich nahm mir vor, ihr demnächst mal einen Besuch abzustatten – auf ein frisch gezapftes Bier. Oje, war es schon so weit mit mir? Alkohol gehörte normalerweise nicht zu den Mitteln, mit denen ich mich tröstete.

Weil ich offenbar dringend einer Aufmunterung bedurfte, wählte ich einen kleinen Umweg durch das angrenzende

Waldstück und freute mich an dem einsetzenden Konzert der Vögel, die in den Kiefern und Eichen herumturnten. Das war auch so etwas, das ich an Usedom von Anfang an geliebt hatte: Es war die Insel mit dem größten Baumbestand in ganz Deutschland. Weil ich Bäume liebte, hatten mir die Familienurlaube an der Nordsee in meiner Kindheit nie zugesagt. Die kleinen, verkrüppelten Bäumchen, die sich dort wacker gegen die steife Brise stemmten, hatten mich schon damals eher depressiv gestimmt. Hier auf Usedom aber gab es große, bewaldete Flächen, auf denen ich es liebte, spazieren zu gehen.

Das Piepen, Pfeifen und Singen um mich herum verbreitete einfach gute Laune. Hier war der Frühling deutlich zu spüren, sodass ich schließlich mit einem leisen Lächeln auf den Lippen aus dem Wald trat und die Straße zum kleinen, aber gut sortierten Supermarkt hinüberging.

Wiebke führte in ihrem Laden auf dem Campingplatz wirklich allerhand. Doch als ich sie für das für heute Abend geplante Curry-Gericht nach den entsprechenden Gewürzen gefragt hatte, hatte sie passen müssen und mich zu dem kleinen, inhabergeführten Laden geschickt, den einer ihrer Freunde betrieb.

So hatte mein morgendlicher Spaziergang nicht nur den Zweck, meinen Kopf freizupusten, sondern außerdem ein sinnvolles Ziel.

Vor der Tür des Ladens hatte jemand einen kleinen braunen Hund abgesetzt, der mich frech anglotzte. Weil so früh am Tag sonst kaum jemand unterwegs war, betrachtete ich ihn im Näherkommen genauer. Er hatte rotbraunes, leicht struppiges Fell und Schlappohren. Die schwarze Nase zuckte im Wind, während er mich ebenso intensiv musterte wie ich ihn. Als ich mich näherte, konnte ich auch den Ausdruck auf dem haarigen Gesicht besser erkennen. Und der lag irgendwo zwischen Neugier und … Angriffslust? In diesem Moment fiel mir außerdem auf, dass er gar nicht angebunden war. Er saß ganz ohne Leine und Halsband einfach so da. Ich verlang-samte meine Schritte.

Der Hund hob die Ohren ein Stückchen an.

Hm. Wartete das Tier dort vor der Ladentür womöglich gar nicht auf Herrchen oder Frauchen? Vielleicht war es ein Streuner, der sich hier strategisch günstig positioniert hatte, um die ersten Touristen der Saison in ihre Schranken zu weisen? Ich blieb stehen.

Der Hund erhob sich.

Aha! Hatte ich es also richtig gedeutet! Er machte sich offenbar für einen Angriff startklar.

Ich sah die kleine Straße hinauf und hinunter. Doch es war niemand in Sicht. Auch durch die große Schaufenster-scheibe des Supermarktes konnte ich weder frühe Kunden noch den Besitzer Gustav ausmachen.

Der Hund und ich sahen uns an.

Ich tat einen Schritt vor.

Der Hund legte den Kopf schief.

Ich blieb wieder stehen.

Waren Hundebisse nicht irrsinnig gefährlich? Konnte man sich dabei nicht Tollwut und dergleichen holen? Viel-leicht wäre es besser, wenn ich den Weg des Klügeren wählen und einfach später noch einmal wiederkommen würde?

Ich tat einen Schritt zurück.

Der Hund tat einen Schritt vor.

Au Scheiße. Und jetzt? Wegrennen kam gar nicht infra-ge. Auf seinen vier Pfoten wäre mein Verfolger auf jeden Fall schneller als ich, auch wenn er viel kleiner war. Viel-leicht würde die Einschüchterungstaktik funktionieren?

Ich ging wieder einen Schritt nach vorne, diesmal einen großen.

Der Hund ging zwei Schritte zurück.

Wow! Das klappte tatsächlich!

Mutig geworden tat ich einen weiteren großen Schritt. Mit dem gleichen Erfolg. So einfach war das also: Ich musste nur ausreichend Selbstbewusstsein und Kampfbereitschaft ausstrahlen, dann würde er mir den Weg zum Currygewürz freimachen.

Noch ein Schritt. Und noch ein Schritt.

In diesem Moment wurde die Ladentür von innen geöffnet, und ein Mann trat heraus. Er war groß und schlank, und sein dunkelblondes Haar stand ihm wirr vom Kopf ab. Er trug einen Jogginganzug, Marke Beim-Joggen-sieht-mich-ja-eh-keiner, und unter dem Arm eine Brötchentüte.

«Guten Morgen», sagte er. Sein ganzes Gesicht, nein, sein ganzer Körper fragte jedoch noch: »Was um Himmels Willen machen Sie da?« Er sprach es nur nicht aus.

»Seien Sie vorsichtig«, antwortete ich deswegen auf seine unausgesprochene Frage. »Könnte sein, dass der Hund da gefährlich ist.«

Der Fremde, wahrscheinlich etwa in meinem Alter, mit markanten Wangenknochen und blitzenden Augen, sah von mir zu dem Vierbeiner und wieder zurück.

»Dieser Hund da?«, erkundigte er sich. Und obwohl kein anderes Tier weit und breit in Sicht war, zeigte er auch noch drauf.

»Genau der!«, nickte ich.

Hund und Mann sahen sich an.

»Achtung!«, warnte ich ihn. »Ich hab mal gelesen, dass Blickkontakt sie noch aggressiver macht.«

Doch anstatt auf den Jogger loszugehen, begann der kleine Hund plötzlich, mit dem Schwanz zu wedeln.

»Na toll«, rutschte es mir raus. »Bei mir erst einen auf Aufpasser-Hund machen und dann so was. Ich schwöre Ihnen, der wollte mich gerade noch anfallen. Wie der mir schon entgegengeguckt hat. So was hat man doch im Gefühl, oder?« Plötzlich musste ich lachen. »Sie müssen mich ja für eine völlig hysterische Irre halten.«

Der Fremde sah mich kurz an.

Um seine im Grunde sehr sympathischen Augen herum befand sich ein Kranz von Lachfältchen. Allerdings fragte ich mich spontan, woher er die wohl hatte, denn von einem Lachen war keine Spur zu sehen.

»Tja, dann …«, sagte er und macht mir den Weg zur Tür frei. »Danke für die Warnung.«

Damit ging er an mir vorbei. Und nach wenigen Metern fiel er in einen sportlichen Joggertrab. Der Hund warf mir einen letzten, irgendwie vernichtenden Blick zu und galoppierte ihm nach.

Mir dämmerte, dass die beiden wohl zusammengehörten. Ach herrje, da hatte ich mich ja gründlich blamiert. Aber wie konnte man auch so stoffelig sein und dermaßen mit seinem Humor hinterm Berg halten?

Ich blickte dem davontrabenden Kerl und seiner Bestie noch einen Augenblick nach. Doch dann schüttelte ich den Kopf und ging in den Laden.

5. Kapitel

Zehn Tage war ich nun schon auf Usedom. Und langsam machte sich zusammen mit dem Mai der Frühsommer breit auf Usedom.

Wiebke hatte nun jeden Tag von morgens bis abends in ihrem kleinen Laden zu tun, denn immer mehr Touristen trudelten mit Wohnwagen, Wohnmobilen und Zelten auf der Insel ein. Bald schon würde der Campingplatz, wie immer in den Sommermonaten, aus allen Nähten platzen vor urlaubsreifen Meeres- und Strandsüchtigen.

Vormittags half ich meiner Freundin daher gern im Laden. Nachmittags oder am frühen Abend unternahm ich häufig etwas mit Sönke, Lasse und Inken. Wir gingen ins Kino, zur Skaterbahn im Kurpark oder stürmten die Eisdiele. Ich kannte die drei seit ihrer Geburt, und sie waren mir so vertraut, dass ich sie noch nie mit den Augen einer kinderlosen Frau betrachtet hatte. Aber genau das passierte mir nun hin und wieder.

»Weißt du noch, als wir Teenies waren und du immer davon gesprochen hast, dass du später mal sechs Kinder möchtest?«, erinnerte ich Wiebke, als wir eines Morgens in ihrem kleinen Laden am Campingplatz standen und neue Ware in die Regale sortierten. Ich war ganz scharf darauf, ihr bei solchen Erledigungen zu helfen. So hatte ich zumindest ein bisschen das Gefühl, ihr für ihre Gastfreundschaft etwas zurückgeben zu können.

Wiebke hielt kurz inne, ein Paket Zucker in der Hand, und schien in der Vergangenheit versunken. Dann schüttelte sie sich plötzlich am ganzen Körper. »Und das Schlimmste ist: Ich hab's auch so gemeint!«, grinste sie.

»Ach komm schon«, erwiderte ich neckend. »Tu nicht so. Du bist ein solcher Kinderfan, dass du weitergemacht hättest, wäre Lasses Geburt nicht so schwierig gewesen.«

»Ein Wink des Schicksals«, meinte Wiebke schmunzelnd. »Nein, wirklich, drei reichen voll und ganz. Keine Ahnung, wo ich die Energie für doppelt so viele hernehmen wollte.«

Ich öffnete einen weiteren Karton, der mit Konserven gefüllt war. »Und wenn es nicht geklappt hätte?«, fragte ich sie, plötzlich ernst.

»Du meinst, wenn wir nicht …?«

»Wenn es einfach nicht hingehauen hätte mit eurer kleinen Kinderschar, ja.«

Wiebke schielte zu mir herüber. Sie kannte mich so gut. »Weht der Wind wieder aus dem Ruhrpott? Kann es sein, dass du dich mal wieder in Marcel einfühlen willst?«

»Nein, nein«, beteuerte ich. »Diesmal geht's wirklich nur um mich. Ich wüsste nämlich gern, ob ich … na ja, ob ich eine gute Mutter geworden wäre? Weißt du, ich frage mich, ob ich diese gewaltige Verantwortung hätte tragen können.«

Wiebke schnaubte. »Natürlich hättest du das! Schließlich hast du in der Firma deiner Schwiegereltern eine ganze Abteilung geleitet. Es ist auch überaus verantwortungsvoll, sich um neue Aufträge für einen ganzen Betrieb zu kümmern und …«

»Das ist nicht dasselbe«, unterbrach ich sie. »Neue Aufträge, auch wenn sie viel Geld einbringen, stehen nicht nachts an deinem Bett und kotzen auf dein Kissen. Sie brechen sich beim Skaten nicht den Arm und brauchen keine Einweisung in Sachen Verhütung – sie verlieben sich nämlich nicht in andere pubertierende Aufträge.« Damit hatte ich nur die letzten kleineren Aufgaben aufgezählt, die Wiebke in ihrer Mutterpflicht zu erledigen hatte. »Ich meine die Verantwortung für etwas Lebendiges. Für einen anderen Menschen. Ich hab ja noch nicht mal ein Haustier«, seufzte ich.

»Du könntest Minka haben«, schlug Wiebke scherzhaft vor. Doch dann wurde sie wieder ernst. »Warum zerbrichst du dir darüber jetzt den Kopf? Was macht es für einen Unterschied, ob du eine gute Mutter geworden wärest oder nicht? Du hast keine Kinder. Punkt. Marcel wird eins haben. Tatsache. Aber das heißt nicht, dass er ein besserer Ehepartner ist als du. Wozu also diese ganzen Gedanken?« Da war sie wieder, meine pragmatische Freundin, die es überflüssig fand, sich wegen Dingen zu grämen, die man eh nicht ändern konnte.

Ich holte tief Luft. »Keine Ahnung. Ich glaube, es hat mich einfach so erschüttert, als er sagte, wie sehr er sich immer Kinder gewünscht habe. Ehrlich, ich hatte davon keine Ahnung. Ja, sicher, früher haben wir mal darüber gesprochen. Da hat er sich dann ausgemalt, wie es später sein würde, wenn wir unsere Position in der Firma gefestigt und Zeit für Nachwuchs hätten. So in der Art: ›Mit unserem Jungen geh ich dann immer auf den Fußballplatz, aber auch in klassische Konzerte! Und unserem Mädchen bringe ich den Umgang mit Werkzeug bei, bastle mit ihr Laternen und all so was.‹ Aber in den letzten Jahren ist das nicht mehr zur Sprache gekommen. Mit keinem Wort. Ich hatte keinen blassen Schimmer, dass er unter unserer Kinderlosigkeit gelitten hat. Und jetzt frage ich mich natürlich, ob er es in voller Absicht verschwiegen hat oder ob wir …«

Es tat weh, das nur anzudeuten.

Wiebke nickte. »Ob ihr vielleicht gar nicht mehr richtig miteinander gesprochen habt?«

Ich senkte den Kopf. Denn im Grunde kannte ich die Antwort doch selbst. »Irgendwie war zwischen Firma und Freizeitgedöns mit *unseren* Freunden gar keine Zeit mehr nur für uns zwei«, gestand ich. »Solche gemeinsamen Unternehmungen oder intensiven Gespräche, wie du sie mit Ole hast, das gab es bei uns einfach nicht mehr. Dieses einfache und natürliche Miteinander zwischen euch – ihr seid wirklich zu beneiden. Aber das macht wahrscheinlich den Unterschied zu einer wirklich tiefen Liebe aus.«

»Wie bitte?«, quietschte Wiebke. »Drei Kinder aufzuziehen kann mindestens so beziehungszerstörend sein wie die Arbeit Seite an Seite in einem Familienbetrieb.« Wiebke hob die Hand. »Mach nicht so ein Gesicht, ich mein das ganz ernst. Als Lasse noch klein war, kam ich mir manchmal vor, als würden Ole und ich einfach nur in einer Art Wohngemeinschaft zusammenleben, einzig und allein mit dem Zweck, die Kinder so gut es geht aufzuziehen. In der Zeit haben wir beide unsere gemeinsamen Unternehmungen ganz schön vermisst. Romantische Candlelight-Dinner genauso wie unsere Segelausflüge oder endlose Kuschelabende, wilden Sex …« Sie brach ab und blickte kurz mit verklärter Miene vor sich hin. Dann grinste sie: »Wie gut, dass wir das alles wieder hinbekommen haben!«

Ihre Worte hallten eine ganze Zeit in meinem Kopf nach.

Wiebke spürte offenbar, dass in mir etwas Entscheidendes vorging, denn sie sagte nichts weiter. Nach einer Weile kam sie zu mir herüber und legte die Arme um mich. Ich ließ mich von ihr an ihre weiche Brust ziehen und vergrub mein Gesicht an ihrer Schulter, wobei ich mich ein bisschen bücken musste.

»Das ist es ja gerade, Wiebke«, murmelte ich an diesem sicheren Ort beklommen. »Ich fürchte, ich hab all das Schöne und Gemeinsame mit Marcel gar nicht vermisst.«

♥

An diesem Abend mailte ich meine erste Bewerbung an eine Firma in Essen. Die Stelle klang attraktiv. Und ich hoffte, sie würden es nicht so genau damit nehmen, dass ich in meine Aufgaben bei PUTZmunter über die Jahre einfach so hineingewachsen war – ohne vorzeigbare Zeugnisse von wertvollen Weiterbildungen.

Als ich die Bewerbung fertiggestellt hatte, versetze mich die Aussicht auf eine neue, eigene Zukunft in greifbarer Nähe derart in wunderbare Zuversicht, dass ich auf der Stelle noch einige weitere schrieb.

Das dadurch entstandene Hochgefühl hielt am nächsten Morgen immer noch an, und ich unternahm gut gelaunt meinen Spaziergang am Strand. Der Morgen war mild, und die Sonnenstrahlen wärmten bereits. Ich zog meine Schuhe und Socken aus, krempelte meine Jeans auf und lief durch den feuchten Sand. Während ich gegen die Sonne blinzelte, hörte ich plötzlich lautes Flügelschlagen. An der Wasserlinie entlang flog ein Schwanenpaar. Die großen Körper in vollendeter Harmonie nebeneinander, die weiten Schwingen im gleichen Rhythmus schlagend. Der Anblick erfüllte mich mit warmer Zuversicht.

Ganz beseelt davon ging ich zurück. Vor dem so vertrauten Haus der Familie Petersen traf ich die Postbotin.

»Bitte schön!« Sie streckte mir ein paar Briefe entgegen. »Ist auch was für Sie dabei, Frau Munter.«

Für mich? Wer soll mir schreiben, fragte ich mich verwundert.

»Danke!« Noch während ich auf die Haustür zuging, blätterte ich die Umschläge durch und fand meinen Namen. Der Absender war der unseres Familienanwalts.

Ich ging hinein und in die Küche der Familie Petersen. Hier konnte ich mich in Ruhe den Unterlagen widmen, denn die Kinder waren in der Schule, Wiebke im Campingplatzladen und Ole auf der Arbeit.

Ich las mehrmals das Anschreiben unseres Anwalts und die vielen Seiten der vorgeschlagenen Regelung zur Aufteilung unseres gemeinsamen Besitzes durch, machte mir Notizen, recherchierte zu der einen oder anderen Besitzfrage im Internet. Aber mein zukünftiger Exmann hatte scheinbar schon an alles gedacht und im Zweifelsfall einen Vorschlag zu meinen Gunsten gemacht.

Auch wenn ich gerne erneut wütend auf Marcel geworden wäre: In diesen Papieren fand ich nichts, was das hätte begründen können. Außer der Tatsache, dass es diese Papiere überhaupt gab. Am Ende unterschrieb ich überall, wo meine Unterschrift notwendig war.

Als ich die Blätter zurück in den Umschlag schob, dachte ich daran, mit welcher Hoffnung ich gestern Abend noch meine Bewerbungen auf den Weg gebracht hatte. Meine Zuversicht kam mir nun plötzlich vollkommen unbegründet vor. Bei den meisten meiner Schreiben würde ich Wochen oder gar Monate auf eine Antwort warten müssen. Eine furchtbar lange Zeit, die ich doch nicht einfach untätig auf Wiebkes Sofa verbringen konnte!

Ja, meine Hochstimmung vom Vorabend war verflogen. Ich kam mir vor, als sei ich nach einem kurzen, hoffnungsvollen Traum wieder in der Realität angekommen.

6. Kapitel

»Schmeckt mal wieder fantastisch, Lara!«, schwärmte Ole beim gemeinsamen Abendessen, das ich zubereitet hatte.

»Mhm, total lecker!«, mampfte Lasse mit vollem Mund.

»Papa, ich komm mit ›ner Aufgabe in Englisch nicht klar. Kannst du mir nachher helfen?«, bat Inken.

Ole nickte.

»Waaas? Und wer zockt mit mir das neue Computerspiel?«, maulte Sönke.

»Iffff!«, schmatzte Lasse.

»Das ist zu einfach«, schnaubte Sönke. »Dich besieg ich doch sofort.«

»Wir können alle zusammen spielen«, schlug Ole vor. »Lasse und Sönke erledigen das Abräumen und die Spülmaschine. Und währenddessen gucken wir uns schon mal die Aufgaben an, was, Inken?«

Nur Wiebke sagte nichts. Sie warf mir nur hin und wieder fragende Blicke zu, die ich zu ignorieren versuchte.

Noch hatte ich keine Zeit gefunden, ihr von der heutigen Post zu erzählen.

Und als ich nun dem abendlichen Geplänkel ihrer Familie lauschte, war ich mir gar nicht mehr im Klaren, ob ich das heute Abend überhaupt tun sollte. Langsam, aber sicher fühlte ich mich wie der Fremdkörper in ihrer kleinen, eingeschworenen Gemeinschaft. Meine schweren Gedanken passten einfach nicht in ihr fröhliches Durcheinander.

»Spielst du dann auch mit, Mama?«, fragte Lasse gerade.

»Hm?«, machte Wiebke und nickte dann. »Klar, Spatz. Wollen wir in ein Team?«

»Au ja!«, rief Lasse begeistert. Das war rührend. Offenbar war er noch in dem Alter, in dem Jungs es toll fanden, mit ihrer Mutter ein Team zu bilden. »Du und ich und Lara!«

»Tut mir leid«, sagte ich mit einem entschuldigenden Lächeln. »Aber ich hab schon was vor.«

Lasse zog einen enttäuschten Flunsch.

»Du hast was vor?«, hakte Wiebke natürlich sofort nach.

»Ja«, nickte ich. »Ich … na ja, ich … will heute Abend mal rüber nach Heringsdorf. Ein bisschen um die Häuser ziehen und so.«

In Wiebkes Augen blitzte Skepsis auf. Doch bevor sie fragen konnte und ich meine wahren Beweggründe hätte erklären müssen, sagte ich schnell: »Ich habe heute gesehen, dass die kleine Pension am Ende der Straße das Schild für freie Zimmer rausgehängt hat. Ich glaub, es ist Zeit, dass ich umziehe und euch hier wieder euren Familienfrieden lasse.«

»Wafff?«, fragte Lasse mit vollem Mund entrüstet und spuckte ein paar Krümel über den Tisch. »Du willst lieber bei der ollen Hagenreet wohnen als bei uns?«

»Das kommt überhaupt nicht infrage!«, entschied Wiebke energisch.

Ole kämpfte mit einem großen Bissen und sagte dann mitfühlend: »Wahrscheinlich ist es dir hier bei uns ein bisschen zu trubelig?«

»Geht's um das Zimmer? Also, wenn es deswegen ist, kannst du mein Zimmer haben und ich schlaf auf dem Sofa«, schlug Inken sehr erwachsen und tapfer vor.

»Wollt ich auch grad sagen«, murmelte Sönke, aber nicht zu laut.

Ich lächelte sie alle der Reihe nach an. »Ihr seid wirklich unglaublich! Sehr lieb von euch, danke! Aber das Sofa ist spitze zum Schlafen. Da werde ich mich doch nicht in eins von euren schmalen Betten quetschen.«

Damit war Familie Petersen erst mal beruhigt und zufrieden.

Nachdem wir gemeinsam den Tisch abgeräumt hatten, nutzte ich die allgemeine Geschäftigkeit, um rasch meine Jacke vom Haken zu nehmen und aus dem Haus zu schlüpfen.

Einen Moment lang saß ich im Auto. Unschlüssig, wohin ich fahren sollte. Vielleicht wirklich nach Heringsdorf? Sollte ich dort irgendeine Zerstreuung suchen? Doch bei der Vorstellung, wie ich in dem wohl bekanntesten Ort auf der Insel ziellos durch die Straßen mit Restaurants und Touristen-Bars streifen würde, verging mir die Lust darauf gründlich.

Ich stieg also wieder aus und schlug den Weg zum Strand ein.

Als ich an den Dünen ankam, sah ich, dass dort an diversen Stellen romantisch veranlagte Pärchen im Sand sitzend der noch recht frischen Abendbrise trotzten, um den Sonnenuntergang quasi von der ersten Reihe aus beobachten zu können.

War es eigentlich auch auf anderen Inseln so, dass die Sonnenuntergänge derart spektakulär waren? Hier auf Usedom gab es ein paar richtige Aussichtstürme mit Tribünen aus Holz, von denen aus man diesem allabendlichen Spektakel zuschauen konnte. Etliche Restaurants warben damit, dass man von ihrer Terrasse aus den Sonnenuntergang bewundern konnte.

Auf dem mit Holzbohlen belegten Pfad unterwegs, blieb mein Blick wieder an der kleinen, zu einer Strandbar umgebauten Fischerkate hängen. Ihre typisch maritimen Farben wirkten so frisch. Durch die Butzenfenster leuchtete einladend schummriges Licht. Kurzentschlossen ging ich darauf zu. Als ich eintrat, wandten sich mir ein paar Köpfe zu.

Am Tresen hockte ein Kerl in grobem Pulli und Schiffermütze und wechselte ein paar Worte mit dem Mann hinter der Theke, der gerade dabei war, Gläser zu spülen. Neben der Tür hatten es sich zwei alte Männer bequem gemacht, ihre Biere vor sich und jeder ein Blatt Karten auf der Hand. In einer Nische ganz hinten im Raum saß eine Gruppe von vier Frauen über Tellern mit Pommes und frittiertem Fisch, allesamt die typischen sonnenverwöhnten Gesichter der Inselbewohner. Am anderen Ende des Tresens saß eine Frau auf ihrem Hocker und blickte so tief in den Grogbecher vor ihr, dass ich ihr Gesicht nicht erkennen konnte. Das waren schon alle Gäste.

Ein wenig verlegen sah ich mich um.

»Hereinspaziert!«, brummte der Mann hinter dem Tresen in meine Richtung. »Hier wird nich gebissen, nech wahr?!«

Sein Gegenüber mit der Mütze klopfte auf den Hocker neben sich.

Ich ging zögernd hinüber und setzte mich.

»Was willste denn?«, fragte der Barmann.

»Ich nehm auch ein Bier«, antwortete ich.

»Das beste der Insel!«, beteuerte der Mützenkerl neben mir. Damit war offenbar sein Kontingent an Kommunikation erschöpft, und er starrte wieder in sein Glas.

»Was zu essen?«

»Nein, danke.«

Der Barmann zapfte gewissenhaft sieben Minuten lang mein Bier und stellte es dann mit einer Geste vor mir ab, die wie eine Aufforderung wirkte. Gehorsam nahm ich das Glas und trank einen Schluck. Die perfekte Krone kitzelte mich über der Oberlippe. Das Bier war genau richtig temperiert und schmeckte …

«Superlecker!«, sagte ich.

Der Mützenträger neben mir nickte. »Sag ich doch.« Und setzte hinzu: »Jens.«

Ich sah ihn verdutzt an.

Er deutete mit dem Kopf zum Barmann. »Das is Fiete.«

»Lara«, antwortete ich und nickte beiden zu.

»Lass es dir schmecken, Lara«, sagte Fiete mit seinem breiten norddeutschen Akzent. »Bist hier in einer der wenigen

Kneipen gelandet, in die sich kaum Touristen verirren. Bist doch keine Touristin, oder?« Ich schüttelte rasch den Kopf. »Siehste. Hab ich gleich gesehen. Und bei uns gilt: Wir machen vielleicht nicht viele Worte, aber jeder is willkommen!« Damit wandte er sich ab und trottete zu dem Nischentisch hinüber, um von der Frauengruppe eine weitere Getränkebestellung entgegenzunehmen.

Die Frau, die mir auf der anderen Seite des halbrunden Tresens gegenübersaß, rührte in einem großen Becher. Sie hob den Kopf und nickte mir zu.

Ich schätzte sie auf Mitte dreißig. Sie hatte ihre schulterlangen blonden Haare zu einem Pferdeschwanz gebunden, und obwohl sie düster dreinsah, leuchteten ihre hellen Augen. Vielleicht wirkte es auch nur so, weil sie bereits jetzt, Mitte Mai, sonnengebräunt war. Ein echtes Inselkind, wie mir schien. Als Teenager hatte ich solche Glückspilze beneidet. Aber dieser hier sah gerade nicht nach Freudensprüngen aus.

Einem Impuls folgend stand ich wieder auf und ging zu ihr hinüber.

Sie sah mich nicht an, als ich mich neben sie setzte, sondern nickte nur in Richtung des Bechers: »Mir war nach was Starkem heute. Nirgends gibt's so einen Grog wie bei Fiete.«

Als sie sich den Becher an die hübsch geschwungenen Lippen hielt, stieg ein wenig Dampf vor ihrem Gesicht auf. Eine kräftige Brise zog zu mir herüber. Wow. Wenn das Zeug so stark war, wie es roch, war ich gespannt, wie lange meine neue Bekanntschaft sich auf dem Barhocker würde halten können.

»Schlechte Neuigkeiten?«, erkundigte ich mich.

Sie hob die Brauen und warf mir aus dem Augenwinkel einen prüfenden Blick zu. »Sie sind nicht von hier, hm?«, fragte sie.

»Nein, aus dem Ruhrgebiet. Wie kommen Sie darauf? Hört man das etwa?«

»So ähnlich«, murmelte sie und nahm noch einen Schluck aus dem dampfenden Becher.

»Ich bin Lara«, stellte ich mich vor.

»Britt«, antwortete sie.

»Hallo«, sagte ich.

»'n Abend«, nickte sie.

»Nette Kneipe. Kommen Sie öfter hierher?«, fragte ich. Das war doch ein guter Einstieg in einen Small Talk.

»In letzter Zeit hatte ich was anderes zu tun«, brummte Britt ein wenig undeutlich. Ich war mir nicht sicher, aber möglicherweise war dieser Grog nicht ihr erster. »Wenn Sie ›n bisschen Zeit haben, erzähl ich Ihnen die Story gerne mal. Und Sie?«

»Tja, ich müsste eigentlich im Haus der Familie meiner Freundin sitzen, die mich hier netterweise aufgenommen hat, und wie eine Wilde Bewerbungen schreiben.« Ich sah sie kurz an. »Mein Mann hat mich vor ein paar Wochen verlassen. Und dummerweise war es seine Firma, in der ich gearbeitet habe.«

Britt dachte wohl eine Weile darüber nach. Dann drehte sie sich auf dem Hocker zu mir um und sah mich zum ersten Mal richtig an. Und damit meine ich: richtig!

Sie begann bei meinen Füßen, die heute in meinen Lieblingssportschuhen steckten. Dann glitt ihr Blick meine Beine in den bequemen Jeans herauf, tastete über meine Arme bis zu meinen Händen, die auf dem Tresen lagen. Sie betrachtete meine Schultern, meinen Hals, mein rückenlanges braunes Haar, das ich heute mal offen trug, und schließlich scannte sie sorgfältig mein Gesicht ab.

»Hat er ›ne andere?«, wollte sie dann wissen.

Ich nickte. Und spürte diesen gewissen Stich, den die Beantwortung dieser Frage immer mit sich brachte.

»So ein Idiot!«, spuckte sie aus. Und drehte sich wieder zu ihrem Grog.

Eine der nettesten Reaktion, die ich mir auf diese Eröffnung vorstellen konnte.

Wir saßen ein paar Minuten einfach so nebeneinander.

Dann sagte ich zu Britt: »Jetzt wissen Sie, wieso *ich* hier bin. Aber wieso sind *Sie* denn so niedergeschlagen?«

Britt wandte mir wieder ihr Gesicht zu, als wollte sie genau prüfen, ob ich ihr Vertrauen verdiente. Ihre Augen waren von einem wunderschönen Meeresgrün. Und plötzlich leuchtete in ihnen ein Strahlen auf.

»Haben Sie ein Hobby, Lara?«, wollte sie wissen.

Ich öffnete gerade den Mund, als sie die Hand hob und nachsetzte: »Ich meine nicht irgendein Hobby, so was wie Briefmarkensammeln oder Lesen. Ich meine eines, das Sie komplett ausfüllt. Das alle Ihre Leidenschaft bündelt und Sie die ganze Welt um Sie herum vergessen lässt? Etwas, das Sie von Kindheit an geliebt und besser als alle anderen beherrscht haben. Etwas, das reiner Ausdruck Ihrer tiefsten Gefühle, Wünsche und Sehnsüchte ist. Das zu Ihnen gehört wie Atmen und Essen und Trinken. Ohne dass Sie einfach nicht leben könnten.«

Ich war platt. Ihr Plädoyer für ein Hobby überraschte mich. Nicht, weil ich ihr so eine umfassende Passion nicht zugetraut hätte, sondern eher, weil sie trotz des Grogs eine derart fesselnde Rede halten konnte.

»Okay, hab verstanden«, sagte ich, als sie mich weiterhin auffordernd ansah. »Und: Nein, so ein Hobby hab ich nicht.«

»Sie Arme!«, wusste Britt dazu zu sagen und nahm einen großen Schluck aus ihrem Becher.

»Was ist es denn?« Nun war ich aber extrem neugierig geworden.

»Segeln. Hochseesegeln«, antwortete sie. Ihre Stimme, die zuvor ein bisschen bitter geklungen hatte, war plötzlich weich und voller Liebe.

»Oh ja, ein tolles Hobby«, sagte ich empathisch, obwohl ich selbst schon seekrank wurde, wenn ich nur in einem kleinen Ruderboot auf stehendem Gewässer dümpelte.

»Ja, nicht wahr?« Britt nickte begeistert. Doch dann zog ein Schatten über ihr Gesicht, und ihr Blick wurde wieder düster. »Hätte die Gelegenheit, für einen Turn anzuheuern, den ich immer schon machen wollte, solange ich denken kann. Und zwar auf einem der schönsten Segler, die ich je gesehen habe: die *Freedom*. Zehn Wochen lang auf See. Und das bei den momentanen Winden. Einmalige Gelegenheit ist das.« Sie wurde leiser und brach ab.

»Warum machen Sie es nicht?«, wollte ich wissen.

»Ich kann nicht«, erklärte sie schlicht. »Wegen der Hunde.«

»Sie haben Hunde?«, erkundigte ich mich mitfühlend. Natürlich war das ein Problem. Auf einem Segelboot waren Hunde bestimmt nicht besonders glücklich und außerdem auch ständig im Weg. »Wie viele denn?«

»Fünfundzwanzig«, antwortete Britt.

Mir blieb der Mund offen stehen. »Fünfund…?«

»…zwanzig«, nickte sie. »Acht muss ich morgens bei ihren Leuten abholen. Hab meinen VW-Bus dafür umgebaut. Lauter Transportboxen sind da jetzt drin. Die anderen werden gebracht.«

Ich blinzelte. Und dann machte es Klick. »Ach, Sie haben so eine Art Pension? Eine Hundepension?«, kombinierte ich.

»Hundetagesstätte«, bestätigte sie. »Hundehütte Usedom. Die einzige auf der Insel.«

»Wow. Und … ähm … davon kann man leben?«, staunte ich beeindruckt. Das war wirklich eine komplett andere Arbeit, als in der Akquise-Abteilung einer Reinigungsfirma tätig zu sein.

»Aber ja. Ganz gut sogar. Ich hab nette Hundebesitzer, alles Stammkunden, bringen ihre Hunde schon seit Jahren zu mir, zahlen pünktlich und so.« Britt klang begeistert. Doch dann seufzte sie wieder. »Deswegen kann ich sie doch auch nicht hängenlassen. Zehn Wochen. Pfff … so lange kann sich keiner freinehmen auf der Arbeit. Und dann würde es bedeuten, dass die meisten Hunde entweder solange im Tierheim untergebracht werden müssten oder eben fünf Tage die Woche zehn Stunden allein zu Hause sitzen.«

Ich verstand nichts von Hunden. Aber das schien selbst mir eine zu lange Zeit, um so einen Vierbeiner alleinzulassen.

»Und … eine Vertretung?«, schlug ich vor. Wiebkes lösungsorientierte Art färbte wohl schon auf mich ab. »Jemand, der für die zehn Wochen Ihre Arbeit übernimmt?«

Britt schnaubte durch ihre hübsche Nase. »Hab ich versucht. Anzeigen. Aushänge. Internetportale. Irgendwas passte immer nicht.«

»Sie sollten nicht aufgeben!«, riet ich ihr. Und hatte plötzlich den Eindruck, dass ich auch ein wenig zu mir selbst sprach.

»Mir bleibt nichts anderes übrig. Der Segler läuft morgen aus«, sagte Britt. Damit hob sie ihren Becher und trank ihn in einem Zug aus.

Ich sah ihr betroffen dabei zu.

Natürlich, wir kannten uns gar nicht. Und ich hatte keine Gewähr, welche Art von Charakter hier neben mir saß. Doch mein Bauchgefühl sagte mir, dass Britt eine von den Guten war. Schon allein die Tatsache, dass sie es nicht über sich brachte, die ihr üblicherweise anvertrauten Tiere zehn Wochen lang einem ungewissen Schicksal zu überlassen, zeugte von einem großen Herzen.

Sie tat mir leid. Die Erfüllung eines Traumes war für sie zum Greifen nahgerückt. Doch sie konnte ihn nicht wahrmachen. Aus Pflichtgefühl und Verantwortungsbewusstsein. Was für ein Drama.

»Was haben Sie denn gearbeitet in …?«

»Essen. Ruhrgebiet«, sagte ich rasch. »Die Familie meines … meines zukünftigen Exmannes hat eine große Reinigungsfirma aufgebaut. Sowohl Komplettangebote für Ämter und

Büros als auch Privathaushalte. Außerdem verkaufen wir … verkaufen *sie* alle notwendigen Utensilien wie Reinigungsmittel, Schwämme, Mikrofasertücher …« O Gott, ich hörte mich ja an wie eine Vertreterin! Schnell brach ich ab. »Die Familie meines Mannes heißt Munter. Und die Firma PUTZmunter.«

Britt lachte laut auf.

Fiete sah interessiert zu uns herüber.

»Mein Problem ist, dass ich in meine Position in der Firma einfach reingewachsen bin«, erklärte ich Britt, die immer noch kicherte. »Ich bin zwar Bürokauffrau, aber das ist viele Jahre her, und ich aber nie irgendwelche Fortbildungen gemacht oder Ähnliches, was ich auch in anderen Wirtschaftsbereichen nutzen könnte. Ich bin eben sehr spezialisiert. Auf meine Bewerbungen hat bisher niemand reagiert.«

Britt kicherte nicht mehr. Sie hob den Becher erneut, merkte, dass er leer war, und stellte ihn wieder auf den Tresen.

»Knifflige Lage«, brachte sie meine momentane Lebenssituation auf den Punkt.

Ich hätte es nicht besser ausdrücken können. Wieder schwiegen wir eine Weile. Ich trank mein Bier Schluck für Schluck. Und dachte nach.

Britt strich mit den Fingern am Grogkrug hinauf und wieder hinunter und wirkte auch sehr nachdenklich.

Da saß plötzlich diese verrückte Idee in meinem Kopf. Ich versuchte, sie mir selbst auszureden. Schließlich hatte ich überhaupt keine Ahnung von Hunden. Marcel und ich hatten nie ein Haustier besessen. Und ehrlich gesagt hatte ich mich auch nie für Vierbeiner interessiert.

Und doch.

Nach ein paar Minuten ging plötzlich ein Ruck durch Britt. Sie wandte sich auf ihrem Barhocker genau in dem Moment zu mir um, als ich den Mund öffnete.

»Wie läuft denn so etwas …?«, begann ich.

Während Britt sagte: »Könnten Sie sich …?«

Wir brachen beide ab und lachten nervös.

Britt nickte mir zu, ich solle den Anfang machen.

»Ich wollte eigentlich nur wissen, wie denn in so einer … Huta die Tagesabläufe sind? Wie kann ich mir das vorstellen? Ich meine, wohnen Sie da und haben fünfundzwanzig Hunde um sich herum?«, erkundigte ich mich vorsichtig.

»Ich wohne in dem Haus, ja«, antwortete Britt. »Aber in der oberen Etage. Das Haus gehört meinem Bruder Niklas und mir, unser Großvater hat es uns vererbt. Ich habe oben meine Wohnung, und unten sind die Räume für die Hunde – und natürlich ein riesiger Garten. Fragen Sie etwa … ich meine …?«

»Na ja«, stammelte ich. Ehrlich gesagt war ich auf ein Vorstellungsgespräch zu einem Übergangsjob nicht vorbereitet. »Ich dachte …« Ich räusperte mich.

«Sie könnten sich doch nicht etwa vorstellen …?«, hauchte Britt.

«Tja … ja … doch … irgendwie«, hörte ich mich sagen, während alles in mir schrie, dass dies bestimmt die hirnrissigste Idee war, die mir je gekommen war.

Britt starrte mich einen Moment lang beinahe fassungslos an.

Ich wusste nicht, was ich hoffen sollte. Wollte ich wirklich, dass sie meine verrückte Idee gut fand? Wäre es nicht besser, wenn sie entschuldigend lächelnd den Kopf schütteln würde?

Doch plötzlich kam Leben in Britt. »Fiete!«, rief sie zum Wirt hinüber, der gerade für einen kleinen Klönschnack bei den Kartenspielern stand. »Das hier geht auf mich!« Sie deutete auf ihren leeren Grogbecher und mein Bierglas, in dem sich auch nur noch eine Pfütze am Boden befand. Dann knallte sie das Geld samt großzügigem Trinkgeld auf den Tresen und schnappte sich ihre Windjacke vom Haken an der Wand.

»Worauf wartest du, Lara?«, strahlte sie. »Auf zur Huta. Ich muss dir doch alles zeigen.«

»Im Ernst jetzt?«, keuchte ich. »Ich meine, ich … ich kenne nicht mal einen Hund persönlich.«

Sie lachte so fröhlich, dass ich mir kaum mehr vorstellen konnte, dass sie noch vor zehn Minuten voller Kummer düster vor sich hingebrütet hatte.

»Dann wirst du ja bald jede Menge aufholen können!«, meinte sie quietschvergnügt, und schon zog sie mich mit sich zur Tür hinaus.

7. Kapitel

Der Weg zur Hundetagesstätte führte uns vom Wasser fort in den Kiefernwald ein Stück weiter ostwärts. Britt schritt weit aus und erzählte dabei pausenlos von den Hunden, die täglich in die Betreuung kamen. Ich hatte ein wenig Mühe, ihr zu folgen. Sowohl zu Fuß als auch gedanklich. Bald schwirrte mir der Kopf vor lauter Hundenamen und -rassen und den Erläuterungen zu den einzelnen Tieren.

Zudem bewirkte die frische Luft, dass ich nach und nach zur Besinnung kam und von meiner Idee, zehn Wochen lang eine Hundetagesstätte zu leiten, schon nicht mehr so überschwänglich begeistert war.

Das änderte sich jedoch, als Britt plötzlich einen kleinen Waldweg einschlug, der zu einem frei stehenden, urigen Häuschen mitten auf einer Lichtung führte.

»Ist es das?«, fragte ich, atemlos vom Laufen und der rasanten Entwicklung der Dinge.

»Yep«, machte Britt.

Ich war wirklich sprachlos. Das Haus war wunderschön, altes Fachwerk mit einem roten, etwas windschiefen Ziegeldach und einer leuchtend grünen Haustür, an der ein Kranz aus getrockneten Wildblumen hing. Links und rechts der Tür wanden sich knorrige Rosenstöcke an der Fassade empor, die vermutlich uralt waren und an denen Hunderte von Knospen eine berauschende Blüte in den nächsten Wochen versprachen. Die weißen Holzfenster waren jeweils durch ein Kreuz unterteilt und ließen den Blick in große, offene Räume im Inneren zu. In ihren Fensterscheiben spiegelte sich der rötliche Glanz der untergehenden Sonne, die die ganze Szenerie in ein warmes, beinahe überirdisch schönes Licht tauchte.

Britt wartete einen Moment lang ab, bis ich mein Staunen wieder im Griff hatte. Als ich sie ansah, blitzte kurz etwas in ihren Augen auf, das mich an den Ausdruck meines Vaters erinnerte, wenn er am Angelteich ein Zupfen an der Schnur spürte.

»Direkt hinter der Haustür ist ein kleiner Shop für Spielzeug, Leinen und Kauartikel. Freitag ist Backtag. Da verkaufe ich frisch gebackene Hundekekse. Die gehen weg wie warme Semmeln. So, und jetzt komm mal mit!« Britt folgte dem schmalen Weg, der sich zwischen pastellfarbenen Hortensien, lavendelfarbener Katzenminze und reich blühenden Akeleien an der Hauswand entlang nach hinten schlängelte. Und schon standen wir vor der Pforte an einem etwa eins sechzig hohen Zaun, der an die hintere Hausecke grenzte.

Über dem Tor war ein fröhlich gestaltetes und dennoch professionell wirkendes Schild angebracht, auf dem ein paar Cartoon-Hunde um die Schrift herumsprangen. Dort war zu lesen:

Hundehütte Usedom
Tagesunterbringung
für Ihren vierbeinigen Freund
Aufnahme nur mit Termin

Britt zog einen Schlüssel aus der Tasche und schloss die Pforte auf.

»Unsere Schleuse«, sagte sie zu mir. »Du musst immer den Schlüssel dabeihaben, denn sie lässt sich nur damit öffnen. Sicherheitshalber. Es gibt hier nämlich Experten, für die eine normale Klinke kein Hindernis ist.«

Ich vermutete, mit den »Experten« waren Hunde gemeint.

»Schleuse« hieß die Pforte wohl auch deswegen, weil nur zwei Meter dahinter ein weiterer Zaun angebracht war, durch den ebenfalls ein Tor führte.

»Wenn du morgens die Bring-Hunde hereinlässt, kommen die alle durch diese Schleuse. Verhindert, dass sich die, die schon drin sind, zu einem spontanen Ausflug entscheiden können«, lachte Britt. »Beim Rausgeben am Abend geht's natürlich auch hier durch. Aber darum musst du dir keine Gedanken machen. Die Leute kennen das ja alle.«

Ehrlich gesagt waren es gerade nicht irgendwelche Menschen, um die meine Gedanken kreisten.

Als Britt auch die zweite Pforte hinter uns geschlossen hatte, öffnete sich vor uns ein riesiger Garten von sicherlich zweitausend Quadratmetern. Ich blieb stehen und versuchte, das alles mit einem einzigen Blick zu erfassen.

Zwei große Eichen standen im hinterem Teil der Wiesenfläche, während sich eine weitere ans Haus schmiegte und ihre ausladenden Äste bis über die Dachterrasse im ersten Stock streckte.

Auch hier hinter dem Haus gab es etliche Sträucher, große Bauernhortensien und hohe Blumenkübel, in denen bereits Sommerblumen mit ihren fröhlichen Farben heitere Stimmung verbreiteten. Doch dominiert wurde das Gelände durch diverse Geräte und Bauten, die mich an einen Abenteuerspielplatz erinnerten: Eine Art niedriges Klettergerüst mit – Tatsache! – einer knallroten Plastikrutsche. Ein Laufsteg, etwa einen Meter hoch, aus Holz mit schrägen Aufgängen an beiden Seiten. Von den Ästen der einen Eiche sah ich Seile herabhängen, an denen irgendetwas hing. Überall standen bunt bemalte Hundehütten herum, auf deren terrassenartige Dächer ebenfalls jeweils ein Aufgang führte. Zwei große Kinderplanschbecken aus robustem Plastik warteten offenbar darauf, mit Wasser befüllt zu werden. Ein weiteres lockte mit weißem Sand, in dem unzählige Pfotenabdrücke zu sehen waren. Mehrere lange Kunststofftunnel lagen wie gewaltige, rote, blaue und giftgrüne Raupen verstreut auf dem Gelände.

An die hintere Hausseite war ein vollverglaster Wintergarten angebaut, durch dessen breite Glasfronten ich innendrin ein paar große Bälle und weitere, gemütlich wirkende Liegeflächen erkennen konnte.

»Das ist ja … ich meine … wow!«, sagte ich, weil mir einfach nichts anderes einfiel. »Keine Ahnung, ob diese Ausstattung für eine Hundetagesstätte üblich ist. Ich finde, für eine Horde Vierbeiner wirkt sie echt … luxuriös.«

Britt sah ob meiner Anerkennung sehr zufrieden aus. »Gefällt's dir?«, strahlte sie. »Komm, ich zeig dir den Innenbereich.«

Sie schloss die rustikale Holztür auf, die in den Wintergarten führte. Dieser Raum war aber nicht das einzige Zimmer, das auf ruhebedürftige oder in den kalten Monaten wahrscheinlich auch verfrorene Vierbeiner wartete. Das gesamte Untergeschoss war eine Einladung für die Gäste auf vier Pfoten.

»Ich hatte keine Ahnung, dass es so was überhaupt gibt«, stammelte ich, als Britt mich in das Badezimmer dirigierte, in dem eine geräumige Wanne auf einem gemauerten Podest angebracht war. Auch hier hinauf führte eine breite Rampe, sodass die Hunde selbst hinauflaufen konnten.

Britt grinste, ihre grünen Augen leuchteten aus ihrem sonnenverwöhnten Gesicht. »So eine Waschstation ist zwar praktisch, aber auch nicht unbedingt notwendig. Was allerdings superwichtig ist, ist das hier …« Sie öffnete die Tür zu einem weiteren, hübsch gestrichenen Raum, in dem zwei bunte Sofas und mehrere Körbchen an den Wänden standen. Es lag ein bisschen Hundespielzeug herum. »Der Raum für die läufigen Hündinnen«, erklärte Britt. »Momentan ist es nur eine, Xena. Weißt du noch, ich hab sie grad schon erwähnt? Golden Retriever, vier Jahre alt. Sie ist wirklich ein Schätzchen, sanft und lieb und dabei auch noch klug. Sie ist aber bald durch mit der Hitze. Nur noch ein paar Tage, dann kann sie wieder mit den anderen rumflitzen. Hey, wie wäre es, wenn wir auf unseren kleinen Deal mit einem guten Wein anstoßen?«

Sie öffnete das Kinderschutzgitter, das vor der Treppe angebracht war, und eilte mir voraus die Holzstufen in den ersten Stock hinauf.

Ich war von der Besichtigungstour unten so geschafft, dass ich froh war, als Britt keine Anstalten machte, auch noch durch die Räume der Wohnung zu sausen. Stattdessen wies sie auf eine bequem aussehende Sitzecke in der Nähe der Dachterrassentür und verschwand im offenen Küchenbereich.

»Setz dich einfach schon mal«, rief sie. »Die Chips sind von vorhin, also noch ganz frisch. Greif zu.«

Das tat ich. Und dann sah ich mich um.

Der erste Stock des Hauses war gleichzeitig die Dachetage. Bis in die Giebel hinein waren die Wände mit schlichten OSB-Platten verkleidet, die in einem hellen Sonnengelb gestrichen waren. Zwei dicke Eichenbalken zogen sich quer durch den Raum. Neben der Sofaecke gegenüber stand ein uriger Kaminofen mit Scheibe. Vor einem kleinen Regal mit Musikanlage, Fernseher und unzähligen DVD-Hüllen lag ein flauschiger roter Teppich.

Die Küchenzeile befand sich auf der anderen Seite des offenen Raumes. Hinter ihr gingen drei Türen ab, wahrscheinlich zwei Schlafzimmer und ein Bad. Ich betrachtete kurz den schönen Kunstdruck, der dort hing, dann sah ich zur Terrassentür hinaus und mitten hinein in die Äste der alten Eiche. Es fühlte sich an, als säße ich in einem gemütlichen Nest.

Draußen dämmerte es bereits. Während ich Britt in der Küche hantieren sah und Gläser leise klirrten, beschlich mich ein seltsames Gefühl. Es wurde stärker und stärker, bis es mich ganz und gar ausfüllte – und doch hätte ich nicht sagen können, was es war. Es tat sehr gut und ein bisschen auch weh. Ich schüttelte den Kopf. Was war denn los mit mir?

In dem Moment kam Britt zu mir herüber, Gläser in der einen, eine Schale mit Knabbereien in der anderen Hand und die Flasche Wein unter dem Arm.

»So!«, sagte sie, als sie sich neben mir niedergelassen hatte. »Jetzt lass uns mal ganz in Ruhe schnacken. Was denkst du denn jetzt? Willst du den Job immer noch?«

Ich sah mich in der Wohnung um, das merkwürdige Gefühl immer noch in der Brust. »Ich weiß nicht so recht, Britt. Was ist denn, wenn mal etwas Unvorhergesehenes passiert? Wenn einer von den Hunden krank wird oder so was. Ich wäre doch hoffnungslos überfordert«, gestand ich ihr meine Zweifel.

Britt kniff die hübschen Augen zusammen. Doch dann hellte sich ihre Miene sofort wieder auf. »Kein Problem! Ich ruf gleich nachher Niklas an. Der kann dir jederzeit helfen. Ist Biologe, mein Herr Bruder. Mit superwichtigem Forschungsauftrag. Hauptgebiet Otter. Frag ihn bloß nie danach, sonst textet er dich zu bis zum Sankt-Nimmerleins-Tag. Mit Hunden kennt er sich natürlich auch aus. Hat selbst die Pauline. Süßes kleines Ding, die Pauline. Und außerdem gibt's da noch seine Tierarzt-Freundin Freia. Wenn du mich fragst, würde die wahrscheinlich auch mitten in der Nacht für ihn aus dem Bett springen, wenn es mal nötig wäre. Aber sind das denn deine einzigen Bedenken? Ich meine …? Du weißt ja, die *Freedom* läuft morgen Abend aus. Allzu viel Zeit hast du also leider nicht, um dich zu entscheiden.« Sie sah mich gespannt an.

Ich überlegte fieberhaft. Leider sahen die Alternativen zu diesem ungewöhnlichen Jobangebot momentan alles andere als rosig aus. Um genauer zu sein: Sie sahen gar nicht aus.

Und mit der Arbeit hier würde ich nicht nur mein finanzielles Dilemma für zweieinhalb Monate lösen, sondern hätte auch gleich eine behagliche Unterkunft, gegen die selbst Wiebke nichts würde einwenden können. Das nannte man doch: zwei Fliegen mit einer Klappe schlagen.

Ich würde nicht sofort zurück ins Ruhrgebiet müssen. Und hätte trotzdem einen triftigen Grund, um meiner lieben Familie Petersen nicht länger das Familienleben durcheinanderzuwirbeln.

Die Wochen hier würden mir Zeit verschaffen, um weitere, ernsthafte Versuche in Sachen neuer, seriöser Arbeitsstelle zu unternehmen.

»Von Montag bis Freitag, richtig?«, wiederholte ich, was sie vorhin schon gesagt hatte.

»Genau, von halb acht bis um fünf.« Britts Wangen waren gerötet, während sie mich gespannt ansah.

»Fünfundzwanzig?«

»Fünfundzwanzig Hunde«, nickte Britt. »Alle voll verträglich und bereits seit ewigen Zeiten bekannt miteinander. Damit ist die Huta auch voll belegt. Du brauchst dich um keine Neuaufnahmen zu kümmern oder sonst was Schwieriges. Nur morgens die acht Hol-Hunde einladen und abends wieder wegbringen. Den Rest des Tages ein bisschen Beschäftigung, Füttern, Spielen und so weiter. Was man halt so macht mit Hunden. Ordnung halten und sauber machen muss natürlich auch sein. Aber das macht man quasi nebenbei. Hast ja den ganzen Tag Zeit.«

So wie meine neue Bekanntschaft es ausdrückte, klang es wirklich wie ein Kinderspiel.

Pff, ich hatte schließlich bei PUTZmunter eine ganze Abteilung geleitet mit wesentlich komplexeren Aufgabenbereichen als Ordnung halten und Hunde herumfahren. Wäre doch gelacht, wenn ich das nicht schaffen würde!

»Weißt du was, Britt, ich mach's!«, entschied ich.

Sie atmete tief ein und reichte mir feierlich die Hand: »Vertretung für zehn Wochen in der Huta Hundehütte Usedom?! Dafür bekommst du alle Einnahmen dieser Zeit und darfst kostenlos hier wohnen. Einverstanden?«

»Einverstanden!«, sagte ich und schlug ein.

Britt strahlte übers ganze Gesicht. »Natürlich muss ich gleich noch eine Rundmail rumschicken, damit alle Kunden

Bescheid wissen und sich nicht wundern, wenn ich am Montag nicht da bin. Und packen muss ich auch noch. Aber jetzt stoßen wir erst mal darauf an!« Damit entkorkte sie den Wein und füllte beide Gläser.

»Auf Lara in der Hundehütte!«, rief sie enthusiastisch.

»Und auf Britt auf der *Freedom!*«, erwiderte ich, von ihrer Freude mittlerweile angesteckt.

Wir nahmen beide einen tiefen Schluck. Sie hatte recht gehabt, der Wein war sehr gut. Lecker und süffig. Hoffentlich würde ich die Kombination vertragen. Ich war nicht gerade viel Alkohol gewöhnt. Ein Bier am Abend reichte normalerweise vollkommen aus, um mich selig schlafen zu lassen. Aber hieß es nicht immer: *Bier auf Wein – das lass sein. Wein auf Bier – das rat ich dir?*

Egal, das Zeug schmeckte wirklich gut.

Britt griff sich eine Handvoll Chips und schob mir die Schale rüber. »So, und jetzt erzähl mal. Wie kann es sein, dass es einen Kerl gibt, der eine Frau wie dich einfach sitzen lässt?«

8. Kapitel

Ich erwachte von einem ziehenden Schmerz hinter meinen Augen. Nein, eigentlich war es ein Schmerz, der den gesamten Kopf ausfüllte. Ich öffnete den Mund, um zu stöhnen. Doch meine Kehle war rau, wie mit Sandpapier abgeschliffen, und im Gegensatz dazu fühlte sich meine Zunge an, als wäre über Nacht ein Pelz darauf gewachsen.

»Ich glaub, sie wird wach, Mama«, hörte ich eine Kinderstimme flüstern.

»Dann geh mal raus spielen«, wisperte die Stimme meiner liebsten Freundin Wiebke zurück.

Wiebke? Moment mal!

Ich schlug vorsichtig die Augen auf, kniff sie jedoch sofort wieder zusammen, als das grelle Licht des Morgens eine neue Schmerzwelle durch mein Hirn schickte.

»Ich will aber lieber hierbleiben«, widersprach Lasse seiner Mutter. »Ich hab Lara noch nie besoffen erlebt.«

Ein Geräusch, als würde Wiebke schnauben. Vielleicht war es auch ein leises Kichern? »Das war gestern Abend, kleine Robbe. Heute Morgen ist sie nicht mehr betrunken, sondern sie hat einen Kater. Das fühlt sich ungefähr so an, wie du dich neulich gefühlt hast, als du diese schlimme Magen-Darm-Grippe hattest.«

»Ojeeee«, hauchte Lasse mitfühlend. »Soll ich den Eimer holen?«

»Geht schon …«, nuschelte ich an meiner Pelzzunge vorbei. »Brauch nur bisschen Ruhe …«

»Hörst du?«, zischelte Wiebke. »Und jetzt raus, junger Mann! Frag mal Sönke, ob er mit dir Federball spielt.«

Das Tappen von Füßen über den Boden war zu hören. Dann wurde die Hintertür mit einem Knall zugeschlagen.

»Aaaargs«, ächzte ich.

»Also wirklich«, seufzte Wiebke. »Ich muss mal ein ernstes Wörtchen mit Fiete reden. Was hat er dir gegeben, dass du derart mitgenommen bist? Gestern Abend hatte ich fast den Eindruck, als hättest du gar nicht mehr mitbekommen, dass wir dich aufs Sofa verfrachtet haben.«

Ich versuchte den Kopf zu schütteln, bereute das aber sofort. Vorsichtig setzte ich mich auf und wartete darauf, dass das Wohnzimmer der Petersens aufhörte, sich zu drehen.

»Fiete ist nicht schuld«, flüsterte ich schließlich und betastete meine Stirn, als könnte ich den Schmerz dort drinnen von außen irgendwie orten. »Hab ›ne nette Frau getroffen, und wir haben bei ihr noch ein bisschen Wein …« Bei der Erinnerung an diesen Geruch und Geschmack ächzte ich erneut.

«So? Ein bisschen Wein?«, wiederholte Wiebke und lächelte mich amüsiert an.

»Britt«, murmelte ich. »Britt von der Hundehütte.«

Wiebke hob die Brauen. »Britt Hansen? Ach herrje! Da hast du dich ja mit einem schönen Seebären angelegt. Die kann was vertragen und steht am nächsten Tag immer noch kerzengerade auf ihrem Boot.«

Ich stöhnte. »Stell dir vor, darum ging es auch eigentlich. Sie hat mir erzählt, dass sie auf diesem riesigen Segelboot mitfahren will … args … Hast du mal ›nen Schluck …?«

Wiebke reichte mir ein Wasserglas, das auf dem Couchtisch stand. Ich trank gierig.

»Tja, das weiß bestimmt inzwischen ganz Trassenheide«, meinte sie. »Dass sie gern auf der *Freedom* anheuern wollte. Sie hat es überall erzählt, weil sie jemanden zur Vertretung in ihrem kleinen Betrieb gesucht hat. Leider hat sie aber niemanden gefunden. Sie hat nämlich eine …«

»… Hundetagesstätte«, nickte ich langsam.

Wiebke grinste.

Ich verzog meinen Mund ebenfalls zu einem Grinsen: »Sie dachte, ich könnte den Job für die zehn Wochen machen.«

Schlagartig verschwand Wiebkes amüsierter Ausdruck von ihrem Gesicht und wich einer besorgten Miene. »Du hast doch wohl nicht zugesagt?«, wollte sie wissen.

Unter ihrem Blick wurde mir ein wenig mulmig zumute. »Na ja ... also ... um ehrlich zu sein ...«, begann ich.

«Oh nein! Lara!«, rief Wiebke.

»Pssst!«, zischte ich und hielt mir den Kopf.

»Lara!«, japste Wiebke mit ein paar Dezibel weniger. »Du hast doch gar keine Ahnung von Hunden! Britt führt die Huta schon seit Jahren. Du musst doch wissen, wie schwer es ist, so einen kleinen Betrieb aufzuziehen und über Wasser zu halten. Wie einfach ist es im Gegensatz dazu, den guten Ruf eines Unternehmens in kürzester Zeit zugrunde zu richten, wenn man nicht weiß, was man da tut.«

Beklommen starrte ich vor mich hin. Eine eindringliche Stimme in meinem schmerzenden Schädel flüsterte mir zu, dass meine beste Freundin damit vollkommen recht hatte.

»Vielleicht hat sie es ja gar nicht so ernst gemeint«, grübelte ich. »Ich meine, sie hat mir alles gezeigt, den Garten und das Haus und so. Aber eigentlich gibt es keine feste Abmachung.«

Wiebke fasste nach meiner Hand. »Keine feste Abmachung? Das heißt, ihr habt es gar nicht fest verabredet? Puh! Lara, jetzt hast du mir aber einen Schrecken eingejagt. Für mich klang es so, als wäre es eine abgemachte Sache.« Sie atmete erleichtert tief aus.

Ich lächelte schief. »Nicht so richtig. Ich meine, zu sowas gehört doch schließlich ein Vertrag und so. Aber davon war gar keine Rede.«

»Kein Vertrag?«, wiederholte Wiebke zufrieden.

»Kein Vertrag«, nickte ich. Langsam ging es mir besser. Nein, Britt und ich hatten wirklich keinen Vertrag geschlossen.

»Sie hat mir natürlich einiges erzählt, von den Hunden und den Abläufen und so. Aber außer, dass wir mal kurz abgeklatscht haben, ist nichts weiter passiert und …«

»Moment!« Wiebke hob die Hand und sah mich an, als ahne sie ein großes Unheil. »Was genau meinst du mit ›kurz abgeklatscht‹?«

Ich streckte meine eigene Hand aus, nahm ihre und schüttelte sie kurz. »Na, so was.«

»Laaaraa!«, kreischte Wiebke. Okay, es ging mir doch nicht besser. »Du hast es per Handschlag besiegelt!«

Ich starrte sie an. »Ja, aber …«

»Handschlag, meine liebe Ruhrpottschnecke, bedeutet hier auf der Insel eine bindende Vereinbarung!«, dröhnte Wiebke ohne Rücksicht auf mein schmerzverzogenes Gesicht.

»Was?«, hauchte ich. »Aber … ich habe nichts unterschrieben …«

»Nu lass doch mal den Quatsch mit der Unterschrift!«, ereiferte meine liebe Freundin sich. »Mag ja sein, dass in NRW nichts ohne so was läuft. Aber hier bist du auf Usedom. Und auf Usedom gilt ein Handschlag noch mehr als ein Stück Papier. Damit gibst du nicht nur dein Wort. Du gibst es auch bei deiner Ehre.«

Jetzt musste ich schlucken. »Du meinst …?«, setzte ich an. Langsam sickerte die Bedeutung ihrer Worte in mein armes, gemartertes Hirn.

Wiebke nickte. »Du bist jetzt Hundesitterin für zwanzig dir vollkommen unbekannte Vierbeiner aller Größen!«

»Fünfundzwanzig«, korrigierte ich sie.

Sie rollte mir den Augen. Ansonsten schien sie sich jedoch mit meinem Schicksal abgefunden zu haben, denn sie sagte nichts weiter.

Selbiges galt für mich aber noch nicht. Ich überlegte. »Wie spät ist es?«, wollte ich wissen.

»Gleich halb zwölf … jaaa, du hast sehr lange geschlafen.« Wiebke beobachtete mich genau.

«Okay», sagte ich schließlich und sprang auf. Kurz schwankte der Boden unter mir, doch ich hielt mich rasch an der Sofalehne fest. »Okay. Ich gehe jetzt zu Britt und klär das Ganze. Es ist noch Zeit. Sie wird bestimmt einsehen, dass das eine echte Schnapsidee war – im wahrsten Sinne des Wortes.« Ich wankte noch etwas zittrig auf den Beinen in den Flur. Dort machte ich einen Abstecher ins Badezimmer, putzte meine Zähne samt Zunge, erledigte, was man sonst noch so an diesem Ort erledigte, und stand kurz darauf an der Haustür.

Wiebke stand in der Tür zur Küche und sah ziemlich besorgt aus. »Viel Glück«, wünschte sie mir.

Und schon war ich zur Tür hinaus.

♥

Auf dem Weg zur Hundetagestätte legte ich mir so sorgfältig, wie mein brummender Schädel es zuließ, zurecht, was ich sagen wollte.

Im Grunde gab es zwei wirklich schlagende Argumente: Erstens hatte Wiebke recht und ich selbst nicht die geringste Ahnung von Vierbeinern jeder Art, auch oder besonders nicht von Hunden. Zweitens hatte Wiebke noch mal recht, und ich würde Britts mühsam aufgebautes kleines Unternehmen innerhalb kürzester Zeit zugrunde richten.

Diese beiden Pfeiler meiner bedauernden Rede formulierte ich leise murmelnd vor mich hin und konnte regelrecht fühlen, wie mein Gesicht sich dabei zu einer zerknirschten Grimasse verzog. Das schlechte Gewissen nagte an mir. Wie hatte ich mich nur darauf einlassen können! Nun hatte ich Britt Hoffnung gemacht und musste sie jetzt wieder auf den Boden der Tatsachen zurückholen: Aus der Erfüllung ihres großen Traumes würde doch nichts werden.

Nach kurzer Zeit bog ich in den schmalen Schotterweg ein, der zu dem hübschen Häuschen führte. Im Mittagslicht, das durch die Bäume gnädig gefiltert auf mich herabfiel, sah es fast noch einladender und gemütlicher aus als gestern Abend.

Ich steuerte die grüne, doppelflügelige Haustür an und suchte nach dem Klingelknopf. Da ich keinen fand, zog ich an dem Strick der kleinen Schiffsglocke, die an der Hauswand hing. Es bimmelte. Doch sonst geschah nichts.

Ich bimmelte noch mal. Und ein drittes Mal. Langsam wuchs meine Unruhe.

Ich schlug den Pfad neben dem Haus ein, um über die beiden Zäune einen Blick in den Garten zu werfen. An der Pforte hing ein Päckchen samt einem kleinen Zettel. Der Anblick bereitete mir noch mehr Unbehagen, und ich überflog rasch, was dort geschrieben stand:

Liebe Lara,
hier ist alles drin, was du brauchst. In den Unterlagen findest du Kurznotizen zu allen Kunden und Hunden. Auch die Adressen von denen, die du morgen früh abholen musst. Der Autoschlüssel hängt am Haken neben der Tür. Ich glaube, im Tank ist noch genug Benzin für zwei Tage.
Ich wollte dir das alles eigentlich lieber persönlich geben, doch so wie du gestern hier aufgebrochen bist, bin ich sicher, dass du wohl lange schlafen wirst, und da wollte ich dich nicht stören. (Hier hatte sie ein niedliches Smiley gemalt, das mir zuzwinkerte.)
Als ich hörte, dass die Freedom nicht erst heute Abend, sondern schon am Mittag auslaufen würde, war mir klar, dass meine Nacht wohl eher kurz ausfallen würde.
Hab viel Spaß mit meinen kleinen Experten!
Bis in zehn Wochen.
Alles Liebe,
Britt

Ich ließ den Zettel sinken. *Schon am Mittag?* Was hieß Mittag? Etwa so um zwölf? Plötzlich begann mein Herz zu rasen. Panisch sah ich mich um. An der Hauswand lehnte ein Fahrrad. Ich erinnerte mich, dass Britt gestern nebenbei erwähnt hatte, dass ich das Rad natürlich auch nutzen könnte, wenn ich es mal brauchen sollte.

Wann würde ich es mehr brauchen als jetzt?

Ich schnappte mir das Ding, sprang in den Sattel und trat in die Pedale.

9. Kapitel

Gott sei Dank hatte Britt gestern Abend erwähnt, in welchem Hafen der große Segler lag, auf dem sie anheuern wollte. Den Marine Regatta Club im Peenemünder Hafen kannte ich von ein paar Ausflügen.

Ich strampelte, als ginge es um mein Leben. Britts Rad war zwar kein sportliches Mountainbike, doch es besaß immerhin zehn Gänge, und so konnte ich gut Gas geben. Der Wind pfiff mir um die Ohren, als ich auf die Hauptstraße einbog und den Radweg entlangsauste.

Leider gab es auch auf der Insel einige Erhebungen. Als Mittelgebirgskind hatte ich mich immer geweigert, sie Hügel oder gar Berge zu nennen. Aber per Fahrrad und in einer akuten Notsituation plus Restalkohol sah das Ganze doch anders aus. Und so keuchte ich schon bald, während mein Kopf wahrscheinlich rot wie ein Hydrant leuchtete und jede Sekunde zu zerspringen drohte.

Ich versuchte nicht daran zu denken, was geschehen würde, sollte mich unerwarteterweise eine Polizeistreife anhalten und zur Alkoholkontrolle bitten. Doch nachdem ich in den letzten vierundzwanzig Stunden so viel Pech gehabt hatte, war das Glück mir diesmal hold, und eine erschreckend lange Weile später erreichte ich den Hafen, ohne aufgehalten und sofort inhaftiert worden zu sein.

Ich ließ das Rad an einem Geländer zurück und versuchte, das Gewirr von Booten zu überblicken. Doch schon nach wenigen Sekunden war mir klar, dass ich die *Freedom* auf diese Weise nicht ausmachen würde. Also lief ich los und spähte die Stege hinunter, an denen unzählige Boote vertäut lagen.

Weil ich mich derart auf die Namen der Segler konzentrierte, musste ich wohl einen winzigen Augenblick nicht auf meinen Weg geachtet haben, denn plötzlich stolperte ich über etwas Weiches. Das Weiche und ich gaben beide einen erschrockenen Quietscher von uns.

Ich sah hinunter. Da war doch tatsächlich der kleine, hinterhältige Köter von neulich Morgen und sah mich vorwurfsvoll an. Hinter ihm stand sein Jogger-Herrchen mit ungefähr dem gleichen Gesichtsausdruck. Allerdings trug er heute keine Joggingklamotten, sondern sportlich sitzende Jeans und eine Windjacke über einem T-Shirt.

Doch leider hatte ich keine Zeit für Wiedersehensfreude. »Wissen Sie …«, keuchte ich, »wo … die *Freedom* …?« Ich musste die Hände auf die Knie stützen, um kurz Luft zu holen.

»Zufällig ja«, antwortete er ein wenig blasiert und deutete mit der gebräunten Hand quer über das Hafenbecken. Genau zur Ausfahrt.

Dort glitt soeben ein majestätisch wirkendes weißes Segelschiff mit in der Sonne glänzenden Holzaufbauten aus dem Hafenbecken hinaus. Fassungslos starrte ich hinüber. Doch dann erkannte ich am Bug des Schiffes den vage vertrauten, hellen Pferdeschwanz. Tatsächlich! Dort stand Britt! Und sie sah zu mir herüber.

»Briiiitt!«, schrie ich aus Leibeskräften. Ein älterer Mann in Leinenhosen, der gerade auf seinem Boot herumwerkelte, ließ vor Schreck das Tau aus seiner Hand fallen.

»Britt, komm zurüüüück!«, brüllte ich so laut es ging. Mein Kopf drohte zu zerspringen, doch darauf konnte ich keine Rücksicht nehmen. »Das war eine totaaal bekloppte Idee! Ich schaff das nicht! Ich hab doch keine Aaaaahnung von Huuuunden! Du musst zurückkommen! Hööörst du?« Zwischen meinen Ohren dröhnte es wie in einer Kirchenglocke.

Britt, immer noch in meine Richtung blickend, hob den Arm. Für eine irrwitzige Sekunde glaubte ich – oder hoffte ich es? – sie würde einfach über die Reling springen und durchs Hafenbecken herübergeschwommen kommen. Doch dann schwenkte sie den Arm nur in einer großen Geste hin und her. Ein fröhliches, lebens- und abenteuerlustiges Winken. Ich konnte bis hierher ihr strahlend weißes Lachen im braungebrannten Gesicht erkennen.

Dann bog der Segler um die Ecke der Hafenmauer, und ich sah nur noch die Masten.

»Britt!«, krächzte ich noch einmal heiser und sackte dann in mich zusammen.

Gut, dass direkt hinter mir einer von diesen Pollern stand, die in Abständen von wenigen Metern Kaimauer und Hafenbecken vor Autos mit defekten Bremsanlagen schützten. Kraftlos sank ich darauf und wischte mir den Schweiß aus dem Gesicht.

Und nun? Was sollte ich nun machen?

Langsam beruhigte sich mein Atem, und ich nahm wieder wahr, was um mich herum geschah.

Beispielsweise konnte ich aus dem Augenwinkel sehen, dass der fremde Ehemals-Jogger mit Hund immer noch ein Stückchen entfernt neben mir stand und mich ansah. Ich wandte den Kopf und erwiderte seinen ernsten, prüfenden Blick.

»Moin«, sagte ich und versuchte ein Lächeln, das wahrscheinlich ziemlich schief geriet. »Und nein, ich bin keine durchgedrehte Irre. Obwohl ich es Ihnen nicht verübeln würde, wenn Sie das denken, nach den beiden Begegnungen mit mir. Es war nur so, dass ich diese Frau … Britt … also, ich wollte sie sehr, sehr dringend noch erreichen. Aber jetzt …« Ich brach ab. Was tat ich hier? Rechtfertigte mich vor einem komplett Fremden.

Doch der nickte, immer noch ernst dreinblickend. »… jetzt ist es zu spät«, vollendete er meinen Satz.

«Sie sagen es!«, stimmte ich ihm zu. Irgendetwas an ihm weckte so etwas wie Trotz in mir. Vielleicht war es sein prüfender Blick. Oder der skeptische Zug um seinen Mund. »Was aber nicht heißt, dass Sie alles wissen«, setzte ich deswegen hinzu.

Er hob die Brauen. Seine Augen waren von einer ungewöhnlichen Farbe. Irgendetwas zwischen dem Grau des Meeres an einem stürmischen Tag und dem Grün von frisch sprießendem Strandhafer. Und sie erinnerten mich an etwas. An jemanden.

Ich kam nur so schnell nicht drauf, an wen …

«Diesen Anspruch erhebe ich auch gar nicht«, erwiderte er zurückhaltend. »Allerdings sind die wenigen Dinge, die ich weiß, häufig die, auf die es ankommt.«

Oh, ein Klugscheißer. Na super. Ich war über den Hund eines Klugscheißers gestolpert. Und hatte ihn dann auch noch angequatscht. Und alles nur, weil ich von meinem ungewohnt sportlichen Einsatz so viel Adrenalin im Blut hatte.

Ich wollte mich aufrichten und gehen. Doch sein selbstgefälliges Auftreten reizte mich zum Widerspruch. »Dinge, die da wären?«, versuchte ich ihn zu provozieren.

Wieder dieser Blick aus diesen Augen. Irgendwo aus dem Tiefen meines Unterbewusstseins dämmerte eine Ahnung herauf.

Doch alles Denken wurde plötzlich blockiert, als er nämlich antwortete: »Sie sind Lara Munter, kommen aus dem Ruhrgebiet und wohnen derzeit bei einer guten Freundin auf Usedom. Für die nächsten zehn Wochen werden Sie die Vertretung in der Hundetagesstätte in Trassenheide übernehmen.«

Mir blieb der Mund offen stehen.

Diesmal zuckte es um seinen Mund, als müsste er ein Lächeln unterdrücken. Aber er hatte sich gut im Griff.

»Sie …«, stammelte ich. »Sie sind …?«

«Niklas Hansen, Britts großer Bruder«, stellte er sich vor und reichte mir tatsächlich die Hand.

70

Was das Schütteln von Händen anging, war ich gerade ein wenig empfindlich. Schließlich hatte mir ein einfaches Händereichen am Abend zuvor nun mächtig was eingebrockt. Doch ich konnte ja schlecht ablehnen. Wir sahen uns einen Moment lang an und ließen dann beide rasch wieder los. Und dann breitete sich zwischen uns das peinlichste Schweigen aus, das ich in meinem ganzen bisherigen Leben erlebt hatte.

Mir wurde plötzlich so einiges klar. Seine Augen, natürlich, die hatten mich an seine Schwester Britt erinnert. Und eigentlich war es kein Wunder, dass sie so skeptisch dreinsahen. Bei unserer ersten Begegnung hatte ich ihn vor seinem eigenen Hund gewarnt, den ich als *gefährlich* abgestempelt hatte. Und nach meinem schädelspaltenden, heiseren Brüllen quer übers Hafenbecken war ihm nun ganz sicher klar, dass ich die Letzte war, die Britt für ihren liebevoll aufgebauten Betrieb als Vertretung einstellen sollte.

Nach dieser bitteren Erkenntnis fiel mir aber auch auf, dass mir das doch im Grunde nur recht sein konnte. Ich versuchte also zu ignorieren, dass meine vom gestrigen Abend übrig gebliebene Wimperntusche wahrscheinlich rund um die Augen verschmiert war, meine ungekämmten Haare windzerzaust um den Kopf wehten und mir das verschwitzte T-Shirt am Körper klebte. Ich richtete mich ein wenig auf.

»Wissen Sie, ich bin wirklich erleichtert, dass wir uns hier getroffen haben«, setzte ich an. »Denn auf diese Weise können wir die Situation doch bestimmt ganz leicht klären. Es is nämlich so, dass ich nicht mal Britts Handynummer habe. Wir kennen uns ja eigentlich gar nicht. Sind uns gestern zufällig in einer Bar begegnet. Ach, das hat sie Ihnen bestimmt erzählt. Na, was soll ich sagen? Ich vertrage nicht besonders viel. Und nun gucken Sie mal, was dabei rausgekommen ist. Diese Regelung, also, die geht doch nicht. Das sehen Sie doch bestimmt auch so? Und dann wäre es doch das Einfachste, wenn Sie mal kurz Ihr Handy zücken und Ihrer Schwester Bescheid sagen könnten, dass sie bei der nächsten Gelegenheit umdrehen muss?!«

Ich lächelte diesen Niklas Hansen auf eine Art und Weise an, von der ich hoffte, dass sie überzeugend wirkte. Doch irgendetwas an der Art, wie er meinen Blick erwiderte, sagte mir, dass es nicht ganz funktioniert hatte.

Er räusperte sich kurz. Dann entgegnete er: »Sie haben Ihre Abmachung per Handschlag besiegelt.«

»Au Scheiße!«, rief ich und klatschte mit der Hand gegen den Poller. »Das gibt's doch nicht! Wieso seid ihr Insulaner eigentlich so verbohrt und stur? Wir haben uns die Hand gegeben. Einfach so ...« Ich wollte ihm noch mal die Hand reichen. Er wollte sie auch nehmen. Doch dann wurde uns wohl beiden bewusst, was wir da taten, und zogen die Hände erneut zurück. »Ich hatte keine Ahnung, dass ihr das hier so eng seht. Aber Wiebke hat mich schon gewarnt. Und jetzt kommen Sie mir auch noch damit!«

Niklas Hansen wirkte ein wenig irritiert. Vielleicht weil ich in meinem kleinen emotionalen Ausbruch in die Ruhrgebietsunart verfallen war, im Plural mein Gegenüber zu duzen. Doch dann blinzelte er und schüttelte sacht den Kopf. Sein Hund, der immer noch neben ihm stand, sah zwischen uns hin und her wie bei einem mäßig interessanten Tennismatch.

»Obwohl Sie Britt noch nicht mal einen Tag lang kennen, wissen Sie schon, dass dieser Turn mit der *Freedom* ihr Lebenstraum ist, oder?«, fragte Niklas mich ganz ruhig.

»Ja, ähm ... ja«, stimmte ich zu.

«Sie war am Boden zerstört, als sich niemand gefunden hat, der die Huta solange führen wollte. Und als sie mich gestern angerufen hat, war sie plötzlich wie ausgewechselt. Ein Sechser im Lotto hätte sie bestimmt nicht glücklicher machen können.« Er machte eine kurze Pause. Wie um sicherzustellen, dass ich ihm auch folgen konnte. Ich nickte und hätte mich sofort dafür ohrfeigen können.

Doch ihn schien es zufriedenzustellen, denn er fuhr fort: »Meine Schwester hat in den letzten Jahren hart gearbeitet für den Erfolg, den sie mit ihrer Huta hat. Sie hat eine Belohnung dringend nötig. Und deswegen werde ich auf keinen Fall ihre Nummer wählen und ihr sagen, dass sie zurückkommen soll. Verstehen Sie?«

Ja. Er war ein Klugscheißer. Und ja, er sprach mit mir wie mit einer Siebenjährigen. Aber, verdammt, tief in mir drin wusste ich, dass er recht hatte.

Dann setzte er noch hinzu: »Und Sie haben Ihre Abmachung per Handschlag besiegelt.«

Ich konnte es wirklich nicht fassen, dass er es noch mal erwähnte, und öffnete schon den Mund. Doch dann schloss ich ihn wieder. Was hätte es für einen Sinn gehabt, ihn auf die Bräuche und Gepflogenheiten in meiner Heimat, dem Ruhrgebiet, hinzuweisen? Wahrscheinlich hätte er mich, ebenso wie Wiebke, nur darauf aufmerksam gemacht, dass ich hier aber auf der Insel Usedom war. Und so, wie sich die Lage gerade entwickelte, sah es danach aus, als würde ich hier auch noch eine ganze Weile bleiben.

10. Kapitel

Niklas Hansen lud Britts Fahrrad hinten in seinen Range Rover, und wir fuhren zu der Adresse, die ich ihm nannte, als er mich nach »der Straße, in der Ihre Freundin wohnt« fragte.

Eigentlich war es nett von ihm, mich nicht einfach am Hafen zurückzulassen, sondern sich so verantwortungsvoll zu zeigen. Als wir einstiegen, schlug er sogar vor, dass er bei Wiebke so lange warten würde, bis ich alle meine Sachen gepackt hatte, um mich dann samt Gepäck und Fahrrad zur Huta zu bringen. Doch seine im Grunde so menschenfreundliche Tat begleitete er leider mit eisigem Schweigen.

Nachdem ich mehr oder weniger ganz alleine ein bisschen Small Talk bestritten hatte (»Wie alt ist denn eigentlich Ihr Hund?« – »Und wie heißt er? – Oh er ist eine *sie*. Pauline. Hallo Pauline!« – »Ich glaube, die nächsten Tage wird das Wetter wirklich fantastisch.«), beschloss ich, auch lieber zu schweigen. Insgeheim fragte ich mich aber schon, wie es möglich war, dass eine so lebendige Frau wie Britt einen derart wortkargen Bruder haben konnte.

Als wir vor der Haustür der Familie Petersen hielten, wollte ich schon eilig rausspringen. Doch Niklas Hansen zog den Zündschlüssel ab und stieg ebenfalls aus.

Wir gingen gemeinsam auf das Haus zu. Wiebke, die im Vorgarten mit dem Kopf voran in einem Beet gesteckt hatte, sah auf und erhob sich.

»Hallo, Professor Hansen!«, sagte sie und nickte ihm freundlich lächelnd zu. Na toll, meine beste Freundin kannte diesen Kerl, bei dem ich so gründlich ins Fettnäpfchen getreten war. Ich konnte ihr allerdings an der Nasenspitze ansehen, dass sie fast vor Neugierde platzte, wieso wir hier gemeinsam aufliefen.

»Wiebke, kann ich … ähm … dich mal kurz sprechen?«, bat ich sie.

«Sicher.« Sie warf Niklas Hansen, dessen Professorentitel ich glatt vergessen hatte (oder hatte Britt ihn gar nicht erwähnt?), einen fragenden Blick zu.

»Dürfte ich bitte mal Ihre Toilette benutzen?«, fragte er.

Ach, deshalb hatte er mich begleitet. Ich hatte schon für einen kurzen Moment vermutet, dass er auf Nummer sicher gehen wollte, dass ich mich nicht durch den Hinterausgang davonstehlen würde.

»Natürlich!« Wiebke ging uns voran ins Haus, zeigte dem Besucher die richtige Tür und folgte mir dann ins Wohnzimmer.

»Wo hast du den denn aufgetrieben?«, wisperte sie mir zu.

»Ich bin am Hafen über seinen Hund gestolpert«, erklärte ich leise, ohne auf die Details einzugehen. »Und leider bin ich zu spät gekommen. Britt ist also jetzt auf ihrem großen Segelturn, und ich habe diese fünfundzwanzig Hunde am Hals. Und ihn«, ich nickte Richtung Flur, »wahrscheinlich auch.«

»Och, das würd ich mir aber gefallen lassen«, flüsterte Wiebke mit einem süffisanten Grinsen.

»Pfff, lass dich bloß nicht vom Äußeren täuschen. Ich fürchte, er ist ein Klugscheißer und dazu noch ziemlich verstockt«, grummelte ich.

»Aber er hat dich hergefahren«, wies Wiebke mich auf die offensichtliche Nettigkeit hin.

»Wahrscheinlich nur, um sicherzustellen, dass ich auch wirklich in der Huta einziehe. Hilfst du mir bitte beim Packen? Ich möchte ihn nicht länger als unbedingt nötig warten lassen.«

»Sicher.«

Wiebke zog einen meiner Koffer heran, die hinter dem Sofa als provisorischer Kleiderschrank dienten. Doch im nächsten Moment schlug im Flur wieder eine Tür.

Meine beste Freundin ließ alles liegen und stehen und eilte hinüber.

»Wie wäre es mit einem Kaffee, während Sie warten?«, hörte ich sie mit ihrer reizendsten Stimme fragen. Dieses kleine Aas! Ihre Rolle der perfekten Gastgeberin verwunderte mich aber nicht so sehr wie die Reaktion meines Fahrers.

»Sehr gerne!«, sagte er und klang dabei, als würde er tatsächlich lächeln. »Ich bin heute Morgen noch gar nicht dazu gekommen. Ich war heute Nacht auf Otterjagd. Und dann hat Britt mich sehr früh angerufen und um Hilfe bei der Organisation ihrer Reise gebeten. Sie war völlig aus dem Häuschen und hätte wahrscheinlich die Hälfte vergessen.«

»Otterjagd?«, erwiderte Wiebke verwundert.

»Ach, na ja, das nenne ich einfach so. Ist nicht immer leicht, sie aufzuspüren und so lange zu beobachten, wie es für meine Feldforschung nötig ist. Manchmal denke ich wirklich, die einzelnen Otter-Sippen sprechen sich ab und führen mich dann an der Nase herum …«

Ihre Stimmen verklangen, als Wiebke sacht die Küchentür hinter ihnen schloss. Ich konnte sie aber immer mal wieder gemeinsam lachen hören.

Na super. Mir gegenüber hatte Britts Bruder nicht einmal ein freundliches Lächeln zustande gebracht. Aber mit Wiebke konnte er scherzen und locker-flockig von seinem spannenden Beruf als Biologe berichten. Wahrscheinlich war das mal wieder so eine Insulaner-Sache. Ich hatte in den letzten Wochen ja mehr als einmal die Erfahrung gemacht, dass die Einheimischen eher zurückhaltend waren, was den hemmungslosen Umgang mit Zugereisten anging. Da waren die Ruhrpöttler ja ganz anders, dachte ich grummelnd. Mohammed in seinem Kiosk war es zum Beispiel völlig egal, ob es Oma Schnäppke aus dem Eckhaus oder ein zufällig des Weges kommender Route-der-Industriekultur-Touri war, den er strahlend in ein Gespräch verwickeln konnte.

Während ich über diesen gravierenden kulturellen Unterschied nachdachte, grabschte ich aus allen Ecken meine Sachen zusammen. Offenbar hatten die sich in den letzten Wochen sonderbarerweise im ganzen Wohnzimmer und Bad verteilt.

Aber irgendwann waren Koffer und Reisetasche genauso gefüllt, wie sie es gewesen waren, als ich hier angekommen war, und ich trug alles zur Haustür.

Als ich den Kopf zur Küche hineinstreckte, saßen Wiebke und Niklas Hansen einträchtig am Tisch, vor sich jeweils einen Kaffeebecher und zwischen sich einen Teller Kekse.

»Ich wäre dann so weit«, sagte ich.

Britts Bruder stand auf. In der vertrauten Wohnküche sah er plötzlich noch größer aus.

Er nickte Wiebke freundlich zu. »Vielen Dank für die Bewirtung, Wiebke!«

»Da nich für, Niklas«, antwortete meine Freundin.

Da ihr Besuch mir gerade den Rücken zuwandte, formte ich in ihre Richtung die Worte: »Ihr duzt euch?« mit den Lippen. Doch sie tat so, als würde sie mich nicht verstehen.

Niklas Hansen nahm ungefragt die beiden Koffer und ging mir voraus zum Auto.

»Ich weiß wirklich nicht, was du hast, Lara«, flüsterte Wiebke, als sie mich zu diesem überstürzten Abschied in den Arm nahm. »Ich finde ihn ausgesprochen nett.«

♥

Der kleine Schnack mit meiner besten Freundin schien Niklas Hansen tatsächlich etwas aus der Reserve gelockt zu haben.

»Was halten Sie davon, wenn ich Ihnen gleich ein wenig Nachhilfe in Sachen Hundeumgang gebe?«, schlug er vor, als er auf die Hauptstraße einbog.

»Was halten *Sie* davon, wenn wir einfach *Du* sagen?«, erwiderte ich spontan.

Er warf mir einen überraschten Seitenblick zu. Doch dann nickte er. »Niklas«, sagte er.

»Lara«, sagte ich. Das wäre geklärt. »Und diese Nachhilfe, wie würde die aussehen?«

»Pauline stellt sich sicherlich gern zum Üben zur Verfügung«, meinte Niklas und deutete mit dem Kopf nach hinten. Mit einem Sicherheitsgurt für Hunde an ihrem Geschirr befestigt, lag Pauline auf dem Rücksitz und schlief. Wo sie so friedlich dalag, konnte ich selbst nicht mehr recht verstehen, wieso ich bei unserer ersten Begegnung tatsächlich ein bisschen Angst vor ihr gehabt hatte. Als jetzt ihre Schlappohren bei jeder Bodenwelle ein wenig wippten und die Nase zuckte, sah sie wirklich niedlich aus.

»In Ordnung«, stimmte ich zu. »Aber ein bisschen Zeit bleibt uns ja noch vor dem großen Start, oder?« Letzteres sagte ich in der Hoffnung, dass er mich bezüglich des zu erwartenden Sprungs ins kalte Wasser des Hundesitter-Daseins würde beruhigen können. Doch Niklas schien seinen freundlichen Charme auch schon wieder aufgebraucht zu haben. Er hob verwundert die Brauen und antwortete: »Wie kommen Sie … ähm, wie kommst du darauf? Genau genommen hast du ja nicht mal mehr vierundzwanzig Stunden Zeit. Heute ist Sonntag. Und morgen früh startet dein neuer Job. Die Hundebesitzer sind schließlich alle berufstätig und deswegen auf die Huta angewiesen.«

Mein Magen hob sich einmal kurz und fiel dann bleischwer wieder zwischen die anderen Eingeweide. Und mir war klar, dass das nicht nur mit dem Wein-auf-Bier des letzten Abends zu tun hatte. Doch aus irgendeinem Grund kam es einfach nicht infrage, ihm anzuvertrauen, wie sehr mir jetzt die Flatter ging.

»Weiß ich doch«, winkte ich daher lässig ab. »Ich meine ja auch die Stunden, die vom heutigen Tag noch übrig sind. Die reichen doch bestimmt für eine kleine Einführung. Und

alles andere werde ich schon aus dem Bauch raus geregelt bekommen. Ich meine, sooo schwer kann es ja nicht sein, oder?«

Niklas sah mich nicht an. Doch ich glaubte zu erkennen,
dass seine Hände sich kurzfristig ein wenig fester ums Lenkrad schlossen.

11. Kapitel

An der Hundetagesstätte angekommen, schnappte ich mir sofort die beiden schweren Koffer, während Niklas mit einem verwunderten Achselzucken nach der Reisetasche griff. Wir trugen das Gepäck hinauf in die Wohnung.

»Na dann«, sagte Niklas und nahm vom Haken neben der Tür einen Autoschlüssel. »Schauen wir uns doch mal den Van an.«

Das Gefährt, das Britt als »umgebauten Bulli« betitelt hatte, war ein großer VW-Bus mit farbenfrohem Werbedruck, der quer über den kompletten Wagen verlief. Es waren Fotos von Hunden unterschiedlichster Rassen und Farben. Ob das wohl tatsächlich die Hunde waren, mit denen ich zukünftig zu tun haben würde? Einige von ihnen sahen ziemlich … nun, groß aus.

Niklas öffnete die Schiebetür an der Seite des Busses. Drinnen befanden sich neben- und übereinander acht sicher befestigte Hundeboxen aus hartem Plastik, deren Böden mit rutschfesten Gummimatten ausgelegt waren.

«Diese Kennel sind auch für den Flugverkehr zugelassen, also wirklich robust«, erklärte Niklas mir. »Wie du siehst, sind die größeren natürlich unten. Die großräumigen Hunde verlädst du also am besten, indem du erst selbst in den Wagen steigst und sie dann heraufbittest. Die entsprechende Boxentür solltest du schon vorher geöffnet haben, dann kann der Vierbeiner gleich reinspazieren.« Er sprang leichtfüßig in den Wagen und öffnete eine beliebige untere Boxentür.

Ich fragte mich, was er mit »heraufbitten« gemeint hatte.

»Klingt ganz einfach«, murmelte ich, anstatt danach zu fragen.

Niklas machte eine Geste, die wohl andeuten sollte, dass er mir diesbezüglich zustimmte. »Die kleineren Hunde transportierst du in den oberen Boxen. Auch hier musst du unbedingt die Boxentür vorher aufmachen. Denn wenn du erst mal mit dem Hund auf dem Arm hier drinstehst, ist es zu eng dafür. Willst du es mal versuchen?«

Ich schluckte und nickte dann.

Pauline, die brav vor dem Van gewartet hatte, schreckte ein bisschen zurück, als ich nach ihr greifen wollte.

»Hey, Kleine, alles okay«, sagte Niklas mit einer Stimme, die plötzlich so liebevoll und nett klang, dass ich mich fast erstaunt zu ihm umgesehen hätte.

»Ja, ganz genau«, versuchte ich seinen Tonfall zu imitieren. »Alles in bester Ordnung, Pauline. Schau mal, ich heb dich jetzt einfach mal hoch und …« Wieder wich sie mir aus. Ich riskierte einen Blick über die Schulter.

Niklas sprang aus dem Wagen, blieb aber mit verschränkten Armen dort stehen. »Beruhigen kannst du einen Hund nur, wenn du selbst ruhig bist. Sollest du nervös sein, merken sie es sofort«, erklärte er.

Fantastisch. Das klang ja wirklich sensationell einfach. Ich musste also nur aufhören, nervös zu sein, während ein kritischer Hundehalter und Otterprofessor hinter mir stand und skeptisch beäugte, wie ich seinen Hund einzufangen versuchte.

Ich richtete mich für einen Moment lang auf und atmete ein paarmal tief ein und doppelt so lange wieder aus. Ich hatte schon immer gewusst, dass sich die jahrelangen Yogastunden irgendwann auszahlen würden. Denn als ich mich nun erneut hinhockte und Pauline zu mir lockte, kam sie tatsächlich und schnupperte an meinen Fingern. Ich legte vorsichtig meine Hände um ihren kleinen Brustkorb und wollte sie hochheben.

«Stopp!«, erklang die sonore Stimme hinter mir. Pauline und ich sahen uns um. »Das ist kein Kleinkind, das du unter den Achseln hochnimmst«, erklärte Niklas. »Du solltest die eine Hand unter den Brustkorb legen und die andere unters Hinterteil. Nein, *hinter* die Hinterbeine. Ja, genau.«

Ich hob Pauline hoch, und sie ließ es sich problemlos gefallen. Sie war viel leichter, als ich gedacht hatte. Vielleicht zehn Kilo. Ich wusste nicht, ob ihr das behagen würde, aber aus Angst, sie könnte mir herunterfallen, drückte ich sie an mich. Pauline ächzte leise, blieb aber ruhig.

Mit ihr auf dem Arm ging ich zum Van hinüber und wollte einsteigen. Doch als ich links an Niklas vorbeigehen wollte, tat er gerade einen Schritt in genau diese Richtung.

»Hoppla!«, sagten wir beide wie aus einem Mund und machten gemeinsam einen Schritt in die andere Richtung. Und dann wieder zurück.

Wahrscheinlich wären wir noch eine Weile auf dem Fleck hin und her getreten, hätte Niklas nicht seine Hände an meine Schulter gelegt und mich festgehalten. Ich hob den Blick und sah ihn an.

In seinen meergrünen Augen lag ein Ausdruck, den ich nicht deuten konnte. Und obwohl wir beide verlegen lachten, war da ein Ernst zwischen uns, der etwas in mir zum Flattern brachte.

Ich räusperte mich. Niklas ließ mich so rasch los, als hätte er einen elektrischen Schlag bekommen, und trat einen übertrieben großen Schritt zur Seite, sodass ich endlich an ihm vorbeigehen konnte.

Ich versuchte, mir nichts anmerken zu lassen, aber da war immer noch dieses alberne Bibbern in mir, das mich für ein paar Sekunden vollkommen verwirrte. Komplett lächerlich!

Herrje, dachte ich, *Wiebke hat mich mit ihrer Begeisterung für diesen Kerl ganz durcheinandergebracht.*

Entschlossen, den kurzen Moment gleich wieder zu vergessen, kletterte ich etwas umständlich in den Bus. Und sah, dass ich bei all meinen Bemühungen versäumt hatte, eine der oberen Boxen aufzumachen.

Ein paar Sekunden lang starrte ich ratlos auf den Verschluss der Gittertür, um zu ergründen, wie er sich würde öffnen lassen. Dann schob ich Pauline auf meinen linken Arm, klemmte mit der Hand ihr Hinterteil an meine Brust und fummelte mit der rechten an der Boxentür herum. Und zwar entschieden zu lange. Und zudem mit dem Ergebnis, dass ich die Tür nicht aufbekam.

Mir blieb nichts anderes übrig, als Pauline kurz auf den Boden zu setzen und mich mit beiden Händen und komplettem Hirn auf die simple Aufgabe zu konzentrieren, die Gittertür zu einem der Kennel zu öffnen.

Als ich alle meine Sinne wieder beisammen hatte, ging es überraschend schnell. Die Tür schwang auf, und ich wollte mich schon erleichtert zu Pauline hinunterbeugen, als die kleine Hündin offenbar beschloss, dass sie genug von meinen stümperhaften Versuchen hatte, und einfach aus dem Auto sprang.

»Pauline!«, rief ich empört. Doch das Tierchen lief zu seinem Herrchen hinüber, setzte sich neben ihn und sah mich, wie ich fand, anklagend an.

Niklas verkniff sich offenbar ein Grinsen.

Na, das hatte ich gern. Erst so hölzern daherkommen und sich dann im passenden Moment lustig machen.

Ich stieg wieder aus dem Bulli und ging erneut zu Pauline hinüber, nachdem ich mich mit einem Blick vergewissert hatte, dass die Boxentür immer noch offenstand.

»Merke: Niemals die Leine loslassen, bevor der Hund nicht sicher in der Box sitzt«, wies Niklas mich an.

»Aber Pauline hat gar keine Leine!«, konterte ich trotzig.

»Du hast recht«, lenkte er ein. »Aber die Hunde der Huta-Kunden werden alle Leinen tragen.«

»Okay«, presste ich durch die Lippen und wandte mich wieder Pauline zu. »Na komm, Paulinelein. Komm her, wir versuchen es noch mal, ja?«

Pauline dachte nicht daran.

Ich musste also tatsächlich dicht vor Niklas in die Knie gehen und sie von dort einsammeln. Wahrscheinlich war das vermenschlichend, aber ich glaubte wirklich, sie kurz seufzen zu hören, als ich sie hochnahm.

Erneut im Van angekommen, stand ich plötzlich vor dem Problem, wie ich Pauline denn in die Box hineinbekommen sollte. Denn nachdem sie erst nicht auf meinen Arm gewollt hatte, schien sie sich jetzt geradezu festzuklammern.

»Sie mag keine Boxen«, teilte Niklas mir netterweise mit.

»Ach, tatsächlich?«, schnappte ich. »Und wieso soll ich sie dann in eine reinstopfen?«

»Weil zwei oder drei der Kundenhunde die Boxen auch nicht sonderlich mögen«, erklärte er mir.

Na wunderbar. Das konnte ja heiter werden. Ich hoffte inständig, dass das nicht auf einen der Hunde zutraf, die Niklas vorhin als »großräumig« umschrieben hatte.

Offenbar sah er mir meine Hilflosigkeit so deutlich an, dass er sich erbarmte und zu mir herüberkam. Er stieg zu uns in den Wagen, und plötzlich wurde es hier verdammt eng.

»Ein kleiner Tipp«, sagte er und kramte in seiner Tasche. Pauline wandte den Kopf und schaute interessiert. »Ein gutes Argument überzeugt die meisten.« Damit drückte er mir einen kleinen, knochenförmigen Keks in die rechte Hand und nickte zur offenstehenden Box hin.

Ach so. Na, da hätte ich ja auch drauf kommen können. Ich schnippte den Keks in die Box und lehnte mich vor. Aber wenn ich erwartet hatte, dass Pauline nun freiwillig von meinem Arm in den Kennel klettern würde, hatte ich mich leider getäuscht. Denn stattdessen machte sie einen unglaublich langen Hals, wie ich es so einem kleinen Hund wirklich nicht zugetraut hatte, schnappte sich den Leckerbissen und kaute ihn zufrieden, während sie immer noch bequem auf meinem Arm saß.

Ich drehte die rechte Hand und hielt sie Niklas noch einmal hin. Er spendierte noch einen Keks. Und diesmal warf ich ihn in die hintere Ecke der Box.

So lang konnte Pauline sich bestimmt nicht machen.

Und tatsächlich: Als ich mich mit ihr nach vorne lehnte, reckte sie sich in Richtung der Box, und ich konnte sie mit einem kleinen Schubser hineinbefördern.

Ich wollte Niklas schon triumphierend anlächeln, als er warnend sagte: »Jetzt schnell!«

Gerade noch rechtzeitig knallte ich die Tür zu, denn Pauline hatte sich zwar den Keks geschnappt, wollte aber sofort wieder aus ihrem Gefängnis springen.

»Ha!«, machte ich. »Reflexe wie ein Jedi-Ritter!«

Für einen Moment sah ich in Niklas' Augen etwas aufblitzen, doch dann nickte er mir nur zu und sagte: »Gratuliere! Du hast einen Hund in seine Transportbox gesetzt. Montag werden das sieben weitere sein. Und was ich noch gar nicht erwähnt habe: Ein Hund, der nicht gern in eine Box geht, neigt meist dazu, sehr schnell wieder raus zu wollen, sobald sich die Tür öffnet.«

Ich wusste doch, dass an der Sache noch ein Haken war.

♥

Es war beschämend, aber wir übten das Verladen mit Pauline sage und schreibe eine geschlagene halbe Stunde – während die kleine Hündin auch für mich sichtbar immer schlechtere Laune bekam. Erst als alles reibungslos klappte, war Niklas zufrieden mit meinem Vorgehen.

Ich hatte also recht gehabt: Er war ein Klugscheißer. Nein, wohl eher ein Professor Dr. Klugscheißer. Aber obwohl er mich mit seinem kritischen Blick nervös machte, war ich heilfroh, dass er mir all die wertvollen Ratschläge gegeben hatte. Doch noch immer sah ich dem morgigen Tag, meinem ersten als offizielle Hundesittern von fünfundzwanzig fremden Vierbeinern, mit bangen Gefühlen entgegen.

»Da haben wir den Salat«, sagte ich ein wenig kleinlaut zu Niklas, als es schließlich offenbar keinerlei Ratschläge mehr gab, die er mir noch nicht gegeben hatte, und er sich auf den Heimweg machen wollte. »Ich fürchte, ich bin für diese Aufgabe nicht besonders gut geeignet.«

Ich konnte deutlich hören, dass meine Stimme dabei noch ein bisschen jämmerlicher klang, als mir sowieso gerade zumute war.

Niklas sah mich einen Moment lang zögernd an, als müsste er abschätzen, wie viel Wahrheit ich im Augenblick noch ertragen könnte.

»Ich würde eher sagen, du wusstest nicht wirklich, worauf du dich einlässt, als du Britt das Angebot gemacht hast«, sagte er schließlich. »Aber ich bin dir trotzdem sehr dankbar dafür. Ich glaube, ich habe meine Schwester schon lange nicht mehr so glücklich gesehen wie heute Morgen, als sie die Gangway zur *Freedom* hinaufgelaufen ist. Und mach dir keine Sorgen. Die Arbeit hier wirst du ganz schnell lernen. Nur keine Angst.«

»Danke«, antwortete ich, ein wenig überrascht. »Das ist wirklich nett von dir, mir Mut zuzusprechen, nachdem ich gerade so katastrophal versagt habe.« Ich lächelte ihn an. Und in mir regte sich sogar so etwas wie ein schlechtes Gewissen, weil ich doch quasi gerade noch diese Sache mit dem Klugscheißer gedacht hatte.

Sein Blick hing einen Moment lang an meinen Augen. Dann sah er rasch weg. »Viel Glück!«, sagte er, wandte sich um, und schon waren Pauline und er um die Hausecke verschwunden.

12. Kapitel

Britt hatte eine detaillierte Liste erstellt, welche Hunde unter welcher Adresse in welcher Reihenfolge am Morgen abzuholen und abends wieder abzuliefern waren. Mit vor Aufregung zitternden Händen ging ich die Liste immer wieder durch.

Da einer der Hundehalter gerade Urlaub machte und daher die Dienste der Hundehütte nicht brauchte, blieben noch sieben Vierbeiner übrig.

Meine Erlebnisse mit Pauline am gestrigen Nachmittag im Hinterkopf, fuhr ich eine halbe Stunde früher als notwendig los. Und kam eine halbe Stunde vor der Zeit, die auf der Liste vermerkt war, bei der ersten Adresse an.

Ich parkte den Van an der Straße und ging mit der Adressliste in der Hand zu dem Mehrparteien-Wohnhaus hinüber. Auf der Klingelleiste fand ich sofort den richtigen Namen und drückte auf den Knopf. Beinahe augenblicklich erhob sich im Hausinneren, irgendwo rechts über mir, ein infernalisches Geheul.

Mein erster Gedanke war, dass das wahrscheinlich der wirklich außergewöhnlichste Klingelton war, den ich je gehört hatte – bis mir aufging, dass es nicht die Klingel war, die diesen Lärm veranstaltete.

In der Gegensprechanlage knackste es, und dann rief eine gestresst klingende Frauenstimme: »Wer ist denn da, zur Hölle?!«

Ich starrte auf den metallenen Lautsprecher. »Hundehütte Usedom«, sagte ich möglichst laut und deutlich. Denn ich war nicht sicher, ob meine Worte in der Wohnung oben zu verstehen waren bei dem Gebell und Gekreisch.

»Britt?«, rief die Frau.

»Nein, ich bin die Vertretung«, antwortete ich.

Aus der Anlage drang noch ein Geräusch, das verdächtig nach einem Fluchen klang. Dann ging der Türsummer.

Ich drückte die Haustür auf und lief die Stufen hinauf. Die Wohnung war nicht zu verfehlen. Hinter der Tür kläffte und heulte es immer noch. Offenbar hatte die Hundehalterin den Hausflur durch den Spion beobachtet, denn als ich gerade die letzte Stufe nahm, öffnete sich die Tür einen Spalt. Ich musste mich hindurchquetschen, während drinnen im Wohnungsflur eine Frau im Bademantel und mit Handtuchturban einen großen, wuscheligen Hund festhielt.

»Tür zu! Schnell!«, keuchte sie. Und ich tat, wie mir befohlen«.

Sie ließ das Fellmonster los, das sofort begann, wie wild an mir hochzuspringen. Ich war froh, dass sich in dem schmalen Flur direkt hinter mir die Wand befand, denn ansonsten hätte ich bestimmt nicht standhalten können.

»Harvey! Harvey! Jetzt beruhig dich doch!«, schnauzte das Frauchen. Mit einem eleganten Sidekick ihrer füllingen Hüfte schubste sie das Riesenvieh zur Seite (ich beschloss, mir diese Bewegung unbedingt zu merken und vor dem Spiegel einzustudieren) und streckte mir die eine Hand hin, während sie mit der anderen ihren Turban festhielt.

»Uta«, sagte sie und umfing meine Hand mit eisernem Griff.

»Lara, hallo«, erwiderte ich.

Harvey gab es plötzlich auf, mich unbedingt gegen die Wand rempeln zu wollen, und war schlagartig damit beschäftigt, meine Jeans gründlich abzuschnuppern, die wahrscheinlich noch nach Pauline roch.

Wer interessiert schnuppert, kann nicht bellen, stellte ich erfreut fest. Meine Trommelfelle dankten es.

»Gott sei Dank!«, stöhnte Uta ebenfalls und verlor den Kampf gegen den Turban. Er entwickelte sich und ließ eine Flut roter Haare auf ihre Schultern herab.

»Tut mir sehr leid«, brachte ich heraus, während sie versuchte, sich die feuchte Mähne aus dem Gesicht zu streichen. »Ich bin wohl etwas zu früh. Erster Tag und so.«

Uta winkte ab. »Macht nichts. Hat schon lange keinen Ärger mehr gegeben.«

»Ähm ...?«

»Mit den anderen Mietern. Hat Britt denn nicht gesagt, dass ich Harvey immer unten an der Straße übergebe, damit er im Haus nicht so ein Theater macht?«

Ich hob die Hand mit der Liste und studierte sie. Neben der ersten Uhrzeit und Adresse stand in Großbuchstaben: *ACHTUNG! NICHT KLINGELN! HUND WECKT SONST DAS GANZE HAUS AUF!*

»Na, jetzt ist es eh zu spät«, meinte Uta leichthin und ließ mich mit diesem gewaltigen Flokati auf vier Beinen einfach im Flur stehen, während sie in den nächsten Raum einbog, der wahrscheinlich die Küche war, denn sie fragte über die Schulter: »Kaffee?«

»Nein, danke«, erwiderte ich. »Vielleicht sollte ich einfach ... ähm ... Harvey schnappen und mich wieder auf den Weg machen?«

»Kannst du machen. Aber bei den Arens wirst du jetzt noch kein Glück haben. Der Ludo geht mit Kira doch morgens immer Laufen«, rief Uta aus der Küche.

»Ah, ja?« Ich stand einen Moment unschlüssig im Flur. Auch weil Harvey mir den Weg versperrte und ich nicht sicher war, ob ich mich an ihm vorbeischieben durfte. Gab es nicht Hunde, die es nicht mochten, wenn man sich als fremder Mensch in ihrer Wohnung einfach so frei bewegte?

Doch zu meiner Erleichterung erklang plötzlich aus der Küche ein Geräusch, das an Kieselsteinchen in einem Metallbehälter erinnerte, und Harveys verlor urplötzlich sein Interesse an mir. Er stürmte in die Küche.

Als ich ihm folgte, sah ich, dass Uta etwas Trockenfutter in einen Napf gefüllt hatte. Sie war dabei, ein wenig Wasser hinzuzumischen, während Harvey auf zwei Beinen um sie herumtanzte. Als sie den Napf auf den Boden stellte, steckte er seinen gewaltigen Kopf hinein und begann enthusiastisch zu fressen.

»Wenn er alles mit so viel Energie macht wie Besuch ankündigen und begrüßen, sich aufs Futter freuen und fressen, ist er abends doch bestimmt total kaputt, oder?«, erkundigte ich mich.

Uta sah mich kurz an und lachte dann ein ungeschminktes und erfrischend uneitles Morgen-Lachen. »Du scheinst ja Humor zu haben«, stellte sie fest. »Na, das musst du wohl auch. Wer sich so was antut! Fünfundzwanzig Tölen den lieben langen Tag.«

Ich musste schlucken.

»Doch Kaffee?«, bot sie noch mal an.

»Vielleicht kann ein Schuss Koffein nicht schaden«, sagte ich.

♥

Harvey gehörte zwar eindeutig zu den großräumigen Hunden, doch dieser Zottelbär hatte auch Vorzüge: Weil er mich durch den Hausflur hinunterzog, hatte ich gar keine Chance, auf die bitterbösen Blicke von Rentnern und Familienmüttern zu reagieren, die mir aus drei Türspalten entgegenblitzten. Und die Box im Van schien für diesen Muppet auch puren Spaß zu bedeuten. Begeistert hüpfte er hinein. Ich gab ihm einen Hundekeks, so wie ich es gestern geübt hatte, schloss die Kenneltür und hatte das Gefühl, schon die halbe Miete im Kasten zu haben.

Meine beiden nächsten Abhol-Hunde machten es mir auch leicht: Kira von Familie Arens stellte sich als Huskyhündin heraus, die mich mit vornehmer Zurückhaltung beschnupperte und hochherrschaftlich in die offenstehende Box schritt.

Der West Highland Terrier Bilbo war so scharf auf meine Leckerchen, dass er bestimmt auch selbst in die obere Box gesprungen wäre, hätten seine kurzen Beine es zugelassen.

Doch dann bekam ich es mit einem ersten Boxen-Phobiker zu tun.

Zwergschnauzer Pepper wollte noch sehr viel weniger in den Kennel als Pauline gestern. Was vielleicht auch daran lag, dass Harvey unter ihm ununterbrochen schrill winselte. Doch da ich bei Uta ein bisschen zu lange Kaffee getrunken und mich dann auch noch mit Ludo Arens verquatscht hatte, war ich schon seit Bilbo ein wenig hinter dem Zeitplan. Daher blieb mir bei Pepper nicht viel Zeit, um ihn schonend auf sein Gefängnis vorzubereiten, und ich stopfte ihn eher gewaltsam hinein. Leider sah ich beim Abfahren, dass Peppers Frauchen, bereits im Bürokostüm, hinter dem Fenster gestanden und wahrscheinlich alles beobachtet hatte.

Daher gab ich mir mit dem Schäferhundmix Bella dann enorm Mühe. Ihr war deutlich anzumerken, dass sie schon älter war. Sie schien wirklich Probleme zu haben, in den Van zu klettern. Während ich sie von drinnen mit Keksen lockte und schließlich auch von hinten zu schieben versuchte, sah sie immer wieder in die Ecke hinter den Vordersitzen.

Ich fragte mich schon, ob sie irgendeinen Tick hatte oder so etwas. Bis ich auch mal genauer in diese Ecke schaute.

Dann nahm ich rasch die Liste zur Hand.

SCHÄFERHUNDMISCHLING BELLA, OPERIERTE HÜFTE, UNBEDINGT DIE RAMPE BENUTZEN! LIEGT HINTER DEN SITZEN

Verstohlen sah ich mich zu dem Haus um, aber diesmal hatte Gott sei Dank niemand meine stümperhaften Versuche bemerkt.

Ich zerrte die Rampe hervor, fummelte daran herum, bis ich sie ausgefahren hatte, lehnte sie an den Einstieg, und Bella schlurfte zufrieden hinauf und in die bereitstehende Box.

Und ich war bereits zwanzig Minuten hinter der Zeit.

Noch zwei Adressen!

Labradorrüde Tim machte keinerlei Scherereien, wenn man davon absah, dass er lieber zu Kira in die Box wollte als in seine eigene, wovon Kira wiederum überhaupt nichts zu halten schien.

Trotzdem schaffte ich es, ein paar Minuten aufzuholen, und sauste mit meiner lebenden Fracht weiter zur nächsten und letzten Adresse.

Das Haus lag etwas abseits, und an der Straße schirmte ein großes, schmiedeeisernes Tor den riesigen Garten vor ungebetenen Besuchern ab. Hektisch suchte ich nach einem Klingelknopf. Als ich keinen fand, rüttelte ich versuchsweise an dem Tor und bemerkte, dass oben am hohen Pfeiler eine diskrete Kamera angebracht war. Ich winkte.

Ein leises Klacken erklang, und das Tor öffnete sich wie von Geisterhand. Ich schlüpfte hindurch und hetzte über den ordentlich gehakten Kiesweg auf das große, villenartige Haus zu.

Als ich die breite Treppe zur Haustür hinauflief, wurde diese von innen geöffnet.

Im ersten Moment sah ich niemanden, doch dann kamen eine Aktentasche und ein maßgeschneiderter Anzug zum Vorschein. Der Mann wandte mir jedoch den Rücken zu und donnerte: »Jetzt lass uns doch nicht schon wieder darüber diskutieren, Mandy! Haben wir doch schon tausend Mal besprochen. Ich versteh ja, dass du keine Lust hast, aber du weißt doch, wie Mutti ist, wenn sie allein einkaufen muss.«

Aus dem Haus war eine hellere und wesentlich leisere Stimme zu hören, deren Erwiderung ich allerdings nicht verstehen konnte. Nur der Tonfall war deutlich. Aufgeregt und wütend.

»Quatsch!«, blaffte der Mann auch sofort. »Dem Hund macht das doch nichts, wenn er für ein paar Stunden allein ist. Was du immer für einen Wirbel darum machst ... Oh, hallo«, unterbrach er überrascht, als er sich umwandte und mich direkt hinter ihm stehen sah. Sein Blick scannte mich kurz einmal ab und huschte dann zum Tor hinüber, das mittlerweile weit offenstand. Innerhalb von nur zwei Sekunden hatte er sein Gesicht wieder vollkommen im Griff und sogar ein Lächeln parat.

»Sie müssen die Vertretung im Hundekindergarten sein? Wir dachten schon, Sie kämen heute vielleicht gar nicht.« Sein Lächeln war also nur Show.

»Entschuldigung, wissen Sie ... erster Tag und so ...«, sagte ich und setzte zu einer Erklärung an. Doch mein Gegenüber hob nur kurz die Hand und sagte: »Tut mir leid, aber ich muss los. Sprechen Sie doch mit meiner Frau. Mandy?«

Damit stolzierte er in seinen glänzenden Lederschuhen die Treppe hinunter und ging grußlos strammen Schrittes zu einem großen BMW hinüber, der neben dem Haus parkte.

Er warf die Tasche auf den Sitz, knallte die Tür zu und brauste zum Tor. Der Kies spritzte zur Seite auf den Rasen.

»Guten Morgen«, sagte eine andere Stimme hinter mir, und ich fuhr wieder herum.

Mandy war eine ausgesprochen hübsche junge Frau, vielleicht um die dreißig. Ihre hüftlangen dunklen Haare umrahmten ihr herzförmiges Gesicht mit den großen Augen, in denen es verdächtig glitzerte. Offenbar hatte der heftige Streit mit ihrem liebreizenden Gatten sie aus der Fassung gebracht. Doch sie blinzelte ein paarmal, und schon erschien ein vorsichtiges Lächeln.

»Sie sind Lara, richtig?«, fragte sie.

»Genau«, erwiderte ich, erleichtert, dass ich es nun mit ihr und nicht mit dem gerade verschwundenen Ekel zu tun hatte.

»Ich bin Mandy«, sagte sie und reichte mir eine schlanke, feine Hand, an der ein prächtiger Klunker glitzerte.

»Hallo, Mandy. Offenbar sind Sie die Einzige, die Britts gestrige Rundmail gelesen hat. Alle anderen waren ziemlich überrascht, dass heute plötzlich ich auftauche anstatt des gewohnten Gesichts.«

Mandy lächelte ein wenig breiter. Sie war mir mit ihrer Scheues-Reh-Ausstrahlung auf Anhieb sympathisch. Aber es war mir ein Rätsel, wie sie an diesen üblen Kerl geraten war.

»Oh, und ich habe auch gleich eine Bitte«, sagte sie mit ihrer sanften Stimme. »Könnten Sie Xena heute Nachmittag als Erste absetzen? Ich muss dann nämlich noch einmal fort und ...« Sie brach ab.

«... und mit Mutti shoppen gehen?«, rutschte es mir heraus.

Sie riss die Augen auf und sah mich erschrocken an.

«Ähm ... tut mir leid, ich ... hab da nur gerade was mitbekommen«, erklärte ich schnell und hätte mir auf die Zunge beißen können. Heute Morgen war aber auch kein Fettnäpfchen vor mir sicher. Apropos ... ich sah auf meine Uhr.

«Heilands Säckle!«, entfuhr es mir. »Jetzt bin ich schon eine halbe Stunde zu spät. Ich müsste schon längst wieder an der Huta sein.«

»Xena!«, rief Mandy über das blankgewienerte Parkett zu einer doppelflügeligen Tür hinüber. Nach wenigen Sekunden erschien eine hübsche, schlanke Golden-Retriever-Hündin und kam wedelnd auf uns zu getrabt.

Mandy streifte ihr ein Lederhalsband über, reichte mir eine teuer wirkende, weiche Lederleine und hockte sich kurz hin, um Xena den Hals zu kraulen.

»Bis heute Abend, mein Schatz«, flüsterte sie in das seidig glänzende Fell hinein. Ihre Stimme klang ein wenig erstickt. Als sie sich wieder aufrichtete, sagte Mandy: »Sie denken doch daran, dass Xena noch läufig ist? Ich meine, es sind wahrscheinlich nur noch zwei, drei Tage. Dann darf sie wieder mit den anderen rumtoben.«

»Natürlich. Ich passe auf wie ein Luchs!«, versprach ich ihr.

Ich hakte die Leine am Halsband ein, und Xena ging vertrauensvoll mit mir, jedoch nicht, ohne sich noch ein paarmal zu ihrem Frauchen umzudrehen. Mandy blieb in der offenen Haustür stehen, bis Xena in den Bus gehüpft und in einer Box verschwunden war. Erst als ich den Wagen startete und anfuhr, schloss sich am Haus die Tür.

13. Kapitel

Als ich den schmalen Weg zur Huta entlangbretterte, sah ich schon von Weitem den überfüllten Parkplatz vor dem Haus. Ich hielt mit quietschenden Bremsen.

»Bin sofort da!«, rief ich den sicherlich zehn Menschen mit ihren Hunden zu, die auf dem kleinen Pfad zur Schleusentür an der Hausseite eine ordentliche Reihe bildeten.

»Tut mir wirklich leid. Erster Tag, wissen Sie. Es gab ein paar Probleme auf der Fahrt ...« Entschuldigungen murmelnd huschte ich an ihnen vorbei, schloss die vordere Schleuse auf und nahm den ersten Hund an der Leine entgegen.

Es war ein kerniger Boxerrüde, der so schnell durch das andere Tor wollte, dass ich fast waagerecht hinter ihm hergeflogen wäre. Ich löste die Schnalle seines Halsbandes (Niklas: »Nie mit Halsband spielen lassen, wegen der Verletzungsgefahr!«), und er sprang davon.

Als ich die zweite Pforte hinter ihm geschlossen hatte, winkte ich den zweiten Hund hindurch. Und so ging es weiter. Ich zählte zwölf Hunde unterschiedlichster Größe und Rasse. Leider blieb keine Zeit, um mit den Besitzern einen kurzen Kennenlern-Schnack zu halten, denn alle hatten es furchtbar eilig, zur Arbeit zu kommen.

Als der letzte Hundehalter den Weg zum Parkplatz eingeschlagen hatte, schloss ich die Schleusenpforten und lief rasch zum Van hinüber.

In den letzten Minuten hatte ich einen seltsamen hohen Heulton wahrgenommen. Mein Verdacht bestätigte sich, als ich die Schiebetür aufzog: Harvey saß in seiner Box und tat sein Bestes, um auf sich aufmerksam zu machen.

Ich schnappte mir seine Leine, öffnete die Boxentür und musste augenblicklich nach ihm grabschen, weil er sonst wie eine Kanonenkugel aus dem Bulli geschossen wäre.

Auch mit den anderen Hunden ging es raus deutlich schneller als rein. Sogar Bella beschleunigte auf der Rampe. Offenbar freuten sich nach dem Wochenende alle auf den tollen Hundespielplatz in der Huta. Das sprach auf jeden Fall für Britt und ihr Konzept.

Schließlich saß nur noch Xena brav in ihrer Box und klopfte sachte mit dem Schwanz, als ich ihre Leine nahm.

«Du bist mir sympathisch, weißt du das?«, sagte ich leise zu ihr, während ich die Leine am Halsband einhakte. »Und deswegen vertraue ich dir als Einziger an, dass ich bereits Schweißflecken unter den Armen habe. Dabei ist es heute nicht mal besonders warm. Kennst du eigentlich auch Stressschwitzen?«

Xena wedelte etwas stärker, sprang aus dem Van, wartete aber lieb auf mich, bis ich die Tür geschlossen und mich zu ihr umgewandt hatte.

Als Xena und ich an der ersten Pforte ankamen, fiel es mir siedend heiß ein: Das Hundemädel war läufig! Oh mein Gott, gut, dass ich daran noch gedacht hatte!

Wir drehten also um und nutzten den vorderen Eingang, der durch den kleinen Zubehörshop führte. Gerade als ich die Tür hinter uns schloss, sah ich, wie schon wieder ein Auto den Waldweg entlang auf die Huta zukam.

Schnell lotste ich Xena, die mir willig folgte, durch den Laden und die anschließende breite Diele in den Bereich für die läufigen Hündinnen.

Sie trabte fröhlich hinein und sprang auf eines der beiden Sofas, um von dort aus dem Fenster zu sehen.

Da draußen war nämlich jede Menge los. Achtzehn Mal, um genau zu sein. Achtzehn Vierbeiner liefen dort durcheinander, beschnupperten sich oder stritten sich um ein Spielzeug … Moment mal! Stritten sich?!

Ich sah genauer hin.

Verflixt! Tatsächlich! Ein schwarzer Labrador und der weiße Terrier Bilbo hatten jeweils ein Ende eines zerfaserten Stricks gefasst und zerrten daran so heftig, dass Bilbo hin und her geschleudert wurde, während der Labrador furchterregend knurrte.

Oh nein! Ich warf Xena einen entschuldigenden Blick zu und stürzte aus dem Raum.

Genau in dem Augenblick, in dem ich aus dem Wintergarten geschossen kam, in dem es sich gerade ein hübscher Windhund im großen Rattansessel samt weichem Kissen bequem machte, ließ der schwarze Labrador sein Strickende los. Bilbo flog im hohen Bogen ein paar Meter nach hinten. Mir stockte der Atem. Doch der kleine Kerl schien sich aus dem Sturz nichts zu machen. Sofort wetzte er mit seiner Beute in der Schnauze davon. Der Labrador setzte ihm nach.

«Hey! Stopp! Du da!«, schrie ich und rannte hinterher. Verdammt, ich musste unbedingt möglichst schnell alle Hundenamen lernen! Und warum hatten weder Britt noch Niklas erwähnt, dass die Hunde sich um das herumliegende Spielzeug stritten?

Ich holte die beiden am hinteren Ende des Gartens ein, wo Bilbo unter der großen Eiche den Strick knurrend herumwarf und der Labrador vor ihm auf und ab hüpfte.

Verdutzt blieb ich stehen.

So wie Bilbo mit seiner Beute angab und so wie sein Verfolger lustig herumalberte, erkannte ich es plötzlich auch: Das Ganze war nur ein Spiel. Ein Spiel unter Hunde-Kumpels.

Erleichtert seufzte ich auf. »Scheibenkleister, Jungs. Ihr habt mir aber einen Schrecken eingejagt«, keuchte ich. Und erst jetzt wurde mir klar, dass ich keinen blassen Schimmer hatte, was ich denn hätte tun müssen, wäre dies tatsächlich eine ernsthafte Auseinandersetzung gewesen.

In diesem Augenblick ertönte eine laute Klingel. Hysterisch kichernd lief ich über die Wiese und um ein paar Büsche herum zur Schleuse. Ich schloss die erste auf, zog sie hinter mir zu und öffnete die nächste.

Davor standen ein sehr hübscher pechschwarzer Hund mit seidigem Fell und ein dunkelhaariger Mann Mitte dreißig in Jeans und lässig fallendem Jackett. Groß, schlank, sportlich. Aber das Umwerfendste an ihm war sein freundliches, etwas schüchternes Lächeln.

»Hi. Sie müssen Lara sein«, sagte er mit einer angenehm leisen Stimme und reichte mir die Hand. »Ich bin Richard.«

»Noch jemand, der die Mail gelesen hat«, rutschte es mir heraus.

Er lachte kurz. »Sie Arme. Mussten heute wohl viele Erklärungen liefern?!«

»Ach«, ich winkte ab. »Die meisten wussten ja, dass Britt ganz verzweifelt auf der Suche nach einer Vertretung war. Auch wenn es dann etwas überraschend kam, dass sie in letzter Sekunde doch jemanden gefunden hat.«

»Sie«, nickte er.

»Sieht so aus«, erwiderte ich. »Auch wenn ich ganz ohne Hundekenntnisse über den Job gestolpert bin. Ich muss noch jede Menge lernen, fürchte ich.«

»Dann wünsche ich, dass die Vierbeiner es Ihnen leicht machen werden«, lächelte Richard wieder scheu.

Hach, was für ein angenehmer Mensch. Freundlich. Verbindlich. Gut aussehend.

Kurz tauchte Niklas' Gesicht vor mir auf. Seine ernst dreinblickenden grünen Augen, deren kritischem Blick kein noch so kleiner Fehler entging, den eine angehende Hundesitterin machen konnte. Doch ich schüttelte schnell den Kopf, um das Bild zu verscheuchen.

»Das hier ist jedenfalls Jasper«, sagte Richard da und reichte mir die Leine des schwarzen Hundes, der bei Erwähnung seines Namens sofort zu wedeln begann.

»Hallo, Jasper«, begrüßte ich ihn. »Du bist wohl ein … ein …?« Ich warf Richard einen raschen Blick zu.

»Flat Coated Retriever?«, half er mir verschmitzt.

»Sag ich doch«, lachte ich.

»Tja … dann …« Richard wandte sich zum Gehen. »Bis heute Abend.«

»Einen schönen Tag!«, sagte ich noch. Dann schloss er die Pforte hinter sich.

Ich brachte Jasper zu den anderen Vierbeinern in den Garten. Sobald ich ihm seine Leine abgenommen hatte, trabte er fröhlich zu einer kleinen Gruppe hinüber, die gemeinschaftlich in der Sandkiste schnupperte.

Ich lehnte mich an den Zaun, zog die inzwischen etwas ramponierte Liste aus der Hosentasche und studierte sie eingehend.

Zu fast allen Namen auf dem Zettel konnte ich einen Hund zuordnen.

Bei zweien war ich mir nicht ganz sicher, wer war denn nun Lotta und wer Campino? Bei beiden stand in Britts Handschrift dahinter: KLEINER MIX.

Da es sich bei den beiden aber offenbar um ein Mädel und einen Jungen handelte, musste das Rätsel doch zu lösen sein. Ich schlich mich gerade unauffällig an einen von ihnen heran und versuchte, unter den niedrigen Bauch zu spähen, als es erneut an der Schleuse klingelte.

Diesmal war es eine alte Frau, die dort stand. Sie war so winzig und runzelig, dass sie mich an einen verschrumpelten Apfel erinnerte. Allerdings ein extrem schicker Apfel, denn sie war in einen feschen Jeans-Hosenanzug gekleidet, ihre lilafarbenen Haare waren frisch frisiert und ihre dünnen Lippen rot nachgezogen. An der Leine hielt sie einen schmächtigen hellbraunen Pudel, der aufgeregt zu kläffen begann, als er mich erblickte.

Ich setzte schon zu einer freundlichen Begrüßung an, als die Dame sagte: »Jetzt sagen Sie bloß, Frau Hansen ist tatsächlich mit diesem Segler raus?«

»Ehm … ja, doch, das ist sie«, antwortete ich perplex.

»Ich hab ja schon befürchtet, dass die Gerüchte stimmen!«, keifte die Pudelbesitzerin. Sie ging mir nur bis zur Brust, aber dennoch funkelten ihre kleinen Augen so empört, dass sie um etliches größer wirkte. »Eine junge Frau auf einem Segler! Wo kommen wir denn da hin? Mein Mann ist jahrzehntelang zur See gefahren. Jahrzehnte!«, krähte sie. »Und Frauen an Bord bringen nichts als Unglück, hat er immer gesagt. Hier sieht man's ja auch wieder: Bei Nacht und Nebel auf und davon und lässt uns Hundehalter einfach im Stich!«

»Ehm … Frau …«, begann ich. Aber der Name fiel mir natürlich nicht ein.

»Kuhlenberg«, schnarrte sie. »Und, junge Dame, lassen Sie mich das zu allererst sagen: Die Namen der Kunden zu wissen ist das A und O für einen gut laufenden Betrieb.«

»Ganz bestimmt, Frau Kuhlenberg«, stimmte ich ihr zu, aber das Lächeln machte ein wenig Mühe. Wieso musste dieser alte Drachen auch so unfreundlich sein?

»Sie sind nicht von hier, richtig?«, schnauzte Frau Kuhlenberg.

Ich schüttelte den Kopf, froh, in ein unverfängliches Small-Talk-Thema abbiegen zu können, doch sie ließ mich nicht zu Wort kommen: »Dachte ich mir! Dachte ich mir! Wenn ich Ihnen einen guten Rat geben darf: Passen Sie sich schnell an die Gepflogenheiten auf der Insel an. Auf Usedom kann nur Fuß fassen, wer sich wie ein Usedomer benimmt!«

Damit drückte sie mir die Leine ihres Pudels in die Hand. »Ich hole Tiffany um drei wieder ab. Bitte shampoonieren Sie sie gleich einmal. Sie muss sich in irgendetwas gewälzt haben.«

Und schon stolzierte sie ihre Handtasche schwenkend davon.

Sprachlos starrte ich ihr nach. Dann sah ich zu dem bemitleidenswerten Tierchen hinunter, das nicht nur diese alberne Puddelfrisur, sondern auch einen Namen wie *Tiffany* ertragen musste.

Die Kleine schien sich aber nicht viel daraus zu machen, wie lächerlich sie aussah, sie hüpfte fröhlich auf den Hinterbeinen Richtung zweiter Pforte.

Als ich drinnen ihr mit Strasssteinen besetztes Halsband gelöst hatte, sprintete sie los und flitzte einmal rund durch den ganzen Garten. Ihre fröhliche Energie schien die anderen Vierbeiner anzustecken. Einige rannten mit ihr. Andere bellten. Ein schwarzer Mops schien tatsächlich so etwas wie einen Kusselkopp zu versuchen.

Ich musste lächeln. Auch wenn Tiffany wirklich das albernste Geschöpf unter der Usedomer Sonne war, war sie offenbar eine kleine Stimmungskanone. Und die standen bei mir seit ein paar Wochen hoch im Kurs.

Während ich den Hunden beim Herumtoben zusah, fiel mir auch wieder ein, dass Britt irgendetwas von Frau Kuhlenberg erzählt hatte. Danach hatte ich mir die alte Dame aber komplett anders vorgestellt: eher wie eine zähnefletschende Bulldogge. Britt hatte mir wohl einzuschärfen versucht, dass die wohlhabende Frau Kuhlenberg mit ihren Kontakten zu Friseuren, Kosmetikerinnen, Konditoren und Restaurantbesitzern eine gefährliche Klatschbase war, die ich besser zufriedenstellen sollte.

Ich sah auf die Uhr, kurz vor halb neun, und beschloss, Tiffanys angeordnetes Bad vorzubereiten.

Auf dem Weg hinein blieb ich bei dem Windhund im Korbsessel stehen. GALANA las ich auf dem Zettel, den ich in meiner Hosentasche herumtrug, SCHMUSIG, UNKOMPLIZIERT. Das klang ausgesprochen sympathisch. Wir unterhielten uns einen Augenblick über das schöne Wetter, auch wenn Galana dazu nicht allzu viel beizutragen hatte, ich streichelte ihren schmalen Kopf mit den feinen Öhrchen und ging dann weiter zum Hundebad.

Beim Gang durch den Wohnraum sah ich mich um. Doch hierher hatte sich kein Hund verirrt. Bei Sonnenschein und Wärme waren die Vierbeiner offenbar doch am liebsten draußen.

Ich legte die Hand auf die Klinke des Bades und stutzte. Noch einmal sah ich mich im Raum um. Irgendetwas …

Verwirrt sah ich in alle Ecken. Irgendetwas war anders als noch vorhin. Irgendetwas, das tief in mir eine Alarmglocke bimmeln ließ.

Und dann fiel es mir auf: eine Tür stand offen. Eine Tür, die ich vorhin ganz sicher hinter mir geschlossen hatte. Natürlich, ich war in Eile gewesen. Aber ich wusste genau, dass ich sie hinter mir fest zugezogen hatte.

Ich starrte auf den schmalen Türspalt und spürte ein eiskaltes Rinnsal meinen Rücken herunterrieseln. Es war die Tür des Läufige-Hündinnen-Traktes. Eben jene Tür, bei der sowohl Britt als auch Niklas mich überdeutlich darauf hingewiesen hatten, dass sie *auf jeden Fall immer* hinter mir abzuschließen sei. Doch mit Entsetzen musste ich nun feststellen, dass ich keinerlei Erinnerung daran hatte, den Schlüssel im Schloss umgedreht zu haben. Schnell ging ich hinüber und streckte meinen Kopf hinein.

Was ich sah, ließ mir das Blut in den Adern gefrieren. Die hübsche Golden-Retriever-Hündin Xena war nicht mehr allein. Dicht auf ihren Rücken geschmiegt, die Vorderpfoten um ihre Hüfte geschlungen, stand der schwarzglänzende Rüde des netten Richard. Kasper? Nein, Jasper! Und Xena und er waren … nun, es war deutlich, dass sie jede Menge Spaß miteinander hatten.

14. Kapitel

Den ganzen Tag hallte Britts Stimme in meinem Kopf: »Es gibt hier nämlich Experten, für die eine normale Klinke kein Hindernis ist.«

Leider hatte ich nicht gewusst, dass ausgerechnet der potente Jasper zu genau diesen Experten gehörte.

Nachdem das Liebespaar sich wieder voneinander getrennt hatte, begleitete ich den hechelnden Jasper hinaus und schloss die Tür zu Xenas Refugium mit dem Schlüssel zweimal ab. Trotzdem war mir klar, dass ich der netten Mandy den Unfall beichten musste. Stundenlang legte ich mir Sätze zurecht, mit denen ich diesen grässlichen Fauxpas erklären könnte.

Gab es bei Hunden eigentlich so etwas wie *die Pille danach*? Ich hätte mich gern im Internet über solche Fragen informiert, doch ich war den ganzen Tag über ununterbrochen beschäftigt.

Natürlich hielt Tiffanys Bad mich auf Trab. Ich hatte noch nie einen Hund gebadet und keine Ahnung, wie man dabei vorging. Gott sei Dank stand an der erhöhten Wanne Hundeshampoo parat, und es gab etliche Handtücher zum Frottieren. Sogar ein Fön lag im Regal. Ich stellte mich wahrscheinlich selten dämlich an, aber das Pudelmädchen machte es mir nicht schwer, offenbar war sie Kummer gewöhnt. Dann gab es beinahe ständig Hundehäufchen einzusammeln (Stimme Niklas: »Mach das immer sofort! Wenn ein anderer reintritt, tragen sie das im Haus überall hin.«), nach festen Futterplänen Futter zu verteilen (mahnende Stimme Niklas: »Bei vielen die einzige Situation, in der sie separiert werden müssen. Bei Futter verstehen nämlich viele Hunde keinen Spaß.«), lustige

Gruppenspiele zu initiieren oder einfach mal wieder durchzuzählen und Namen auswendig zu lernen.

Am frühen Nachmittag rief Britt an. Die Verbindung war unglaublich schlecht. Nur mühsam widerstand ich der Versuchung, aufzuheulen und sie flehentlich darum zu bitten, sofort nach Hause zu kommen. Umso mehr, als sie mich mit besorgten Fragen bombardierte, die ich nur vage beantworten konnte. Als wir voneinander nur noch etwa jedes dritte Wort verstanden, stotterte Britt mir noch zu, ich solle mich bei allen Fragen an Niklas wenden, dann wurde sie vom Empfangsloch verschluckt.

Als ich nun nach dem langen ersten Tag in der Hundehütte Usedom endlich die Hol-Hunde wieder im Van verstaut hatte und losfuhr, ging mir ganz schön die Düse.

Xena war der erste Hol-Hund, den ich daheim absetzte. Ich hielt vor dem Haus mit dem schmiedeeisernen Tor und holte die cremefarbene Hündin aus ihrer Box.

Das Tor stand offen, und während ich mit Xena neben mir aufs Haus zuging, musste ich ein paarmal tief durchatmen. Ich drückte den Messingknopf, und drinnen im Haus ertönte ein melodischer Gong, der eher an Big Ben als an eine Türschelle erinnerte.

Kurz darauf hörte ich leichte Schritte, die Tür wurde geöffnet. Augenblicklich kam Leben in Xena. Sie wuselte ihrem Frauchen um die Beine, winselte leise und wusste sich offenbar vor lauter Freude kaum zu halten.

Mandy ging genau wie bei der Verabschiedung in die Hocke, streichelte die Hündin und sprach mit ruhiger Stimme mit ihr. Ich musste schlucken. Doch es half ja alles nichts …

«Mandy?», begann ich.

Sie schaute auf, und ich stutzte. Ihr Make-up war, genau wie heute Morgen, schlicht perfekt. Doch es konnte nicht darüber hinwegtäuschen, dass sie heftig geweint haben musste. Ihre hübschen Reh-Augen waren gerötet, und ihre Lippen zitterten.

»Oh, nein«, hauchte ich und ging ebenfalls in die Knie. Instinktiv streckte ich die Hand aus, um sie auf ihre zu legen. »Ist etwas passiert?«

Mandy zuckte zurück, als hätte meine Berührung sie verbrüht. Sofort stand sie auf und strich ihren ordentlichen Rock glatt. »Nein, natürlich nicht«, stammelte sie. »Alles in bester Ordnung.«

Ich starrte sie von hier unten aus an.

»Vielleicht …« Sie lächelte entschuldigend. »Vielleicht ist eine Sommergrippe im Anflug.«

»Oh«, machte ich betroffen, weil mir nichts anderes einfiel. Wenn diese Frau eine Sommergrippe hatte, hatte ich die Cholera.

Ich richtete mich auch wieder auf, und wir standen einen Augenblick etwas hilflos voreinander.

»Aber vielen Dank, dass Sie sie so früh gebracht haben«, bedankte Mandy sich dann rasch. »Ich muss ja noch einmal los. Morgen früh dann wieder zur üblichen Zeit?«

»Sicher«, sagte ich mit einem dicken Kloß im Hals.

Diese Frau vor mir hatte ganz offensichtlich ein mächtiges Problem. Sie war traurig. Wahrscheinlich sogar sehr traurig. Wie wäre es wohl für sie, nun auch noch eine schlechte Nachricht über die Nachlässigkeit der Hundesitterin und die möglichen Folgen aus dieser kleinen Katastrophe zu erhalten? Ich zögerte eine Sekunde zu lange, dann war der Moment vorbei, in dem ich noch etwas hätte sagen können.

Mandy war zu höflich, um mir einfach die Nase vor der Tür zuzumachen. Daher hob ich schnell die Hand zum Gruß und wandte mich um.

Morgen früh, entschied ich, als ich zum Auto zurückging. *Morgen früh sage ich es ihr.*

15. Kapitel

Davon abgesehen, dass Harvey mir bei dem Versuch, ihn an die Leine zu legen, entwischte und laut bellend durch die offenstehende Haustür und das ganze Treppenhaus hinaufschoss, geschahen bei der Auslieferung der Hunde in ihrem jeweiligen Zuhause keine weiteren Pannen. Und griesgrämige Rentner, die mürrisch vor sich hin meckerten, kannte ich auch aus meiner Heimat. Die gab es wahrscheinlich überall. Sicherheitshalber vereinbarten Uta und ich jedoch, dass ich ihren Zottelhund am nächsten Morgen an der Straßenecke auflesen würde, wo sie mit ihm zu warten versprach.

Anschließend stieg ich in den Bus und fuhr wie ein Zombie zur Huta zurück. Es war gerade mal kurz vor sechs, aber ich fühlte mich, als sei es auf jeden Fall bald Zeit, ins Bett zu gehen, um meinen müden Knochen und vor allem meinem völlig erschöpften Geist ein wenig Ruhe zu gönnen.

Ich stöberte in Britts Schränken und fand Nudeln und im Kühlschrank ausreichend Gemüse, um eine einigermaßen gesund wirkende Soße daraus zu machen. Während ich kochte, herrschte in meinem Kopf abwechselnd das totale Chaos (Hundebellen, rennende Hunde, schlafende Hunde, sich balgende Hunde, Frau Kuhlenbergs korallenrot geschminkte, dünne Lippen, Mandys verweinte Augen, rennende Hunde, fressende Hunde …) und die totale Leere.

Ich setzte mich allein an den schmalen Tisch im Küchenbereich und aß ein wenig. Viel war es nicht, was ich runterbrachte. Leider reagierte mein Magen häufig auf Stress. Und den hatte ich heute wohl im Übermaß gehabt.

Gerade hatte ich die Gabel hingelegt und mich damit getröstet, dass ich durch meinen mangelnden Appetit am heutigen

Abend auf jeden Fall schon eine Mahlzeit für den kommenden Tag hatte, als das Telefon schellte.

Ich griff erleichtert nach dem bereitliegenden Telefon, denn Wiebke hatte natürlich versprochen, sich am Abend gleich zu melden, um zu erfahren, wie es mir ergangen war.

»Noch schlimmer als gedacht«, stöhnte ich in den Hörer.

Doch statt Wiebkes mitfühlendem Lachen hörte ich erst einmal gar nichts.

»Hallo?«, sagte ich irritiert.

»Hallo«, antwortete eine sonore Männerstimme.

Niklas! Verdammt!

»Ich habe doch die Nummer der Hundehütte Usedom gewählt? Oder bin ich bei der Selbsthilfegruppe für Schlimm-Redner gelandet?«, fragte er.

Sein kleiner Scherz überraschte mich mindestens ebenso wie sein Anruf an sich. Ich lachte, auch um etwas Zeit für eine schlagfertige Antwort zu schinden.

»Ich dachte, es ginge um eine Umfrage zur Soßenkonsistenz des heutigen Abendessens.« Etwas Besseres fiel mir auf die Schnelle nicht ein. Aber es schien auszureichen, denn diesmal konnte ich ihn schmunzeln hören.

»Wie war der Tag?«, erkundigte er sich dann.

Ich hätte gern gewusst, ob er wohl ahnte, dass dies exakt die richtige Frage zu meiner ersten Antwort gewesen wäre.

»Anstrengend«, gestand ich. »Aber ich habe es im Großen und Ganzen ganz gut hinbekommen.«

»Keine größeren Pannen?«

Ich sah sofort wieder Xena und Jasper vor mir.

»Nein«, log ich tapfer und setzte rasch hinzu: »Aber ich muss morgens etwas schneller werden beim Abholen, glaube ich.«

»Ja, davon habe ich gehört«, erwidert er.

»Bitte?«

»Usedom ist eine Insel, Lara«, sagte Niklas. »Und in Trassenheide sprechen sich Neuigkeiten schneller rum, als Pauline aus einem Kennel springen kann.«

Ich musste schlucken. »Du bist also tatsächlich auf meine Verspätung angesprochen worden?«

Diesmal zögerte Niklas kurz. »Mach dir keine Gedanken. Das hast du bestimmt schnell im Griff. Es ist einfach … spannend für die Leute mitanzusehen, wie du dich als neue Hundesitterin so machst.«

Oje, dann wollte ich mir lieber nicht ausmalen, welches Lauffeuer über die Insel preschen würde, wenn meine Pleite in Sachen verschlossene Tür des Hündinnentrakts ans Licht käme.

»Und für die einen oder anderen ist es natürlich eine kleine Sensation, dass du eine von außerhalb bist«, setzte Niklas vorsichtig hinzu.

Ein faltiges, stark geschminktes Gesicht erschien vor meinem inneren Auge.

»Du sprichst nicht zufällig von dieser grässlichen Frau Kuhlenberg?«

Ich konnte ihn leise seufzen hören.

»Sie kennt wirklich Land und Leute«, bestätigte er. »Und wenn man ihr gegenüber auch nur ein falsches Wort äußert …«

»Das war überhaupt nicht möglich«, unterbrach ich ihn aufgebracht. »Sie hat ohne Punkt und Komma geredet und mich gar nicht zu Wort kommen lassen. Ich glaube, ich kenne jetzt ihren Terminplan für die ganze Woche. Sämtliche Besuche bei Friseur, Arzt, Massage und Kosmetikerin, ihrem Usedomer-Damen-Stammtisch und dem Kaffee-Treff. Ich hatte gar keine Chance, irgendein falsches Wort zu äußern.«

»Das glaube ich dir«, sagte Niklas mit beruhigender Stimme. »Ich wollte dir nur den Rat geben, mit dieser Frau irgendwie gut klarzukommen und …«

Ich wartete und klopfte dabei mit den Fingern der freien Hand auf die Tischplatte. Nach einem Tag wie diesem waren gute Ratschläge von korinthenzählenden Otter-Professoren genau das, was ich nicht brauchte.

»Und?«, hakte ich schließlich nach, als ich merkte, dass er immer noch nach den richtigen Worten suchte.

Niklas räusperte sich. »Usedom ist eine Insel«, wiederholte er.

Wahrscheinlich war es gut, dass er nicht sehen konnte, wie ich ungeduldig nickte.

»Hier ticken die Menschen ein bisschen anders als in deiner Heimat. Es wäre bestimmt von Vorteil, wenn du dich da ein bisschen anpassen würdest.«

Mein Hals fühlte sich an, als würde ich selbst ein zu enges Strasssteinchenhalsband tragen. »Niklas«, sagte ich. »Ich stamme nicht vom anderen Ende der Welt. Mir ist klar, dass die Leute im Ruhrgebiet etwas anders drauf sind als ihr hier. Aber ich gehe davon aus, dass ich mich bestens verständigen kann. Sowohl mit den Menschen als auch mit den Hunden.«

»Wunderbar«, antwortete Niklas ein wenig verstockt. »Nimm es uns einfach nicht übel, wenn wir vielleicht ein bisschen zurückhaltend wirken und unser Herz nicht gleich auf der Zunge tragen, ja?«

Ein eiskalter Schreck durchfuhr mich. Ich sah mich wieder mit Mandy neben Xena knien und meine Hand auf ihre legen. Ihr erschrockener Gesichtsausdruck und ihr Zurückzucken. Konnte es sein, dass diese scheue Frau etwa auch an dem Lauffeuer beteiligt war, das offenbar rund um mich herum durch Trassenheide wütete?

»Lara?«, holte Niklas mich vorsichtig aus meiner Schockstarre.

»Ja. Ja, bin da!«, presste ich rasch heraus.

»Tut mir leid, wenn ich dich jetzt so überfallen habe«, räumte Niklas da etwas zerknirscht ein. »Ist eigentlich nicht meine Art, so … so zu sein. Ich meine, eigentlich hatte ich zuallererst fragen wollen, wie es mit den Hunden war. Ob da alles glattgelaufen ist. Ehrlich gesagt weiß ich jetzt auch nicht, wieso ich …« Er brach ab. In seinem Schweigen glaubte ich, eine gewisse Verwirrung zu erkennen.

«Die Hunde waren prima«, sagte ich schnell. »Alle haben sich exakt so benommen, wie Britt auf den Zettel geschrieben hat. Am Anfang war es natürlich etwas ungewohnt, das ganze Herumgerenne und Gespringe und so. Ich dachte doch wirklich erst, dass Labrador Trolli dem kleinen Bilbo an den Kragen wollte. Dabei sind die beiden dickste Freunde.«

Niklas, der offenbar genauso froh war wie ich, das gefährliche Gesprächsgebiet *Insulaner kontra Ruhrpöttler* verlassen zu können, ging sofort darauf ein und erkundigte sich nach einigen Hunden, die er kannte. Am Ende des Gesprächs fragte er sogar, ob ich noch irgendwelche fachlichen Fragen hätte.

»Hm«, machte ich und tat so, als müsste ich nachdenken. »Nein, ich glaube erst mal nicht, nein. Oder … halt, doch! Da ist doch diese hübsche Golden-Retriever-Hündin Xena. Sie muss zurzeit im Läufige-Hündinnen-Bereich untergebracht werden. Ich habe den Windhund Galana heute ein paarmal dazugetan, weil die sowieso gern drinnen ist und schläft.«

»Gute Idee«, freute sich Niklas. »Dann hat Xena ein bisschen innerartlichen Kontakt.«

»Ja. Ja, das war es, was ich mir dabei gedacht hatte«, stimmte ich zu. »Ich habe mich nur gefragt … Ich meine, bei dem schönen Wetter ist es doch eine Schande, wenn Xena nur in den kleinen abgesperrten Außenbereich darf. Ihre Besitzerin hat gesagt, dass es nur noch ein paar Tage sind. Was genau heißt das? Wie lange ist so eine Hündin denn überhaupt fruchtbar? Wirklich bis zum Ende ihrer Hitze?«

»Aber nein«, antwortete Niklas wie aus der Pistole geschossen. »In der Vorbrunst, also wenn sie bluten, kann nichts passieren. Nur wenn die Eisprünge stattfinden, etwa ab dem zehnten bis zum achtzehnten Tag, können sie wirklich aufnehmen. Aber natürlich riechen sie auch danach noch eine Weile gut für intakte Rüden.«

»Aha?«, machte ich und zerrte den Zettel aus meiner Hosentasche, der mittlerweile ziemlich ramponiert wirkte. Neben Xenas Namen hatte Britt notiert, seit wann das Hundemädel läufig war. Während Niklas noch ein wenig über den normalen Ablauf von Hitzen bei Hündinnen dozierte, zählte ich an den Fingern ab. Wenn meine Berechnungen stimmten, musste Xena heute am zweiundzwanzigsten Tag gewesen sein. Was so viel bedeutet wie: Sie konnte trotz des ungewollten Deckaktes gar nicht schwanger werden! Ich hielt die Luft an. Denn ich fürchtete, Niklas könnte den gewaltigen Felsbrocken hören, der mir gerade vom Herzen rumpelte.

»Entscheide es aber nicht selbst, wann sie wieder zu den anderen darf, sondern nur in Absprache mit Mandy«, riet Niklas mir gerade noch abschließend, der die junge Frau offenbar kannte. Das konnte ich ihm von ganzem Herzen versprechen.

Wir beendeten das Gespräch, und ich starrte noch einen Augenblick auf das Telefon in meiner Hand, bevor ich wagte, endlich tief auszuatmen. Scheibenkleister, das war aber ein verdammtes Glück! Es war nichts passiert. Es konnte nichts passiert sein! Jasper und Xena hatten zwar Spaß miteinander gehabt, der so wirklich nicht geplant war – aber ich brauchte meine Nachlässigkeit niemandem zu beichten, weil sie ohne Folgen bleiben würde.

Ich spürte die grenzenlose Erleichterung in gewaltigen Wellen durch mich hindurchpulsieren. Ich konnte mir augenblicklich keine bessere Nachricht zum Ende dieses super anstrengenden ersten Arbeitstages vorstellen.

In mein wahrscheinlich etwas dümmliches Lächeln hinein klingelte erneut das Telefon in meiner Hand, und ich schrak zusammen. Dann musste ich lachen.

»Du ahnst es nicht!«, kicherte ich in den Apparat.

»Hallo, Lara«, sagte eine sehr vertraute Stimme.

»Marcel!«, entfuhr es mir. Mit meinem Noch-Ehemann hatte ich nun überhaupt nicht gerechnet. »Woher …? Wie kommst du an diese Nummer?«

»Du bist den ganzen Tag nicht ans Handy gegangen. Und bei den Petersens ging Lasse ran. Er hat mir das mit der Hundeschule erzählt, und da musste ich ja nur noch im Internet schauen. Ist doch in Ordnung, dass ich mich melde?«, fragte er. Seine Stimme klang vorsichtig. Das konnte ich ihm nicht übelnehmen. Unsere letzte Begegnung hatte mit einem fliegenden Briefbeschwerer, unser letztes Telefonat mit ein paar wüsten Beschimpfungen geendet.

»Sicher. Ich meine, ja«, stammelte ich, mit einem Schlag komplett verwirrt. Denn noch viel weniger als mit seinem Anruf unter dieser Nummer hatte ich mit dem spontanen Gefühl der Freude gerechnet, darüber, seine vertraute Stimme zu hören.

»Und es stimmt wirklich?«, setzte Marcel verwundert hinzu. »Eine Hundeschule? Wir … ich meine, du hast doch gar keine Ahnung von Hunden.«

Dass er uns kurz in dem gewohnten wir hatte zusammenfassen wollen, war mir nicht entgangen.

»Ich lerne dazu«, antwortete ich. »Außerdem ist die Hundehütte Usedom keine Hundeschule, sondern eine Hundetagesstätte.«

»Echt jetzt?« Marcel klang verblüfft. »Wie Kindertagesstätte, nur für Tölen?«

»Für die heiß geliebten Vierbeiner der berufstätigen Besitzer, jawohl«, stimmte ich ihm zu. »Ich passe also auf knapp fünfundzwanzig Hunde auf.«

»Ach du Schei… Ich werd nicht mehr!«, lachte Marcel auf.

Lag es an der Erleichterung über die Tatsache, dass ich doch nicht für eine ungewollte Schwangerschaft würde Verantwortung tragen müssen? Oder daran, dass er so unverstellt reagierte? Jedenfalls musste ich plötzlich auch schmunzeln.

»Wie kommst du an den Job?«, wollte er wissen.

»Oh, reiner Zufall. Die Betriebschefin hat eine zehnwöchige Vertretung gesucht. Da dachte ich, es wäre mal Zeit für etwas Neues.«

»Ja, Mannomann, was Neues ist das aber wirklich!«, erwiderte Marcel. »Und wie klappt es so? Ich meine, was muss man da denn so alles machen? Und die Hunde, akzeptieren sie dich und so?«

»Oh, die Hunde sind toll«, schwärmte ich und versuchte erneut, das Bild von Xena und Jasper zu verdrängen. »Ich bin für ihre Pflege, für Futter und Spiele zuständig. Und da ist ziemlich schnell klar, mit welchen ›Experten‹ man es da so zu tun hat.«

»Experten?«, echote er.

Ich räusperte mich. »Na ja, sie haben alle unterschiedliche Sachen drauf. Sind eben wirklich ganz eigene Persönlichkeiten, jeder Einzelne. Und es macht Spaß, sie kennenzulernen und mit ihnen umzugehen. Du glaubst gar nicht, was man da alles beobachten kann, wenn man ihnen zuguckt …«

Ich brach ab und lauschte meinen eigenen Worten nach. Sie wirkten, als wäre ich mit jeder Menge Enthusiasmus in diese neue Arbeit gesprungen. Und plötzlich wurde mir klar, dass ich Marcel genau das glauben lassen wollte: Er sollte glauben, dass ich hier einen wunderbaren Neuanfang startete, in dem ich mich (Entschuldige, Tiffany!) pudelwohl fühlte.

Offenbar war mir das auch tatsächlich gelungen. Einen Augenblick lang war es nämlich still in der Leitung.

Dann sagte Marcel: »Ich muss sagen, Lara, das hätte ich echt nie vermutet. Hut ab! Da hast du dich ja wirklich auf etwas komplett Neues eingelassen.« Er klang beeindruckt. Und noch etwas anderes schwang in seiner Stimme mit. Es war schwer zu greifen, und bevor ich dem noch weiter nachspüren konnte, fuhr er fort: »Hör mal, ich rufe eigentlich an, weil ich mich dafür bedanken wollte, dass du die Unterlagen so schnell zurückgeschickt hast.«

»Bitte«, erwiderte ich, plötzlich hölzern. »Ist ja auch in meinem Sinne.«

Ich widerstand der Versuchung, mich nach der Firma und dem einen oder anderen Auftrag zu erkundigen, die bei meinem Weggang noch ausgestanden hatten. Wenn ich ehrlich war, war ich neugierig, ob sie die neuen Kunden auch ohne mich hatten einfangen können. Und ich hätte auch gerne gewusst, wie es der einen oder anderen Kollegin ging. Doch Marcels partnerschaftliche Entscheidung für eine Angestellte hatte alles geändert. Im Grunde ging mich das jetzt nichts mehr an, also biss ich mir auf die Lippe und ließ es.

Wir tauschten noch ein paar Belanglosigkeiten aus, Marcel sollte Grüße von all unseren Freunden ausrichten, besonders von Sandra.

Als wir aufgelegt hatten, fiel es mir plötzlich auf: Dieser gewisse Klang in Marcels Stimme, als er davon gesprochen hatte, dass ich etwas komplett Neues wagte. Ich war mir ziemlich sicher, dass er bedeutete, dass Marcel mit leiser Verwunderung plötzlich neu Maß nahm. Seine baldige Exfrau, die er doch so gut zu kennen glaubte, tat etwas, womit er wirklich überhaupt nicht gerechnet hatte. Und das ließ ihn wahrscheinlich innehalten und sich selbst fragen, wie gut er denn tatsächlich über mich Bescheid gewusst hatte.

Ich stocherte mit der Gabel in den kalten Nudeln herum. War das nicht eine Frage, die man sich in einer Beziehung immer mal wieder stellen sollte? Einander anschauen und ein wenig forschen, ob da nicht doch noch neue, unbekannte Seiten am anderen zu entdecken waren?

Ach je, dass meine Gedanken jetzt auch noch in so eine Richtung abdrifteten, war mir alles andere als willkommen.

Und dann klingelte das Telefon zum dritten Mal.

Diesmal meldete ich mich extrem vorsichtig. »Hundehütte Usedom, Lara Munter am Apparat?«

»Wie klingst du denn, meine kleine Ruhrpottschnecke?!«, erklang Wiebkes muntere Stimme. »Ich bin's doch nur. Ich will wissen, wie dein erster Tag war.«

»Ach, Wiebke«, seufzte ich. »Frag nicht.«

16. Kapitel

Der Begriff *Learning by Doing* bekam in den nächsten Tagen eine ganz neue Bedeutung für mich.

Nie zuvor hatte ich einen eingetretenen Kaugummi aus einer langfelligen Hundepfote entfernt. Und schon gar nicht, während der Hund mit allen vier Pfoten ganz entschieden in die andere Richtung wollte. Ich hatte noch nie den großen Rachen eines Schäferhundmischlings aufgerissen, um zitternd wie Espenlaub einen querstehenden Zweig daraus zu entfernen. Und ich hatte auch noch nie zuvor diese tückische Ballschleuder ausprobiert, mit der selbst Wurf-Nieten wie ich (Bundesjugendspiele-Ergebnis: minus drei Meter – ich hatte den Ball leider beim Ausholen hinter mich geworfen) das begehrteste Hundespielzeug von allen mit so viel Schwung derart weit katapultieren konnten, dass ich flugs durch die Schleusentore preschen und das Objekt der Begierde im Wald suchen musste, während auf der anderen Seite zwanzig hysterische Hunde versuchten, über den Zaun zu springen.

Im Umgang mit den Hundebesitzern nahm ich mir Niklas' ungefragten, aber sicher gut gemeinten Rat zu Herzen und gab mir alle Mühe, meine typisch offene Ruhrpottart ein wenig zu zügeln und zwar freundlich, aber dennoch zurückhaltend mit den Einheimischen umzugehen. Zumindest das schien zu klappen. Schon am vierten Tag konnte ich mit anhören, wie sich zwei Hundehalter unterhielten, als sie abends mit ihren Vierbeinern auf dem Weg zum Parkplatz waren.

»Frau Munter scheint sich gut eingewöhnt zu haben«, sagte der Besitzer des Mopses Spike zu dem der Windhündin Galana. »Sie kommt mir schon gar nicht mehr so aufgedreht vor wie am ersten Tag.«

»Bei so vielen fremden Vierbeinern wäre ich anfangs wahrscheinlich auch nervös gewesen«, erwiderte dieser verständnisvoll. »Aber Sie haben recht. Heute wirkte sie schon viel souveräner. Und pünktlich war sie heute Morgen auch.«

Ich hätte es nie gedacht, aber es war so: Ich freute mich über das erlauschte Lob. Und so trat ich am Freitagmorgen meinen Dienst mit dem Enthusiasmus an, der dem letzten Tag der ersten, so ungewöhnlichen Arbeitswoche angemessen war.

Freitags war in der Hundehütte Usedom Backtag.

Ich war den halben Vormittag damit beschäftigt, aus Mehl und Wasser eine Pampe anzurühren, die jeweils mit Leberwurst oder Thunfisch, mit frischen Kräutern oder gehäckseltem Gemüse erweitert wurde. Das Ganze teilte ich mit dem Teelöffel in kleine Portionen auf und ließ es im Herd schön kross backen.

Die Hunde wussten natürlich Bescheid. Die meisten von ihnen hielten sich verdächtig häufig im Innenbereich auf und bezogen Wache an der Klönschnack-Tür, die zur Küche führte und deren unteren Teil ich wohlweislich geschlossen hielt.

Als die Kekse erkaltet waren, verpackte ich den Großteil in Zellophantüten, wog sie ab, beschriftete Zettelchen mit dem Preis und hängte sie an die Tüten.

Tatsächlich kamen ab dem Mittag stetig fremde Hundehalter vorbei, die diese Kekse für ihre Lieblinge erstanden.

Als wieder einmal die melodische Glocke ertönte, die Kunden im Laden ankündigte, musste ich leider das allgemein beliebte Ballspiel unterbrechen und wollte hineingehen. Bilbo, Spike und Jasper hefteten sich jedoch am meine Fersen.

»Jungs, seid vernünftig«, diskutierte ich mit ihnen, während ich die Tür zum Laden aufschloss. »Spielt ›ne Runde ohne mich weiter. Ich bin ja gleich wieder da.«

Damit fiel die Tür hinter mir zu, und ich wandte mich um.

Neben dem alten Schreibtisch mitten im Raum, der sich unter Hundekeksen, Kauartikeln und anderem Zubehör bog und als Verkaufstheke diente, stand eine große, schlanke Gestalt. Niklas.

»Oh, hallo«, begrüßte ich ihn, halb überrascht und halb erschrocken. Diese sonderbare Mischung aus unerwarteter Wiedersehensfreude und der Furcht, etwas falsch gemacht zu haben, das er nun entdecken könnte, fühlte sich um meinen Magen herum äußerst kribbelig und außerdem (wie ich leicht säuerlich feststellte) ein bisschen kindisch an.

»Hallo«, nickte er. Pauline neben ihm betrachtete mich argwöhnisch und schob sich ein Stückchen hinter ihr Herrchen. Wahrscheinlich wähnte sie eine weitere, unangenehme Verladeaktion.

Weil er offenbar nichts darüber hinaus zu sagen gedachte, erkundigte ich mich bei Britts Bruder: »Möchte Pauline etwa auch welche von diesen unsäglich leckeren Hundekeksen?«

»Nein, danke. Sie hat eine Weizenallergie«, antwortete er.

»Ach?« Ich sah die kleine, strubbelige Hündin verblüfft an. »Du arme Maus! Hatte ja keine Ahnung, dass es das bei euch Hunden auch gibt. Obwohl es ja nur logisch ist. Wieso soll es das nicht geben, oder? Aber es gibt doch bestimmt auch Leckerchen, die du fressen darfst, hm?«

Dann hob ich den Kopf und erwischte Niklas dabei, wie er mich intensiv musterte. Doch er wandte rasch den Blick ab.

»Tja, wie kann ich dir sonst helfen?«, wollte ich wissen.

Er nahm eine bunte Stoffleine vom Tisch, betrachtete sie kurz, legte sie aber wieder weg. »Ehrlich gesagt wollte ich nicht noch mal anrufen, um rauszufinden, wie es hier so läuft. Du hast ja meine Nummer und kannst dich melden, wenn du Hilfe brauchst. Und ich wollte dir nicht das Gefühl geben, dass ich dich kontrollieren will.«

Verblüfft starrte ich ihn an. »Ach, und da kommst du lieber gleich her?«

Vielleicht fiel ihm jetzt auch auf, dass seine Argumentation irgendwie hinkte, denn er wirkte plötzlich sehr verlegen. Da ich ihn bisher nur als allwissenden Canidenkenner mit Professorengehabe kennengelernt hatte, verwirrte mich das tatsächlich ein bisschen, sodass wir einen Augenblick beide nicht so richtig wussten, wohin wir schauen sollten.

In der Sekunde, in der ich schließlich ansetzte, etwas zu sagen, fand auch Niklas seine Sprache wieder.

»Die Hunde sind wirklich …«, sagte ich.

«Die Gemüter scheinen …«, sagte Niklas.

Wir brachen beide ab, und ich winkte ihm aufmunternd zu.

«Die Gemüter scheinen sich wieder beruhigt zu haben«, setzte er seinen Satz fort. »Plötzlich ist nur noch Gutes über ›die Neue in der Hundehütte‹ zu hören.«

»Tja, ich habe sie um den Finger gewickelt«, grinste ich, nicht ohne Befriedigung. »Und zwar nicht nur die Vierbeiner.« Ich zwinkerte ihm zu.

Er blinzelte. »Den Eindruck habe ich auch. Und du kommst gut klar mit den Hunden? Gab es irgendwelche Schwierigkeiten?«

Ich erzählte ihm von verschlagenen Bällen, Zweigen in Rachen und schimpfte über Menschen, die ihren Kaugummi einfach auf den Boden spuckten.

Niklas hörte sich meine Triaden geduldig an und nickte zustimmend an den richtigen Stellen. Als ich geendet hatte, musste ich einmal tief Luft holen und sagte dann: »Klingt irgendwie ziemlich verschroben, wenn man sich vorstellt, dass das die Highlights meiner ersten Arbeitswoche waren.«

»Das kommt auf die Arbeit an«, meinte Niklas. Bildete ich mir das nur ein, oder war da ein leichtes Zucken um seine Mundwinkel zu sehen?

»Glaub mir, bei unserer Reinigungsfirma gab es solche Probleme nicht«, teilte ich ihm mit. »Da gab es höchstens mal schlecht gelaunte Kunden, die sich über eine nicht perfekt geputzte Ecke beschwerten, oder solche, die sich nicht zwischen

Sauberschwamm Cleany oder der Zwei-in-einem-Bürste Ratz-fatz entscheiden konnten.«

Niklas sah mich nachdenklich an. »Für mich klingt das mindestens genauso … verschroben.«

Ich stutzte. »Weißt du was? Ich glaube, du hast recht.«

»Wovon erzählst du denn lieber?«, erkundigte Niklas sich ernsthaft.

»Die Frage ist eher: Was möchtest du lieber hören?«, entgegnete ich schlagfertig.

»Hast du eigentlich schon Pläne fürs Wochenende?«, sprudelte Niklas schnell und völlig ohne Zusammenhang heraus.

Ich starrte ihn überrascht an.

Um ehrlich zu sein, hatte ich überhaupt keine Pläne für die kommenden zwei freien Tage. Aber genau das war mir plötzlich unangenehm. Ja, ich wollte nicht dastehen wie eine, die noch nicht wusste, was sie nach einer anstrengenden Arbeitswoche mit so viel Freizeit anfangen sollte.

»Oh, ich werde mit Wiebke und ihrer Familie was unternehmen«, fabulierte ich ins Blaue hinein. Dabei wusste ich doch, dass Wiebkes Schwiegerpapa einen runden Geburtstag feierte und die ganze Bande deswegen auch über Nacht in Garz am östlichen Ende Usedoms bleiben würden.

Niklas warf mir einen schnellen Blick zu und rieb sich dann die Nase. »Tja, dann … viel Spaß dabei.«

»Danke.«

Wieso nur musste er bei allem so ernst sein?

In diesem Moment kündigte die kleine Glocke an, dass die Tür zum Laden geöffnet wurde. Wir drehten uns beide um.

Eine ältere Frau in einem kurzen, modisch geschnittenen Sommermantel schloss die Tür sorgfältig hinter sich. Als sie sich umdrehte, verharrte sie in der Bewegung.

»Hallo«, grüßte sie.

»Tach!«, antwortete ich.

»Hallo«, nickte Niklas.

»Ist die junge Frau nicht da, die freitags immer die Hunde-kekse backt?«, erkundigte die Fremde sich mit leiser Stimme.

»Britt ist sozusagen auf Urlaub«, erklärte ich ihr. »So lange bin ich zuständig. Und frische Kekse gibt es selbstverständlich auch bei mir. Nach den gleichen Rezepten. Was darf es denn sein?«

»Eine Tüte von jeder Geschmacksrichtung, bitte.« Die Frau trat näher, und da entdeckte sie Pauline, die hinter Niklas' Beinen fast verborgen gewesen war.

»Ja hallo«, säuselte die Fremde und ging in die Hocke.

Pauline, die kleine Verräterin, zeigte ihr gegenüber keiner-lei Scheu, sondern wedelte sofort auf sie zu, um an ihrer Hand zu schnuppern und sich kraulen zu lassen. Während ich die gewünschten Kekstüten zusammenstellte, beobachtete ich die-se Kennenlernszene. Es war schwer zu sagen, wer die Begeg-nung mehr genoss, Pauline oder die Frau.

»Sie haben ja gar keinen Hund dabei«, stellte ich mit einer gewissen Neugierde fest. Alle Kekskäufer, die heute den Laden besucht hatten, waren in Begleitung von mindestens einem Vierbeiner gewesen.

»Nein.« Die Fremde richtete sich auf und strich ihren Mantel glatt. »Nein, habe ich nicht.«

Innerlich stieß ich einen Seufzer aus. Diese Insulaner mit ihrer angeborenen Zurückhaltung. Ich öffnete schon den Mund, um nachzuhaken, als ich spürte, dass Niklas mich in-teressiert beobachtete.

»Hier sind Ihre Kekse«, strahlte ich die Frau daraufhin an. »Macht zusammen neun Euro, bitte.«

Sie bezahlte mit abgezählten Münzen, die sie offenbar schon bereitgehalten hatte, steckte die Kekstüten in ihre Handtasche und verabschiedete sich wieder.

Als sie die Tür hinter sich geschlossen hatte, sahen Niklas und ich uns kurz an.

»Und? Schwergefallen?«, wollte er wissen.

Ich hob fragend die Brauen. Wortkarg konnte ich auch sein.

»Na, ich hatte den Eindruck, du hättest die Dame gern wesentlich mehr zu ihrer Hundelosigkeit gefragt. Hast es aber nicht getan, weil … nun, weil sie das vielleicht als geschwätzige Neugierde aufgefasst hätte«, erklärte er.

»Weil man es *hier auf der Insel* als geschwätzige Neugierde aufgefasst hätte«, berichtigte ich ihn mit erhobenem Zeigefinger. »*Bei mir zu Hause* würde so ein desinteressiertes Nicht-Nachfragen als Unhöflichkeit gelten. Davon abgesehen würde jeder gleich erzählen, warum er heute ohne Hund unterwegs ist. Gibt schließlich jede Menge Gründe, warum man ohne den eigenen Vierbeiner Hundekekse kaufen geht: Entweder man hat vorher oder nachher noch etwas zu erledigen, wo der Hund nicht dabei sein kann. Oder der Hund ist schon so alt, dass er lange Spaziergänge nicht mehr verkraftet. Oder … oje, der Hund dieser Frau könnte auch krank sein. So krank, dass er nicht mitkommen kann, sich aber über die frischen Kekse sehr freuen wird …« Ich brach ab und sah Niklas auffordernd an. »Jetzt mal ehrlich: Fragst du dich nicht auch immer jede Menge über die Menschen, die dir begegnen?«

Niklas erwiderte meinen Blick, betrachtete dann aber wieder die Auslage auf dem Tisch vor ihm. »Jetzt mal ehrlich?«, wiederholte er leise, als spräche er eher zu sich selbst. Dann fuhr er lauter an mich gewandt fort: »Sicher tue ich das. Bei manchen Menschen frage ich mich wirklich alles Mögliche. Aber man hat mir früher eben beigebracht, dass man danach einfach nicht fragt. Das ist auf der Insel nun mal so. Entweder der andere erzählt es von sich aus, oder man erfährt die Antworten eben nicht.«

»Scheibenkleister«, rutschte es mir heraus. »Ganz im Ernst: Das würde ich einfach nicht aushalten!«

Ich dachte, er würde vielleicht bei so einem spontanen Ausruf nun wieder den blasierten Professor raushängen lassen. Doch stattdessen blitzte in seinen Augen plötzlich etwas auf. Seine im Grunde recht hübsch geschwungenen Lippen verzogen sich zu einem breiten Lächeln. Ein Lächeln, das auch seine grünen Augen erreichte. Und mit einem Mal war mir klar, woher all die kleinen Fältchen um sie herum stammten. Es war ein Lächeln, das ihm ausgesprochen gut stand.

17. Kapitel

Am Abend saßen nicht nur die üblichen Hol-Hunde in ihren Boxen im Van, sondern auch Tiffany war mit von der Partie. Frau Kuhlenberg nahm an einem Treffen der Usedomer Damen teil – was auch immer diese Vereinigung mit dem antiquierten Namen zum Ziel hatte – und hatte darum gebeten, dass die kleine Hündin länger bleiben durfte. Damit Tiffany sich nicht zu sehr langweilte, nahm ich sie zu einigen Häusern und Wohnung mit, bei denen ich die Hunde ablieferte.

Auch bei Mandy war das Pudelmädchen dabei und erhielt prompt eine Extraportion Streicheleinheiten, während die junge Frau mit der anderen Hand ihre Xena liebkoste.

»Montag darf Xena auch wieder mit den anderen toben«, teilte Mandy mir mit, während sie ganz selig gleich zwei Hunde durchkraulte. »Endlich, nicht wahr, mein Schatz?« Xena winselte leise und drückte ihren hübschen Kopf in Mandys Hand. Ihr Frauchen lachte leise. Heute war Mandy wie ausgewechselt, geradezu fröhlich. Kein Vergleich zu den Tagen zuvor. Zu gern hätte ich sie gefragt, ob es gute Neuigkeiten gab. Doch die Erinnerung an ihr Zurückschrecken am ersten Tag und Niklas' Ermahnungen hielten mich zurück. Vielleicht war Mandy ja einfach deswegen so gut gelaunt, weil das Wochenende bevorstand, an dem sie sich nicht für den ganzen Tag von ihrem Liebling trennen musste.

»Tja, dann wünsche ich Ihnen und Ihrem Mann erst mal ein schönes Wochenende!«, verabschiedete ich mich. Und war vollkommen verblüfft, als Mandy antwortete: »Oh, Jan kommt erst morgen früh zurück. Er hat freitags häufig auswärtige Geschäftsessen. Aber Ihnen natürlich auch ein schönes Wochenende, Lara!«

Wir lächelten uns an, und ich glaubte, einen Funken Sympathie zu spüren, die über den Usedomer Grad hinausging, der zwischen Hundehalterin und Hundesittern hier wohl üblich war. Vergnügt lief ich mit Tiffany zum Wagen zurück.

Auch die anderen Hundebesitzer schienen sich auf das Wochenende mit ihren Vierbeinern zu freuen. Alle waren guter Dinge. Die Sonne strahlte auch um halb sechs noch kräftig vom Himmel und versprach herrliche Tage.

Als ich schließlich nur noch mit Tiffany zusammen in die Huta zurückkehrte, überlegte ich, ob ich es wagen sollte, mit der kleinen Hündin gemeinsam zum nahe gelegenen Strand zu laufen. Ich hatte keine Ahnung, ob sie das überhaupt kannte und wie sie auf die dort möglicherweise herumrennenden fremden Hunde reagieren würde, doch die Aussicht auf Sand unter den Füßen, das Plätschern der Wellen an den Strand und das Kreischen der Möwen am blauen Himmel war so verlockend, dass ich beschloss, es zu wagen.

Ich zog eine kurze Hose an, schlüpfte in die Trekkingsandalen, die auch Meerwasser vertrugen, und nahm die begeisterte Tiffany wieder an die Leine.

Doch als ich gerade das Haus verlassen wollte, hörte ich das Telefon klingeln. Ich zögerte. Doch dann siegte das Pflichtbewusstsein, und ich sprintete die Treppe hinauf. Etwas außer Atem hob ich ab.

»Frau Munter?«, schrillte Frau Kuhlenbergs Stimme aus dem Hörer. »Das ist ja wunderbar, dass ich Sie erwische. Ich dachte, Sie wären noch mit dem Bus unterwegs.«

»Hallo, Frau Kuhlenberg«, grüßte ich höflich. »Ich bin gerade zurück und wollte mit Tiffany einen kleinen Spaziergang machen, wenn es Ihnen recht ist?«

»Ach, Sie sind ein Schatz!«, rief Frau Kuhlenberg. Wer sie so hörte, hätte sich vielleicht nicht ihren verkniffenen Mund vorstellen können, den sie nur höchst ungern zu ihrem affektierten Lächeln verzog. »Habe ich euch nicht gesagt, dass die neue Hundesitterin ein Schatz ist?«, fragte sie die wer weiß wie vielen, offenbar im Hintergrund weilenden Usedomer Damen. *Falsche Schlange*, dachte ich.

»Frau Munter, Sie glauben es nicht, aber mir ist gerade etwas Entsetzliches eingefallen …«, setzte Frau Kuhlenberg erneut mit heuchlerischer Freundlichkeit an. In mir regte sich bereits Misstrauen. Und zwar zurecht, wie ich ein paar Sekunden später wusste: »Einmal im Monat bestelle ich doch für die liebe Tiffany in dem Hunde-Delikatessen-Geschäft in Wolgast ihr Spezialfutter. Sie hat ja so einen empfindlichen Magen.« Das hatte sie mir mittlerweile mehr als einmal mitgeteilt. Und ich achtete beim täglichen Füttern darauf, dass die kleine Pudeldame wirklich nur ihr besonderes Futter bekam und nichts anderes stibitzen konnte. »Und stellen Sie sich vor: Ich habe heute doch tatsächlich vollkommen vergessen, es abzuholen. Und nun beginnt ja gerade unser Treffen hier. Ich bin Vorsitzende, müssen Sie wissen. Da kann ich doch unmöglich einfach so wieder auf und davon. Und da dachte ich, ob Sie vielleicht …?«

Wolgast lag auf dem Festland und war der Ort, durch den die meisten Urlauber auf die Insel fuhren. Mit dem Wagen dorthin zu fahren, würde mit Sicherheit dreißig Minuten in Anspruch nehmen.

»Sie könnten es noch schaffen. Der Laden hat bis 19 Uhr auf«, setzte Frau Kuhlenberg nach. »Ich weiß, Frau Munter, wir hatten vielleicht einen etwas ungünstigen Start am Anfang der Woche. Aber inzwischen haben wir uns doch angefreundet, und da dachte ich, Sie würden einer alten Dame bestimmt diesen kleinen Gefallen tun?«

Ich konnte spüren, wie mein Kiefer sich verspannte, und unterdrückte nur mühsam ein Zähneknirschen. Verflixt, solche Exemplare kannte ich zur Genüge auch von PUTZmunter. Es war die Marke Reiche-ihnen-den-kleinen-Finger-und-sie-verlangen-eine-Grundreinigung. Weshalb ich mich in meinem alten Job bei einer vergleichbar unverschämten Bitte nun freundlich, aber bestimmt aus der Affäre gezogen hätte. Aber die Hundehütte Usedom war keine Reinigungsfirma. Hier war nicht das Ruhrgebiet. An der Strippe hing das verschlagenste Klatschmaul Usedoms, mit vermutlich einem Dutzend Gleichgesinnter im Hintergrund, die bereit waren, ganz Trassenheide, wahrscheinlich sogar die komplette Insel mit infamem Gerede über die Hundetagesstätte zu überziehen.

Ich zwang mich zu einem Lächeln und sagte: »Aber sicher, Frau Kuhlenberg. Für Sie und Tiffany mach ich das doch gerne.«

♥

Die ersten fünfzehn Minuten der Fahrt fluchte ich permanent vor mich hin. Um etwas Gesellschaft zu haben, hatte ich Tiffany kurzerhand ihres bekloppten Glitzerhalsbandes beraubt und in ein passendes Geschirr aus dem Shop gesteckt, mit dem ich sie auf dem Beifahrersitz angeschnallt hatte. Die Kleine schien den Ausflug zu genießen. Natürlich, sie ahnte ja nicht, dass die Alternative für sie Sand unter den Pfoten, Sonne auf dem Fell und jede Menge Spaß mit anderen Vierbeinern bedeutet hätte.

So aber saß sie quietschvergnügt neben mir, sah mich bei jedem neuen Schimpfwort mit offenem Fang empathisch an und wedelte, wann immer ich an einer Ampel halten musste, mit dem apricotfarbenen Schwanz, damit ich die Hand austreckte und sie streichelte.

Nach einer Weile konnte ich bei ihrem Anblick meine schlechte Laune nicht mehr aufrechterhalten. Stattdessen plauderte ich ein wenig mit ihr.

»Tiffy«, sagte ich. »Ich darf doch *Tiffy* sagen? Also, jetzt, wo wir so ganz unter uns sind, würde ich dir gerne einen Rat geben: Du solltest wirklich mal den Friseur wechseln. Dein Schnitt ist, wie soll ich sagen, na ja, also, er macht dich schlank und so, aber ehrlich gesagt sieht er … bescheuert aus. Kannst du da gar nichts gegen tun?«

Tiffany japste vergnügt.

»Ich verstehe«, antwortete ich. »Vielleicht solltest du mal einen Kurs in Selbstbehauptung belegen? Einfach, damit du dich bei der Frage des Haarschnitts besser durchsetzen kannst?« Ich musste selbst kichern. Wie gut, dass niemand mich hören konnte.

So kurvte ich, dann doch wieder lächelnd, auf den Parkplatz vor dem Hundeladen, dessen Adresse Frau Kuhlenberg mir genannt hatte. Oh Mann, wenn ich das Niklas erzählte, würde er meinen Einsatz für den Betrieb seiner kleinen Schwester hoffentlich entsprechend zu würdigen wissen.

Tiffany begleitete mich in den Laden, wurde dort von einer affektierten Frau mit einer Frisur, die Tiffanys in nichts nachstand, extrem hofiert, und auf dem Weg zurück zum Auto tänzelte sie fröhlich neben mir her. Ich schmiss den Futtersack in den Van und sah die Straße hinunter.

»Tiffany«, sagte ich, »was hältst du von einem Eis?«, denn ich hatte etwas weiter unten eine Eisdiele entdeckt. Tiffany wedelte fröhlich, und wir zogen die Straße hinunter.

Ich gönnte mir ein großes Hörnchen und schleckte genießerisch daran. Tiffany ließ ich eine Fingerspitze voll probieren, hatte den Eindruck, sie wäre begeistert, traute mich aber nicht, ihr eine eigene Kugel zu kaufen. Vielleicht würde ihr sensibler Magen das nicht gut verkraften. Gemütlich schlenderte ich mit meiner kleinen Begleiterin die Straße entlang. Als ich gerade hinüberwechseln wollte, ließ etwas auf der anderen Seite mich stutzen. Verwirrt sah ich genauer hin. Tatsächlich, da parkte soeben der große BMW mit dem überbordenden Chromdesign ein, der morgens stets in der Einfahrt des Hauses mit dem schmiedeeisernen Tor stand, wenn ich

Golden-Retriever-Hündin Xena abholte. Intuitiv tat ich ein paar Schritte zurück unter den Schatten einer ausgefahrenen Markise.

Die Türen des BMW öffneten sich. Auf der Fahrerseite stieg tatsächlich Xenas Herrchen aus. Allerdings hätte ich ihn fast nicht erkannt. Er trug ein breites Lächeln auf dem Gesicht und ging schwungvoll um den Wagen herum, um die Person in Empfang zu nehmen, die sich auf der Beifahrerseite aus dem Ledersitz schälte: Es war eine junge, hellblonde Frau in elegantem Hosenanzug und hochhackigen Sandaletten. Die beiden lachten sich an. Mandys Ehemann legte den Arm um sie, und sie schmiegte sich an ihn. Mir klappte fast der Unterkiefer herunter.

In dem Moment gingen die beiden eng umschlungen an dem Bus der Huta vorbei. Mandys Mann stutzte, sah hinein und blickte sich dann vorsichtig um. Ich zog mich noch ein wenig mehr in den Schatten der Marquise zurück und tat so, als würde ich die Auslagen im Schaufenster begutachten. Doch aus dem Augenwinkel spähte ich zu Mandys Ehemann hinüber. Er beugte sich zu der Blondine, flüsterte ihr etwas ins Ohr, und die beiden ließen voneinander ab. Die Frau nickte ihm lächelnd zu und schlenderte davon, um im Eingang zu einem kleinen Hotel zu verschwinden, über dem in geschwungener Schrift ZITZMEYER zu lesen war.

Mandys Ehemann stand kurze Zeit da und tat so, als wäre er mit seinem Smartphone beschäftigt. Dann setzte auch er sich in Bewegung, schritt rasch aus und war nur wenige Augenblicke später im selben Hotel verschwunden.

18. Kapitel

»Lara, ich kann es nur noch mal wiederholen!«, sagte Wiebke, während wir nebeneinander durch den Sand stapften. »Halt dich da raus. Das kann nur schiefgehen, wenn du dich einmischst.«

Es war Sonntagnachmittag. Ich hatte meine beste Freundin abgefangen, als sie vom Schwiegerpapa-Geburtstags-Familien-Besuch zurückgekehrt war, und sie um einen kleinen Spaziergang zu zweit gebeten. Ich hatte den Hochuferweg auf der Landzunge bei Loddin vorgeschlagen. Hier lockten wunderschöne Aussichten über das Achterwasser zum Gnitz, dieser landschaftlich bezaubernden Halbinsel, und zum Festland. Und ein weiterer Vorteil dieser schönen Spazierstrecke war: Die Wahrscheinlichkeit, hier jemand Bekanntem aus der Huta in Trassenheide zu begegnen, war relativ gering.

Wiebke, die ihre Schwiegereltern in Maßen gerne mochte, ein komplettes Wochenende aber als »kurz über dem Maß« befand, hatte begeistert zugesagt. Doch meine Aufregung über meine Entdeckung bezüglich Mandys Ehemanns schien sie nicht zu teilen.

»Schau mal«, sagte sie. »Du sagst doch selbst, dass Mandy oft sehr traurig und in sich gekehrt wirkt ...«

»Sie war vollkommen entsetzt und erschrocken, als ich sie am ersten Tag darauf angesprochen habe«, warf ich ein.

»Na siehst du. Wahrscheinlich weiß sie von dem Seitensprung und ist deswegen niedergeschlagen. Da kann man schon mal deprimiert sein.«

»Wem sagst du das?«, konterte ich grimmig. »Aber was ist denn, wenn sie nur ein diffuses Unwohlsein spürt? Wenn sie zwar fühlt, dass zwischen ihrem Mann und ihr etwas verdammt noch mal nicht stimmt, aber nicht sicher weiß, was es ist ... Ich meine, habe ich da nicht die Pflicht, ihr zu erzählen, was ich gesehen habe?«

Ein Touri-Pärchen holte auf dem schmalen Weg von hinten auf. Mit Funktionskleidung und Rucksäcken bestens ausgestattet, machten sie den deutschen Urlaubern alle Ehre. Wiebke und ich hielten kurz inne, um sie vorbeizulassen, und beobachteten ein paar Surfanfänger unten auf dem Achterwasser. Während eine laue Brise sie gemächlich vorwärtstrieb, mühten sie sich mit allen Kräften ab, um auf den Brettern stehen zu bleiben. Bei diesem Anblick fiel es beinahe schwer, sich vorzustellen, dass es Menschen mit echten Problemen gab.

Schließlich setzte Wiebke an: »Meinst du nicht, Lara, dass du das nur so siehst, weil du selbst gerade so etwas erlebt hast? Marcel und du ...«

»Wenn jemand mich darauf hingewiesen hätte, was Marcel da hinter meinem Rücken getrieben hat, wäre ich dieser Informantin wirklich sehr, sehr dankbar gewesen«, unterbrach ich sie.

»Jaaa«, brummte Wiebke. »Du! Und mir selbst würde es wohl auch so gehen – oh, Ole, Gnade dir Gott! -, aber das gilt doch nicht für alle Menschen. Manche haben sich in ihrer Ehe einfach eingerichtet. Egal was der andere noch so laufen hat. Sie ignorieren alle Zeichen und wollen auch nichts ändern. Das solltest du respektieren.«

»Ist das wieder so ein Insulaner-Ding?«, maulte ich.

»Nein«, lachte Wiebke. »Das ist ein Ehe-Ding. Und das sieht nun mal bei allen ein wenig anders aus.«

Trotzig starrte ich vor mich hin und sah zu, wie meine nackten Zehen sich beim Gehen über den sandigen, von spärlichem Gras bewachsenen Weg in die Sandalen krallten.

»Du fändest es nicht hundesitterprofessionell, wenn ich Mandy davon erzählen würde?«, versuchte ich ihr doch ein

Zugeständnis zu entlocken. Doch Wiebke blieb hart: »Nein, fände ich nicht. Denk dran, was Niklas dir über Einmischung ins Privatleben der Huta-Kunden gesagt hat.«

»Ach, Niklas«, murrte ich. »Was weiß der denn schon von solchen Sachen?«

»Vielleicht mehr, als du denkst«, deutete Wiebke vage an.

»Wie jetzt?«

»Nichts.«

»Du weißt doch was über ihn. Spuck es aus!«

»Schau auf meine Lippen«, sagte Wiebke und deutete auf die beiden fest zusammengepressten Striche unterhalb ihrer mit Sommersprossen übersäten Stupsnase.

»Sie sind versiegelt?«, riet ich.

»Genau.«

»Aber ...«

»Das hat doch wirklich gar nichts mit dem momentanen Problem zu tun«, unterbrach Wiebke mich, bevor ich zu einem weiteren Argument ausholen konnte. »Überhaupt, wieso interessiert dich denn Professor Hansen plötzlich so brennend?«

Ich stutzte. Interessierte mich *Professor Niklas Hansen* wirklich? Und noch dazu brennend? Dieser Gedanke verwirrte mich. Daher war ich ganz froh, als plötzlich ein großer, zotteliger Bär auf uns zugeschossen kam.

»Huch!«, kreischte Wiebke erschrocken.

»Harvey!«, rief ich und knuddelte den sich wie wild gebärdenden Kerl einmal richtig durch. Hinter ihm hetzte mit wogender Körperfülle und wehender Flatterbluse Uta über den ansteigenden Pfad heran.

»Er hat ...«, keuchte sie, als sie bei uns ankam, und hielt sich die Seite. »Ist einfach ... durchgestartet ... hat dich ... hat dich wohl ... von da unten schon ... erkannt.«

Ich stellte Uta und Wiebke einander vor und nahm Harvey den Ball mit Seil ab, den er sich mit Begeisterung um die

Ohren schlug. Dann warf ich das Ding ein Stück landeinwärts in die magere Wiese, und Harvey jagte ihm euphorisch kläffend nach.

»Lara«, hauchte Wiebke entgeistert.

Ich musste lachen. »Diese Seite kennst du gar nicht an mir, was? Ehrlich gesagt kannte ich sie selbst bis vor Kurzem noch nicht. Hey, Uta, ich wusste gar nicht, dass Hunde hier frei laufen dürfen.«

»… nicht erwischen lassen«, hechelte Uta breit grinsend und stemmte die Hände in die Seiten. »Aber wieso … eigentlich nicht … wenn sie gehorchen …?« Ich musste schmunzeln, denn Harvey, das wusste selbst ich Hundeanfängerin, war alles andere als eine Gehorsamkeitsbestie. Wiebke sah zweifelnd zu dem wild tobenden Fellmonster hinüber.

»Der Hundestrand in Trassenheide …«, meinte Uta. »… ist zu klein … für einen großen Harvey … An so einem Hundert-Meter-Abschnitt können die Hunde doch immer nur dumm hin und her laufen.«

«Dann kannst du mit ihm gar nicht ans Wasser?«, erkundigte ich mich bedauernd.

»Oh, dooooch!«, brachte Uta heraus. »Aber ich fahr dann immer zum Strand bei Karlshagen. Viel einsamer da. Da kannst du kilometerweit laufen, ohne dass einer meckert.«

Harvey kam zurückgeschossen, und Wiebke sah erneut fasziniert zu, wie ich ganz ohne Scheu diesem Ungetüm sein Spielzeug entriss, um es wieder über die Wiese zu pfeffern.

Ich genoss ihr Staunen ein wenig. Schließlich hatte sie keine Ahnung, dass Harvey der friedlichste Kerl unter der Usedomer Sonne war, absolut harmlos.

Wir gingen zu dritt weiter. Uta und Wiebke stellten fest, dass sie früher auf die gleiche Schule gegangen waren, auch wenn ein paar Jahrgänge zwischen ihnen gelegen hatten. Sie tauschten sich über ehemalige Lehrer aus und lachten dabei sehr. Ich wurde den Verdacht nicht los, dass es Wiebke ganz recht war, dass wir nun mein ursprüngliches Thema nicht weiterverfolgen konnten. Vielleicht dachte sie ja, dass die Ablenkung mich von meinem Vorsatz abbringen würde, Mandy reinen Wein über ihren untreuen Ehemann einzuschenken.

Doch während sie mit Uta schwatzte, nutzte ich die Gelegenheit dazu, noch einmal gründlich darüber nachzudenken. Wahrscheinlich hatte Wiebke recht, und ein plumper Vorstoß von der Art »Mandy-ich-muss-dir-was-sagen« käme vielleicht nicht so gut an. Aber womöglich könnte ich die eine oder andere Bemerkung fallenlassen, wenn es nur die Möglichkeit gäbe, mich ein wenig länger mit Mandy zu unterhalten. Dazu brauchte ich aber natürlich eine gute Gelegenheit, denn die wenigen Minuten des Abholens und Bringens von Xena eigneten sich für so etwas Gewichtiges sicher nicht.

Als wir etwa eine Stunde später wieder am Parkplatz ankamen, wo sowohl Uta als auch wir die Autos abgestellt hatten, bedankte Uta sich bei uns für den gemeinsamen Spaziergang.

»Solche Hundegänge sind zwar auch allein schön. Aber hin und wieder ist ein bisschen Gesellschaft einfach nett«, strahlte sie.

»Danke, dass du uns den Tipp mit diesem hundefreundlichen Strand hinter Karlshagen gegeben hast«, erwiderte ich. »Darf ich das in der Huta weitergeben? Oder meinst du, die wissen das alle schon und ich komme mit einem alten Hut?«

»Nein, nein, erzähl es ruhig weiter!«, meinte Uta. »Da kommt ja sonst kaum jemand hin. Im Grunde also ideal für Hundehalter und Liebespärchen.« Sie grinste.

Als Wiebke und ich ins Auto stiegen und losfuhren, hatte ich Utas Worte noch im Kopf: »Ideal für Hundehalter und Liebespärchen.«

Und da kam mir plötzlich eine, wie ich fand, geniale Idee.

19. Kapitel

Ein paar Tage musste ich abwarten, bis sich eine gute Gelegenheit ergab, um meinen Plan in die Tat umzusetzen.

Für Mittwochabend hatte Mandy angekündigt, Xena selbst in der Huta abzuholen. Das konnte mir nur recht sein. So sparte ich einen Teil der abendlichen Strecke, und außerdem erhoffte ich mir von dem Zusammentreffen hier eine Möglichkeit, meine Angel auszuwerfen.

Zunächst entwickelte sich alles ganz hervorragend: Mandy erschien pünktlich um Viertel vor fünf. Diese Uhrzeit hatte ich ihr genannt, weil sie angeblich für mich am praktischsten war. In Wahrheit hoffte ich allerdings um genau diese Uhrzeit auf eine wie zufällig wirkende schicksalhafte Begegnung …

Als es an der Pforte klingelte, ließ ich Mandy herein und lotste sie blitzschnell auch durch die zweite Schleuse, was eigentlich nicht üblich war. Ihr schien aber nichts aufzufallen, sondern sie sah sich interessiert in dem ganzen Gewusel um. Einige Vierbeiner kamen an, um die Neue in Augenschein zu nehmen. Mandy streichelte sie alle, hielt aber die ganze Zeit Ausschau. Und schließlich entdeckte sie am hinteren Ende des Gartens, unter den beiden großen Eichen, das seidige, helle Fell, nach dem sie gesucht hatte. Ich sah, dass sie schon den Mund öffnete, um nach Xena zu rufen. Doch dann lächelte sie stattdessen liebevoll und vielleicht auch ein wenig überrascht.

Xena, die ihr Frauchen hier gewohnheitsmäßig nicht erwartete, tollte dort gerade mit Jasper umher. Scheinbar spielten die beiden um die dicken Stämme der hohen Bäume herum Fangen. Jasper rannte neckisch hüpfend und Haken schlagend vorweg. Doch es war deutlich, dass er nur darauf wartete, dass Xena ihn einholte, um sich dann mit ihr durchs Gras zu rollen.

«Nett, die beiden, hm?«, raunte ich Mandy zu, die dem Treiben amüsiert zuschaute. Einen kurzen Moment lang spielte ich sogar mit dem Gedanken, ihr doch noch zu beichten, wie *nett* ihre Hündin und der hübsche schwarze Rüde sich tatsächlich fanden. Doch ich schob diese Idee gleich zur Seite. Heute ging es doch um etwas ganz anderes.

»Ich wusste ja gar nicht …«, murmelte Mandy.

«Oh, Xena hat hier jede Menge Freunde auf vier Pfoten«, versicherte ich ihr sofort. »Aber Jasper mag sie ganz besonders gern. Und er sie auch.«

»Ja«, hauchte Mandy mit glänzenden Augen. »Das sieht man.«

Es klingelte erneut an der Pforte.

»Sekunde«, sagte ich und nickte Mandy zu. Dann eilte ich mit kribbelnden Händen nach vorn.

Es klappte! Es klappte! Vor der ersten Pforte stand, wie erwartet, der dunkelhaarige, gut aussehende Richard. Er kam jeden Tag exakt um diese Uhrzeit. Heute wunderte er sich aber offenbar darüber, dass ich seinen Hund noch nicht bei mir hatte.

»Oh, ich hab es nicht übers Herz gebracht, ihn rauszurufen«, gestand ich. »Kommen Sie, das müssen Sie mal sehen.«

Richard lächelte verlegen, folgte mir aber höflich durch die zweite Pforte. Als ich die Schleuse hinter uns schloss, steckte er die Hände in die Taschen seiner lässig sitzenden Jeans und wirkte mit dieser Geste auf charmante Weise jungenhaft.

»Sehen Sie«, sagte ich und nickte zum Ende des Grundstücks hinüber. Er hob den Blick. Und zwar genau in dem Augenblick, in dem Mandy in ihrem hübschen Sommerkleid sich umdrehte, um zu sehen, wen ich da hereingelassen hatte, sodass der Rock um ihre schlanken, braungebrannten Beine wirbelte.

Die beiden sahen sich an.

Ja, ja, ja, dachte ich triumphierend und ging locker voraus zu Mandy hinüber.

»Mandy, das ist Richard. Richard, Mandy gehört Jaspers große Liebe Xena da hinten«, stellte ich die beiden vor und zeigte zu den beiden großen Eichen, unter denen sich gerade ein schwarz-cremefarbenes Fellknäuel herumwälzte.

»Hallo«, sagte Mandy mit ihrer melodischen Stimme.

»Hallo«, erwiderte Richard und lächelte sein wunderbares scheues Lächeln.

Das funktionierte ja besser als erhofft! Ich geriet innerlich völlig aus dem Häuschen. Jetzt nur nichts überstürzen!

»Verstehen Sie nun, warum ich die beiden noch nicht trennen wollte?«, sagte ich zu Richard.

»Vollkommen«, erwiderte er schmunzelnd und warf Mandy einen Seitenblick zu.

»Mögen die beiden eigentlich auch so gerne den Strand und das Meer?«, erkundigte ich mich wie nebenbei.

»Jasper liebt es!«, schwärmte Richard.

Mandy wirkte verlegen. »Ich fürchte, ich gehe viel zu selten mit ihr hin. Ehrlich gesagt ist es mir am Hundestrand immer zu voll. Da verliere ich zu schnell den Überblick.«

»Ach! Ich meine auch nicht den Hundestrand hier in Trassenheide«, winkte ich ab. »Kennen Sie den tollen Strandabschnitt oben hinter Karlshagen? Da kann man kilometerweit laufen, ohne dass jemand meckert.« Genauso hatte Uta es ausgedrückt. Und diese Formulierung schien bei Hundehaltern eine geradezu magische Wirkung zu entfalten, wie ich diese Woche schon ein paarmal festgestellt hatte. Auch Richard und Mandy hoben die Köpfe und sahen mich interessiert an. Doch ehe ich ihnen Weiteres erklären konnte, klingelte es wieder an der Pforte.

Verflixt! Das war nun nicht geplant. Wer konnte das sein? Ich lief zur Schleuse hinüber. Und als ich hinter der zweiten

Pforte auf den ersten Blick niemanden stehen sah, stieg in mir eine unangenehme Ahnung auf. Ich öffnete, und die Ahnung bestätigte sich.

»Guten Tag, Frau Munter!«, grüßte die kleine Frau Kuhlenberg mit ihrem immer falsch wirkenden Lächeln.

»Guten Tag, Frau Kuhlenberg, ich hatte Sie noch gar nicht erwartet«, antwortete ich.

»Die Fußpflege war schneller fertig«, erklärte sie. »Es war eine Vertretung da. Vom Festland. Und die hatte natürlich überhaupt nichts zu erzählen. Hat nur ihre Arbeit gemacht und schwupps stand ich wieder auf der Straße. Wie am Fließband, sage ich Ihnen, Frau Munter. Wie am Fließband.« Wahrscheinlich sollte ich froh sein, dass ich selbst seit meinem selbstlosen Einsatz in Sachen Spezialfutter von ihren ewigen Nörgeleien verschont blieb – doch die arme Fußpflegerin vom Festland tat mir trotzdem leid.

»Einen Augenblick, bitte. Ich hole nur schnell Tiffany heraus«, sagte ich und wollte mich schon durch die zweite Pforte quetschen. Doch da ertönte hinter mir im Garten plötzlich fröhliches Gelächter aus einer weiblichen und einer männlichen Kehle.

Sofort wurde Frau Kuhlenbergs faltiger Hals mindestens doppelt so lang. Aber auch ausgefahren reichte er nicht aus, um über den Zaun zu spähen.

»Sie haben Besuch?«, wollte sie also wissen.

»Nur zwei Hundehalter, die ihre Vierbeiner abholen«, versuchte ich abzuwiegeln. Doch schon klebte sie an meiner Seite wie dieser fiese Kaugummi neulich in Mias Pfote.

»Wunderbare Idee. Mal schauen, was mein kleiner Liebling so treibt«, flötete die alte Frau.

Zähneknirschend öffnete ich uns beiden die Pforte.

Neben dem Haus standen immer noch Mandy und Richard beieinander. Doch hatten sich inzwischen ihre Hunde zu ihnen gesellt und tanzten wild um ihre Besitzer herum. Das sah so lustig aus, dass ich auch lachen musste. Frau Kuhlenberg kräuselte die Lippen und trat vorsichtig näher.

Als die beiden Retriever sich ein wenig beruhigt hatten, blieb mir nichts anderes übrig, als die drei Hundehalter einander vorzustellen. Was ich Mandy und Richard gern erspart hätte.

»Kennen wir uns? Sie kommen mir bekannt vor«, fragte Frau Kuhlenberg, während sie Mandys Hand fest umklammert hielt.

»Nicht dass ich wüsste«, antwortete Mandy höflich und rettete ihre Finger aus der Kuhlenbergschen Klaue.

»Ich könnte schwören …«, grübelte Frau Kuhlenberg. Doch weiter kam sie nicht, weil von irgendwo plötzlich eine kleine apricotfarbene Granate angeschossen kam.

«Tiffany! Da bist du ja, mein kleiner Liebling!«, zwitscherte Frau Kuhlenberg, während das Pudelmädchen auf zwei Beinen um sie herumhüpfte.

So ein falsches Biest, dachte ich. Normalerweise kümmerte sie sich nämlich nicht die Bohne um Tiffanys Wiedersehensfreude, sondern war stets nur bemüht, eventuelle Neuigkeiten abzugreifen. Da sie sich aber hier unter Hundefreunden wähnte, schlüpfte sie geschickt in diese Rolle. Und führte die beiden echten Hundefans damit sofort aufs Glatteis.

»Die freut sich aber, ihr Frauchen wiederzusehen«, stellte Mandy lächelnd fest.

»Natüüürlich!«, flötete Frau Kuhlenberg. »Die Tiere wissen doch ganz genau, dass sie unser Ein und Alles sind, nicht wahr?!«

Pfff, na sicher, dachte ich. *Deswegen gibst du dein Ein und Alles auch fünfmal die Woche bei mir ab, weil dieses unkomplizierte, kleine Wesen dir lästig ist bei deinen ganzen Reiche-Rentnerin-Terminen.*

Richard sah auf seine Uhr. »Ich fürchte, ich muss los«, sagte er. Der kurze Blick, den er Mandy zuwarf, entging mir nicht. Hoffentlich nur mir.

Dann wandte er sich an mich: »Wie war das noch mit dem Strand in Karlshagen? Ich kann irgendwie gar nicht glauben, dass ich den noch gar nicht kenne.«

»Oh, dann wird es aber mal Zeit. Es gibt einen großen Parkplatz, an dem man sich super treffen könnte«, antwortete ich schnell. »Beispielsweise Freitagabend wäre ideal, um da einen schönen Gang zu machen.«

Richard wirkte erst ein wenig überrascht, doch dann nickte er mir lächelnd zu. »Gerne.« Ups! Moment mal! So war das doch gar nicht gemeint. Ich wollte doch eigentlich ... «So um sieben?«

»Ehm ... ja, sieben ist toll. Ich ...«

»Oh, Sie organisieren einen externen Hundespaziergang zum Sonnenuntergang am Strand!«, rief Frau Kuhlenberg mitten in mein hilfloses Stammeln hinein. »Was für ein Glück, dass mein Stammtisch am Freitag ausfällt. Ich bin auf jeden Fall dabei! – Mit Tiffany natürlich«, setzte sie hastig hinzu.

Was? Oh nein! Nein!

Frau Kuhlenberg zwinkerte Mandy zu. »Sie sind doch bestimmt auch mit von der Partie?«

Mandy tätschelte Xena den Kopf und machte dabei einen etwas beklommenen Eindruck. »Freitagabend? Das würde wohl passen«, sagte sie zögernd.

»Wunderbar«, freute sich Frau Kuhlenberg.

Ich konnte es nicht fassen. Rasch sah ich zwischen Mandy und Richard hin und her, die gerade dabei waren, ihre Hunde anzuleinen. Verdammt, das lief ja ganz anders als von mir geplant. Ich konnte die beiden doch nicht alleinlassen mit dieser ... diesem ... Klatschmonster.

Also quetschte ich heraus: «Ich freu mich schon.«

Und wie.

20. Kapitel

Kaum zu fassen, aber schon ging die zweite Woche meines neuen Jobs in der Hundehütte Usedom ihrem Ende entgegen.

Die morgendliche Abhol- und die abendliche Bringfahrt verliefen mittlerweile ohne Zwischenfälle. Morgens beim Aufstehen hatte ich überrascht festgestellt, dass ich mich auf die kleine Tour sogar freute. Es war ein schöner Beginn des Tages, die mir inzwischen vertrauten Vierbeiner in ihrem Zuhause einzusammeln und mit ihnen zur Huta zurückzufahren. Ein bisschen wie Klassenfahrt. Nur dass meine *Schüler* wahrscheinlich wesentlich leichter zu händeln waren, denn Schulkinder wurden ja für gewöhnlich nicht in einzelnen Boxen transportiert.

Gestern Abend hatte ich bei den Petersens gegessen. Besonders die Kinder wollten sich ausschütten vor Lachen über meine Schilderungen zu meinem Start in der Huta. Tja, mittlerweile fand ich es auch zum Lachen, dass ich gedacht hatte, Labrador Trolli wolle seinem besten Freund Bilbo an den Kragen. Nur von dem unglückseligen Vorfall zwischen Xena und Jasper berichtete ich nicht. Es war wohl wirklich besser, einfach den Mantel des Schweigens darüberzubreiten.

Auch von meinem heutigen Ausflug mit Kunden aus der Huta hatte ich Wiebke wohlweislich nichts erzählt. Sie kannte mich einfach zu gut und hätte den Braten zehn Seemeilen gegen den Wind gewittert. Und mir war nur zu klar, was sie von meinem Vorgehen halten würde.

Gegen Nachmittag wurde ich ein wenig nervös. Der geplante Spaziergang zu viert machte mir gedanklich schwer zu schaffen. Leider waren meine Bemühungen, aus diesem Treffen eine größere Aktion zu machen, indem ich möglichst viele Hundehalter dazu eingeladen hatte, nicht von Erfolg gekrönt gewesen. Alle Huta-Kunden hatten entweder schon etwas vor oder zogen ihre Zusage rasch zurück, wenn sie hörten, dass Frau Kuhlenberg mit von der Partie sein würde. Offenbar hatte diese Dame nicht nur jede Menge Informationsbedarf, was ihre Mitmenschen anbelangte, sondern durfte sich aus diesem Grunde auch über einen eher zweifelhaften Ruf freuen.

Daher würde aus meinem Notfall-Plan also leider nichts, Mandy und Richard in einer möglichst großen Gruppe von weiteren Hundehaltern vor Frau Kuhlenbergs Adleraugen zu verbergen.

Um Viertel vor sieben am Abend setzte ich mich in den Huta-Bus und fuhr zum vereinbarten Treffpunkt. Als ich auf den Parkplatz einbog, erblickte ich bereits Mandy und Richard, die mit Xena und Jasper an der Leine nebeneinanderstanden und sich unterhielten. Der Anblick ließ mein Herz schneller schlagen. Das sah vielversprechend aus.

Ich parkte den Van, ließ mir mit dem Aussteigen aber Zeit. Sowieso war es doch furchtbar albern, ohne Hund an einem Hundespaziergang teilzunehmen. Aber als ich sah, wie Frau Kuhlenberg in ihrem alten Mercedes auf den Platz bog und sich wie selbstverständlich über zwei Parkplätze stellte, sprang ich schnell hinaus und lief zu den beiden jungen Leuten hinüber.

Obwohl wir uns ja vor zwei Stunden erst noch gesehen hatten, begrüßte Richard mich sehr freundlich mit seinem entzückenden Lächeln, und mir fiel auf, wie Mandy ihn dabei heimlich musterte.

Ja, schau dir das nur genau an, dachte ich. *So kann ein Mann auch sein. Freundlich. Höflich. Entgegenkommend. Einfach nett.*

Mein Plan war der einfachste der Welt: Da ich Mandy nicht sagen durfte, dass ihr Ehemann hinter ihrem Rücken eine andere hatte, war es doch eine simple Lösung, ihr selbst auch einen anderen zu suchen, oder?

Was die Wahl dieses gewissen anderen anbelangte, hatten Xena und Jasper es mir leicht gemacht. Wenn die beiden Hunde sich so herrlich verstanden, würde sich das doch womöglich auch auf die Besitzer übertragen, oder? Und da ich einer Bemerkung Richards entnommen hatte, dass er Single war, schien alles wunderbar zu passen. Jetzt musste ich es nur noch schaffen, dass Richard und Mandy ausreichend Möglichkeiten hatten, sich ein bisschen kennenzulernen. Und zwar ohne dabei von Misses Kohlohr bespitzelt zu werden.

Als Frau Kuhlenberg mit der aufgeregt tänzelnden Tiffany bei uns angelangt war, machten wir uns auf den mit großen Betonplatten ausgelegten Weg Richtung Strand.

»Was für ein herrlicher Abend, um ihn mit Freunden am Wasser zu verbringen!«, philosophierte die alte Dame, und ich hätte fast hysterisch aufgelacht.

Mandy und Richard lösten die Leinen von den Halsbändern ihrer Hunde, und Xena und Jasper tobten begeistert miteinander herum. Tiffany musste an der Leine bleiben, da Frau Kuhlenberg befürchtete, sie würde einfach davonlaufen. Das hielt ich zwar für unwahrscheinlich, aber schließlich war sie Tiffanys Besitzerin und ich nur die Hundesitterin mit exakt zwei Wochen altem Erfahrungsschatz in Sachen Vierbeinern.

Außerdem hatte ich gerade ein ganz anderes Problem: Ich zermarterte mein Hirn nach einer Möglichkeit, die Pudelbesitzerin von den beiden anderen wegzulocken. Doch ehe mir etwas einfallen konnte, erreichten wir den schmalen Pfad, der über weichen Sand durch die Dünen führte, und Frau Kuhlenberg streckte mir die Hand mit Tiffys Leine entgegen.

»Wären Sie so freundlich, Lara?« Huch! Heute Morgen war ich noch Frau Munter gewesen. Aber da wir nun ja »befreundet« waren … «Seit meiner Hüft-Operation bin ich auf so wackligem Boden nicht mehr ganz sicher und brauche etwas Unterstützung … Ich darf doch?« Damit griff sie nach Mandys Arm und hakte sich bei ihr ein.

Mandy lächelte etwas verkrampft, und die beiden setzten sich an die Spitze unserer kleinen Gruppe, während Richard und ich hinter ihnen her latschten.

«Tja, also … schön, dass es geklappt hat …«, sagte ich ein wenig hohl.

«Ja, ein toller Abend. Jetzt kommt der Sommer«, lächelte Richard.

Vor uns plapperte Frau Kuhlenberg auf die arme Mandy ein, von der nur hin und wieder ein paar leise Worte zu hören waren. Verflixt, das lief so ganz anders, als ich es geplant hatte!

Wir schlugen den Weg Richtung Westen ein. Die Sonne schien uns sanft in die Gesichter und den Hunden aufs Fell. Eine Weile gingen wir in der zweiten Reihe schweigend. Doch irgendwann hielt ich das nicht mehr aus. Zumal Frau Kuhlenberg eine erstaunliche Geschwindigkeit an den Tag legte und der Abstand zwischen Mandy und ihr und uns immer größer wurde.

»Jasper und Xena sind wie geschaffen füreinander, finden Sie nicht?«, versuchte ich, das Gespräch mit Richard in die richtige Richtung zu leiten. Die beiden Hunde jagten sich gerade an der Wasserkante entlang, dass es nur so spritzte.

Richard, der sie auch beobachtet hatte, nickte. »Ja, offenbar gibt es so was auch bei Hunden. Die beiden verstehen sich ohne Worte.« Versonnen blickte er den Vierbeinern nach. Sein Blick blieb kurz an Mandys langen, wehenden Haaren vor uns hängen.

»Zu schade, dass Tiffanys Besitzerin Mandy so in Beschlag nimmt«, raunte ich ihm zu. »Ich wette, Sie beide hätten sich auch jede Menge zu sagen.«

Richard wandte den Kopf und sah mich überrascht an. »Ach ja?«

»Ja«, nickte ich eifrig. »Beispielsweise darüber, wie es ist, einem Beruf nachzugehen, der Ihnen nicht erlaubt, Ihre Hunde immer bei sich zu haben, obwohl Sie das doch offensichtlich gerne möchten. Solche vierbeinerunfreundlichen Berufe gibt es sicher wie … wie Sand an der Ostsee«, sagte ich schnell. »Aber, ob Sie es glauben oder nicht, nach zwei Wochen weiß ich immer noch nicht, was die einzelnen Huta-Kunden so den ganzen Tag treiben. Wenn beispielsweise eine Kundin mich fragen würde, welcher Arbeit der eine oder andere Hundehalter nachgeht, könnte ich das gar nicht beantworten.«

Ha! Das war doch eine geniale Formulierung. Ich betrachtete Mandys hübsche Rückseite, und Richard folgte meinem Blick. Wenn er ein bisschen gewitzt war, könnte er aus meinen Worten herauslesen, dass Mandy sich womöglich nach ihm erkundigt hatte. Was sie in Wahrheit natürlich nicht getan hatte. Doch das spielte ja gar keine Rolle. Er sollte es ja nur glauben. Das wusste man doch seit Shakespeare: Interesse auf der anderen Seite konnte auch das eigene Interesse wecken.

»Ich bin Architekt«, erklärte Richard. »Aber mein Chef hat Asthma, starke Tierhaarallergie. Daher kann Jasper leider nicht mit ins Büro.«

»Was für ein Zufall«, sagte ich offensichtlich verwundert. »Mandy beschäftigt sich auch mit dem Heim anderer Menschen. Sie arbeitet in einem großen Innenreinrichtungshaus.«

»Doch nicht etwa bei Treubersen?«, hakte Richard interessiert nach.

»Oh, da müssen Sie sie selbst fragen.« Ich hob unwissend die Hände. Richard nickte, machte aber keinerlei Anstalten, zu Mandy und Frau Kuhlenberg aufzuschließen.

»Sie beide scheinen wirklich eine Menge gemeinsam zu haben«, fuhr ich fort. »Retriever. Beruf. Die gleiche Hundetagesstätte.« Wir lachten beide. »Komisch, dass Sie sich vorher nie getroffen haben.«

Richard sah Jasper zu, der irgendwo einen Stock gefunden hatte und nun damit um Xena herumtänzelte, um anzugeben. Dann sah er wieder zu Mandy. »Ja, komisch«, murmelte er.

Das klang gut. Oh ja, das klang verdammt gut.

In diesem Moment drehte sich Frau Kuhlenberg an Mandys Arm zu uns um, und die beiden blieben stehen. »Lara!«, rief Frau Kuhlenberg. Und als wir sie erreichten, fuhr sie fort: »Ich wusste doch, dass ich die junge Frau hier kenne. Stellen Sie sich vor: Ihr Mann hat meinem verstorbenen Mann und mir das Ferienhaus auf Teneriffa vermittelt.«

Ich sah rasch zu Richard hin, der verwirrt zwischen Frau Kuhlenberg und der verlegen wirkenden Mandy hin und her sah. »Einen ganz reizenden Ehemann haben Sie sich da geangelt, meine Liebe!«, plärrte Frau Kuhlenberg. »Er hat damals wirklich keine Mühe gescheut. Toll laufendes Unternehmen, diese Immobilienvermittlung«, setzte sie an Richard gewandt hinzu, als wäre es ihr Verdienst.

Ich stöhnte innerlich auf. Natürlich hatte Richard irgendwann erfahren müssen, dass Mandy (noch) verheiratet war. Aber doch bitte nicht jetzt schon, bevor er sich so richtig in Xenas hübsches Frauchen vergucken konnte.

Apropos gucken: Es war ziemlich deutlich, dass sowohl Mandy als auch Richard nun sorgsam darauf bedacht waren, einander möglichst nicht mehr anzusehen. Verflixt, ich hatte ihre vorher so häufig getauschten, scheuen Blicke natürlich registriert und heimlich triumphiert. Doch nach Frau Kuhlenbergs plumper Eröffnung war es damit wohl vorbei.

Stattdessen gelang es Mandy irgendwie, sich dem eisernen Griff der alten Dame zu entziehen, um Xena Seetang aus dem Fell zu klauben. Frau Kuhlenberg schnappte sich augenblicklich den armen Richard und stakste an seinem Arm bereits wieder davon, während Tiffy an der von mir umklammerten Leine japste, weil sie wohl zu gern auch über den Strand gewetzt wäre.

Verdammt noch mal! Der Ausflug drohte ja tatsächlich in einer kleinen Katastrophe zu enden.

Als Mandy ihre Hündin von dem grünen Schlingzeug befreit hatte, stob Xena erneut mit Jasper davon. Ihr Frauchen und ich gingen wortlos nebeneinanderher.

»Ihr Mann ist wohl heute Abend wieder auf einem Geschäftsessen?«, erkundigte ich mich schließlich.

Mandy nickte. Und wenn mich nicht alles täuschte, wirkte sie beinahe erleichtert. »Eine große Konferenz diesmal. Es geht wohl um neue Werbestrategien zur Präsentation der Immobilienobjekte. Deswegen wird Jan vermutlich erst gegen Sonntagmittag zurück sein.«

»Ein freies Wochenende!«, lachte ich betont fröhlich und kramte in meinem Kopf nach einer guten Überleitung. Vielleicht konnte ich ja noch etwas retten.

»Ja«, lächelte Mandy verlegen, als traute sie sich nicht recht zuzugeben, dass ihr dieser Gedanke nicht unangenehm war.

»Gute Gelegenheit, neue Bekanntschaften noch etwas zu vertiefen«, wagte ich einen mutigen Vorstoß. »Und ich meine damit nicht Frau Kuhlenberg.« Ich zwinkerte ihr zu.

Doch wenn ich gehofft hatte, Mandy würde nun meinen Zaunpfahlwink in Handeln umsetzen, wurde ich enttäuscht. Sie sah gleich wieder so verschreckt aus wie an unserem ersten Abend, als ich sie trösten wollte.

Wir schlenderten weiter, sahen den Hunden zu, wie sie zwei entgegenkommende Artgenossen begrüßten und auch mit ihnen kurz herumtobten. Dann blickte Mandy auf die Uhr. Verflixt! Und da kam es schon: »Ich fürchte, ich muss gleich zurück«, sagte sie steif. Und mir war klar, dass sie nur dieser grauenhaften Situation entkommen wollte.

»Aber bis zum Sonnenuntergang ist noch etwas Zeit«, warf ich aufmunternd ein. »Und Richard hat sich so sehr darauf gefreut, ihn gemeinsam mit uns zu genießen. Na ja, vielleicht nicht unbedingt mit Frau Kuhlenberg.« Den letzten Satz flüsterte ich scherzhaft. Doch Mandy schien es kaum wahrzunehmen. Sie blickte nur vor sich in den Sand.

»Hat er das etwa gesagt?«, wollte sie dann mit leiser Stimme wissen. »Bestimmt bevor er erfahren hat … bevor …« Sie brach ab, und ihre Wangen röteten sich lebhaft, was ihr beneidenswert gut stand. Doch ehe ich etwas erwidern konnte, rief sie schon nach Xena und erklärte hektisch: »Ich muss wirklich umkehren.«

Richard und Frau Kuhlenberg, die Mandys Aufbruchsstimmung mitbekamen, drehten um.

»Aber, aber, meine Liebe!«, krähte Frau Kuhlenberg. »So geht das ja nicht! Wir sind doch gerade mal ein halbes Stündchen unterwegs. Und ich weiß noch nicht halb so viel von Ihnen, wie ich gehofft hatte. Sie können uns doch jetzt nicht im Stich lassen.«

Verdammt, verdammt! Ich hatte keinen blassen Schimmer, wie ich diese verkorkste Situation noch retten sollte.

»Richard, nun sagen Sie doch auch mal was dazu! Überreden Sie unsere hübsche Begleitung doch noch zu bleiben!«, drängelte Frau Kuhlenberg weiter.

Richard sah höchst verlegen drein. Auch Mandy wirkte peinlich berührt. Und ich hatte alle Mühe, den alten Drachen nicht kurzerhand eigenhändig zu erwürgen.

Und in diesem Moment, in dem ich wirklich nicht mehr weiterwusste mit meiner vollkommen gescheiterten Verkupplungsaktion, erschienen in meinem Blickfeld zwei inzwischen schon recht vertraute Gestalten. Die eine klein, rotbraun und verstrubbelt. Die andere groß, schlank und mit selbstbewusstem Gang.

»Hallo allerseits«, grüßte Niklas, während Pauline auf die hüpfende und an der Leine zerrende Tiffy zulief, um sie freundlich zu beschnuppern.

»Professor Hansen!«, strahlte Frau Kuhlenberg. Sie schien sich, ich kam um den Vergleich nicht drumherum, pudelwohl zu fühlen zwischen all den interessanten Menschen. »Mit Ihnen hatten wir auf unserem Gang nun aber gar nicht gerechnet. Sie vermuten doch wohl nicht, dass hier Otter unterwegs sind?!« Sie stupste ihn mit der freien Hand in die Seite.

Er lächelte verschmitzt und deutete allen Ernstes eine Art Verbeugung vor der alten Dame an. »Man weiß nie, wo man ihnen begegnet, Frau Kuhlenberg. Als Biologe muss man immer auf der Hut sein. Egal ob es sich um Otter oder um erfreuliche Begegnungen mit Zweibeinern handelt.«

»Sie alter Charmeur!«, quietschte die alte Dame entzückt und kicherte mädchenhaft. »Darf ich Ihnen vorstellen … mein Kavalier hier ist Richard Rasmussen. Richard ist der Architekt, der den Preis für das neue Bürgerhaus in Ahlbeck gewonnen hat. Und das hier …«

»Hallo, Mandy«, kam Niklas zuvor und reichte ihr seine Hand.

Mandy nahm sie und sah plötzlich sehr viel entspannter aus als noch vor einer Minute. Sie lächelte sogar. Ganz offenbar mochte sie Niklas. Heimlich verglich ich ihn mit Richard und stellte verwundert fest, dass Britts Bruder mit dem attraktiven Erfolgsarchitekten durchaus mithalten konnte – auch wenn er wahrscheinlich zehn Jahre älter war als dieser.

»Oh, Sie kennen sich bereits. Na, und unsere Lara sicherlich auch«, klagte Frau Kuhlenberg, enttäuscht, ihre kleine Vorstellungsrunde schon abbrechen zu müssen.

Niklas nickte mir zu, und ich glaubte, in seinen Augen etwas aufblitzen zu sehen. Und wenn ich mich nicht täuschte, war das tatsächlich so etwas wie Mitgefühl.

»Mandys großer Bruder ist mein bester Freund aus Schulzeiten«, klärte er uns auf. »Wie geht's Arne?«, erkundigte er sich gewandt bei der jungen Frau.

»Ganz wunderbar. Vielleicht weißt du es noch nicht, weil es noch ganz frisch ist: Er und Charlotta planen für nächstes Jahr die Hochzeit«, erzählte Mandy.

»Ach du Schreck!«, ächzte Niklas in gespieltem Entsetzen. »Dann muss ich also tatsächlich Trauzeuge spielen.«

»Ja, ich fürchte, darum wirst du nicht herumkommen«, lächelte Mandy.

»Was für ein Drama.« Niklas schüttelte den Kopf.

»War es nicht eine entzückende Idee von unserer Lara, für uns diesen tollen Spaziergang am Strand zu organisieren?«, flötete Frau Kuhlenberg. Sie sah mich mit listigem Ausdruck von der Seite an. »Obwohl sie ja eigentlich nur Herrn Rasmussen wirklich eingeladen hat, wenn ich es recht erinnere. Die liebe Mandy und ich durften uns aber anschließen.«

Niklas stutzte und warf erst dem verlegen dreinschauenden Richard und dann mir einen überraschten Blick zu.

Geschockt von dieser völlig falschen Darlegung der Tatsachen konnte ich nur dümmlich lächeln.

Kurz erschien auf Niklas' Stirn eine kleine Falte. Dann bot er Frau Kuhlenberg seinen Arm an. »Darf ich übernehmen, Herr Rasmussen? Frau Kuhlenberg, Sie waren doch bestimmt schon mal bei einer Ihrer vielen Bekannten Trauzeugin. Was muss man da beachten?«

»Oh, da kann ich Ihnen viele Tipps geben, Professor Hansen«, plapperte Frau Kuhlenberg, ließ Richard ohne mit der Wimper zu zucken stehen und schlenderte an Niklas' Arm weiter. »Aber erzählen Sie mir doch erst mal, ob Sie Nachricht von Ihrer lieben Schwester haben? Wie geht es ihr auf der *Freedom?* Muss ein wirklich sagenhaftes Schiff sein, nach allem, was man hört.«

Ich starrte ihnen verblüfft nach. Auch Mandy und Richard wirkten verwirrt, und wir standen voreinander, als wären wir drei gerade aus einem gemeinsamen Albtraum erwacht.

»Oh, ich glaube, Xena und Jasper haben da eine tote Möwe oder so was entdeckt«, sagte ich endlich und deutete hinüber. Tatsächlich standen die beiden Hunde an der Wasserkante und beschnupperten etwas Fedriges, das dort lag. Jasper neigte gerade den Kopf, um …

«Nein, Jasper! Nicht wälzen!«, brüllte Richard und rannte los.

Mandy stieß ein helles Lachen aus und lief ihm eilig hinterher.

»Ich geh mit Tiffany in die Dünen. Ich glaub, sie muss mal«, rief ich ihnen nach.

Das Pudelmädchen folgte mir gehorsam, als ich es Richtung Dünen zog. Ich brauchte dringend mal eine Minute zum Verschnaufen.

Zwischen den Sanddünen hindurch beobachtete ich, wie Mandy und Richard lachend ihre Hunde von dem toten Vogel verscheuchten und dann ein Stückchen gemeinsam mit ihnen durch den feuchten Sand liefen. Sowohl Jasper als auch Xena schienen es grandios zu finden, zusammen mit ihren Menschen so ausgelassen zu sein. Nach etwa fünfzig Metern, die sie auf diese Weise zwischen den Kuhlenberg-Drachen und sich gebracht hatten, verlangsamten Mandy und Richard wieder ihren Schritt und begannen, den Hunden den Ball zu werfen, den Richard aus der Tasche gezogen hatte. Offenbar hatte Mandy vergessen, dass sie vor ein paar Minuten noch dringend umkehren wollte.

Ich spähte den Strand entlang und sah, wie Niklas Frau Kuhlenberg an seiner Seite soeben etwas mit großer Geste erklärte, was sie offenbar zu einem kleinen Heiterkeitsausbruch veranlasste. Pauline, die neben ihm hertrabte, sah bewundernd zu ihm auf.

Unglaublich, aber wahr: Genau der Kerl, den ich vor ein paar Tagen noch innerlich als *Professor Klugscheißer mit Stock im Arsch* betitelt hatte, zeigte sich heute als eine Art Stimmungskanone. Und er hatte wirklich die ganze verkorkste Situation innerhalb weniger Minuten entspannt.

Solange es ging, sah ich von meinem kleinen Spähposten in den Dünen aus zu, wie er selbstbewusst erzählte, mit schief geneigtem Kopf. Frau Kuhlenberg lauschte und warf beim Lachen den Kopf in den Nacken.

Doch irgendwann wandte er sich um und blickte fast genau zu mir her. Als hätte er die ganze Zeit gewusst, wo ich mich versteckte. Das nahm ich zum Anlass, mit Tiffany wieder aus der Deckung zu kommen und mich ihm und Frau Kuhlenberg anzuschließen.

♥

Etwa eine Stunde später steuerte unsere kleine Gruppe wieder auf den Parkplatz zu. Frau Kuhlenberg hing immer noch an Niklas' Arm und schwatzte unaufhörlich auf den armen Kerl ein. Ich schlenderte neben ihnen her und sah dabei zu, wie Pauline mit der angeleinten Tiffy zu spielen versuchte. Doch dann glitt mein Blick etliche Meter weiter nach vorn, wo Mandy und Richard miteinander durch den Sand stapften und lachten, als wären sie der Werbung für eine Partnervermittlung entsprungen. Ich betrachtete die Rücken der beiden, wie Mandy ihre langen dunklen Haare mit einer anmutigen Bewegung über die Schulter warf und auf welche vielversprechende Weise Richard daraufhin den Kopf hob.

Da spürte ich plötzlich eine Art Kribbeln, wie eine feine elektrostatische Aufladung. Rasch wandte ich mich zur Seite und traf Niklas' Blick. In seinen Augen lag eine merkwürdige Nachdenklichkeit. Doch als wir uns ansahen, lächelte er schnell und ein wenig ertappt und drehte sich wieder zu Frau Kuhlenberg um. Was hatte er wohl gerade gedacht?

Am Parkplatz angekommen, luden Mandy und Richard ihre Vierbeiner in die Autos, verabschiedeten sich und fuhren davon.

Frau Kuhlenberg wäre wahrscheinlich noch weiter an Niklas' Arm kleben geblieben, hätte er nicht wie nebenbei erwähnt, dass er auf dem Weg hierher am Hotel-Restaurant Kaliebe vorbeigekommen sei, vor dem ein Krankenwagen gestanden habe. Da er keinerlei Auskunft darüber geben konnte, was das Einsatzfahrzeug dort zu suchen gehabt hatte, geriet Frau Kuhlenberg plötzlich in Eile, stopfte die arme Tiffany in den Kofferraum des Mercedes und klemmte sich selbst hinter das Lenkrad, über das hinauszusehen sie einige Mühe hatte.

Als sie mit röhrendem Motor vom Parkplatz schoss, holten Niklas und ich im gleichen Moment sehr tief Luft, um sie dann mit einem lauten Seufzer wieder auszustoßen. Wir wechselten einen Blick und grinsten beide.

Am anderen Ende des Parkplatzes hatte Niklas seinen Range Rover direkt neben dem Huta-Bus geparkt. Pauline rannte los und setzte sich neben Niklas' Auto, wohl um deutlich zu machen, dass sie unter keinen Umständen in einer der Boxen im Van mitfahren würde. Wir mussten beide über sie schmunzeln.

»Danke«, sagte ich da schnell, bevor ich es mir anders überlegen konnte. »Du hast mich heute Abend wirklich gerettet. Dieser Spaziergang wäre ohne dich wahrscheinlich in einer Katastrophe geendet.«

»Tja, ich muss sagen, als ich euch da zusammen gesehen habe, hab ich erst mal meinen Augen nicht getraut. Gewagte Kombination«, neckte mich Niklas.

»Das war ja so gar nicht geplant!«, stöhnte ich.

»Schon klar«, grinste Niklas, aber in seinen Augen schimmerte auch etwas Ernstes. »Wenn du dich also das nächste Mal mit einem Huta-Kunden verabredest, pass am besten auf, dass niemand in der Nähe ist, der sich einklinken kann.«

Ich wollte schon den Mund öffnen, um mein ursprüngliches Vorhaben klarzustellen, doch da fiel mir siedend heiß ein, was Niklas wohl zu meiner Einmischung in die persönlichen Belange der Huta-Kunden sagen würde.

Ich spürte, wie mir die Hitze auch ins Gesicht stieg, und ich sagte schnell: »Mandy ist wirklich nett, oder? Ich frage mich nur, wie sie an ihren Mann geraten ist.«

»Ich kenne Jan«, brummte Niklas. Und die Art, wie er den Namen aussprach, ließ nicht auf eine allzu freundliche Bekanntschaft schließen. »Er war in der Schule in der gleichen Stufe wie Arne und ich. Und schon damals war er ...« Offenbar suchte er nach dem passenden Wort.

«Ein Kotzbrocken?«, schlug ich vor.

Er schüttelte den Kopf. »Sag das bloß nicht lauter. Aber ... tja, wahrscheinlich hast du recht. Ich weiß immer noch nicht, wie es ihm gelungen ist, Mandy an Land zu ziehen. Aber sie hat wirklich etwas ... Besseres verdient.«

Plötzlich brannte ich vor Neugier. Konnte es sein, dass er etwas anzudeuten versuchte, was ich längst mit Gewissheit wusste? Nämlich, dass Mandys Mann sie auf abscheuliche Weise hinterging?!

»Und Frau Kuhlenberg ...«, grunzte Niklas da in meine Gedanken hinein.

«Ach, der Schlag soll sie treffen«, knurrte ich.

Niklas lachte so herzlich auf, dass ich für einen Moment seine sonst leicht steife Art vollkommen vergaß. Seine grünen Augen leuchteten im Licht der Abendsonne. Ich genoss einfach den angenehmen Klang seiner Stimme und lachte mit. Für einen kurzen Moment waren wir uns in unserem Gelächter so nah, dass ich eine starke Welle der Sympathie spürte.

Der Gedanke schoss mir durch den Kopf, dass ich an diese Situation bestimmt noch lange denken würde. Und ich sollte recht behalten. Allerdings aus einem ganz anderen Grund, als ich glaubte.

21. Kapitel

Am folgenden Wochenende nahm ich ein ausgiebiges Bad in der Familie Petersen, was wir alle sehr genossen. Es stellte sich heraus, dass meine Erzählungen aus der Huta nicht ohne Folgen geblieben waren und alle drei Kinder nun nur noch ein Thema kannten: den eigenen Familienhund! Ole war beinahe genauso begeistert, wies aber darauf hin, dass aufgrund seiner Berufstätigkeit wohl Wiebke diejenige sein würde, die sich am meisten um das potenzielle neue Familienmitglied würde kümmern müssen. Wiebke schien noch unentschlossen und stellte mir eine Menge Fragen, was den richtigen Umgang, das Füttern und die Pflege von Hunden anging. Noch vor ein paar Wochen hätte ich ihr dazu nichts sagen können – doch die Tage in der Huta und die Lektüre diverser Fachbücher, die in Britts Wohnung herumlagen, zeigten bereits Wirkung, und ich konnte vieles beantworten. Schon sah Wiebke gar nicht mehr so zögerlich aus. Nur Katze Minka war noch ganz entschieden gegen einen Hund in ihrem Haushalt.

Wir quatschten und plauderten so munter durcheinander, dass ich auch – ganz nebenbei – ein, zwei Bemerkungen über den abendlichen Hundestrandspaziergang fallen lassen konnte. Wiebke wirkte zwar überrascht, dass ich mich in meiner Freizeit mit Leuten aus der Huta samt Britts Bruder herumtrieb, doch da ich weder Mandy noch Richard namentlich erwähnte, schöpfte sie keinen Verdacht.

Als meine dritte Woche in der Hundehütte Usedom begann, hatte ich mich also wunderbar erholt, freute mich mit geradezu kindlichem Enthusiasmus auf meine täglichen Aufgaben und rechnete nicht mit einer Katastrophe.

Am frühen Montagnachmittag meldete sich Britt. Diesmal war die Verbindung besser. Doch das Gespräch verlief ganz anders als das letzte. Anstatt mir wieder besorgt diverse Fragen zu dem einen oder anderen Hund und verschiedenen Abläufen in der Huta zu stellen, erzählte Britt von dem Turn. Sie beschrieb mir mit maßloser Begeisterung die Route, die sie nahmen, erklärte die Zusammensetzung der Crew, sprach von Winden, Breiten- und Längengraden, Seemeilen und Knoten. Ehrlich gesagt verstand ich diesmal akustisch zwar jedes Wort, aber trotzdem nur die Hälfte von dem, was sie mir da berichtete. Doch eines war deutlich: Die Chefin der Hundehütte Usedom hatte mehr als nur soundso viele Seemeilen Abstand zwischen sich und ihr kleines Unternehmen gebracht. Sie war vollkommen eingetaucht in eine andere, für sie so wunderbare Welt, in der die Vier- und Zweibeiner hier auf dem Land momentan keine große Rolle mehr spielten.

Im Gegensatz zu unserem Gespräch vor zwei Wochen, in dem ich mehr als einmal den Tränen nah gewesen war, konnte ich heute ihren Worten ganz entspannt lauschen. Ja, ich gönnte ihr diese Auszeit von Herzen, während ich selbst im Korbsessel neben Galanas Stammplatz saß, den schmalen Kopf der feingliedrigen Windhündin streichelte und den anderen Hunden draußen im Garten beim Toben zusah.

Nachdenklich legte ich schließlich auf. Vierzehn Tage waren vergangen, seit Niklas mir die Schnelleinweisung in meine täglichen Aufgaben gegeben hatte. Und seitdem waren mir die Handgriffe bereits so vertraut geworden, dass ich kaum noch darüber nachdachte. Hatte er nicht genau das geweissagt, als ich am Gelingen dieser ganzen Unternehmung gezweifelt hatte?

Ein Bild stieg vor mir auf. Die eine gewisse Situation vom Hundespaziergang am vergangenen Freitagabend. Als ich selbst Mandy und Richard beobachtet, dann aber Niklas dabei ertappt hatte, wie er seinerseits mich nachdenklich gemustert hatte. Zu gern hätte ich gewusst, was in diesem Augenblick in ihm vorgegangen war.

Ganz in diesen Gedanken versunken ging ich hinüber in die Huta-Küche, um ein paar Futterportionen vorzubereiten, als das Telefon erneut klingelte.

»Hundehütte Usedom, Munter?«, meldete ich mich und griff mit der freien Hand nach einem Sack Hundefutter.

»Ja, ähm … hallo, hier Kosmetiksalon Anneliese«, sagte eine zaghafte weibliche Stimme. »Spreche ich mit der Leiterin?«

»Der momentanen, ja«, bestätigte ich und fummelte am Verschluss des Sacks herum. Mit einer Hand war das Öffnen gar nicht so einfach.

»Und bei Ihnen ist heute der Hund von Frau Kuhlenberg untergebracht?«, hakte die Stimme nach.

»Pudel Tiffany, ja. Was ist mit ihr?« Jetzt hatte ich's! Ich öffnete den Sack mit einer Hand und tauchte den Messbecher hinein.

»Nun … ähm … heute hat bei uns eine Faltenlifting-Sonderaktion stattgefunden«, erläuterte die Frau am anderen Ende.

Ich erinnerte mich vage, dass Frau Kuhlenberg so etwas erwähnt hatte, als sie Tiffany heute Morgen bei mir abgegeben hatte.

«Und weiter?« Mittlerweile wunderte ich mich. Was rief die Kosmetikerin bei mir an, wenn doch Frau Kuhlenberg …

«Ich muss Ihnen leider mitteilen …«, die Frau räusperte sich, »… dass Frau Kuhlenberg heute Morgen auf unserem Behandlungsstuhl verstorben ist.«

Der Messbecher rutschte mir aus der Hand und verstreute seinen Inhalt über den Küchenboden. »Was?«, keuchte ich.

»Wahrscheinlich ein Herzinfarkt«, setzte die Kosmetikerin, vielleicht Anneliese höchstpersönlich, mit Grabesstimme hinzu. »Es ging sehr schnell.«

»Aber … aber …«, stammelte ich.

«Wir haben selbstverständlich sofort den Notarzt gerufen. Aber jede Hilfe kam zu spät. Jetzt ist es nur so … Hallo, hören Sie?«

»Ja.« Ich schnappte immer noch nach Luft. »Ja, ich höre.«

»Ich dachte, ich informiere Sie lieber schon mal. Es ist ja nun so, dass der Hund … wie soll ich sagen … Frau Kuhlenberg kann ihn ja nun nicht mehr abholen …«

»Okay«, schnaufte ich. »Verstanden. Ich … danke für den Anruf.«

»Bitte. Ach, es ist tragisch, wenn eine so treue Kundin … na ja …«, murmelte sie, und wir legten auf.

Wie betäubt verließ ich die Küche und ging durch den Wintergarten nach draußen.

Einige der Hunde hatten sich um die Plantsch-Schale versammelt und tapsten abwechselnd im Wasser herum. Die meisten lagen auf ihren bevorzugten Plätzen und machten ein Nickerchen. Noch vor zwei Wochen hatte ich keine Ahnung gehabt, wie häufig Hunde tagsüber schlafen. Tiffany lag neben Bilbo und Leo auf der höchsten Holzplattform in der Sonne und döste ebenfalls. Ein paar Minuten lang stand ich einfach nur da und starrte zu ihr hin. Ich versuchte mir vorzustellen, dass ihr Frauchen nie wieder am Tor stehen und mit schriller Stimme nach ihrem Hündchen rufen würde. Frau Kuhlenberg war nun wirklich nicht meine Lieblingskundin gewesen, aber auch ihr hätte ich ein anderes Ende gewünscht, als auf der Liege eines Kosmetiksalons mitten in einer Faltenlifting-Aktion dahinzuscheiden.

»*Ach, der Schlag soll sie treffen*«, hörte ich mich selbst noch zu Niklas sagen und uns gemeinsam darüber lachen. Nun lag Tiffany da vorn neben ihren Kumpels und war … tja, so etwas wie eine Waise.

Ratlos betrachtete ich sie. Dann fiel mir ein, dass Britt mir an jenem schicksalhaften Samstagabend einen dicken Ordner auf dem Schreibtisch im kleinen Büroraum gezeigt hatte. Der war mir in der Zwischenzeit zwar ab und zu in die Hände gefallen, aber ich hatte noch keinen Blick hineingeworfen. Darauf stand: *Kundendaten.*

Ich ging in den Büroraum und griff nach den Unterlagen. Nach den Hundenamen alphabetisch geordnet, fanden sich dort tatsächlich sowohl die unterschriebenen Verträge mit den Huta-Kunden, Kopien ihrer Hundehaftpflichtversicherungen, Informationen über Impfungen als auch Kontaktdaten. Außerdem stand bei jedem mindestens ein Name plus Telefonnummer für den Notfall.

Ich betrachtete die Notiz in Frau Kuhlenbergs Akte: *Uwe Kuhlenberg, Großneffe, Hotelier in Heringsdorf,* und dahinter eine Telefonnummer. Hm, ein Notfall war das hier ganz sicher, aber besser, ich würde mit dem Anruf bis heute Abend oder morgen warten.

Während ich noch auf das Blatt Papier vor mir starrte, klingelte das Telefon.

«Hundehütte Usedom, Lara Munter am Apparat», meldete ich mich.

»Uwe Kuhlenberg hier«, antwortete eine schnarrende Stimme.

»Oh, Herr Kuhlenberg, ich …« Aber weiter kam ich nicht.

«Hat der Kosmetiksalon Sie informiert?«

»Ja, gerade eben.«

»Dann wissen Sie ja Bescheid. Ich rufe natürlich wegen des Hundes an. Muss mich schließlich jetzt um alles kümmern. Ich bin der einzige noch lebende Verwandte meiner Tante, müssen Sie wissen.« Aus dem Hörer drang ein Geräusch, das eine Art Schnarchen oder vielleicht auch ein leises Schluchzen sein konnte.

»Herr Kuhlenberg, mein herzliches Beileid«, sagte ich. Und ich meinte es wirklich aufrichtig.

»Danke«, antwortete er.

Kurz war es still in der Leitung. Ich konnte nicht einschätzen, ob Uwe Kuhlenberg sich wieder zu sammeln versuchte, oder ob er schlicht nicht wusste, was er sagen sollte. Dann räusperte er sich: »Bin in fünfzehn Minuten bei Ihnen.«

»In Ordnung«, erwiderte ich. »Ich bin hier.«

♥

Die nächsten fünfzehn Minuten saß ich bei Tiffany und kraulte die kleine Hündin.

Wie nahmen Hunde es eigentlich wahr, wenn ihre Menschen starben? Vermissten sie tatsächlich den Zweibeiner schmerzlich? Oder waren es eher die gewohnten Abläufe, die ihnen fehlten, wenn sie aus ihrem Umfeld gerissen wurden? So wie ich die Huta-Hunde inzwischen kennengelernt hatte, war ich ziemlich sicher, dass ihre soziale Bindung an ihre Menschen ganz ähnlich funktionierte wie die in unseren Menschenfamilien. Aber galt das auch für ein Frauchen, das lieber zum Damen-Stammtisch ging als mit dem eigenen Hund an den Strand?

Solche und ähnliche Gedanken beschäftigten mich gerade, als ich die Glocke des Hundeshops hörte. Ich nahm Tiffany auf den Arm und ging mit ihr durch den Wintergarten hinein.

Frau Kuhlenbergs Großneffe Uwe, ein imposanter Mann um die Fünfzig, stand mitten im Shop und wirkte in seinem maßgeschneiderten Anzug samt Einstecktüchlein inmitten all der Hundeartikel reichlich deplatziert.

Als ich die Tür zum Hundebereich hinter mir schloss und auf ihn zuging, erkannte ich in seiner kummervollen Miene einige Züge, die mir bekannt vorkamen. Die zusammengekniffenen Augen, den schmalen Mund. Ja, die verwandtschaftlichen Verhältnisse waren eindeutig.

»Herr Kuhlenberg, nochmals mein herzlichstes Beileid«, sagte ich und reichte ihm die Hand, die er mit ernstem Gesicht nahm und schmerzhaft fest drückte.

»Vielen Dank, Frau Munter«, nickte er. »Meine Großtante war für mich die ganze Familie, die mir noch geblieben war. Und auch wenn sie schon die Neunzig überschritten hatte, hätten wir mit so einem baldigen Ableben doch nicht …« Er schüttelte bekümmert den Kopf.

«Natürlich nicht«, pflichtete ich ihm bei. »Wenn jemand uns am Herzen liegt, rechnen wir doch nie damit, dass wir so grausam plötzlich von ihm getrennt werden.«

Er starrte vor sich hin und wiederholte murmelnd: »… jemand uns am Herzen liegt.« Dann hob er den Kopf. »Der einzige Trost ist ja, dass meine Tante an einem Ort den letzten Frieden gefunden hat, der ihr so vertraut und lieb war.«

»Ähm …«, machte ich. »Ja.«

Verflixt noch mal. Mir fiel wirklich nichts ein, was ich Besinnliches oder Tröstliches zum Kosmetiksalon Anneliese hätte sagen können. Aber Gott sei Dank war das gar nicht nötig, denn Uwe Kuhlenbergs Blick fiel nun auf Tiffany, die ich immer noch auf meinem Arm trug und die ihn mit großen Augen ansah. Ihr kleines Schwänzchen wedelte unter meinem Arm. Aber da sie jedem Zwei- und Vierbeiner gegenüber überaus freundlich war, war das keine außergewöhnliche Reaktion. Dass sie den Großneffen ihres Frauchens wiedererkannte, hätte ich nicht ausmachen können.

»Da ist er ja auch schon«, sagte Uwe Kuhlenberg und tätschelte Tiffany kurz das lächerlich frisierte Krönchen auf dem ansonsten kahlen Kopf.

»Sie«, konnte ich mir nicht verkneifen. »Eine Hündin.«

»Ah, ja. Ja, selbstverständlich. Ich erinnere mich.« Er nickte langsam.

In meinem Hals bildete sich mit einem Schlag ein dicker Kloß, an dem kein einziges Wort vorbeikam. Rasch setzte ich Tiffany auf den Boden, zog ihre Leine und das glitzernde Halsband aus der Tasche und legte ihr beides an. Währenddessen nickte ich zu dem kleinen Futtersack hinüber, den ich vorsorglich schon neben den Verkaufstresen gestellt hatte.

»Tiffany hat einen empfindlichen Magen«, erklärte ich Uwe Kuhlenberg mit plötzlich rauer Stimme, als ich mich wieder aufrichtete. »Sie braucht Spezialfutter. Der neue Sack ist noch fast voll. Sie müssen sich also nicht fix um Nachschub kümmern. Die Kleine frisst ja nicht so rasend viel, dieses kleine Persönchen. Ich habe einen Zettel reingelegt, auf dem die Maßeinheiten stehen und um welche Uhrzeit sie es gewohnt ist, zu fressen.«

Ich deutete noch mal auf den Sack, einfach, damit ich Tiffany nicht ansehen musste. Mir war nämlich plötzlich klar geworden, dass sie sich mit einem Mal gar nicht mehr so verhielt wie immer. Legte ich ihr sonst ihr Halsband an, gebärdete sie sich wie toll, tanzte aufgeregt herum, bellte hell und hüpfte an mir herauf. Ich hatte mir darüber nie Gedanken gemacht. Warum auch? Ich kannte mich mit Hunden schließlich nicht aus und hatte alle Macken und Ticks der Vierbeiner hier als einfach gegeben akzeptiert. Ich hatte schlicht angenommen, dass Tiffany allen Unternehmungen gegenüber sehr aufgeschlossen wäre und sich auf jede Abwechslung freute.

Doch jetzt fiel mir auf, dass sie nichts von all dem tat, das sonst die Prozedur des Anleinens begleitete. Sie stand nur ruhig neben mir, mit hoch erhobenem Kopf, und sah mich an. Ihren knopfäugigen Blick nahm ich nur aus dem Augenwinkel wahr, denn ich wagte mit einem Mal nicht mehr, zu ihr hinunterzusehen. Ich hatte nämlich den furchtbaren Verdacht, dass ich dann meine Tränen nicht würde zurückhalten können. Und was war peinlicher, als vor fremden Männern loszuheulen, die auch angesichts eines plötzlichen Todesfalles in der Familie derart sachlich auftraten? Was würde Frau Kuhlenbergs Großneffe von mir denken? Schließlich kannte ich Tiffany gerade mal zwei Wochen. Deswegen sah ich ihn möglichst fest an und versuchte ein Lächeln.

Uwe Kuhlenberg nickte ernst. »Vielen Dank, Frau Munter. Ich werde das den Leuten im Tierheim genauso weitergeben. Das ist bestimmt eine große Hilfe.«

Er streckte die Hand aus, um nach Tiffanys Leine zu greifen. Doch ich reagierte nicht, sondern starrte ihn nur an.

»Wie bitte?«, presste ich schließlich heraus. »Tierheim?«

Er sah mich irritiert an. »Na, *ich* kann den Hund doch nicht nehmen«, stellte er dann mit gestrafften Schultern fest. »Ich leite das größte Hotel in Heringsdorf. Gerade beginnt die Saison. Da bin ich von morgens bis abends beschäftigt.« Er musterte meine erstarrte Miene und lächelte breit. Im Gegensatz zu seiner Großtante verstand er es offenbar besser, in den Gesichtern seines Gegenübers das Richtige zu lesen.

»Na, na, na, Frau Munter. Sie glauben doch nicht, dass diese Horrorvorstellungen, die unsereins noch von den Tierheimen von vor dreißig Jahren hat, noch stimmen? Da hat sich so viel getan. Den Hunden geht's da gut. Leben da in netten Gruppen zusammen, im Prinzip also genauso wie hier … nur eben preiswerter.« Er zwinkerte mir zu. Noch einmal versuchte er, mir die Leine aus der Hand zu nehmen, doch ich zuckte zurück.

»Moment«, sagte ich, selbst ein wenig überrascht. »Denken Sie nicht, der Tod ihres Frauchens ist für Tiffany nicht schon Umstellung genug? Vielleicht wäre es für sie besser, wenn sie erst einmal in ihrem gewohnten Umfeld bleiben könnte, um sich damit abzufinden.«

Frau Kuhlenbergs Großneffe sah mich an, als hätte ich ihm gerade erzählt, Tiffany solle erst noch ihr Abitur absolvieren, bevor er sie mitnehmen könne. Doch er war ganz Geschäftsmann und hatte sich schnell gefangen.

»Wie stellen Sie sich das vor, Frau Munter?«, wollte er wissen. »Ich unterhalte mein eigenes Haus. Die Villa meiner Großtante werde ich verkaufen. Wie könnte ich denn da …? Ach so«, er lachte auf, »Sie meinen, der Hund soll erst mal hierbleiben?«

»Ja. Das wäre doch bestimmt am besten für die Kleine«, nickte ich.

Doch Uwe Kuhlenberg schüttelte bedauernd den Kopf. »Nein, tut mir leid. Aber wo soll das denn hinführen? Tag für Tag hier die Betreuung zu bezahlen für … für was? Noch dazu ist das Ganze hier ja auch nicht billig, so wie meine Großtante immer erzählt hat.«

Eins. Zwei. Drei … Während ich innerlich bis zehn zählte, konnte ich quasi spüren, wie mein anfängliches Bedauern über Frau Kuhlenbergs Ableben verpuffte. *Diese Schlange.*

Zu gerne hätte ich Uwe Kuhlenberg gesagt, was ich wirklich dachte, doch ich hatte mich gerade noch im Griff. «Und was wäre, wenn ich die Betreuung von Tiffany ohne Bezahlung übernehmen würde? Sie könnte sich mit der veränderten Situation arrangieren, und währenddessen könnte ich mich um ihre Vermittlung kümmern«, schlug ich stattdessen vor.

Erneut sah Uwe Kuhlenberg mich an. Diesmal mischte sich in seine kummervolle Miene jedoch ein Ausdruck listigen Abwägens. Wahrscheinlich spielte in seinem Kopf die Vorstellung von einem irgendwie beschämenden Auftritt im Tierheim auch eine Rolle.

Ich wartete.

»Ohne Bezahlung? Sie meinen, Sie betreuen den Hund Tag und Nacht kostenlos?«, wiederholte er.

»Genau das meine ich«, nickte ich.

Und für eine Sekunde war in seinen kleinen Augen deutlich zu lesen, was er dachte: *Wusste ich es doch, dass diese Hundeleute alle Spinner sind.* Dann legte er den Kopf schief und hob die Handflächen, als würde er einer Bitte stattgeben. »Wenn Sie denken, dass es das Beste für das Tier ist, will ich dem nicht im Wege stehen. Ich habe die nächsten Tage natürlich viel zu tun. Die Trauerfeier. Und dann die Seebestattung … Wenn Sie es also auf sich nehmen wollen?«

»Sehr gerne«, sagte ich und spürte in meinem Kiefergelenk eine Art Krampf, als ich ein Lächeln hinterherschickte.

»Tja, dann …« Uwe Kuhlenberg räusperte sich wieder und besaß so viel Anstand, mir die Hand zu reichen. »Vielen Dank dafür!«

Ich achtete darauf, dem festen Zugriff seiner Pranke diesmal schneller zu entkommen, und begleitete ihn zur Tür.

»Ach, ehm …« Auf der Schwelle fiel Uwe Kuhlenberg offenbar noch etwas ein. »Der Hund ist ja ein wertvolles Tier. Meine Großtante hat immer von dem ellenlangen Stammbaum erzählt. Nicht billig, solche Tiere. Aber natürlich verzichte ich auf eine Ablösesumme, wenn Sie ein gutes Zuhause für ihn finden.«

»*Sie*«, korrigierte ich ihn beinahe reflexartig. »Nett von Ihnen. Ich halte Sie auf dem Laufenden.«

Wir nickten uns noch einmal zu. Dann schloss ich die Tür hinter ihm.

Zum ersten Mal seit ein paar Minuten sah ich hinunter zu Tiffy, die ein wenig verwirrt, aber durchaus zufrieden wirkte. Ich hockte mich hin, und sie hüpfte mir sofort auf die Knie und schmiegte ihren kleinen Kopf in meine Hände.

»Wie habe ich das gemacht?«, raunte ich ihr zu. Ihre winzige, fixe Zunge fuhr heraus, und sie versuchte, mir über das Gesicht zu schlecken. »Keine Ursache, keine Ursache«, schmunzelte ich.

22. Kapitel

Am späten Nachmittag fuhr ich die übliche Bring-Runde mit den Huta-Hunden, Tiffany wieder neben mir auf dem Beifahrersitz.

Einige der Hundehalter hatten bereits von Frau Kuhlenbergs Ableben gehört, doch niemand schien besonders großes Bedauern zu empfinden. Was für ein trauriges Los.

Tiffany, die Einzige, die Frau Kuhlenberg wahrscheinlich schmerzlich vermissen würde (mit Ausnahme von Anneliese aus dem Kosmetiksalon), hatte ja noch keine Ahnung, dass ihr Leben sich nun vollkommen ändern würde. Quietschvergnügt hüpfte sie schließlich mit mir an der Huta wieder aus dem Van und freute sich, als ich sie anleinte, um mit ihr einen Spaziergang zu den Petersens zu unternehmen. Bestimmt wären die Kinder entzückt. Und ich stellte mir vor, dass auch Tiffany über so viel begeisterte Aufmerksamkeit hocherfreut wäre.

Wir liefen den Weg durch den Kiefernwald entlang. Ich genoss das Licht des frühen Abends, das zwischen den Baumkronen hindurchfiel und die sandigen Wege erwärmte. Seit ich auf der Insel war, hatte das Usedomer Wetter sich von seiner besten Seite gezeigt. Viel Sonne, ab und zu eine steife Brise, eben genau so, wie man sich ideales Inselwetter vorstellt.

Vom Meer wehte der Geruch nach Salz zwischen den Baumstämmen hindurch zu uns herüber. Tiffany und ich schnupperten beide, und ich musste über ihre winzige, zitternde Nase lachen.

Für einen Moment dachte ich an zu Hause. Die Stadt, deren Straßen und Häuserblocks ich so gut kannte. Die freundlichen, kernigen Menschen der Region. Das Haus, in dem ich zwanzig Jahre meines Lebens zusammen mit Marcel verbracht hatte. Zwanzig Jahre.

Natürlich kam mir öfter mal ein Gedanke an ihn. Wenn man so lange Zeit miteinander lebt, gibt es Rituale im täglichen Ablauf oder im Dahinfließen der Jahreszeiten, die unwillkürlich an den anderen denken lassen. Ende Mai, also um diese Zeit herum, hatten wir immer einen Urlaub unternommen. Dieses Jahr hatten wir nach Südfrankreich gewollt. Nizza. Die Côte d'Azur. Zwei Wochen raus aus dem Alltagstrott und der täglichen Routine in der Firma. Ob Marcel wohl den für uns geplanten Urlaub mit Tatjana in genau dem Hotel verbringen würde, das ich in den Weihnachtsferien für uns ausgesucht hatte?

Ich schüttelte den Kopf. So etwas wollte ich nicht denken. Wiebke war auch der Meinung, dass ich möglichst wenig über die beiden nachdenken sollte. Und nach dem ersten Schrecken über den gewagten Vorstoß in Sachen neuem Job war meine beste Freundin mit meiner Wahl inzwischen auch sehr zufrieden. Ich vermutete, dass sie höchst erfreut festgestellt hatte, dass die neuen, ungewöhnlichen Aufgaben mich von allzu heftigem Grübeln hervorragend ablenkten.

In dem Augenblick trat ich aus dem Wäldchen heraus. Tiffany und ich liefen die schmale Straße in die Siedlung hinein, in der die Petersens wohnten, und ich sah schon von Weitem Oles Wagen vor dem Haus stehen. Wunderbar. Dann würde die ganze Familie versammelt und bestimmt von meinem Überraschungsbesuch in niedlicher Begleitung begeistert sein.

Auf dem Weg hierher war mir die Idee gekommen, ob Tiffanys Charme nicht auch Wiebkes letzte Zweifel in Sachen Familienhund würde beseitigen könnte. Wäre das nicht wunderbar, wenn das kleine Pudelmädchen bei meinen Freunden ein neues Zuhause fände?

Gemeinsam liefen Tiffany und ich den Weg zum Haus entlang. Die Tür war nur angelehnt. Ich klopfte. Doch offenbar hörte mich niemand. Aus dem Haus drangen jedoch gleich mehrere laute Stimmen. Es wurde wohl wieder mal eine Teenager-Schlacht ausgetragen.

Leise ging ich hinein, Tiffy an der Leine hinter mir, und ließ die Tür erneut einen Spalt offenstehen, um niemanden auszusperren. Als wir den Flur entlanggingen, trippelte Tiffany auf ihren winzigen Pfoten eng an meiner Seite.

»Wenn du noch ein einziges Mal meine Stifte mopst, mach ich deinen Lederfußball platt!«, keifte Inken gerade im Wohnzimmer.

»Mach doch! Dann geh ich zu Fynn und sag ihm, dass du total verknallt in ihn bist!«, brüllte Sönke zurück.

»Ich bin nicht verknallt in Fynn!«, kreischte Inken.

»Verliebt, verlobt, verheiratet!«, sang Lasse.

»Ist jetzt mal Ruhe hier!«, donnerte Wiebke.

»Mama, er soll nicht so einen Stuss erzählen!«, beschwerte sich Inken.

»Verliebt, verlobt, verheiratet. La la la!«

»Dann lass meinen Lederball in Ruhe, kapiert?«, warnte Sönke.

»Wie soll ich mich hier auf die Abrechnung konzentrieren, wenn ihr so einen Krach veranstaltet? Ole? Ole, wo steckst du?«

»Küche«, dröhnte es genervt von meiner anderen Seite. »Ich dachte, ich soll Limo machen?«

»Hallooooohooo!«, rief ich.

Mit einem Mal war es ganz still.

Ich ging ins Wohnzimmer. Oder besser: Ich wollte ins Wohnzimmer gehen. Doch nach zwei großen Schritten spürte ich plötzlich einen heftigen Widerstand an der Leine, die ich in der Hand hielt.

»Lara?« Wiebke stand vom Tisch auf, auf dem Tonnen von Papieren verteilt waren. »Hallo!« Sie strahlte. Offenbar war es keine größere Familienkrise, in die ich hineingeraten war, sondern der »übliche, alltägliche Wahnsinn«, wie sie selbst es immer nannte.

»Die Tür stand offen«, entschuldigte ich mich.

»Boah, Lasse!«, raunzte Inken. »Das warst du!«

»Verliebt, verlobt …«, begann Lasse wieder und quietschte auf, als Inken vom Sofa aufsprang und sich auf ihn stürzen wollte.

»'n Hund!«, rief Sönke da.

Seine beiden Geschwister hörten sofort auf. Nun starrten alle auf das kleine Etwas, das sich hinter mir an der straff gespannten Leine in eine dunkle Flurecke zu drücken versuchte.

»Oooooh! Ein kleiner Hund!«, piepste Lasse und war bereits bei mir, um sich auf allen vieren niederzulassen.

Tiffany zerrte an der Leine.

»Ehm … warte mal kurz, Lasse, ich glaube, sie hat ein bisschen …«, setzte ich an.

«Lara!«, ertönte da Oles tiefe Stimme von der Seite her. »Möchtest du auch ein bisschen von meiner selbstgemachten Limo?«

Der kleine Lasse vor ihr hatte Tiffany offenbar schon Angst gemacht. Nun tauchte auch noch völlig unerwartet direkt neben ihr ein Riese auf. Am schlimmsten war jedoch das, womit ich nun wirklich nicht gerechnet hatte: Aus irgendeiner Ecke des Flures schoss plötzlich etwas Pelziges, Fauchendes auf uns zu. Minka, die Tiffany und ich offenbar aus ihrem Schläfchen im Garderobenschrank geschreckt hatten. Und das war zu viel für die kleine Hündin. Mit einem Ruck zog sie ihren schmalen Kopf aus dem Strasshalsband und sauste zur Tür.

»Tiffany!«, schrie ich und stürzte ihr nach.

Dummerweise hatte ich die Haustür beim Hereinkommen nicht geschlossen, weil ich ja nicht hatte wissen können, ob ich damit nicht ein Familienmitglied ausgesperrt hätte. Das

Pudelmädel zischte durch den Spalt und raste durch den Vorgarten zur Straße.

»Tiffany!«, rief ich wieder. Und schon rannte ich hinter ihr her die Straße entlang Richtung Wald. Als wir die Bäume erreichten, wusste die Kleine offenbar nicht mehr, wohin sie fliehen sollte, und blieb stocksteif stehen.

»Tiffylein«, lockte ich sie leise und ging in die Knie. »Hey, ich bin's doch. Keine Angst. Dir passiert wirklich nichts.«

Tiffany schielte zu mir her, sah noch einmal den Weg entlang und kam dann zu meiner grenzenlosen Erleichterung zu mir geschlichen.

Ich strich ihr über die Seite und hob sie dann auf meinen Arm. Gerade rechtzeitig. Denn hinter mir kamen Sönke und Lasse angekeucht.

»Was hat der denn?«, wollte Lasse wissen, während Tiffany ihn misstrauisch beäugte.

»Angst, du Dummi«, antwortete Sönke an meiner Stelle und verpasste seinem Bruder eine Kopfnuss. »Du hast ihm gerade Angst gemacht.«

»Aber ich hab doch nur … ich wollte doch nur …« Schon schwammen in Lasses Augen Tränen.

Ich seufzte. »Kommt, Jungs, gehen wir erst mal zurück.«

♥

In der folgenden Stunde musste ich leider einsehen, dass meine vage Idee, Tiffany könnte möglicherweise bei Familie Petersen ein neues Zuhause finden, absolut indiskutabel war.

Nachdem Lasses Tränen getrocknet waren, wollte er zu gern Kontakt zu Tiffany aufnehmen. Tiffany aber hatte Angst vor ihrem kleinen Fan.

»Vielleicht kennt sie keine Kinder?«, mutmaßte Ole mitfühlend.

»Aber sie ist sooo süß!«, flötete Inken. Sie saß neben mir auf dem Sofa und durfte die Hündin streicheln, ohne dass die sich ängstigte.

»Aber man muss schon aufpassen, dass man sie nicht aus Versehen wegkickt«, brummelte Sönke, der so einen kleinen, modisch getrimmten Pudel wohl peinlich fand.

»Tja, wenn wir uns für einen Hund entscheiden, sollte es wohl wirklich ein etwas größerer sein, der … bessere Nerven hat«, setzte Wiebke hinzu.

«Und was machst du dann jetzt mit der Kleinen?«

»Ehrlich gesagt …« Ich betrachtete Tiffany, die sich an meinen Bauch presste. »Ehrlich gesagt, weiß ich das auch noch nicht so genau.«

♥

Auf dem Rückweg zur Huta fand ich mich plötzlich in der Straße wieder, in der Niklas' Haus lag, wie ich wusste.

Ich zählte die Hausnummern ab und blieb schließlich vor der Nummer Sieben stehen. Auf dem Grundstück befanden sich zwei Häuschen, nicht größer als viele der Ferienhäuser, die es hier auf der Insel und auch im Seebad Trassenheide zu Hunderten gab. Die reetgedeckten Dächer dieser beiden hier neigten sich schützend so weit herunter, dass die Häuschen sich hinter die Wildrosenhecke zu ducken schienen, die den kleinen Garten eingrenzte.

Ein Gartentörchen aus Strandgutholz hing ein wenig schief in den Angeln. Am hölzernen Rundbogen, der sich darüber wölbte, hing ein Windspiel aus Muscheln und vom Meer geschliffenem Glas, das selbstgemacht aussah. Das alles machte den Anblick noch sympathischer und idyllischer.

Ich zögerte einen Augenblick. Doch dann stieß ich das Gartentörchen auf. Vielleicht würde Niklas mir bei meinen Überlegungen zu Tiffany helfen können.

Nach ein paar Schritten gabelte sich der Weg. Da ich im Fenster des etwas zurückliegenden Hauses ein großes Schild mit ZU-VERMIETEN-Aufschrift sah, ging ich auf das vordere Haus zu.

Vielleicht ist er ja gar nicht zu Hause, sagte ich mir, ohne dabei zu wissen, was ich wirklich hoffte.

Doch auf mein Klingeln hin ertönte irgendwo im Haus ein hohes Bellen, das jedoch gleich wieder verstummte. Und dann näherten sich Schritte. Die Tür wurde geöffnet, und Niklas stand vor mir.

»Lara«, sagte er überrascht, aber durchaus erfreut, und fuhr sich schnell durchs zerstrubbelte Haar. Für eine winzige, verwirrende Sekunde schoss mir eine Erinnerung an Marcels ewiges »Larchen« durch den Kopf. Wie angenehm, für Niklas nur »Lara« zu sein.

»Tut mir leid, wenn ich störe«, begann ich zaghaft. »Aber ich hatte einen ziemlich heftigen Tag und ... also, ehrlich gesagt brauche ich wohl etwas Hilfe.«

Niklas zögerte keine Sekunde. »Komm rein!«, sagte er und trat zur Seite, um Tiffany und mich hineinzulassen. Die kleine Pudelhündin hielt sich vorsichtig hinter mir. Doch als Niklas in die Hocke ging und ihr die Hand entgegenstreckte, wedelte sie plötzlich und schnupperte an seinen Fingern.

»Was ist denn los mit ihr?«, erkundigte sich Niklas und versetzte mich damit in Erstaunen. Er kannte Tiffany so viel weniger als ich. Aber offenbar hatte er gleich erkannt, dass sie nicht wie immer war. »Und wieso ist sie jetzt noch bei dir? Hat Frau Kuhlenberg wieder einen ihrer wichtigen Termine?«

»Du hast es also noch nicht gehört?«, fragte ich vorsichtig.

Er sah mich mit hochgezogenen Brauen besorgt an. »Was denn? Oh, Pauline, jetzt hör schon auf. Komm her und sag Hallo.« Er öffnete eine der drei Türen, die von der kleinen Diele abgingen und hinter der sich ein leises Winseln gerade in Heulen zu steigern begann. Pauline kam herausgewuselt.

Ohne mich zu beachten, stürzte sie auf Tiffany zu. Doch im Gegensatz zu neunjährigen Jungen schien ein anderer Vierbeiner dem Pudelchen keine Angst einzuflößen. Die beiden Hunde beschnupperten sich und tollten dann sofort gemeinsam los.

Niklas schloss die Tür wieder, hinter der ich ein paar vollgestopfte Regale und einen Schreibtisch erspäht hatte, und führte mich durch die nächste in den großen Wohnbereich.

»Wie wäre es mit einem Tee?«, schlug er vor.

»Oder etwas … Stärkerem?«, antwortete ich.

Er grinste. »Ich stelle beides hin, und wir nehmen immer das, was gerade angebracht scheint?«

Ich nickte und sah ihm zu, wie er in der Küche, die durch eine breite Arbeitsfläche vom Wohnbereich abgeteilt war, herumwirbelte und in bemerkenswerter Geschwindigkeit eine bunte Keramikkanne mit Tee und heißem Wasser befüllte. Dann schnappte er sich aus dem alten Bauernschrank in der Ecke zwei Becher und zwei Gläser, klemmte sich eine Flasche mit einer goldbraunen Flüssigkeit unter den Arm und dirigierte mich zu dem großen Sofa, das den hübschen, offenen Holzfenstern gegenüber an der Wand stand.

Erst als wir uns gesetzt hatten und er mir einen ordentlichen Schluck des unbekannten Gebräus ins Glas geschüttet hatte, wandte er sich wieder mir zu. »Der Tee braucht ein paar Minuten. Aber in der Zwischenzeit kannst du erzählen, was genau passiert ist.«

Wie aufs Stichwort begann Tiffany, die auf dem bunten Teppich, der auf den ausgetretenen Dielen lag, mit Pauline gespielt hatte, ein paarmal hell und fröhlich zu bellen.

»Frau Kuhlenberg ist gestorben«, brachte ich hervor.

»Wie bitte?« Niklas sah mich entsetzt an.

Und schon sprudelte aus mir heraus, was seit dem Anruf aus dem Kosmetiksalon Anneliese alles geschehen war.

Niklas hörte mir geduldig zu. Seine meergrünen Augen so unverwandt auf mich gerichtet zu sehen, irritierte mich ein wenig. Als ich zu der Stelle kam, wo Uwe Kuhlenberg das Tierheim erwähnt hatte, hob Niklas die Brauen. Aber als ich fortfuhr, von meiner Reaktion auf diesen widerwärtigen Vorschlag zu berichten, huschte ein Lächeln über sein Gesicht.

Wie hatte ich seine Miene anfangs nur für unfreundlich halten können? Ja, vielleicht war er ein wenig zu ernst. Ein bisschen zu Wissenschaftler-verbindlich. Aber auf eine mir bisher wohl unbekannte Weise hatte das durchaus etwas … ja, Sympathisches. Man könnte fast sagen *Anziehendes.*

Sein dunkelblondes Haar war an den Schläfen schon von einigen grauen Strähnen durchzogen. Aber trotzdem lag in seinen Zügen immer wieder etwas jungenhaft Spitzbübisches. Und das kam besonders zutage, als ich recht anschaulich von Tiffanys Flucht aus dem Schoße der Familie Petersen erzählte.

Niklas lachte bei der Vorstellung, welche grauenhaften Geschöpfe der Marke *Pudelfresser* sich auf die kleine Hündin hatten stürzen wollen.

«Ach je«, schmunzelte er schließlich. »Die arme Kleine.«
Wir sahen beide zu Tiffany hinüber, die mit Pauline über den Teppich kugelte. »Deine Idee war gar nicht so schlecht, Lara. Aber offenbar hat Tiffanys Prägung sie auf so etwas nicht vorbereitet. Wusstest du, dass die Prägephase bei Hunden nur sehr kurz ist? Was sie bis zur sechzehnten Lebenswoche nicht kennengelernt haben, macht ihnen Zeit ihres Lebens leicht mal Angst.«

»Du meinst, sie kannte bisher einfach keine Kinder, große Männer und Katzen?«, fragte ich.

Niklas wiegte den Kopf. »Aus der Ferne wahrscheinlich schon. Aber bei unserem Strandspaziergang …«, er hielt kurz inne – wir sahen uns an und rasch wieder fort – »… da hat Frau Kuhlenberg lang und breit erzählt, dass Tiffany aus dem hochprämierten Zwinger einer Pudelzüchterin in Niedersachsen stammt.«

«Zwinger?«, wiederholte ich entsetzt.

»So wird eine offizielle Zuchtstätte genannt. Bedeutet nicht, dass die Vierbeiner da in Zwingern leben. Und bei dieser gewissen Züchterin ganz sicher nicht. Sie ist wohl eine Uralt-Bekannte von Frau Kuhlenberg und züchtet schon seit hundert Jahren Pudel. Eine alleinstehende alte Dame. Wahrscheinlich haben die Hunde bei ihr nicht viele Außenreize erfahren. Und danach kam Tiffany direkt zu Frau Kuhlenberg. Tja, da ist es klar, dass eine lebhafte Familie mit Kindern und selbstbewusster Katze ihr eine Heidenangst einjagt.«

»Ach Mensch«, murmelte ich. »Das hab ich nicht gewusst.«

»Woher denn auch?« Niklas winkte ab. »Keine Angst. Das wird keine bleibenden Schäden hinterlassen.«

»Die Frage ist nur, wo wir jemanden finden, der zu ihr passt, oder?«, fasste ich unsere Erkenntnisse zusammen. »Ich meine, alleinstehende ältere Damen, die auf der Suche nach einem Zwergpudel sind, springen nun mal nicht einfach aus den Büschen.«

Ratlos sah ich Niklas an. Doch der blickte nachdenklich vor sich hin. »Ich könnte Freia fragen«, murmelte er. Dann blinzelte er kurz und sah mich an: »Das ist eine gute Freundin von mir. Sie ist Tierärztin und kennt natürlich jede Menge Leute hier auf der Insel. Vielleicht ja auch welche, die einen Hund suchen oder die ihren alten gerade verloren haben und bereit wären, Tiffany aufzunehmen.«

Ich erinnerte mich vage, dass Britt diese Freia erwähnt hatte. »Niklas' Tierarzt-Freundin Freia«, hatte sie gesagt.

»Klingt toll«, hörte ich mich mit einer Stimme sagen, die seltsamerweise aber nicht so klang, als fände ich es wirklich toll. Irritiert spürte ich meiner Stimme einen Augenblick nach. Dann fragte ich. »Meinst du, sie würde das tun? Sich umhören für mich? Damit Tiffany ein gutes neues Zuhause findet.«

»Wenn ich sie darum bitte, sicher. Ich ruf sie gleich mal an«, nickte Niklas. Und schon wieder fühlte ich mich merkwürdig berührt.

Vielleicht war es die Selbstverständlichkeit, mit der er davon ausging, dass diese »gute Tierarzt-Freundin« der Bitte nachkommen würde.

Als Niklas auf der Suche nach seinem Handy durch den Wohnbereich ging, musterte ich seine schlanke Gestalt unauffällig. Und mir fiel auf, dass ich eigentlich gar nichts über ihn wusste, außer dass er Britts Bruder, Professor der Biologie mit Spezialgebiet Otter und versierter Hundehalter war. Beispielsweise, also nur beispielsweise, wusste ich gar nicht, ob er eine Beziehung hatte. Ich hatte keine Ahnung, ob diese Freia für ihn mehr war als nur eine »gute Freundin«. Und ich hatte auch nicht herausbekommen, was Wiebke neulich angedeutet hatte – dass der etwas ernste, aber so hilfsbereite Otter-Professor womöglich in Sachen Herzschmerzangelegenheiten durchaus mitreden konnte.

23. Kapitel

Was ich bei meinem Vorschlag gegenüber Uwe Kuhlenberg nicht bedacht hatte, war die Tatsache, dass ich dadurch plötzlich nicht mehr nur die unerfahrene Vertretung in der Hundehütte Usedom, sondern auch so etwas wie eine vorübergehende Hundehalterin geworden war.

An die tägliche Betreuung von fünfundzwanzig Kundenhunden hatte ich mich ja langsam gewöhnt. Aber als Tiffany und ich am Abend nach Frau Kuhlenbergs Ableben zum ersten Mal allein in der gemütlichen Wohnung über der Huta waren, fand ich mit einem Mal, dass ein eigener Hund doch ein ganz anderes Gefühl machte. Tiffany war von der Situation offenbar weniger beeindruckt als ich. Zunächst beschloss sie, mich nicht aus den Augen zu lassen, und folgte mir neugierig durch die Wohnung überall hin. Sogar ins Bad, wo sie vor der Duschkabine saß und mich irritierte, indem sie permanent durchs Glas zu mir hereinspähte. Als sie jedoch kapiert hatte, dass ich mich nicht einfach so aus dem Staub machen würde, hüpfte sie aufs Sofa und machte es sich auf einem der Kissen dort bequem.

Der Tag war so anstrengend gewesen, dass mir nach weiteren Unternehmungen nicht der Sinn stand. Und so zappte ich durchs Fernsehprogramm und blieb kurz bei einem englischen Thriller hängen. Doch als der geheimnisvolle Verfolger der weiblichen Heldin in der Nacht um ihr Haus herumschlich und die Hintergrundmusik die Spannung ins Unerträgliche trieb, richtete sich Tiffany neben mir plötzlich auf und sah mich beunruhigt an.

Mir fiel ein, was Niklas mir über die Stimmungsübertragung von uns Menschen auf unsere Tiere erzählt hatte. Dass unsere Vierbeiner unsere Aufregung, Angst, Enttäuschung, Freude und Glück deutlich wahrnehmen können durch unseren Geruch, durch die Körpersprache und die Färbung der Stimme. Schnell griff ich zur Fernbedienung und schaltete um. Dort lief ein Hollywood-Streifen mit Kate Winslet, den ich schon mal gesehen hatte. Eine Liebesgeschichte, absolut harmlos. Ich tat so, als würde mich die Handlung brennend interessieren, und nach nur einer Minute drehte Tiffany sich auf ihrem Kissen ein paarmal im Kreis und ließ sich dann mit einem erleichterten (so schien es mir) Seufzen darauf nieder.

Okay. Also keine Thriller oder Krimis, solange das Pudelmädchen und ich unsere vorübergehende Wohngemeinschaft pflegten.

Der Film war wirklich nicht schlecht. Das Happy End natürlich absehbar, aber mal ehrlich, manchmal braucht man so etwas einfach. Ich taumelte also mit Kate durch die Wirrungen ihrer Liebe, und als Tiffany irgendwann zu mir auf den Schoß gekrochen kam, streichelte ich sie.

»Warum sieht das in Filmen eigentlich immer so leicht aus?«, fragte ich sie. Die kleine Hündin hob den Kopf und sah mich aufmerksam an. »Ist doch wahr«, verteidigte ich mich. »In Filmen ist es doch immer so: Zwei treffen sich, man weiß gleich, dass sie füreinander bestimmt sind, aber dann kommt irgendwas dazwischen. Sie verlieren sich aus den Augen. Man denkt, o Gott, hoffentlich geht das gut. Man fragt sich: *Warum merkt die blöde Kuh nicht, dass ihr Mann dabei ist, sich in eine verhängnisvolle Affäre zu verstricken?* Oder man weiß vielleicht, dass es doch genau so sein musste, damit sie sich freistrampeln und Neues in ihrem Leben entdecken kann. Vielleicht sogar eine neue Liebe. Die sie aber natürlich überhaupt nicht rafft. Nur wir als Zuschauer wissen Bescheid, verstehst du?« Tiffany blinzelte mich an, als wüsste sie tatsächlich genau, wovon ich sprach. Und dann tat sie etwas Bemerkenswertes: Sie presste ihr haariges Gesichtchen in meine offene Hand.

Ja, ja, mir war durchaus klar, dass sie höchstwahrscheinlich einfach weiter gekrault werden wollte. Doch auf mich wirkte diese kleine Geste so tröstlich und verständnisvoll, dass ich auf einmal einen Kloß im Hals und Tränen in den Augen hatte.

»Jetzt ist es so weit«, murmelte ich, während ich ihr übers sorgfältig getrimmte Fell fuhr. »Ich spreche mit einem Pudel über mein Leben.«

Aber wenn ich ganz ehrlich war, schien mir das nun gar nicht mehr so abwegig.

♥

Drei Tage und einige harmlose TV-Komödien am Abend später, am Donnerstag, tauchten am Nachmittag plötzlich Niklas und Pauline in der Huta auf.

Es hatte den ganzen Vormittag geregnet, und die Hunde waren ein wenig gelangweilt, weil sich bei diesem Wetter keiner von ihnen gerne im Garten verlustigte. Daher löste der fremde Hund in der Gruppe helle Aufregung aus. Pauline bestand jedoch den Sicherheitscheck (ausgeführt von Jasper, Bilbo und Schäferhundmix Bella) und die anschließenden Begrüßungsrituale (alle anderen) mit Bravour. War vermutlich auch nicht das erste Mal.

Tiffany schien begeistert zu sein, ihre neu gewonnene Freundin wiederzusehen, und forderte Pauline gleich zum Spielen auf. So kam Bewegung in die ganze Bande. Niklas und ich sahen den Vierbeinern eine Weile lächelnd zu. Dann wandte ich mich an ihn: »Hat dein Besuch einen besonderen Grund? Oder ... wolltest du nicht wieder anrufen, damit ich nicht den Eindruck habe, dass du mich kontrollierst?«

Niklas grinste. »Du merkst dir solche Dinge wohl ziemlich lange?!«

»Und?«, fragte ich keck zurück.

»Ich wollte dir nur berichten, wie es mit Freias Suche nach einem neuen Frauchen für Tiffany vorangeht«, erklärte Niklas und dämpfte meine gerade noch gute Laune damit in unerwarteter Weise.

»Oh, hat sie etwa …?«

»Nein. Noch nicht.«

»Aber sie bleibt dran?«

»Es gibt wohl ein paar Leute, die vielleicht infrage kämen.«

»Super!« Ich nickte. »Wahrscheinlich bekommst du es sofort mit, sollte sich etwas tun?«

»Sofort«, bestätigte Niklas.

Ich konnte nicht genau sagen, wieso, aber diese Aussage fand ich nicht so ermutigend, wie sie hätte sein können.

Dann sahen wir wieder ein paar Minuten lang schweigend den Hunden zu, und ich begann mich gerade zu wundern, als er sich plötzlich abrupt an mich wandte: »Ich habe mich gefragt, ob du am Wochenende schon etwas vorhast?«

Ich musste ihn so verdutzt angesehen haben, dass er gleich erklärte: »Ich dachte, mit deinen Freunden, der Familie Petersen, wirst du ja nicht die ganze Zeit zusammen sein können, so wie neulich – wegen Tiffany. Am Samstag soll das Wetter wieder besser sein. Und da hatte ich die Idee, ob du nicht Lust hast, mit mir einen kleinen Ausflug über die Insel zu machen.«

»Einen Ausflug?«, wiederholte ich.

»Ja. Weißt du, ich darf mit meinem Rover ein paar Wege nutzen, die den anderen Inselbewohnern nicht gestattet sind, und den Touristen schon gar nicht. Wenn wir früh genug losfahren und Glück haben, können wir Otter beobachten. Und Fischadler. Vielleicht auch einen der Biber.«

»Niklas, das klingt ja wunderbar!«, freute ich mich spontan. »Natürlich bin ich dabei. Aber …« Ich sah zu Tiffany hinüber, die gerade um Harvey herumhüpfte. »Was mache ich mit ihr?«

»Die Hunde sind natürlich mit von der Partie«, strahlte Niklas. Und bildete ich mir das nur ein, oder hatten seine Wangen tatsächlich plötzlich ein wenig mehr Farbe bekommen? »Wir können sie im Auto lassen, wenn wir uns an die Wildtiere ranpirschen. Aber wir kommen auch an ein paar herrlichen Stellen vorbei, wo sie herumtoben dürfen und sogar baden. Da gibt es diese tolle Bucht am Achterwasser, die wird ihnen gefallen.«

»Genau davon hat Mandy gestern auch erzählt«, fiel mir ein. »Sie hat erwähnt, dass sie vorhat, am Wochenende mit Xena eine längere Tour zu machen, und sprach auch von einem Weg am Achterwasser. Ihr Mann ist wohl mal wieder … unterwegs.«

Niklas verzog kurz den Mund, sagte aber nichts.

In meinem Kopf ratterte es. Mandy. Ausflug. Ehemann unterwegs. Ja, sicher – warum hatte ich nicht schon vorher daran gedacht? Während die geniale Idee Gestalt annahm, wurde mir klar, dass Niklas mich immer noch fragend ansah.

»Also … sind wir verabredet?«, sagte ich.

Die Farbe auf Niklas' Wangen verdunkelte sich.

«Ich hole dich Samstag um sechs Uhr ab.«

♥

Samstag war ich früh auf den Beinen. Ich schmierte ein paar Brote, füllte Tee in eine Thermoskanne und packte Obst und gekühltes Wasser in einen Picknickkorb, den ich auf dem Küchenschrank entdeckt hatte.

Schon um Viertel vor sechs saßen Tiffany und ich abfahrbereit auf der Stufe vor der Haustür.

Ich war ein wenig nervös. Was ganz sicher mit meinen geheimen Plänen zu tun hatte. Die hatte ich zwar ziemlich gut ausgetüftelt, doch lag es jetzt nicht mehr in meiner Hand, ob der Plan auch tatsächlich gelingen würde.

Schon am Donnerstagabend hatte ich nämlich dem sympathischen Richard lang und breit von meinem Ausflug über die Insel erzählt. Er hatte zunächst freundlich interessiert zugehört. Aber ich war mir fast sicher, dass er regelrecht die Ohren gespitzt hatte, als ich erwähnte, dass Mandy einen ganz ähnlichen Ausflug zum Achterwasser plante – aber leider, leider allein mit Xena würde gehen müssen. Weil nämlich ihr unter uns gesagt furchtbar unsympathischer und unfreundlicher Mann sie mal wieder für eine seiner Geschäftsreisen alleinließ.

Als ich später Xena zu Mandy nach Hause gebracht hatte, hatte ich auch bei ihr fallenlassen, dass der nette Richard ganz neidisch auf meine Wochenendpläne gewesen sei. Mandy hatte nachdenklich gewirkt, als ich ihr schließlich den Rücken zugedreht hatte und Richtung schmiedeeisernem Tor gegangen war.

Natürlich fragte ich mich, ob die beiden neulich am Strand ihre Telefonnummern ausgetauscht hatten oder zumindest einander beim Nachnamen kannten. Aber das zu erfragen wäre wohl wirklich zu auffällig gewesen.

Also saß ich nun hier und hoffte, dass auch anderswo auf der Insel gerade zwei dabei waren, sich für einen gemeinsamen Ausflug bereit zu machen.

Wobei … ich stutzte bei diesem Gedanken … wobei ich bei Mandy und Richard ja einen ganz anderen Kontext im Hinterkopf hatte als bei Niklas und mir. Zu den beiden Hübschen gehörte schließlich ein eher romantischer und durchaus auch prickelnder Begleitton. Und der war für meinen eigenen Ausflug natürlich nicht …

Ich starrte verwirrt den Waldweg entlang, der zur Huta führte. Über was dachte ich hier eigentlich nach?

In diesem Augenblick bog von der asphaltierten Straße Niklas' Range Rover in den Weg ein und rumpelte auf uns zu. Ich sprang so schnell von der Stufe auf, als hätten mich Ameisen gebissen. Tiffany tat es mir gleich und begann, schrill bellend um mich herumzuhüpfen. Auf jeden Fall ein Geräusch, das alle Gedanken in meinem Kopf lahmlegte. *Aha*, dachte ich, *dafür sind Hunde also auch gut.*

24. Kapitel

Lag es an meinen eigenen wirren Gedanken? Oder kam auch Niklas unser frühmorgendliches Treffen ein wenig pikant vor? Jedenfalls standen wir im ersten Moment etwas verlegen voreinander, unsicher, wie wir uns begrüßen sollten, während die Hunde hemmungslos eine Runde tobten. Hm, in den letzten drei Wochen hatte ich schon mehr als einmal gedacht, dass die Vierbeiner es sich oft wesentlich leichter machten als wir. Schließlich entschied Niklas für uns und reichte mir mit einer kleinen, vorwitzigen Verbeugung die Hand. Ich nahm sie, und wir blickten uns in die Augen.

«Du siehst …«, begann Niklas, und ich erschrak ein wenig. Ein Kompliment? So früh am Morgen? »… ausgeschlafen aus«, vollendete er dann mit einem kleinen Räuspern.

»Bei solchem Wetter?! Da muss man doch auch so früh am Tag schon hellwach sein«, gab ich harmlos zurück. »Wollen wir dann?«

»Auf jeden Fall!« Niklas dirigierte die Hunde ins Auto und schnallte sie auf dem Rücksitz fest.

»Sind deine Otter Frühaufsteher?«, erkundigte ich mich, als wir den Waldweg entlangrumpelten.

»Nicht wirklich, nein. Sie gehen eher um diese Uhrzeit ins Bett«, antwortete Niklas schmunzelnd. »Marderartige sind in der Regel nachtaktiv. Aber in einem der Reviere, die zu meinem Forschungsgebiet gehören, lebt ein Weibchen mit zwei Jungtieren vom letzten Jahr. Reni ist nicht nur weniger scheu als ihre anderen Artgenossen, sondern die beiden Jungen Trick und Track sind mittlerweile auch echte Teenager.«

»Das heißt, sie brauchen jede Menge Unterhaltung und machen ganz gerne die Nacht zum ... nein, andersherum, den Tag zur Nacht?«, riet ich.

«Ganz genau.« Niklas freute sich offenbar über mein Interesse. »Wenn du Fragen hast, immer raus damit. Ich könnte dir natürlich auch jede Menge über meine Forschungsobjekte erzählen, aber Britt meint immer, ich übertreibe es dann so leicht und lasse den Professor raushängen.«

»Ach?«, machte ich in gespieltem Erstaunen. »Ist mir noch gar nicht aufgefallen.«

Niklas warf mir einen kurzen Seitenblick zu, sagte aber nichts.

»Du hast den Ottern Namen gegeben?«, fragte ich schnell. »Ist das nicht ... unwissenschaftlich? Ich dachte, ihr nennt die Tiere immer nur R2 oder H7 oder so.«

»In manchen Zusammenhängen ist das tatsächlich so«, nickte Niklas. »Aber ich bin Soziobiologe. Ich erforsche in erster Linie das Verhalten der Tiere. Seit Jane Goodall das damals bei den Schimpansen getan hat, hat sich was verändert, und die meisten Forscher geben den Tieren Namen. Ich finde das viel netter.«

»Sind Biologie-Professoren in der Regel ... nett?«, wollte ich in neckendem Tonfall wissen.

»Nicht zu jedem«, erwiderte Niklas in genau demselben Tonfall.

O Gott, wir flirteten doch nicht etwa?! Verwirrt sah ich aus dem Seitenfenster.

Unser Schweigen irritierte mich aber noch mehr. Daher wandte ich mich wieder um: »Wie leben so Otter denn eigentlich? Ich meine, ich weiß natürlich, dass sie super schwimmen können und Fisch fressen und so. Aber sonst?«

Niklas schien die kleine Irritation nicht aufgefallen zu sein. Oder er überging sie geschickter als ich. Jedenfalls klang seine Stimme wie immer, als er sagte: »Sie schwimmen erstklassig, ja. Und ihre Tauchgänge, bei denen sie ihre Nasenlöcher und die Ohren verschließen, können bis zu acht Minuten dauern. Die meisten von ihnen leben einzelgängerisch in ihren Revieren, in denen sie jede Nacht gut zwanzig Kilometer zurücklegen können. Nur junge Tiere schließen sich gern zu kleinen Verbänden zusammen und machen die Gegend unsicher. Ja, so ähnlich wie menschliche Teenager, stimmt schon. Die hängen ja auch zusammen ab und stellen jede Menge Unsinn an. Und genau wie bei uns haben die Mütter eine sehr enge Bindung zu ihrem Nachwuchs. Die Jungen bleiben bis zu einem Jahr bei ihnen und lernen von ihnen das Jagen, Verstecken und alles, was so ein Otter eben wissen muss. Und damit sind wir beim Kerngebiet meiner Forschungsarbeit: das Weitergeben von Erfahrungen der Muttertiere an ihre Jungen. Stell dir vor, Reni ist nämlich in der Lage, eine der größten Gefahrenquellen für ihre Art nicht nur klar zu erkennen, sondern auch zu umgehen: Autos.«

Ich sah ihn erschrocken an. Er zuckte mit den Schultern, sah dabei aber alles andere als gleichgültig aus. »Ja, durch den Verkehr kommen jährlich ebenso viele Fischotter ums Leben wie als unerwünschter Beifang in Fischernetzen. Aber Reni ist in dieser Hinsicht besonders: Sie hat offenbar gelernt, sich vor dem Überqueren einer Straße nach den großen, lärmenden und stinkenden Dingern umzusehen. Sie wartet deutlich ab, bis keines mehr in Sichtweite ist, und nimmt dann den kürzesten Weg hinüber. Auf dem Weg durch ihr Revier hat sie oft zwei- oder dreimal eine Asphaltstraße zu überqueren. Jedes Mal zeigt sie das gleiche umsichtige Verhalten. Und ich bin überzeugt, dass sie es ihren beiden Jungen beibringt, denn im Straßenbereich duldet sie es nicht, dass Trick und Track vorweglaufen. Ich bin wahnsinnig gespannt, ob die beiden Jungen es später auch weitergeben werden. Wäre das nicht grandios? Lutra lutra, die nicht mehr allerorts tot am Straßenrand liegen, sondern gelernt haben, diese Gefahr in ihrer Umwelt einzuschätzen und ihr auszuweichen!«

Niklas drehte den Kopf und sah mich begeistert an. In seinen Augen leuchtete ein Feuer, das ich darin bisher noch nicht gesehen hatte. Natürlich hatte ich hin und wieder gehört, dass Frauen es an Männern angeblich attraktiv fanden, wenn diese sich mit Tieren auskannten und sich für sie engagierten. Wahrscheinlich hatte das etwas mit dem Wunsch dieser Frauen zu tun, selbst ein bisschen betüdelt und umsorgt zu werden? Keine Ahnung, denn bisher hatte ich selbst solche Gefühle nicht gekannt. *Bisher?* Ich musste schlucken. Doch offenbar missverstand Niklas mein Schweigen.

»Oh, nein«, brummte er halb amüsiert, halb bedrückt. »Ich tue es tatsächlich, oder? Ich lasse den Professor raushängen.«

»Solange der Professor so nett ist, habe ich nichts dagegen«, erwiderte ich fast reflexartig und eindeutig schon wieder im Flirtmodus. Und nun schwieg auch Niklas.

Wir fuhren ein paar Asphaltstraßen entlang, die mir vertraut waren. Doch dann bog er in eine kleinere Seitenstraße ab und von dort aus in einen holprigen Weg ins Moorland. Nach ein paar schmalen Feldwegen befanden wir uns plötzlich in einem Waldstück mit deutlichem Gefälle. Der Rover meisterte die Hohlwege, indem er sich fast bis zu fünfundvierzig Grad zur Seite neigte, und ich klammerte mich am Türgriff fest.

»Keine Angst«, sagte Niklas, dem das auffallen musste. »Der Wagen kann so was.«

Der Fahrer auch, dachte ich, nickte aber nur.

Schließlich hielt Niklas mitten in einem dichten Gebüsch an und stellte den Motor ab. Pauline und Tiffany setzten sich auf dem Rücksitz erwartungsvoll auf. Doch Niklas wandte sich zu ihnen um und sagte mit ruhiger, aber fester Stimme: »Ihr bleibt hier.« Woraufhin sich Pauline zufrieden seufzend wieder auf ihrer Decke zusammenrollte. Tiffany war einen Moment unsicher, ob sie es ihr gleichtun oder sich an uns orientieren sollte, doch offenbar sprach die frühe Stunde durchaus für ein weiteres Pudelnickerchen.

Niklas und ich schlossen möglichst leise die Türen hinter uns, und ich folgte ihm einen fast unkenntlichen Pfad entlang mitten ins Dickicht hinein. Wir gingen einige Minuten.

»Otter haben in ihrem Revier etwa zwanzig Unterschlüpfe, wo sie sich verstecken und den Tag verschlafen können. Reni hat einen Lieblingsabschnitt, wo sie sich gerne aufhält. Wahrscheinlich, weil es hier viele Aale gibt und sich niemals ein Mensch hierher verirrt«, erklärte Niklas mir leise.

»Außer dir«, wandte ich lächelnd ein.

»Außer mir. Und ab und zu einer an Ottern interessierten Begleiterin«, erwiderte er, ebenfalls lächelnd.

Warum fiel mir jetzt sofort diese Freia ein? Die Tierärztin, von der er bereits mehrmals gesprochen hatte. Ob er sie auch schon einmal hierher mitgenommen hatte?

»Jetzt müssen wir ganz leise sein«, raunte Niklas mir zu.

Wir schlichen durch ein Uferdickicht an einem brackigen kleinen Flüsschen entlang. Als ich vor Niklas gerade über einen riesigen, umgestürzten Baumstamm klettern wollte, hob er plötzlich die Hand. Geräuschlos hielten wir inne und gingen hinter dem dicken Stamm in die Hocke. Niklas deutete vorsichtig zum anderen Ufer hinüber. Ich folgte seinem Blick und ... da waren sie! Zwei geschmeidig herumtollende braune Schatten, die sich im Gras des überhängenden Ufers jagten.

Niklas lehnte sich zu mir, sodass wir uns an der ganzen Körperseite berührten. «Trick und Track», flüsterte er so nah an meinem Ohr, dass ich deutlich seinen Atem auf meiner Haut spüren konnte.

Gebannt starrte ich hinüber. Die beiden Wildtiere waren längst nicht so klein, wie ich sie mir vorgestellt hatte, sondern um die achtzig Zentimeter lang. Sie waren schmal und agil und rannten und sprangen mit einer Behändigkeit übereinander und umeinander herum, dass mir der Atem stockte. Dabei keckerten und glucksten sie, als hätten sie jede Menge Spaß an ihrem lebhaften Treiben. Im Grunde verhielten sie sich dabei nicht viel anders, als meine Huta-Hunde es taten, wenn sie ihre Spielphase hatten. Ich musste unwillkürlich lächeln.

»Sie haben unter den alten Wurzeln da einen ihrer Unterschlüpfe«, wisperte Niklas. Dabei legte er den Arm um mich und deutete mit dem Zeigefinger zu einer gewaltigen, unterspülten Baumwurzel hinüber. Ich sah hin. Doch seine Nähe brachte mich irgendwie aus dem Konzept. Und noch viel mehr, als ihm offenbar plötzlich aufging, was er hier tat, und seinen Arm rasch zurückzog. Die Stelle, an der er mich zuvor berührt hatte, kribbelte, als wären dort jede Menge vorwitziger kleiner Tierchen unterwegs. Ehe ich dazu einen klaren Gedanken fassen konnte, zischte Niklas: »Da!«

Einige Meter weiter näherte sich etwas Großes, Braunes durchs Wasser. Das musste die Mutter sein. Reni.

Die Jungen hatten sie schon vor uns entdeckt. Blitzschnell glitten sie unter aufgeregtem Murren und hohem Pfeifen vom Ufer ins Wasser und schwammen ihr entgegen. Reni sah beim Schwimmen unglaublich lang aus. Bestimmt über einen Meter. Vielleicht wirkte es aber auch so beeindruckend, weil sie im Maul etwas trug, dass herumplatschte und sich noch gegen ihren eisernen Griff zur Wehr setzte.

Trick und Track stürzten sich darauf, und kurz verlor ich den Überblick, was da genau vor sich ging. Doch dann wuselten sie alle drei ans Ufer und hatten in Null Komma nichts den armen Aal zu Otterfutter verarbeitet.

Niklas und ich sahen der kleinen Familie noch eine Weile zu, wie sie ihr Frühstück – oder sollte man besser sagen ihr Nachtmahl? – zu sich nahmen. Der Aal, auch wenn es ein ansehnliches Exemplar gewesen war, war ratzfatz verspeist. Anschließend begann Reni, sich selbst und ihre Jungen zu säubern, indem sie ihnen um die mit beeindruckendem Raubtiergebiss ausgestatteten Schnauzen leckte und mit den Pfoten übers Fell rieb. Trick und Track begannen ebenfalls, sich gegenseitig zu putzen, und bald waren alle drei mit der

Pflege der anderen beschäftigt. Nach ein paar Minuten waren sie dessen offenbar überdrüssig geworden, denn gemeinsam huschten sie am Ufer entlang zu der großen Baumwurzel. Das erste Junge verschwand darunter. Das zweite ebenfalls. Dann machte auch die Mutter Anstalten. Doch bevor sie ihrem Nachwuchs folgte, wandte sie plötzlich den Kopf und sah zu uns herüber.

Ich hielt erschrocken den Atem an. Auch Niklas rührte sich nicht. Reni drehte sich schließlich um und verschwand ebenfalls unter der Wurzel. Und schon war von den scheuen Ottern nichts mehr zu sehen. Ein zufällig vorbeikommender Spaziergänger käme nie auf die Idee, welch wundbares Naturschauspiel hier gerade eben zu beobachten gewesen war.

Niklas nickte mir zu und ordnete mit einem Handzeichen den vorsichtigen Rückzug an. So leise wie möglich schoben wir uns wieder über den umgestürzten Baumstamm und schlichen über den schmalen Uferpfad davon.

Als wir uns der Stelle näherten, an der wir den Wagen zurückgelassen hatten, wandte ich mich mit immer noch klopfendem Herzen an Niklas: »Sie hat uns angesehen. Sie wusste, dass wir da waren, oder?«

Niklas sah mich einen Moment lang mit einem sonderbaren Ausdruck in den grünen Augen an. Dann erschien in ihnen ein unergründliches Leuchten.

»Du denkst das auch, nicht?«, war seine Antwort. Mehr sagte er nicht. Aber in diesen wenigen Worten schwang nicht nur eine leise Verwunderung mit, sondern auch so etwas wie Glück.

Und obwohl ich ihn doch kaum kannte, wusste ich instinktiv, dass es ein ganz ähnliches Gefühl sein musste wie das, das ich selbst bei dieser frühmorgendlichen Beobachtung empfunden hatte.

25. Kapitel

Bevor wir die nächste von Niklas geplanten Wildtierattraktionen anfuhren, legten wir ein kleines Event für Pauline und Tiffany ein, gingen mit ihnen zwischen weiten, von Wassergräben durchzogenen Feldern spazieren und warfen ihnen Bällchen. Die beiden Hundemädels waren vollkommen begeistert. Tiffany war wirklich nicht wiederzuerkennen. Ich fragte mich im Stillen, wie oft sie mit Frau Kuhlenberg wohl solche schönen Touren unternommen haben mochte, und konnte mir die Antwort durchaus denken: wahrscheinlich nicht allzu häufig.

Als die beiden Hündinnen glücklich und zufrieden wieder auf dem Rücksitz im Rover lagen, genehmigten Niklas und ich uns Sandwiches und Kaffee aus meinem Picknickkorb und fuhren dann weiter.

Leider hatten wir bei den Bibern nicht dasselbe Glück wie bei Niklas' Hauptforschungsobjekten. Niklas konnte mir zwar einen beeindruckenden Bau inmitten eines aufgestauten Baches zeigen, doch die Tiere bekamen wir nicht zu Gesicht.

Aber als wir vom Biberrevier wieder aufbrachen, hielt Niklas plötzlich mitten auf dem holprigen Weg an. »Wie wäre es, wenn du ein paar Kilometer oben mitfährst?«, schlug er vor.

»Oben?«, wiederholte ich und sah zum Wagenhimmel.

»Genau«, nickte er.

»Du … willst, dass ich oben auf dem Dach sitze?«

»Ich fahre ganz langsam«, versprach er.

»Aber …«

»Hey«, sagte er und deutete mit dem Finger auf sich selbst. »Sieht so jemand aus, der dich bei voller Fahrt vom Dach seines Range Rovers katapultieren würde?«

»Nein«, antwortete ich. Nein, ehrlich gesagt sah so auch niemand aus, der den Namen *Klugscheißer* verdiente. Ich öffnete also die Beifahrertür und stieg aus. An der rückwärtigen Tür war eine kleine Leiter angebracht. Wagemutig kletterte ich sie hinauf, und schon hockte ich zum ersten Mal in meinem Leben auf einem Autodach. Und, ich hätte es ja selbst vorher nicht geglaubt, die Landschaft sah von hier tatsächlich ein wenig anders aus.

»Setz dich am besten ganz entspannt hin und halt dich am Geländer fest«, rief Niklas mir durch das heruntergelassene Fenster zu. »Sitzt du?«

»Yep.«

Langsam fuhr der Rover an. Ich blickte mich um. Die Sonne hatte sich inzwischen weit über den Horizont erhoben und vertrieb den letzten Nebel, der noch über den Wiesen gehangen hatte. Ein paar Schäfchenwölkchen drömelten über den Himmel. Irgendwo rechts von mir hörte ich sogar über das Motorengeräusch hinweg das Jubilieren eines Vogels. Ich sah suchend in die Luft ... Tatsächlich!

«Niklas«, rief ich. »Eine Lerche! Da ist eine Feldlerche rechts von uns. Hab seit Jahren keine gesehen.«

»Die brüten hier«, rief er zurück.

Ich bestaunte das kleine Wesen dort oben in der Luft, das rasend schnell mit den Flügeln schlug und so laut und durchdringend zwitscherte, dass es mir unwillkürlich ein breites Grinsen aufs Gesicht zauberte. Ja, natürlich hatte ich gewusst, dass die Natur hier auf Usedom wesentlich unberührter und intakter war als im Ruhrgebiet, so grün es dort auch wieder sein mochte. Aber seit ich Ende April hier angekommen war, hatte ich dem wohl nicht besonders viel Aufmerksamkeit gewidmet. Der Juni war noch ganz jung, aber rundherum war die Natur inzwischen schier explodiert.

»Oje, schau mal links rüber. Da kommt irgendein Raubvogel.« Beunruhigt beobachtete ich den gewaltigen Flügelschlag dort hinten, der sich beängstigend schnell näherte. »Sieht die Lerche den nicht?«

Ich konnte Niklas kurz lachen hören. Dann rief er: »Sie sieht ihn ganz sicher. Genau wie sie *uns* sieht. Aber sie weiß, dass er ihr nicht gefährlich wird. Mit so etwas Kleinem gibt er sich nicht ab. Du musst wirklich ein Glückspilz sein, denn da drüben siehst du einen Fischadler.«

Ich starrte fasziniert hinüber. Der Adler hielt auf uns zu, drehte jedoch dann ab, zog einen großen Kreis am Himmel und flog Richtung Achterwasser davon.

»Ein Fischadler«, murmelte ich. »Otter. Biberbau. Feldlerche. Adler.« Noch vor ein paar Wochen, vergraben in meinem Büro bei PUTZmunter, war es mir völlig gleichgültig gewesen, welche wunderbaren Schätze die Natur immer noch bereithielt, damit wir sie bestaunen und wertschätzen konnten. Und wie ich so hier oben auf meinem Sonnendeck saß und mich von Niklas durch diese wunderschöne Landschaft kutschieren ließ, wurde mir plötzlich ganz warm vor Dankbarkeit. Was für eine tolle Idee von ihm, mir dies alles zu zeigen.

Etwa fünfzehn Minuten lang fuhren wir langsam zwischen den Feldern hindurch, durch kleine Waldstücke und an einem dahinplätschernden Bach vorbei. Ich konnte mich gar nicht sattsehen. Und erschrak fast, als Niklas sich plötzlich wieder von unten meldete: »Du bist doch noch da?«

Ich lachte. »Und wie!«, rief ich. »Ich glaube, ich war schon ziemlich lange nicht mehr so da.« Er antwortete nicht. Aber ich hätte zu gern sein Gesicht gesehen.

»Wie wäre es, wenn wir zur alten Fischräucherei in Rankwitz fahren und uns dort mit Räucherfisch und frischem Dorsch eindecken?«, rief er schließlich zu mir rauf. »Ich hab einen kleinen Grill hinten im Wagen.«

»Klingt toll!«, rief ich.

Als wir dann an einer asphaltierten Straße anhielten, fand ich es wirklich ein wenig schade, wieder vom Dach klettern zu müssen. Drinnen im Wagen wurde ich jedoch entschädigt, denn Tiffany sprang auf ihrem Sitz so weit herum, wie es ihr Anschnallgurt zuließ, und fiepte vor Freude.

»Oh, Schätzchen.« Ich streckte die Hand nach hinten, damit sie sie abschlecken konnte. »Ich war doch die ganze Zeit da. Ist sie nicht süß?«

»Sehr«, erwiderte Niklas und blickte angestrengt die Straße entlang. »Vielleicht solltest du sie behalten?«

Ich kraulte Tiffany noch kurz den Kopf und drehte mich dann wieder nach vorn. »Ehrlich gesagt kam mir der Gedanke auch schon. Aber ... wenn das hier vorbei ist, werde ich ja wieder nach Hause müssen und da eine Vollzeitstelle annehmen. Wahrscheinlich irgendwo in einem stupiden Büro, wo ich die Kleine nicht mitnehmen könnte. Und dann wäre sie viel zu lange allein.«

»Gibt es im Ruhrgebiet denn keine ... ich würde es mal nennen: Hundetagesstätten?«, fragte Niklas schmunzelnd.

»Weißt du was? Ich hatte bisher keine Ahnung, dass es so was *überhaupt* gibt«, entgegnete ich.

Niklas bog auf die Landstraße Richtung Mellenthin ein und beschleunigte. Hier waren viele Autos unterwegs. Als ich auf die Uhr sah, stellte ich überrascht fest, dass es schon Mittag war.

»Von deiner Freundin hast du nichts Neues gehört?«, fragte ich vorsichtig. Niklas sah mich kurz fragend an. »Freia. Wegen einer neuen Besitzerin für Tiffany«, erklärte ich schnell.

»Nein. Gestern wusste sie jedenfalls noch nichts. Aber heute hat sie den ganzen Tag Dienst. Vielleicht begegnet ihr dabei ja der richtige Mensch fürs Pudelchen«, lächelte Niklas.

Ich nickte und sah aus dem Seitenfenster. Freia hatte heute also den ganzen Tag Dienst. War das der Grund, aus dem Niklas sich so viel Zeit für einen Ausflug mit der Vertretung im Betrieb seiner Schwester nehmen konnte?

Als wir schließlich auf den Parkplatz am idyllisch kleinen Hafen von Rankwitz einbogen, zog ein herrlicher Duft von der weitbekannten Fischräucherei herüber. Ich spürte meinen Magen knurren. Offenbar machte ein professorengeführter Ausflug in die Usedomer Natur extrem hungrig.

Der Laden war gerappelt voll. Wir waren nicht die Einzigen, die diesen Geheimtipp kannten und sich mit allerlei Leckereien aus dem Meer eindecken wollten. Gemeinsam standen Niklas und ich vor der meterlangen Theke und suchten unser Mittagessen aus, geduldig darauf wartend, dass wir an die Reihe kamen. Hinter uns bimmelte ständig die Türglocke. Doch plötzlich ertönte eine bekannte, sanfte Stimme: »Ach, hallo, Lara. Niklas.«

Wir wandten uns gleichzeitig um. Vor uns stand Mandy.

»Moin!«, grüßte Niklas erfreut zurück.

Ich lächelte sie breit an. »Was ein Zufall, dass wir uns hier treffen!«

»Oh, wenn man auf der Insel ein bisschen wandern will, landet man zur Mittagszeit fast automatisch hier«, antwortete Mandy ebenfalls lächelnd.

»Du willst wandern?«, hakte Niklas nach.

»Ich *war* sogar schon«, berichtigte Mandy.

»Ganz allein?«, fragte ich nach und sah neugierig an ihr vorbei zur Tür hinaus. Doch draußen am Fahrradständer saß nur Xena und wartete brav.

Mandy wirkte ein wenig verlegen und strich ihr Haar zurück. »Ja, ich bin es ja gewohnt, mit Xena allein spazieren zu gehen. Jan hat ja für so etwas nie Zeit. Auf die Idee gebracht hat mich allerdings erst Richard, er meinte, du hättest mit ihm lang und breit über so einen Inselausflug gesprochen. Vielleicht ist er ja auch gerade unterwegs?« Verflixt! Wenn die Beteiligten sich nicht ausreichend absprachen, hatte jede noch so schöne Kuppelaktion keinen Sinn.

Ich konnte spüren, wie Niklas mich von der Seite her prüfend ansah.

»Jedenfalls sind Xena und ich heute Morgen ganz früh los und haben einen wirklich schönen, langen Gang gemacht. Und jetzt ist wohl ein Fischbrötchen angesagt.« Mandy leckte sich demonstrativ die Lippen und grinste dabei Niklas an. Es war wie neulich am Strand: In seiner Gegenwart wirkte sie ganz locker. Von der nervösen Anspannung, die sie zu Hause oft zeigte, besonders wenn ihr Ehemann anwesend war, war nichts zu spüren.

»Ein … *Brötchen?*«, wiederholte er. »Nach einem stundenlangen Marsch?«

Wir sahen uns an. Er hob die Brauen. Ich nickte. Und freute mich über diese stille Übereinkunft zwischen uns. Offenbar war reduzierte Kommunikation doch nicht nur ein reines Insulaner-Ding. Oder hatte ich mich schon angepasst?

»Was darf's sein?«, wandte sich eine der Bedienungen in dem Augenblick an uns.

»Wir hätten gern frischen Dorsch zum Grillen und eine Auswahl an Räucherfisch. Und zwar alles mal drei«, sagte Niklas. »Du hast doch Zeit, Mandy? Eine schöne Stelle am Peenestrom?«

»Ich? Ja, sicher. Aber … aber ich möchte euch nicht stören«, stammelte Mandy verlegen.

«Sei nicht albern.« Niklas winkte ab. »Da gibt's doch nichts zu stören.«

»Natürlich nicht«, versicherte ich ebenfalls schnell. »Einfach nur ein netter, gemeinsamer Ausflug über die Insel. Weil ich mich hier ja noch nicht so gut auskenne. Und weil Niklas heute nichts Besseres zu tun hatte, als mich herumzukutschieren und mir alle schönen Plätzchen hier zu zeigen. Also wirklich nichts, wo eine dritte Person irgendwie …« *Halt lieber die Klappe, Lara*, sagte ich mir. *Du redest dich um Kopf und Kragen.*

Gott sei Dank wurden die Bedienung und die Leute hinter uns ungeduldig, und so wandten wir uns alle drei der Auswahl unseres Mahls zu. Weil wir alle hungrig wie ein Rudel Wölfe waren, kauften wir viel zu viel. Niklas bestand darauf, uns einzuladen, und schleppte die prall gefüllte Tüte zum Rover.

Pauline war im ersten Moment ein wenig skeptisch, was unsere neue Begleitung – besonders die vierbeinige – anging. Aber weil Tiffany sich über das unerwartete Zusammentreffen mit ihrer Huta-Freundin so sehr freute, ließ sie sich anstecken. Xena selbst sprang ohne Probleme zur rückwärtigen Tür des Wagens hinein, und Mandy setzte sich auf den Rücksitz. Ihre anfängliche Verlegenheit darüber, so spontan eingeladen worden zu sein, verflüchtigte sich bald. Ohne das groß zu thematisieren, waren sie und ich nun auch zum Du übergegangen. Ich musste natürlich brühwarm von meinen Naturerlebnissen erzählen, und Mandy staunte angemessen. Aber auch sie hatte bei ihrer Wanderung ein paar schöne Beobachtungen gemacht und berichtete ganz beseelt davon.

«Scheint so, als hätte ich da zwei echte Naturfreaks im Wagen», stellte Niklas glücklich fest.

»Und es ist doppelt schön, wenn man es mit jemand teilen kann, der das genauso empfindet!«, meinte Mandy fröhlich. Ich drehte mich auf dem Sitz ein wenig zur Seite und sah in ihr strahlendes Gesicht. Meine Güte, in ihrer zerknautschten Cargohose samt Wanderstiefeln, T-Shirt und um die Hüfte gebundener Windjacke wirkte sie so viel anders als in ihre schicken Kostümchen gekleidet in dem kühlen, riesigen Haus mit dem meterhohen Zaun drum herum.

Als ich wieder nach vorn sah, stockte mir der Atem. Niklas war in eine wunderschöne Allee eingebogen. Große Bäume säumten die Straße, als wollten sie alles darunter behüten. Ihr grünes Blätterdach wölbte sich über uns so viel schöner, als es jedes noch so kunstvolle von Menschen gemachte Dach gekonnt hätte. Mandy schien die Allee zu kennen, denn sie beachtete den atemberaubenden Anblick nicht weiter, sondern drehte sich zu Xena um und plauderte leise mit ihr. Doch Niklas hatte mein scharfes Einatmen und mein bewunderndes

Staunen bemerkt und lächelte mir zu. Ich fand plötzlich, dass er ein wirklich einnehmendes Lächeln hatte. Und nachdem ich es so gut ich es fertig brachte erwidert hatte, wandte ich mich wieder nach vorn.

Nach kurzer Zeit fiel mir plötzlich vor uns etwas ins Auge. Genauer gesagt jemand. Und noch genauer gesagt zwei Jemande. Ein großer, schlanker, dunkelhaariger Mann mit einem schwarzen Hund an seiner Seite ging auf der anderen Straßenseite die Allee entlang. Zwar drehten die beiden uns die Rückseite zu, weil sie in die gleiche Richtung liefen, in die wir fuhren, und der Mann trug ein Basecap, doch ich war mir ziemlich sicher. Als wir an ihnen vorbeifuhren, wandte ich den Kopf.

»Stopp«, rief ich.

Niklas trat erschrocken auf die Bremse. Auch Mandy fuhr herum.

»Hoppla!«, sagte ich, während ich mich am Armaturenbrett abstützte. »So doll hättest du auch wieder nicht bremsen müssen. Es ist nur … da ist Richard. Ich meine, da sind Richard und Jasper.«

Niklas sah mit gerunzelter Stirn in den Außenspiegel.

»Wirklich. Das sind sie!«, stellte Mandy fest. Ich glaubte, ein wenig Freude in ihrer Stimme mitschwingen zu hören.

Kurz entschlossen öffnete ich meine Tür und sprang aus dem Wagen. »Hey, einsamer Wanderer. Wohin des Weges?«, rief ich Richard zu, der sich nun von hinten unserem Auto näherte.

»Hallo, Lara!«, antwortete er, tippte sich an den Schirm seiner Mütze und kam herüber, sein typisches, etwas schüchternes Lächeln auf dem Gesicht. »Wie du siehst, hab ich mich von dir anstecken lassen«, gestand er. »Was du von eurem Ausflug über die Insel erzählt hast, klang so verlockend, und so was habe ich mit Jasper schon lange nicht mehr gemacht. Jetzt sind wir aber ziemlich müde und gerade auf dem Heimweg ... oh, hi, Mandy«, unterbrach er. Mandy und Niklas hatten ihre Fenster heruntergelassen. Mandy lächelte ihn schüchtern an.

»Hi, Niklas.«

»Hallo, Richard.« Niklas nickte.

»Richard hat auch schon einen langen Gang hinter sich«, teilte ich den beiden im Wagen mit, obwohl sie wahrscheinlich gehört hatten, was er zu mir gesagt hatte.

»Tja, ein bisschen Bewegung schadet nie«, sagte Niklas.

Mandy nickte. »Und bei diesem Wetter.«

»Yep«, meinte Richard knapp.

Dann sagte niemand mehr etwas.

Oh mein Gott. War es das wieder? Usedomer unter sich?

Ich sah Niklas intensiv an und hob ein paarmal meine Brauen. Ganz ähnlich, wie er es in der Fischräucherei getan hatte, als wir Mandy getroffen hatten. Doch er starrte mich nur irritiert an und reagierte nicht. Mandy war plötzlich sehr mit den Hunden auf dem Rücksitz beschäftigt.

»Hey, ich hab eine Idee«, sagte ich also. »Wir sind gerade auf dem Weg zu einer schönen, verschwiegenen Stelle am Wasser, wo wir eine große Fisch-Grill-Sause veranstalten wollen. Wäre das nicht auch was für euch zwei?« Damit schloss ich Jasper auch mit ein, der bereits den Hals langmachte und gen Auto schnupperte. Ich fragte mich kurz, ob es der Geruch unserer frischen Einkäufe war, der ihn lockte, oder Xena, die im Kofferraum saß. »Was meint ihr? Mandy? Niklas?«

Richard wirkte mehr als verdutzt, aber durchaus erfreut.

Mandy lächelte verlegen. Und Niklas hatte offenbar endlich kapiert, was ich ihm hatte sagen wollen. »Tja«, sagte er und rieb sich die Nase. »Wir haben so viel eingekauft, dass es sicher auch für vier reicht.«

»Super!« Ich klatschte in die Hände. »Hättest du Lust, Richard?«

Er stieß kurz Luft durch die gespitzten Lippen, warf noch einen Blick zur Rückbank des Rovers und sagte: »Warum eigentlich nicht?«

Und so setzten wir unsere Fahrt mit zwei weiteren Passagieren fort. Der temperamentvolle Jasper verleitete Xena im Kofferraum zu allerlei Unsinn, sodass der Wagen eine ganze Strecke lang immer mal wieder schaukelte und Richard und Mandy abwechselnd ihre Hunde in halb belustigtem, halb ernsthaftem Ton zur Ordnung riefen. Ich schmunzelte darüber und rieb meine Handflächen aneinander. Doch Niklas ging auf meine amüsierten Blicke nicht ein, sondern blickte angestrengt auf die Strecke vor uns.

Nach einer Weile verließ er die Straße und bog in ein Waldstück ein, durch das wir einem wenig befahrenen, holprigen Weg folgten.

Nach ein paar Minuten lichtete der Wald sich plötzlich, und wir drei Passagiere schwiegen andächtig bei diesem Anblick. Die Wiese, auf die wir rollten, war auf drei Seiten von alten Eichenbäumen umstanden. Die vierte öffnete sich zum Wasser hin. Ein etwa hüfthohes Ufer fiel auf einen Kieselstrand ab, an dem kleine Wellen leckten. Das hohe Schilfgras wog im sanften Wind, das Wasser reflektierte die Sonnenstrahlen. Es sah wunderschön aus.

»Danke, Niklas«, sagte Mandy, streckte die Hand aus und legte sie kurz auf seine Schulter. Er wandte ihr das Gesicht zu und lächelte sie auf eine ganz besondere Art an. Und für einen Moment dachte ich: *Verflixt! Das hätte ich sagen sollen.*

26. Kapitel

Niklas hatte nicht zu viel versprochen. Die Stelle am Peenestrom, die er für unsere kleine Grill-Session, wie er es genannt hatte, ausgesucht hatte, war wunderschön und durch den Schilfgürtel geschützt. Das Wasser stand nicht besonders hoch, und so konnten wir den Grill unterhalb des niedrigen Ufers auf den Kieselsteinen des sanft abfallenden Strandes aufbauen.

»Ist das eigentlich erlaubt?«, wollte Mandy wissen, als Niklas den Grill befeuerte.

»Natürlich nicht«, antwortete er und zwinkerte ihr zu. »Aber ich weiß immer, wo die zuständigen Ordnungshüter sich gerade aufhalten. Heute wird uns hier niemand stören.«

Wir packten gemeinsam die Box aus, die Niklas im Kofferraum verstaut hatte und in der wir eine große Decke, diverse Pappteller und Becher, aber nur Besteck für zwei Personen fanden. Dieses Indiz für ein geplantes Duo-Picknick brachte sowohl Niklas als auch mich für kurze Zeit in Verlegenheit. Doch die Männer beschlossen, einfach mit den Fingern zu essen und den Damen das Besteck zu überlassen, und so sprachen wir nicht mehr davon.

Die Hunde schienen von unserem Ausflugsziel genauso begeistert zu sein wie wir. Weil Pauline, Xena und Jasper ohne Leinen um uns herumliefen und nur ab und zu ermahnt werden mussten, wenn sie dem Grill oder dem Picknicknickkorb verdächtig nahe kamen, ließ ich auch Tiffany von der Leine. Die kleine Hündin stand erst ein wenig verdattert neben mir. Doch dann sprintete sie los, um mit Pauline ein wildes Fangenspiel zu starten.

»Was wird nun aus ihr?«, erkundigte sich Mandy mitfühlend.

»Oh, wir haben einen Plan …«, sagte ich.

«Wenn Freia sich darum kümmert, wird es bestimmt klappen«, sagte Mandy zuversichtlich und nickte Niklas lächelnd zu.

»Ach, du kennst sie auch?«, fragte ich und tat so, als müsste ich Tiffany im Auge behalten.

»Sicher«, antwortete Mandy. »Jeder hier kennt Freia. Und jeder, der ein Tier besitzt, erst recht. Ist doch so, Niklas, oder? Sie ist eine tolle, engagierte Tierärztin. Und ein so netter Mensch. Ich glaube, sie würde sich ein Bein ausreißen, wenn sie damit einem Tier helfen könnte.«

Ich nickte. Das klang nach einer wirklich … interessanten Frau.

«Mich wundert, dass du sie noch gar nicht getroffen hast«, fuhr Mandy fort. »Niklas, kannst du das nicht mal organisieren? Als Huta-Betreiberin muss Lara doch eigentlich Freia kennenlernen.«

Niklas, der scheinbar sehr beschäftigt damit war, die Holzkohle auf dem Grill anzupusten, nickte geistesabwesend. »Ist bestimmt drin.«

Hm. Irgendwie wusste ich nicht, ob ich mich darauf freuen sollte.

♥

Unser kleines Grill-Event uferte ein wenig aus, wenn man das im Zusammenhang mit einem Aufenthalt am Wasser so sagen darf. Zuerst schlugen wir uns den Bauch voll, dass wir kaum noch Papp sagen konnten. Dann fand Niklas zufällig in seinem Kofferraum, der die Qualitäten eines magischen Koffers aus den *Harry-Potter*-Büchern zu haben schien, zwei Flaschen Wein und Schokolade. Wir stellten fest, dass Wein und

Süßkram irgendwie immer noch reinpassen. Und während wir genießerisch nippten und knabberten, ließen Mandy und ich uns auf der Picknickdecke nieder, die wir unter einem am Ufer stehenden Baum ausgebreitet hatten.

Niklas wühlte aus den Tiefen der verzauberten Box eine riesige Wanderkarte der Insel hervor und breitete sie ein paar Meter entfernt auf der Uferböschung aus. Richard rutschte interessiert näher, und gemeinsam beugten die beiden sich darüber, um dem jeweils anderen ein paar lohnende Ausflugsziele zu zeigen.

Ich betrachtete unentschlossen ein paar Fetzen knuspriger Fischhaut, die auf meinem Pappteller übriggeblieben waren, und im Bruchteil einer Sekunde hatten sich alle vier Hunde um mich versammelt. Mandy kicherte. Ich sah in die vier erwartungsvollen, haarigen Gesichter vor mir. Tiffany setzte sich kurzerhand auf ihr kleines Hinterteil und machte mit den Vorderpfoten niedliche Bettelbewegungen.

»Dürfen die anderen auch?«, fragte ich in die Runde.

»Na klar«, nickte Richard.

»Du wärst die Heldin«, bestätigte Niklas.

Mandy schmunzelte. »Für Xena bitte nur ein kleines Stück. In den letzten Tagen hatte ich das Gefühl, dass sie ein kleines bisschen dicker geworden ist.«

»Echt? Ist mir nicht aufgefallen«, antwortete ich. Gemeinsam betrachteten wir die hübsche Goldie-Hündin, die ebenso enthusiastisch wie die anderen Vierbeiner vor mir saß und meinen Teller nicht aus den Augen ließ.

Ich verteilte gerechte Portionen in die Schnuten vor mir. Und sobald die vier kapiert hatten, dass sie nichts weiter zu erwarten hatten, trollten sie sich. Pauline lief zu Niklas hinüber, um sich an seinen auf dem Ufer aufgestützten Arm anzuschmiegen. Tiffany trippelte zwischen Mandy und mir auf der Decke ein paarmal im Kreis und ließ sich dann mit einem glücklichen Seufzen als winziger, apricotfarbener Klecks dort nieder. Und Jasper und Xena zogen ein Stückchen weiter, machten noch einen kleinen Versuch zu einem zärtlichen Schnauzenspiel im Liegen und schliefen dann dicht beieinander in Sekundenschnelle ein. Xena hatte ihren Kopf auf Jaspers ausgestreckte Pfoten gelegt. Die beiden boten ein herzergreifend rührendes Bild.

»So süß«, flüsterte Mandy leise, die sie auch beobachtet hatte.

»Findest du wirklich, dass Xena zugenommen hat?«, erkundigte ich mich betont beiläufig.

»Ach, vielleicht bilde ich mir das auch nur ein«, sagte Mandy, hob die Arme über den Kopf und reckte sich genüsslich. Doch es blieb ein irgendwie ungutes Gefühl zurück.

Mandy ließ sich rückwärts auf die Picknickdecke sinken. »Als ich heute Morgen so früh aufgestanden bin, dachte ich, ich könnte Bäume ausreißen. Aber nach einer mehrstündigen Wanderung und so gutem Essen sieht das schon ganz anders aus«, gähnte sie.

Auch ich kippte nach hinten und blickte im Liegen in den strahlend blauen Himmel, an dem ein paar Schäfchenwölkchen herumschaukelten.

Mit einer Hand auf meinem Bauch stöhnte ich: »So muss sich ein gestrandeter Wal fühlen.«

»Genauuu«, seufzte Mandy.

Niklas, von dem ich gar nicht angenommen hatte, dass er uns zuhörte, lachte auf. Auch Richard sah von der Karte hoch und sah zu uns herüber. »Wenn ich das sagen darf: Einen gestrandeten Wal habe ich mir immer anders vorgestellt. Viel weniger … hübsch.«

Ich hielt überrascht den Atem an und schielte zu Mandy hinüber, die nur einen halben Meter neben mir auf der Seite lag. Sie hatte bereits die Augen geschlossen. Dennoch huschte über ihr Gesicht ein Lächeln.

»Oh, vielen Dank«, murmelte ich also, quasi in Stellvertretung.

»Nur zu gern«, erwiderte Richard und beugte sich mit Niklas wieder über die Karte.

Ich schloss auch die Augen und drehte den Kopf in Mandys Richtung, weg von den beiden Männern. Denn sie sollten das kleine, triumphierende Grinsen nicht sehen, das ich nicht unterdrücken konnte. Wenn ich mich nicht arg irrte, war mein Plan, Mandy aus ihrer bedrückenden Situation zu befreien, heute ein ganzes Stück vorangeschritten.

♥

Ich musste eingenickt sein, denn ich erwachte plötzlich, weil etwas Kleines, Pelziges sich an meinen Arm drückte.

Tiffany, die zwischen Mandy und mir lag, hatte sich ein wenig zurechtgerückt und schloss gerade wieder die Augen. Ich lag auf der Seite, Mandy zugewandt, die offenbar tief und fest schlief. Ihre Lippen waren leicht geöffnet. Aber trotzdem war sie im Schlaf ebenso hübsch wie in wachem Zustand. Weder schnorchelte sie, noch lief ihr Sabber aus dem Mundwinkel. Beneidenswert.

Einen Moment lang genoss ich es einfach, hier zu liegen. Der Wind strich über meine nackten Arme und angenehm kühlend über mein Gesicht, in dem ich mir heute irgendwann einen Sonnenbrand geholt haben musste, denn es glühte. Etwas weiter draußen über dem Wasser schrien Möwen. Ich konnte kleine Wellen über die Kiesel rollen hören.

Ich wollte mich gerade aufsetzen, vorsichtig, um Mandy nicht zu wecken, als mir auffiel, dass die beiden Männerstimmen sich ein Stück entfernt hatten.

Ich blinzelte. Niklas und Richard standen zusammen an der Wasserlinie und blickten aus unserer kleinen, von Schilf umstandenen Bucht hinaus.

Eigentlich wollte ich gar nicht lauschen. Aber irgendetwas sagte mir, dass die beiden vom Thema der besten Wanderrouten abgekommen waren. Und die Art, wie sie da nebeneinanderstanden, machte mich … neugierig. Und als dann noch mein Name fiel … nun ja.

Ich bewegte mich also nicht, sondern spitzte nur die Ohren in ihre Richtung.

«Du weißt also über Laras momentane Lebensumstände Bescheid?«, erkundigte sich Niklas gerade.

»Na ja, wenn man sich zweimal am Tag wegen des Hundes sieht … Man spricht ja doch mal miteinander«, erwiderte Richard. »Und unter diesen Umständen finde ich es wirklich mutig von ihr, dass sie sich auf dieses Abenteuer mit der Huta und der ungewohnten Arbeit und so weit weg von ihrem Zuhause eingelassen hat. Ich weiß schließlich ziemlich genau, wie sich so was anfühlt. Plötzlich allein und so.«

»Oh«, machte Niklas ein wenig rau. »Auch ein Mitglied im Club der gebrochenen Herzen?«

Richard räusperte sich. »Ist schon eine ganze Weile her. Und mittlerweile bin ich mir nicht mehr sicher, ob die Leute mir kondolieren oder vielleicht doch eher gratulieren sollten, dass meine Ehe den Bach runtergegangen ist.«

»Hm.« Erneut Niklas' Stimme. »Klingt so, als wärst du schon eine ganze Strecke weiter als ich. Vielleicht bist du ja durchaus schon wieder bereit für etwas Neues?«

Meine Ohren wurden regelrecht zu Kohlblättern. Doch als ich keine Antwort hören konnte, wagte ich es und blinzelte zwischen meinen Lidern hindurch Richtung Wasser. Genau in dem Augenblick, in dem Richard den Kopf wandte und zu Mandy und mir auf der Decke herübersah. Niklas folgte seinem Blick.

»Ehrlich gesagt hätte ich das vor ein paar Wochen niemals gedacht, aber … ja, … ja, vielleicht hast du recht«, erwiderte Richard schließlich leise.

Niklas wandte sich abrupt wieder ab. »Ich sag's ja«, wiederholte er ein wenig hölzern, »bist definitiv weiter als ich.«

27. Kapitel

»Das war der wunderbarste Sonnenuntergang, den ich je gesehen habe«, sagte Mandy, als sie in der Auffahrt zu ihrem Haus aus dem Rover kletterte.

»Ja, ich war mit der Ausführung meiner heutigen Bestellung auch sehr zufrieden«, erwiderte Niklas. Sie lachte und knuffte ihn in die Seite, während er die rückwärtige Tür öffnete und Xena herausließ.

Richard und Jasper hatten wir als Erste vor ihrer Wohnung abgesetzt. Die Verabschiedung zwischen Mandy und Richard war sehr vielversprechend ausgefallen, denn sie hatten nicht nur ihre Handynummern, sondern auch ein »Bis bald« ausgetauscht, bevor Richard ein fröhliches »Und wir sehen uns ja schon übermorgen wieder!« in meine Richtung geworfen hatte.

»Ich hole Xena am Montag zur gewohnten Zeit«, sagte ich jetzt zu Mandy. »Hab noch einen schönen Abend und morgen einen guten Tag!«

»Xena und ich werden uns vielleicht noch einen Film reinziehen, was, Maus?«, sagte Mandy zu ihrer Hündin, die schwanzwedelnd um sie herumlief. »Und morgen kommt ja auch Jan wieder nach Hause.« Ein Schatten huschte über ihr Gesicht. Doch dann gab sie sich einen Ruck, schnappte sich ihren Rucksack, winkte uns noch einmal zu und war schon im Haus verschwunden.

Niklas und ich stiegen wieder ein und fuhren schweigend die letzte Strecke bis zur Huta.

Vor dem Haus drehte Niklas den Zündschlüssel herum. Doch wir machten beide keine Anstalten auszusteigen.

Tiffany und Pauline lagen aneinandergeschmiegt auf dem Rücksitz und schliefen tief und fest.

»Das war wirklich ein rundum genialer Tag«, sagte ich schließlich. »Danke!«

Niklas zuckte mit den Schultern. »Du warst am Gelingen ja auch beteiligt.«

»Aber ich hätte dir weder deine Otter noch den Biberbau zeigen können. Ich hätte den Adler überhaupt nicht erkannt, die alte Fischräucherei links liegenlassen, und unsere tolle Stelle am Wasser hätte ich auch nicht gefunden«, argumentierte ich.

»Du hast aber etwas anderes angetan, das mindestens genauso wichtig ist, wie all diese besonderen Orte zu kennen: Du hast das alles wertgeschätzt«, antwortete Niklas, fast ein bisschen verlegen über mein Lob. »Das ist nicht selbstverständlich für jemanden von … für …«

»Eine Geflohene vom Festland?«, schlug ich vor.

Er grinste schief.

»Eine aus dem Club der gebrochenen Herzen?«, fuhr ich fort und konnte gerade noch den Impuls unterdrücken, mir die Hand vor meinen geschwätzigen Mund zu pressen.

Niklas sah mich überrascht an.

Ich verdrehte die Augen. »Ich hab ein bisschen was gehört, als du dich mit Richard unterhalten hast.«

»Ach je, lauter uninteressantes Zeugs«, wehrte Niklas ab.

»Ich fand es ziemlich interessant«, gestand ich. »Tut mir leid, dass ich gelauscht hab. Ich wusste nicht, dass du offenbar auch eine ähnliche Geschichte wie ich hinter dir hast.«

»Woher auch?«, erwiderte er. »Ich war schließlich nicht verheiratet. Wenn solche nicht *legitimierten* Beziehungen in die Brüche gehen, bleibt das in den Köpfen der lieben Mitmenschen hier längst nicht so deutlich haften wie eine gescheiterte Ehe.«

»Ist das so?«, fragte ich verwundert.

»Du glaubst nicht, wie konservativ viele Usedomer sind«, sagte er, und es klang wie das bittere Eingeständnis eines Mannes, der sonst nichts auf seine Heimatinsel kommen lassen würde.

Einen Moment saßen wir einfach nebeneinander. Nachdem wir uns heute den gesamten, wunderschönen Tag über tatsächlich nahegekommen waren, fühlte ich mich plötzlich wieder unsicher.

»Wäre es mal wieder meine für euch so unerträgliche ruhrpöttlerische Schnauze, wenn ich fragen würde …«, begann ich.

»Was denn?«

»… was passiert ist?«

Niklas nahm die Hände zurück ans Lenkrad und ließ sie daran einmal hinauf und wieder heruntergleiten, als würde er nichts lieber tun, als einfach loszufahren.

»Wir waren fünf Jahre zusammen«, sagte er jedoch dann. »Fünf gute Jahre, dachte ich. Keine größeren Krisen. Keine emotionalen Entgleisungen. Bis zu dem Supergau vor etwa einem Jahr. Ich hatte gerade vor … Na ja, der Juwelier hat den Ring zurückgenommen.« Ich musste schlucken. Doch Niklas erwartete von mir offenbar keinen Kommentar. »Das Schlimmste an der ganzen Sache war, dass ich nicht nur sie und einen Großteil meiner geplanten Zukunft verloren habe, sondern auch meinen besten Freund.«

»Is nich wahr!«, entfuhr es mir. »Was für eine oberarschige Nummer ist das denn!«

Niklas lachte leise. »Das war jetzt eindeutig deine gefürchtete – wie hast du es genannt? – ›ruhrpöttlerische Schnauze‹!«

»Entschuldige«, bat ich zerknirscht.

»Nein«, sagte Niklas und sah mich mit schiefgelegtem Kopf an. »Nein, ich finde nämlich, dass bisher kaum jemand die Sache mit so wenigen Worten so gut auf den Punkt gebracht hat.«

Wir grinsten uns an.

»Sind die beiden jetzt immer noch …?«, wollte ich wissen.

Niklas nickte. »Ich wünsche ihnen, dass sie bis in alle Ewigkeit zusammenbleiben.« Klang ein bisschen wie ein wohlverpackter Fluch. Vielleicht gar keine so üble Idee.

Ich versuchte es auch mal damit: »Und ich wünsche meinem Ex und seiner Neuen, dass sie jede Menge extrem lebendiger, willensstarker Kinder produzieren werden.«

»Du meinst die, die schon in jungen Jahren über außergewöhnliches Stimmvolumen verfügen?«, hakte Niklas nach.

»Exakt! – Und der inneren Stimme deiner Ex wünsche ich auch ein gutes Stimmvolumen. Du weißt schon, diese gewisse Stimme, die immerzu fragt: *Wenn er es einmal gemacht hat, seinen besten Freund mit dessen Partnerin zu betrügen, wird er es dann nicht wieder machen? Wie sehen überhaupt die Freundinnen seiner Freunde aus? Hat er auf der letzten Party nicht übermäßig viel mit dieser einen Aufgetakelten mit den großen Brüsten gesprochen? Oder war das sogar schon ein Flirt?«*

»Es lebe die innere Stimme!«, rief Niklas lachend.

»Auf meine könnte ich gut und gerne verzichten«, wandte ich schnell ein. »Wer will schon innerlich immer hören: *Vielleicht hast du selbst schuld daran, dass du verlassen worden bist? Wahrscheinlich bist du einfach schauderhaft in Sachen Beziehungsleben. Und ganz sicher solltest du nie wieder einen neuen Versuch starten, denn bestimmt wirst du wieder genauso auf die Fresse fallen wie bei diesem Mal.«*

Niklas hatte mit dem Lachen aufgehört und sah mich ernst an. »Denkst du das wirklich?«, wollte er wissen.

Ich widerstand der Versuchung, einen Witz zu machen und abzuwinken. Stattdessen hob ich die Brauen und blickte ebenso ernst zurück. »Du vielleicht nicht, zumindest hin und wieder? Ich meine, wieso sonst solltest du der Meinung sein, dass du noch nicht wieder bereit für neue Gefühle bist?«

Er musste schlucken.

»Lara, du trägst dein Herz wirklich auf der Zunge«, sagte er dann.

»Nicht immer«, erwiderte ich.

»Nicht?«

»Oh nein.«

»Was würdest du denn noch gern alles sagen oder fragen?« Seine grünen Augen wirkten dunkel, als sie über mein Gesicht tasteten. Ihr Ausdruck war unergründlich. Ich sah Verletzung in ihnen. Wunden, die meinen womöglich ähnlich waren. Aber da war auch etwas anderes. Wie ein sanfter Funke, der hinter dieser schützenden Mauer und der Angst vor neuer Enttäuschung glomm. Dieses schwache, aber beständige Leuchten berührte mich auf eine merkwürdige Weise tief. Mit einem Mal spürte ich in mir den überwältigenden Wunsch, den zaghaften Funken anzufachen, ihn größer und kräftiger werden zu lassen. Vielleicht so groß und stark, dass er den Namen *Hoffnung* verdient hätte? Aber wie sollte ich das schaffen – bei jemandem, den ich erst ein paar Wochen lang kannte, von dem ich bisher kaum etwas wusste? Wenn ich es doch für mich selbst als so unmöglich empfand?

Ich konnte Niklas' forschenden Blick auf meinem Gesicht fühlen und starrte durch die Windschutzscheibe auf den mit weißen und zartrosa Rosenblüten umrankten Eingang zu dem wunderschönen Haus, in dem ich derzeit lebte, das jedoch nicht mein Zuhause war. Denn ein Zuhause hatte ich nicht mehr.

»Lara?«, sagte Niklas leise. Und für einen Moment glaubte ich, er wollte die Hand ausstrecken, um nach meiner zu greifen. Aber dann fuhr er doch nur wieder am Lenkrad entlang.

»Sorry«, erwiderte ich schnell und mit einem Lächeln. »Ich bin ein bisschen abgedriftet. Fragen? Ja, klar, die hab ich immer massig. Zum Beispiel wie Richard und du vorhin auf dieses schwierige Thema gekommen seid. Ich meine, hat er etwas von sich erzählt? Von seiner Geschichte? Was hat seine Aufnahme in den Club der gebrochenen Herzen gerechtfertigt?«

Schon während ich den letzten Satz beendete, konnte ich sehen, dass das offenbar nicht die Frage war, die Niklas erwartet hatte. Seine Miene verschloss sich wie eine Auster. *Na toll, Lara,* dachte ich. *Aus lauter Angst, ihm zu sehr auf die Pelle zu rücken, gibst du ihm gleich wieder Anlass, dich für eine wissbegierige Ruhrpottschnecke zu halten, die dem Klatsch verfallen ist.*

Doch Niklas machte, entgegen meiner Erwartung, keine Bemerkung in diese Richtung. Stattdessen verzog er den Mund zu einem schiefen Lächeln, das seine Augen jedoch nicht erreichte.

»Das, würde ich mal sagen, musst du Richard schon selbst fragen«, sagte er. Damit öffnete er seine Tür und stieg aus, um meine Sachen aus dem Kofferraum zu holen.

28. Kapitel

Zwei Wochen waren seit unserem herrlichen Ausflug über die Insel vergangen.

Jeden Morgen machte ich mittlerweile sehr pünktlich und im Umgang mit allen Fahrgästen versiert meine Abholrunde, verbrachte den Tag mit fünfundzwanzig Vierbeinern und sorgte am Abend dafür, dass sie alle wieder glücklich zu ihren Menschen kamen.

Die Hunde, vom Collie bis zum Chihuahua, vom Schäferhundmix bis zum Berner Sennenhund, waren für mich längst nicht mehr bloß eine einzige haarige Herausforderung. Ich lernte jeden Einzelnen von ihnen Tag für Tag besser kennen. Was ich zum Start meines Aushilfsjobs niemals geglaubt hatte, wurde immer deutlicher: Ich genoss den Umgang mit ihnen. Und ich war sicher, dass auch sie mich mochten und gern mit mir zusammen waren.

»Wenn du ›eingeschworene Gemeinschaft‹ sagst«, hakte Wiebke gerade nach, während sie Safttüten in eines der Regale ihres kleinen Ladens räumte. »Meinst du dann tatsächlich, dass die Hunde und du … dass ihr so etwas wie eine Familie seid?«

Ich öffnete einen weiteren Karton und begutachtete die Tütensuppen darin. Den heutigen Samstagvormittag nutzte ich dazu, mal wieder bei meiner besten Freundin am Campingplatz vorbeizuschauen. Mitte Juni tobte hier auf der Insel das Sommergeschäft, und die vielen Urlauber besuchten Wiebkes Shop rege, sodass es ständig etwas nachzubestellen und einzusortieren galt. Heute Morgen war es im Laden jedoch recht ruhig. Der strahlende Sonnenschein zog alle Urlauber ans Wasser.

»Familie?«, wiederholte ich und schielte zur offen stehenden Tür hinaus, wo Tiffany am Jägerzaun angebunden war und genüsslich in die Sonnenstrahlen blinzelte, die durch die hohen Baumkronen auf sie herabfielen. »Ist typisch für dich, dass du bei Gemeinschaft gleich an so was denkst, altes Familientier. Nein, das trifft es aber nicht ganz. Ich meine damit eher einen wild zusammengewürfelten Haufen unterschiedlicher Persönlichkeiten, die einander schätzen gelernt haben. Eine Gang vielleicht. Oder einfach ein großes … Rudel?!«

Wiebke lachte laut. »Lara! Du müsstest dich hören! Wenn ich dir am Anfang des Jahres gesagt hätte, dass du im Sommer davon sprechen wirst, dass du zu einem Hunderudel dazugehörst, hättest du mich einweisen lassen.«

Ich kicherte. »Stimmt.«

»Aber du scheinst dich damit wohlzufühlen …«

»Und wie!«

»Verrückt.«

»Ja, komplett verrückt«, stimmte ich ihr zu.

»Zählt Professor Hansen auch zu eurem … Rudel?«, erkundigte meine liebe Freundin sich dann ein wenig scheinheilig.

«Dazu müsste er sich wohl öfter blicken lassen«, antwortete ich mit einem leisen Bedauern, das sie hoffentlich nicht heraushörte. »Aber seit unserem Ausflug war er nur zweimal tagsüber kurz da, um nach dem Rechten zu sehen. Aber mehr als ein paar Sätze darüber, wo Britt gerade herumsegelt und dass es ihr grandios geht, haben wir nicht gesprochen.«

»Seltsam«, murmelte Wiebke.

»Wieso seltsam?«, fragte ich, obwohl ich mir genau das dachte.

»Na, erst unternimmt er so eine tolle Tour mit dir, und dann lässt er dich plötzlich links liegen. Das ist doch komisch, oder?«

»Er lässt mich nicht ›links liegen‘«, widersprach ich energisch. Obwohl etwas in mir durchaus willens war, ihr zuzu-

215

stimmen. »Der Ausflug war einfach eine nette Geste, um mir ein paar Ecken der Insel zu zeigen, die ich noch nicht kannte, und mich mal auf andere Gedanken zu bringen, während er an dem Tag gerade nichts Besseres zu tun hatte.« Ich hielt kurz inne. »Das war sehr nett von ihm, aber es verpflichtet ihn nicht dazu, ständig bei mir herumzuhängen.«

Wiebke beäugte mich mit schief gelegtem Kopf genau.

»Was?«, machte ich.

»Nichts, ich dachte nur ...«

In diesem Augenblick waren draußen aufgeregte Kinderstimmen zu hören, und keine zwei Sekunden später stürmten drei etwa zehnjährige Mädchen herein.

»Frau Petersen! Sie müssen uns helfen! Wir wissen nicht, was wir mit ihm tun sollen«, riefen sie durcheinander. Offenbar hatten die Ferienkinder schon raus, wen sie hier am Campingplatz um Hilfe bitten konnten.

»Ho, ho!«, machte Wiebke und hob beruhigend die Hände. Ihre bewährte Mutter-Autorität brachte die Mädels im Null Komma nichts zum Schweigen. »Jetzt mal langsam! Was ist denn los?«

Doch da sahen wir es schon: Eine von ihnen hielt in ihren Händen einen schwarzen Vogel, der mit weit aufgesperrtem Schnabel und erschrockenen Augen dort hockte.

»Huch! Ein Star!«, sagte Wiebke und trat näher. »Wahrscheinlich ein Jungtier. Wo habt ihr den gefunden?«

»Gleich hier hinterm Zaun.« Die Mädchen deuteten nach draußen.

»Dann tun wir den am besten sofort wieder dahin. Seine Eltern werden ihn schon vermissen«, meinte Wiebke.

»Warte mal«, mischte ich mich ein und ließ nun meinen Karton auch stehen. Ich trat mit ruhigen Bewegungen näher und nahm eine der Hände des Mädchens vorsichtig zurück.

»Ojeee«, seufzte Wiebke, denn jetzt sah sie es auch: Ein Flügel des Vogels hing schlaff herab. »Das sieht nicht gesund aus.«

»Er kann bestimmt nicht mehr fliegen«, jammerte eines der Mädchen mit Tränen in den Augen. »Und am Ende holt ihn eine Katze, oder jemand überfährt ihn mit dem Fahrrad.«

»Was sollen wir denn jetzt machen?«, klagte eine andere.

Ich griff in die hintere Tasche meiner Jeans und zog mein Smartphone heraus. »Ich kenne jemanden, der wahrscheinlich Rat weiß«, sagte ich.

Die Blicke der Mädchen hingen an meinem Gesicht, als ich ein paar Freizeichen abwartete. Dann wurde am anderen Ende abgenommen.

»Hi, Lara«, meldete sich Niklas. »Alles in Ordnung?«

»Hallo, Niklas, ja, bei mir ist alles klar. Ich hatte nur gehofft, du könntest uns einen Tipp geben, wie wir jemandem helfen können.« Rasch erzählte ich ihm von dem jungen verunglückten Star.

Er zögerte keine Sekunde, sondern sagte: »Der kleine Laden an der Zeltplatzstraße? Bin gleich da.«

❤

Es dauerte nur etwa zwanzig Minuten, bis wir den Motor des Rovers vor dem Laden hörten. Wir gingen alle zusammen hinaus. Und da erwartete zumindest mich eine kleine Überraschung: Niklas war nicht allein. Auf der Beifahrerseite stieg eine Frau aus, die neben ihm auf den Laden zukam. Sie war etwa um die Vierzig, größer als ich, gertenschlank, und ihre schulterlangen Haare lockten sich um ihr Gesicht, als wären sie frisch mit dem Lockenstab frisiert.

»Hallo, Wiebke«, begrüßte Niklas meine Freundin und nickte mir zu. »Lara. Ich dachte, am besten bringe ich gleich den Profi mit.« Er deutete etwas übertrieben neben sich. »Doktor Freia Friedrichs, beste Tierärztin weit und breit.«

»Nicht übertreiben, Niklas«, lächelte Freia und gab Wiebke und mir die Hand. Ich gab mir alle Mühe, sie nicht anzustarren. Zwar hatte ich noch ziemlich genau im Kopf, wie Mandy jene Freia beschrieben hatte, nämlich als »eine tolle und engagierte Tierärztin und einen sehr netten Menschen«. Doch was Mandy nicht erwähnt hatte, war die Tatsache, dass diese überall bekannte und beliebte Medizinerin außerdem eine atemberaubend schöne Frau war.

Als ich mich losriss und zur Seite sah, begegnete mir Niklas' Blick. Doch auch er schlug rasch die Augen nieder.

»Ah, und da haben wir die Lebensretter ja!«, sagte Freia jetzt gerade. Damit waren die drei Mädchen gemeint, die plötzlich schüchtern schienen. »Zeigt mal euren Schützling.« Mit geübtem Griff nahm sie dem Mädchen den Star ab, hielt ihn mit der einen Hand geschickt an ihren eigenen Körper gedrückt fest, während die andere den verletzten Flügel untersuchte.

»Und? Was meinen Sie, Doktor Friedrichs?«, erkundigte ich mich, weil ich merkte, dass die Mädchen vor ängstlicher Spannung zu platzen drohten.

»Oh, nur Freia, bitte!«, lächelte Freia mich an, dann sagte sie zu den Kindern: »Keine Bange. Das bekommen wir wieder hin. Euer kleiner Freund kann froh sein, dass ihr ihn gefunden habt. Er braucht wirklich ein bisschen Pflege. Aber wenn er wieder gesund ist, kann er wieder mit seinen Kumpels draußen herumfliegen.«

Dr. Freia Friedrichs, »nur Freia« für mich, war nicht nur eine engagierte Tierärztin, ein netter Mensch und wunderschön, sie konnte auch noch spitzenmäßig mit Kindern umgehen. Die drei Mädchen erwachten aus ihrer Schreckstarre und plapperten wieder durcheinander, diesmal jedoch fröhlich erleichtert.

Ich hörte zu, wie Freia ihnen erklärte, wie sie die verletzte Schwinge – wie sie es nannte – behandeln würde, und konnte nicht anders, als so etwas wie Bewunderung zu empfinden für eine Frau, die auch angesichts eines kranken Tieres so viel Ruhe und Zuversicht auszustrahlen vermochte.

Erst ein leises Fiepen vom Zaun her ließ mich aus meinen Gedanken auftauchen.

Niklas und ich taten gleichzeitig zwei Schritte in Richtung Tiffany, hielten beide inne, sahen uns an und gingen wieder los. Wir mussten lachen. Niklas ließ mir mit einer Geste seiner offenen Hand den Vortritt: »Scheint so, als hättest du schon vollkommen die Pflichten und Aufgaben einer aufmerksamen Hundehalterin verinnerlicht«, lächelte er.

»Klar«, erwiderte ich und hockte mich zu Tiffany, die begeistert an mir heraufsprang. »Wenn es fiept, sofort hinstürzen.«

Wir grinsten uns an, und für einen kurzen Moment flackerte zwischen uns etwas auf. Wie eine klare und fast greifbare Erinnerung an die Nähe, die ich bei unseren schönen Erlebnissen vor zwei Wochen empfunden hatte. Doch dann wandte Niklas den Kopf und sah zu Freia hinüber, die sich gerade von Wiebke und den Kindern verabschiedete.

»Tja, dann werde ich Frau Doktor und den kleinen Patienten mal zur Praxis fahren«, sagte er. »War schön, dich gesehen zu haben.«

»Ja«, erwiderte ich von hier unten. »Ja, fand ich auch. Also … *ich* fand's schön, *dich* zu sehen.«

Wieder dieser intensive Blick, und für eine Sekunde dachte ich, er wollte noch etwas sagen. Doch dann nickte er nur, wandte sich um und ging vor Freia zum Auto, wo er ihr die Tür aufhielt, damit sie beide Hände für den verletzten Vogel frei hatte. Niklas setzte den Wagen zurück, und sie fuhren langsam über die schmale Straße davon. Die drei Vogelretter-Mädchen liefen noch ein Stückchen neben dem Auto her. Dann bogen sie in den Zeltplatz ab und verschwanden zwischen den Wohnwagen.

»Sehr interessant«, verkündete Wiebke mit ihrem üblichen Geheimniskrämer-Grinsen.

»Was jetzt genau?«, erkundigte ich mich möglichst unschuldig. Allerdings hatte ich so eine Ahnung, worauf sie hinauswollte.

»Na, dass unser Professor Hansen nicht allein gekommen ist, sondern sofort Frau Doktor Friedrichs im Schlepptau hatte. Ihre Praxis liegt doch in der Nähe von Ahlbeck, soweit ich weiß. Da fragt man sich schon, wie es kommt, dass sie sooo schnell hier sein konnte.«

Wiebke war eben meine beste Freundin. Und so wunderte es mich gar nicht, dass wir uns offenbar genau die gleiche Frage gestellt hatten.

29. Kapitel

Am Freitag der nächsten Woche startete ich eher nachdenklich in den Tag. Als ich vor fünfeinhalb Wochen meinen Job in der Hundehütte Usedom begonnen hatte, hätte ich alles darum gegeben, mich zu diesem Zeitpunkt, dem *Bergfest-Datum*, durch die Zeit beamen zu können. Doch jetzt, wo ich die Hälfte meiner Huta-Vertretungszeit bereits erreicht hatte, wollte sich darüber gar keine Freude einstellen. Im Gegenteil, ich stellte ein wenig verwundert fest, dass die vergangenen Wochen mit den Vierbeinern um mich herum so rasend schnell verflogen waren, dass mir ein wenig davor graute, wie bald meine Aufgabe hier beendet sein würde.

Da Freitag Backtag war, hatte ich dummerweise auch noch ausreichend Zeit, um mir währenddessen über meine wenig erfreulichen Zukunftsaussichten schwere Gedanken zu machen.

Als ich gerade das letzte Blech mit Thunfischkeksen in den Ofen geschoben hatte, drehte ich mich zur Klönschnacktür und erblickte direkt hinter der verschlossenen unteren Hälfte Tiffany und Xena, die sich dort gemütlich nebeneinander niedergelassen hatten. Seit ihrem gemeinsamen Nachmittag beim Picknick am Wasser waren die beiden Hündinnen unzertrennlich. Und da Tiffany fast immer meine Nähe suchte, hing auch Xena oft mit uns ab. Als ich jetzt zu ihnen hinuntersah, begannen beide erwartungsvoll zu wedeln.

»Vergesst es«, lachte ich. »Nachher gibt's für jeden von euch einen Keks – aber mehr staubt auch ihr zwei Schätzchen nicht ab.«

Xena öffnete den Fang und lächelte mich begeistert an. Ja, ich weiß, ich weiß, das war kein richtiges Lächeln, sondern eher eine freudig erwartungsvolle Miene – das hatte ich in einem der vielen Hundebücher gelesen, die Britt im Büro herumstehen hatte. Aus den Büchern hatte ich in den letzten Wochen viel gelernt. Zum Beispiel, dass Körpersprache bei den Vierbeinern einen enorm hohen Stellenwert hatte. Sie war viel wichtiger als Bellen, Knurren oder sonstige Lautäußerungen. Aber trotzdem … dieses fröhliche Hecheln und die strahlenden Augen erinnerten mich immer an ein menschliches Lächeln. «Du bist ein Charmebolzen, meine Liebe«, gestand ich Xena zu.

Als die Türglocke des Hundeshops läutete, schnappte ich mir ein paar der fertig abgepackten Tütchen, schloss die Küchentür hinter mir sorgfältig ab und war schon an der Tür zum Shop, Tiffany und Xena dicht neben mir. Tiffany, die inzwischen spitz hatte, dass sie ein paar extra Streicheleinheiten abstauben konnte, wenn sie penetrant genug darum bat, mit in den Shop gehen zu dürfen, hasste es regelrecht, wenn ich sie zurückließ. Doch da ich die Hunde der Kekskunden meist nicht kannte, ging ich das Risiko nicht gerne ein. Ich wollte die beiden Hündinnen gerade abwimmeln, als ich durch die Scheibe der Tür sah, dass dort im Laden jene ältere Dame stand, die stets ohne eigenen Vierbeiner erschien, aber jede Menge Kekse kaufte. Also nickte ich den beiden Mädels an meiner Seite zu und ließ sie mit in den Shop.

»Guten Morgen«, grüßte ich freundlich.

»Oh, so süße Begleitung!«, freute sich die Frau und war sofort von Xena und Tiffany okkupiert. Sie war wie immer tadellos zurechtgemacht und trug ein ausgesprochen hübsches Sommerkleid mit Blumenmuster in so modernem Schnitt, dass ich nicht anders konnte, als mir zu wünschen, meine eigene Mutter würde sich auch mal in so etwas reintrauen.

»Hey, hey, Mädels, nicht so stürmisch!«, versuchte ich, die beiden Hündinnen zu beruhigen. Doch die Fremde lachte nur und gab sich alle Mühe, ihre Streicheleinheiten gerecht zu verteilen. »Wie lieb die sind!«, seufzte sie und ging in die Knie.

»Tiffany!«, rief ich. Aber es war schon zu spät: Das kleine Pudelmädchen saß bereits auf dem geblümten Sommerkleid-Schoß. Doch ich brauchte mir keine Sorgen zu machen. Die hundebegeisterte Frau war weit davon entfernt, sich über mögliche Tapser auf dem hellen Stoff zu beschweren. Selig kraulte sie Tiffanys Ohren und ließ sich von deren blitzschneller Zunge die Hände abschlecken. Ich sah den dreien lächelnd zu, bis die fremde Frau sich schließlich erhob und ihr Kleid glatt strich.

»So könnte jeder Tag beginnen«, sagte sie glücklich.

Ich wollte schon ansetzen, um sie zu fragen, ob ihr eigener Hund Probleme hatte oder vielleicht krank war, doch Niklas' Gesicht tauchte vor mir auf, und ich biss mir auf die Lippen.

»Was darf es denn heute sein?«, fragte ich anstelle einer, wie ich fand *interessierten*, wie viele Usedomer aber offenbar finden würden *neugierigen*, Frage.

»Von jeder Sorte eine Tüte, bitte«, sagte die Fremde wie immer. Während ich das Gewünschte für sie raussuchte, streichelte sie noch einmal Xena hingebungsvoll, die sich unter dieser Zuwendung ausgesprochen wohlzufühlen schien.

»Und wie heißt denn diese junge Dame?«, wollte die Fremde wissen.

»Xena.«

»Ein echter Sonnenschein!«, strahlte die Frau. Doch dann hob sie plötzlich die Brauen und strich Xena lächelnd noch mal über den Bauch. »Gibt es da demnächst kleine Golden Retriever?«

Ich erstarrte. »Wie kommen Sie denn darauf?«

Das Lächeln der Frau verschwand schlagartig. »Oh, ich … ich dachte nur …?«

Wir blickten beide zu Xena, die schwanzwedelnd vor unserem Gast stand.

»Tja, dann … neun Euro, wie immer?« Die Fremde hatte das Geld bereits abgezählt und reichte es mir. Ich gab ihr die

Kekstüten. Sie lächelte mich scheu noch einmal an und verabschiedete sich schnell.

Als die Tür hinter ihr zuschlug, ging ich um den alten Verkaufstisch herum und streckte die Hand nach Xena aus. Sie ließ sich vertrauensvoll überall von mir berühren, auch am Bauch. Und jetzt verstand ich, was die Fremde gemeint hatte.

♥

Ich konsultierte das Internet und fand plötzlich Beiträge, die davon erzählten, dass – wie durch ein Wunder – Hündinnen auch noch am zweiundzwanzigsten Tag der Läufigkeit aufgenommen und gesunde Welpen zur Welt gebracht hatten. Wieso waren mir diese Texte nicht vor fünf Wochen schon aufgefallen? Im Grunde wusste ich, wieso: Damals hatte ich so etwas nicht sehen wollen. Ich hatte es nicht wahrhaben wollen. Ein solcher Fauxpas an meinem ersten Arbeitstag im neuen Job! Das hatte einfach nicht sein dürfen! Nun aber musste ich der Wahrheit ins Auge blicken. Und Mandy würde es wohl oder übel auch müssen.

Mir wurde geradezu schlecht, wenn ich daran dachte, was sie wohl von einer Hundesitterin halten würde, die nicht in der Lage war, Türen abzuschließen.

Im Internet fand ich diverse Hinweise auf Untersuchungen, bei denen ein Tierarzt feststellen konnte, ob eine Hündin schwanger – da hieß es immer »tragend« – war, ob es den Welpen gut ging und wie viele es etwa sein würden. Als ich aber las, dass Golden Retriever durchaus bis zu zehn Welpen auf einmal bekommen konnten, hatte ich endgültig weiche Knie.

Das Erste, was mir zu tun einfiel, machte mich aus unerfindlichen Gründen noch zusätzlich nervös: Ich rief Niklas an. Doch diesmal erreichte ich nur seine Mailbox. Hastig sprach ich ein paar Sätze darauf und legte wieder auf.

In der nächsten halben Stunde lief ich wie ein Tiger im Käfig im Garten hin und her. Bis ich merkte, dass mir nicht nur Xena und Tiffany, sondern auch Harvey, Bella, Kira, Bilbo, Galana und Jeff folgten. Einige der anderen Vierbeiner, die normalerweise um diese Tageszeit friedlich ruhten, hoben auch bereits die Köpfe.

Da schlug also mal wieder die berühmte Stimmungsübertragung zu, wegen der ich seit meinem Zusammenleben mit Tiffany kaum einen spannenderen Film als *Stolz und Vorurteil* gesehen hatte. Ich setzte mich also in den Liegestuhl unter der großen Eiche und atmete bewusst tief ein und wieder aus.

Meine Gefolgschaft stand einen Moment unentschlossen herum und beäugte mich neugierig. Doch dann war man offenbar der Meinung, dass ich tatsächlich nichts Aufregendes zu unternehmen plante, und alle zogen sich auf ihre gemütlichen Liegeplätze zurück. Nur Tiffany und Xena blieben bei mir und legten sich mir zu Füßen hin. Jasper kam auch herüber und ließ sich neben Xena nieder. Ich betrachtete die beiden hübschen Hunde und ertappte mich bei dem Gedanken: *Wenn jemand Welpen machen sollte, dann wirklich diese beiden.*

Doch dann begannen meine Hirnzellen wieder um mein Geständnis vor Mandy zu kreisen und schoben alles andere beiseite.

Ich zuckte erschrocken zusammen, als das Telefon klingelte, das ich auf der Armlehne abgelegt hatte. Blitzschnell griff ich danach.

»Hundetagesstätte Hundehütte Usedom, Sie sprechen mit …«

»Ich bin's, Niklas«, unterbrach er mich. »Wo brennt's denn?«

»Oh, Niklas, wie gut, dass du dich meldest!«, brach es aus mir heraus.

»Ist was passiert?«, wollte er beunruhigt wissen, als er meinen Tonfall hörte.

»Nein, nein«, wehrte ich rasch ab. »Das heißt, ja, eigentlich doch. Aber nicht aktuell, sondern eher vor ein paar Wochen. Vor fünfeinhalb Wochen, um genau zu sein …«

Stockend erzählte ich ihm davon, wie katastrophal meine erste Abholrunde damals verlaufen war und welche Umstände zu der unversperrten Tür geführt hatten.

»Puh …«, machte Niklas, als ich geendet hatte. Ich konnte ihn vor mir sehen, wie er sich mit hochgezogenen Brauen die Nase rieb.

«Ja. Ich weiß«, stöhnte ich. »Aber am furchtbarsten an der ganzen Sache ist, dass ich Mandy einfach nicht erklären kann, wieso ich ihr nichts von dem Vorfall erzählt habe. Denn wenn ich das tun würde, dann müsste ich erwähnen, wie grässlich ich die Atmosphäre bei ihr zu Hause empfinde. Ich meine, ihr Mann …«

»Ich weiß«, sagte diesmal Niklas.

»Wie kann ich das entschuldigen?«, fragte ich ihn.

Ein paar Sekunden lang schien er zu überlegen. Dann sagte er: »Das können wir später zusammen entscheiden.«

Eine gewaltige Welle der Erleichterung umspülte mich. Nicht nur, dass kein Wort des Vorwurfs über seine Lippen kam. Nein, Niklas machte sogar den Vorschlag, dass wir gemeinsam über das weitere Vorgehen entscheiden sollten. Mir wurde innerlich angenehm warm.

»Wann machst du heute Schluss?«, wollte er jetzt wissen.

»Um fünf, wie immer«, antwortete ich.

»Okay, dann schick Mandy bitte eine Nachricht aufs Handy, dass du heute sehr viel mehr Hunde wegzubringen hast als sonst und es deshalb etwa eine Stunde später wird, bis Xena zu Hause ist. Das müsste ausreichen, um zur Praxis und zurück zu kommen und einen Ultraschall zu machen.«

»Du meinst Freias Praxis?«

»Ja, sicher. Sie nimmt uns bestimmt zwischendurch dran. Und falls du dich irren solltest und Xena doch nicht tragend ist, brauchen wir Mandy nicht zu beunruhigen, und sie wird nie etwas von dem Verdacht erfahren. Freia wird nichts weitererzählen, wenn ich sie darum bitte.«

»Super.« Verschwiegen war Dr. Freia Friedrichs, »nur Freia«, also auch noch. *Wenn Niklas sie darum bat.*

»Ich bin um kurz vor fünf bei dir. Wir machen die Wegbring-Runde zusammen und düsen dann direkt weiter Richtung Ahlbeck.«

»Alles klar.«

»Und, Lara?«

»Ja?«

»Keine Angst. Du bist nicht allein.«

Als wir aufgelegt hatten, starrte ich noch eine ganze Weile auf das Telefon in meiner Hand.***

♥

Wir machten es genau so, wie Niklas vorgeschlagen hatte. Er hatte unsere geheime Mission schon per Telefon angekündigt, und Freia war selbstverständlich gerne bereit, eine kurze Ultraschalluntersuchung einzuschieben. Sie ließ uns sogar zur Hintertür herein, damit die Patientenbesitzer, die im Wartezimmer saßen, uns nicht zu Gesicht bekamen.

»Bei den Hundehaltern weiß man nie, wer wen kennt. Und wir wollen doch nicht, dass Xenas Besitzer auf diesem Weg von dieser Aktion erfahren«, sagte Freia mit ihrem wunderschönen Lächeln. »Hallo, mein Liebling, komm mal her. Jaaaa, ich freu mich auch, dich zu sehen!« Sie schmuste eine Runde mit der Hündin, die sie offenbar nicht nur aus ihrer Praxis kannte, sondern auch sehr gern mochte. Pauline und Tiffany saßen angeleint brav neben Niklas. Ich selbst kam mir mit einem Mal ziemlich überflüssig vor.

Mit Leichtigkeit hob Freia Xena auf den großen Metalltisch, auf dem ein bequemes Kissen bereitlag. »Zugenommen hat sie auf jeden Fall«, murmelte die Tierärztin und tastete zunächst den Bauch der Hündin ab. Dann legte sie ihre Hand an die Innenseite der Schenkel und maß den Puls.

Ich beobachtete gebannt, wie der Ausdruck auf Freias Gesicht sich dabei veränderte. Sie warf einen raschen Blick zu Niklas hinüber, der sie ebenfalls nicht aus den Augen ließ. Die beiden sahen sich an wie zwei, die sich sehr gut ohne Worte verständigen konnten.

Und da passierte etwas sehr Sonderbares, mit dem ich wirklich nicht gerechnet hatte: In meiner Brust machte sich plötzlich ein unangenehmer Druck breit. Ein feiner, unerwarteter Schmerz, der sich wellenartig auszubreiten begann. Für eine Sekunde erschrak ich fast zu Tode, denn ich glaubte, ich würde hier und jetzt einen Herzinfarkt bekommen. Ich holte tief Atem, doch der Schmerz verging nicht. Und mit einem Schlag wurde mir klar, dass es eine andere Art von Schmerz war, einer, der keine Ursache in einer körperlichen Verletzung oder einem Organschaden hatte.

Wie hypnotisiert sah ich dabei zu, wie Freia Xena dazu brachte, sich auf das Kissen zu legen.

»Könnten Sie bitte ihren Kopf halten?«, forderte sie mich auf.

Ich nickte roboterhaft und tat, wie mir geheißen. Auch wenn mir klar war, dass mein heftig klopfendes Herz nicht so viel mit der bevorstehenden Untersuchung zu tun hatte. Während Freia ein wenig Gel auf dem Ultraschallgerät verteilte, versuchte ich mich zusammenzureißen.

Was soll das, Lara, schalt ich mich selbst. *Dir war doch wohl klar, dass zwischen den beiden wahrscheinlich was läuft. Schließlich haben sie beide einen intensiven Bezug zu Tieren. Beide sind in ihrem Beruf sehr engagiert. Sie verstehen sich, das sieht man doch. Und außerdem ist Freia furchtbar nett und sehr schön und Niklas mindestens ebenso nett und sehr attraktiv.*

Moment mal! Hatte ich das wirklich gedacht? Das mit dem *sehr attraktiv?*

Oh Scheibenkleister, was passierte hier gerade? Mit mir? *Das darf ja nicht wahr sein! Ich hab mich tatsächlich in ihn ...? Aber das hätte ich doch merken müssen! Wir kennen uns ja kaum. Und erst so kurz.*

In meinem Kopf überschlugen sich die Gedanken nur so.

Hatte Niklas nicht Richard gegenüber behauptet, er fühle sich noch nicht bereit dafür, sich auf eine neue Liebe einzulassen?

Aber was, wenn er das doch war? Wie hätte da sein Herz für mich schlagen können? Ich war eine vom Festland, eine mit Ruhrpottschnauze, eine voller ungewollter Anteilnahme am Leben der anderen, eine ohne Hundeerfahrung. Eine, die selbst erst in diesen Minuten kapierte, dass sie sich genau das wünschte: sein Herz zu berühren.

«Freia?«, sagte Niklas in diesem Moment. Sein Blick wanderte jetzt zwischen ihrem Gesicht und dem Bildschirm hin und her.

»Ich zähle sieben«, sagte Freia.

Und das hatte mir gerade noch gefehlt.

30. Kapitel

Beklommen steuerte ich eine halbe Stunde später den Huta-Bus über die Ahlbecker Chaussee zurück nach Trassenheide.

In meinem Kopf herrschte das komplette anarchische Chaos an Gedanken und Gefühlen, die durcheinanderwirbelten.

Mandy wird aus allen Wolken fallen! Sieben Welpen!

Wie er sie angesehen hat – als könnte er seine Augen gar nicht von ihr lassen. Kein Wunder, so schön, wie sie ist.

Mandy ist wohl nicht das Problem – ihr bescheuerter Mann wird das Problem sein.

Wieso ist es mir nicht schon früher aufgegangen, dass ich etwas für ihn empfinde?

Aber wie soll sie das regeln – berufstätig und dann sieben Welpen im Haus ...

Moment mal! Was genau empfinde ich denn überhaupt für ihn?

«Liebe Mandy, es tut mir wirklich sehr, sehr leid, aber durch eine Unachtsamkeit von mir wirst du leider in wenigen Wochen jede Menge Welpenpipi aufzuwischen haben ...« – nein, so kann ich unmöglich anfangen.

Genau in diesem Augenblick wandte Niklas sich auf dem Beifahrersitz herum und sah mich an. »Denkst du darüber nach, wie wir es Mandy schonend beibringen können?«

»Natürlich!«, platzte ich viel zu schnell und zu laut heraus. »Ich denke über nichts anderes nach! Wirklich über *nichts anderes!*«

»Aha«, machte Niklas ein wenig verwundert. »Und? Bist du schon zu einem Schluss gekommen?«

»Ehrlich gesagt … nein. Ich glaube, es wird das Beste sein, ihr einfach die Wahrheit zu sagen. Genau wie ich es bei dir auch getan habe.«

»Wie du es bei mir *nach einigen Wochen* auch getan hast«, berichtigte Niklas.

Ich seufzte.

»Du hast recht«, stimmte Niklas aber schon mit ruhiger Stimme zu. »Das wird das Beste sein.«

Aus dem Augenwinkel nahm ich wahr, wie seine Hand auf seinem Bein lag. Ganz locker und entspannt, als erwartete uns eher ein angenehmer Ausflug anstatt einer peinlichen und von Schuldgefühlen gesteuerten Aussprache.

Ich atmete ein paarmal tief ein und wieder aus und schielte auf seine Hand, schlank und braungebrannt. Seine Ruhe begann langsam auf mich abzufärben. Und trotzdem pochte mein Herz deutlich schneller als sonst in meiner Brust, als mir klar wurde, dass ich schon seit Ewigkeiten nicht mehr so intensiv die Nähe eines Mannes empfunden hatte.

Marcel und ich, wir waren immer ein eingeschworenes Team gewesen. Unsere Frisch-verliebt-Zeit lag so lange zurück, dass ich zwar noch Erinnerungen daran hatte, die Intensität und Aufregung dieser Begegnungen jedoch nicht mehr fühlen konnte. Ich wusste, dass ich mich einmal in diesen eifrigen, warmherzigen Mann verliebt hatte. Doch irgendwo auf unserem gemeinsamen Weg war mir dieses Gefühl abhandengekommen. Kameradschaft und Zuneigung waren geblieben, doch alles andere hatte sich abgekühlt. Vielleicht war es Marcel ja genauso gegangen? Vielleicht hatte er deswegen die Hitze und den Thrill einer heimlichen Liebschaft gesucht? Wer konnte es ihm verdenken? War es nicht der Wunsch eines jeden Menschen, Leidenschaft und elektrisierende Anziehung zu empfinden?

O Gott, hatte ich wirklich gerade *Leidenschaft* und *elektrisierend* gedacht? Irgendetwas lief hier vollkommen aus dem

Ruder. Ich musste mich zusammenreißen und sehen, dass ich die Kontrolle wiedergewann.

Kaum zu fassen, aber ich war geradezu erleichtert, als wir endlich in die Auffahrt mit dem schmiedeeisernen Tor einbogen. Ich hielt direkt hinter dem dicken BMW, der leider bedeutete, dass Jan-in-diesem-Haus-hab-ich-die-Hosen-an-Blödmann auch schon zu Hause war.

Niklas nickte mir aufmunternd zu, wir stiegen aus, und ich holte Xena aus ihrer Box. Pauline und Tiffany ließen wir im Auto, wie Kinder, die durch eine ernste Aussprache unter Erwachsenen nicht beunruhigt werden sollten. Ja, ich wusste, dass sie keine Kinder waren. Aber es fühlte sich eben so an.

Als wir die breiten Stufen zur Haustür hinaufgingen, wurde diese von innen bereits geöffnet, und Mandy erschien in einer eleganten, weich fallenden Hose und einer Bluse, die ich persönlich für offizielle Hochzeitseinladungen reserviert hätte.

»Hallo!«, strahlte sie uns an. »Ihr zwei seid ja schon wieder zusammen unterwegs.« Sobald sie es ausgesprochen hatte, weiteten sich ihre Augen, und sie sah erschrocken aus. »Ich meine … nicht, dass … ich meine …«

»Schon gut, Mandy«, beruhigte Niklas sie lächelnd, während ich spürte, dass mein Gesicht heiß wurde. »Es hat einen Grund, wieso ich heute dabei bin. Dürfen wir reinkommen?«

»Sicher.« Mandy öffnete die Tür weit, und Xena trabte an ihr vorbei. Die kleine Halle, die uns hinter der Haustür erwartete, kannte ich schon. Doch als Mandy uns dann in das angrenzende Wohnzimmer führte, verschlug es mir wirklich für einen Augenblick die Sprache. Mir war ja klar, dass man mit Immobilien gutes Geld machen konnte, aber das überstieg dann doch meine Vorstellungskraft. Der Raum war groß, mit hoher Decke und bodentiefen Fenstern, die auf eine sorgfältig gestaltete und gepflegte Gartenlandschaft hinausblicken ließen. An den Wänden des Raumes waren Bücherregale eingebaut, in denen sich auf stylishe Art farblich sortierte Buchrücken und endlos viele DVD-Cover aneinanderreihten, daneben war ein gewaltiger Flachbildschirm an der Wand angebracht. Rund um die ausladende Sitzlandschaft aus weißem Leder war so viel Platz, dass hier problemlos hätte getanzt werden können. Teure Teppiche lagen auf dem gebohnerten Parkett. Als wir auf dem weißen Leder Platz nahmen, fühlte ich mich in meinen Jeans und verwaschenem T-Shirt plötzlich schrecklich underdressed.

»Möchtet ihr etwas trinken?«, fragte Mandy artig, während Xena sich dicht an ihre Beine gedrängt neben sie setzte und sich streicheln ließ.

Niklas sah mich an.

»Ich glaube, ich würde es lieber schnell hinter mich bringen«, sagte ich und sah Mandy fest an. »Ich muss nämlich etwas gestehen. Etwas, das für dich ... euch gravierende Folgen haben wird ...«

Ähnlich wie Niklas heute Vormittag erzählte ich Mandy von meinem ersten Tag in der Huta, der Aufregung und Hektik, meiner Verspätung wegen der Probleme beim Einladen einiger Hunde, den wartenden Kunden an der Huta, meiner Unsicherheit wegen der mir so fremden Situation mit mir völlig unbekannten Tieren. Als ich an die Stelle kam, an der ich entdeckt hatte, dass die Tür zu Xenas Raum offen gestanden hatte, hob Mandy die Hand und legte sie an ihren Mund. Es sah wirklich so aus, als würde sie versuchen, einen Aufschrei zurückzuhalten. Doch es kam kein Laut über ihre Lippen. Trotzdem fiel es mir enorm schwer, ihr nun von meinem ziemlich dummen Entschluss zu erzählen, den *Vorfall* zu verschweigen. So wie es jetzt klang, konnte ich es nämlich selbst nicht verstehen, wieso ich nichts gesagt hatte. Aber Mandy hatte nun schon genug zu verdauen. Ich wollte sie auf keinen Fall noch mehr durcheinanderbringen, indem ich die ganz offensichtlich grässliche Situation mit ihrem Ehemann und ihrem so deutlichen Kummer als Begründung angab.

Als ich schließlich bei der gerade stattgefundenen Ultraschalluntersuchung ankam und das Wort »sieben« fiel, quietschte Mandy doch kurz auf.

»Tja, nun weißt du also Bescheid«, schloss ich kläglich.

Mandys Blick, der zwischen Xena und mir hin und her gesprungen war, ruhte nun ganz auf ihrer vierbeinigen Begleiterin. Doch entgegen all meiner Erwartungen wirkte der Ausdruck auf ihrem Gesicht weder entsetzt noch angsterfüllt, sondern einfach nur liebevoll.

»Oh, mein Schätzchen«, flüsterte sie, fuhr mit den Fingern durch Xenas seidiges Fell und küsste sie auf den zu ihr erhobenen Kopf. »Und ich hab dein Futter reduziert, du arme Maus.« Xena schien ihrem Frauchen nichts nachzutragen, denn sie schob ihren Kopf in deren Hände und brummte zärtlich.

»Du wirst Mama, Xenilein. Eine ganz wundervolle, wunderschöne Hundemama.«

Mandys Stimme klang alles andere als empört oder wütend.

Niklas und ich tauschten einen Blick. Er hob ein wenig verwundert die Brauen, lächelte dann jedoch breit. In meinem Magen machte irgendetwas von dem, was ich heute gegessen hatte, einen Überschlag.

»Was sagt Freia noch?«, wollte Mandy von uns wissen, als sie aus der stillen Zwiesprache mit ihrer Hündin wieder auftauchte. »Es geht Xena doch gut? Und den Babys? Es ist doch alles in Ordnung?«

»Alles in bester Ordnung!«, bestätigte Niklas nickend.

Und plötzlich begann Mandy zu strahlen. Ihr ganzes Gesicht leuchtete, wie an dem Abend, als wir mit Richard am Strand bei Karlshagen spazieren gegangen waren. Und noch mehr als das. In ihren Augen blitzte eine Vorfreude auf, mit der ich bei diesem Gespräch wirklich nicht gerechnet hatte.

»Oh, Himmel. Wisst ihr, dass ich mir das immer gewünscht habe? Babys von meiner Süßen? Und dann ein kleines Mädchen behalten. Welche Farbe sie wohl haben werden? Golden? Schwarz? Oder eine Mischung aus beidem?«

»Ich denke, entweder oder«, antwortete Niklas, während ich immer noch kaum fassen konnte, wie einfach ich aus diesem Dilemma herausgekommen war. »Das Gen für Scheckung haben beide Rassen nicht. Aber vielleicht gibt es den einen oder anderen weißen Latz oder mal eine weiße Pfote.«

Mandy lachte auf, schüttelte den Kopf mit den schönen, dunklen Haaren und knuddelte Xena wieder durch, die begeistert mitmachte.

»Wusste ich doch, dass ich jemanden gehört habe«, ertönte in diesem Moment von der Tür her eine Stimme.

Wir sahen alle hin.

Mandys Ehemann Jan stand dort in tadellos sitzendem Anzug samt Hemd und Krawatte.

»Hallo, Jan«, grüßte Niklas höflich.

»Niklas.« Jan nickte ihm zu. »Hallo, Britt.«

»Ich bin Lara«, korrigierte ich ihn lächelnd. Mir fiel auf, dass Xena nicht aufstand und zu ihm lief, obwohl sie auch ihn den ganzen Tag nicht gesehen hatte.

»Gibt es etwas zu besprechen?«, erkundigte sich Jan geschäftig und setzte an Mandy gewandt hinzu: »Du weißt, dass wir gleich losmüssen.«

»Jan, es gibt so wundervolle Neuigkeiten!«, erwiderte Mandy. Doch es war ganz offensichtlich, dass sie nicht sicher war, ob ihr Mann es auch so sehen würde. Ihr Lächeln war zu nervös. Und so platzte sie schnell heraus: »Stell dir vor, durch einen dummen Unfall hat Xena uns doch tatsächlich an der Nase herumgeführt und sich einen hübschen Kavalier geangelt. Ich hab dir doch von Jasper erzählt? Dieser wunderschöne, schwarze Flat Coated …«

Jan räusperte sich.

»Wir kriegen Hundebabys!«, ließ Mandy die Katze aus dem Sack.

Ein paar Sekunden lang war es in dem großen, so ungemütlich schick eingerichteten Raum derart still, dass wir draußen im Garten eine Amsel singen hören konnten.

Wir alle sahen Jan an. Und der stand da wie zur Salzsäule erstarrt. Dann glitt sein Blick von Mandys Gesicht hinunter zu Xena, die sich immer noch an ihr Frauchen schmiegte.

»Das ist nicht dein Ernst?!«, sagte er.

»Doch.« Mandy nickte lächelnd, doch zunehmend unsicher. »Du weißt doch, wie sehr ich mir das immer gewünscht habe und …«

»Ohne mein Wissen?«, grollte Jan. »Du hast ohne mein Wissen …?«

»Oh nein!«, sprang ich Mandy zur Seite. »So war das nicht. Es war ganz allein meine Schuld. Wissen Sie, der Morgen, an dem ich in der Huta angefangen habe, war so hektisch und aufregend. Ich wusste ja, dass ich die Tür vom Hündinnentrakt abschließen muss. Aber dann hat es an der Pforte geklingelt, und ich bin schnell hin. Und als ich dann später merkte, dass Jasper Türen öffnen kann, war es leider schon zu spät.«

Jan glotzte mich fassungslos an.

»Aber das ist doch nicht so schlimm, Jan«, schaltete sich Mandy mit hoher Stimme wieder ein. »Ich hab da schon drüber nachgedacht. Ich könnte unten im ehemaligen Hobbyraum alles gemütlich herrichten. Und natürlich würde ich die erste Zeit bei Xena und den Kleinen schlafen. Und wenn sie dann anfangen herumzulaufen, könnten sie von da aus direkt in den Garten. Du würdest sie hier überhaupt nicht bemerken.«

Das klang in meinen Ohren so, als hätte Mandy sich definitiv schon jede Menge Gedanken um Nachwuchs ihrer heiß geliebten Xena gemacht.

»Klingt nach einem ziemlich zeitaufwendigen Plan«, schnappte Jan.

»Ich hab noch so viel Resturlaub vom letzten Jahr«, versuchte Mandy dagegenzuhalten. »Und bestimmt könnte ich noch zwei, drei Wochen unbezahlten dazunehmen. In der Sommerflaute ist doch nie viel zu tun.«

»Kommt überhaupt nicht infrage!«, donnerte Jan. »Meine Frau nimmt sich nicht unbezahlten Urlaub, um ein paar Hündchen aufzuziehen, die es gar nicht geben würde, wenn gewisse andere Leute ihre Pflichten nicht vernachlässigt hätten.«

Ich holte Luft, doch Niklas war schneller: »Jan, jetzt komm mal wieder runter. Natürlich war es ein nicht geplanter, unglücklicher Unfall. Aber so wie ich das sehe, freut Mandy sich auf so eine Aufgabe. Was ist denn dabei?«

»Was dabei ist?«, zischte Jan und kam ein paar Schritte näher. »Was. Dabei. Ist? Ich wurde nicht gefragt! Das ist dabei! Das hier ist mein Haus! Und ich lass mir von niemandem vorschreiben, was ich hier tue oder nicht tue. Und die Bastarde von irgendeinem fremden Köter aufzuziehen, gehört ganz bestimmt nicht zu den Dingen, die ich hier tun werde! Auch wenn Mister Superschlau mal wieder den Durchblick zu haben glaubt.«

»Ach, Jan, jetzt lass doch den alten Kram mal beiseite. Ich will doch nur …«

»Schnauze, Niklas Hansen!«, blaffte Jan.

Niklas seufzte und murmelte etwas, von dem ich nur »besser nichts gesagt« verstehen konnte.

»Und jetzt sag ich Ihnen mal was, Carla …«, wandte er sich abrupt an mich.

»Laaara«, unterbrach ich ihn. Ich wusste nicht, was mich ritt. Vielleicht die Konfusion der letzten Stunden. Vielleicht mein schon immer ausgeprägter Gerechtigkeitssinn, dicht gefolgt von angeborener Aufmüpfigkeit bei Bevormundung. Jedenfalls setzte ich hinzu: »So schwer ist das doch gar nicht, *Jens*.«

Au verflixt. Ich konnte seinem Gesicht ansehen, dass es um seine Beherrschung geschehen war. Er wurde rot wie ein Zigarettenanzünder und tat ein paar Schritte auf mich zu.

Mandy und Niklas sprangen auf. Doch ich blieb sitzen.

»Ich sag Ihnen was«, wiederholte Jan, mit ausgestrecktem Zeigefinger, mit dem er auf mich wies. »Keine Ahnung, aus welchem NRW-Loch Sie gekrochen sind. Aber hier auf der Insel geht es anders zu als da, wo Sie herkommen. Ich kenne eine Menge Leute hier, einflussreiche Leute. Wenn ich will, kann ich Ihren dämlichen Hundekindergarten mit einem Fingerschnipsen plattmachen. Niemand wird mehr zu Ihnen kommen. Haben Sie das verstanden?«

»Das können Sie nicht machen«, knurrte ich angriffslustig. »Die Huta gehört mir nicht. Ich bin dort nur Vertretung. Wenn Britt zurückkommt …«

»Glauben Sie mir, ich hab schon ganz andere Sachen gemacht«, zischte er.

»*Das* glaube ich Ihnen aufs Wort«, entgegnete ich drohend. Für einen kurzen Moment zuckte etwas über sein Gesicht, das ein winziger Zweifel hätte sein können. Doch er hatte sich sofort wieder im Griff.

»Sie!«, spuckte er mir entgegen. »Sie werden sich um unseren Hund und die Welpen kümmern! Sobald es damit losgeht, kommt Xena zu Ihnen. Sie regeln das. Und selbstverständlich zahlen Sie auch sämtliche Tierarztkosten und was sonst noch alles an Schaden anfällt. Mir egal, wie Sie das hinkriegen. Aber diese kleinen Bastarde haben hier nichts zu suchen! Ich will keinen von denen je zu sehen kriegen. Verstanden?«

»Aber Jan …«, keuchte Mandy entsetzt. »Du kannst doch Xena nicht für Wochen …«

»Kann ich nicht?«, wandte er sich mit gefährlich leiser Stimme an sie.

Mandys Augen schwammen bereits in Tränen.

»Okay«, sagte ich, stand nun auch auf und hob die Hände. »Okay, okay, schon kapiert. Ich werde mich mit Freude um Xena und die Welpen kümmern. Keine Angst, Mandy, das kriegen wir schon hin. Und in der Huta ist wirklich genug Platz. Ich wette, Britt hat nichts dagegen, wenn du für diese Zeit bei Xena wohnen möchtest.«

Jan ließ ein tiefes Grollen hören. Mandy sah furchtbar erschrocken aus.

»Ach, das ist es auch nicht, was Sie wollen?«, fuhr ich an Jan gewandt fort. »Dabei könnten Sie doch froh sein, wenn Mandy ein paar Wochen einfach weg wäre. Sie hätten freie Bahn, um alles zu tun, was Sie tun möchten.«

Jan und ich starrten uns an wie zwei Gegner im Ring, die abzuschätzen versuchen, wie sie den anderen am besten zu Fall bringen könnten.

»Lara«, meldete sich da Niklas sanft zu Wort. »Ich glaube, wir sollten jetzt besser gehen.«

»Und Mandy und Xena mit diesem riesen Arschloch allein lassen?«, sagte ich.

»Wagen Sie es nicht, mich so zu nennen!«, brüllte Jan.

»Hab ich aber schon!«, schrie ich zurück.

»Lara!«, rief Niklas.

»Raus hier!«, krakelte Jan und fuchtelte so wild mit den Armen, dass er geradezu lächerlich aussah. Doch momentan war mir nicht nach Lachen zumute. »Ist mal Zeit, dass jemand Ihnen sagt, was Sie wirklich sind!«, hörte ich mich selbst keifen, während Niklas nach meinem Arm griff und mich mit sich zur Tür zog. »Ihr Glück, dass Mandy so nett ist, sonst hätte ich schon längst … ich hätte schon längst …«

»Lara!«, raunte Niklas mir eindringlich zu. »Nicht!«

»Verschwindet! Alle beide raus hier!«, brüllte Jan wieder. Mandy war auf der schönen Ledercouch zusammengesunken und hatte ihr Gesicht in ihren Händen vergraben. Xena presste sich zitternd an sie. Und das war das Letzte, was ich von ihnen sah, bevor Niklas mich regelrecht zur Tür hinaus-schleifte. Er bugsierte mich auf den Beifahrersitz des Vans, stieg selbst hinters Lenkrad und fuhr los.

Ich starrte zwei, drei Minuten wie unter Schock vor mich hin. »Oh Scheiße, Niklas«, hauchte ich dann. »Was hab ich getan?«

Er grinste mich schief an. »Ihr Frauen aus dem Ruhrpott habt ja ganz schön Temperament.«

»Die arme Mandy! Oh nein, oh nein, ich hab alles nur schlimmer gemacht für sie.« Ich hielt mir den Kopf. »Und Xena … ach, menno. Ich Idiotin! Vielleicht hätte Mandy ihn doch noch überreden können, dass die Welpen bei ihnen zur Welt kommen dürfen. Aber jetzt.« Ich musste schlucken.

»Hey«, sagte Niklas, nahm eine Hand vom Lenkrad und legte sie kurz auf mein Bein. Aber wirklich nur kurz. »Alles wird gut.«

Der Kloß in meinem Hals wuchs in Sekundenschnelle. Und plötzlich wurde mir klar, was ich mir und nach ihrer Rückkehr natürlich auch Britt durch meine unkontrollierte Reaktion gerade eingebrockt hatte: Es würden nicht nur die täglichen Abläufe in der Huta anstehen, sondern auch die Sorge um eine Hundemutter und ihre sieben Welpen.

Und wenn etwas nicht ganz nach Plan lief? Wenn Xena während der Geburt Probleme bekam? Wenn etwas mit den Welpen nicht stimmte?

Ich schlug, genau wie Mandy gerade, die Hände vors Ge-sicht und begann hemmungslos zu heulen. Dabei wollte ich alles andere als das. Ich wollte stark und wohlüberlegt sein, hätte gerne den Eindruck einer Frau vermittelt, die sich wirk-lich von nichts einfach umwerfen lässt. Wie eine versierte, ge-lassene Tierärztin zum Beispiel. Doch ich konnte nichts dage-gen tun.

Plötzlich brach alles über mich herein. Marcel und Tatjana und ihr bescheuertes Baby. Der Verlust meiner Arbeit, die ich trotz ihres manchmal vielleicht eintönigen Bürocharakters geliebt hatte. Das Gefühl, nirgendwo mehr gebraucht zu werden oder erwünscht zu sein. Die Anstrengungen der letzten Wochen, für Britt eine gute und würdige Vertretung abzugeben. Die Aufregung rund um Xena. Und der Mann, der neben mir saß und keinen blassen Schimmer davon hatte, dass ich … dass ich … ach, ich wusste ja selbst nicht! Ich heulte und heulte und konnte einfach nicht aufhören.

Niklas ließ mich in Ruhe und steuerte den Van ruhig weiter Richtung Huta. Als wir schließlich dort ankamen und er den Zündschlüssel umdrehte, hatte ich mich so weit wieder im Griff, dass ich mein Gesicht mit einem Taschentuch trocknen und den größten Sumpf aus mir herausschnäuzen konnte.

Dann schielte ich zu Niklas hinüber, der ruhig neben mir saß und durch die Frontscheibe hinaus zur Haustür blickte. Gott sei Dank sah er mich nicht an. Denn höchstwahrscheinlich hatte meine Nase Ähnlichkeit mit einer roten Kartoffel, und meine Augen waren derart zugeschwollen, dass ich die Welt um mich herum wie in einem Breitwandkinofilm sah: schmal, breit, mit einem dunklen Balken oben und unten.

Ich hatte keine Ahnung, was ich sagen sollte. Es war lange her, dass ich mich vor jemand fast Fremden so hatte gehen lassen. Und erst recht, wenn dieser fast Fremde mein Herz derart zum Stolpern brachte.

Also hoffte ich, dass Niklas irgendetwas sagen würde. Einfach irgendetwas Bedeutungsloses, hoffentlich irgendwie Nettes. Damit ich aufhören könnte, mir vor lauter Peinlichkeit zu wünschen, im Polster des Autositzes zu versinken.

Niklas holte Luft und sagte tatsächlich etwas. Aber es war alles andere als bedeutungslos. Er sagte: «Ich helfe dir.» Und das waren die drei schönsten Worte, die ich jemals gehört hatte.

31. Kapitel

In den Büchern, die Niklas mir zum Thema Trächtigkeit und Geburt bei Hündinnen ausgeliehen hatte, fand ich viele nützliche Hinweise und Tipps, beispielsweise die Bauanleitung für eine ideale Wurfkiste. Dabei kam es nicht nur darauf an, es der Hündin möglichst bequem zu machen, sondern es gab diverse Dinge zu beachten: Innen musste rundherum eine Leiste angebracht werden, eine Art Abstandhalter – damit die Hündin beim Hinlegen nicht versehentlich einen ihrer Welpen zwischen sich selbst und der Wand einquetschen konnte. In der hohen Umrandung sollte außerdem eine niedrigere Einstiegslücke eingepasst werden – schließlich würde Xenas Gesäuge enorm anschwellen, und wenn sie mit einem Satz über einen hohen Rand springen würde, liefe sie nicht nur Gefahr, eines der Jungen zu verletzen, sondern auch sich selbst.

Ich bildete mir ein, handwerklich begabt zu sein. Doch natürlich hatte ich kein Werkzeug von zu Hause mitgenommen. Niklas half mir gerne aus. Und zwar nicht nur, indem er mir sein Werkzeug lieh, sondern indem er gleich beim Besorgen des benötigten Materials und beim Bau selbst mithalf. Überhaupt schien Niklas seine in den letzten Wochen an den Tag gelegte Distanz mit einem Schlag wieder aufzugeben.

Wahrscheinlich hatte er einfach Mitleid mit einer Frau, die neben ihm fünfzehn Minuten lang sturzbachartig durchgeheult hatte. Und so sahen wir uns plötzlich sehr viel häufiger. Mein Verstand sagte mir zwar, dass das wahrscheinlich nicht gut für mich war, aber trotzdem genoss ich die Zeit mit ihm.

Diese merkwürdige Disharmonie von Verstand und Gefühl erklärte sich natürlich durch die beiden Erkenntnisse, die mir im Untersuchungsraum der Tierarztpraxis gekommen waren.

Zum einen hatte ich endlich kapiert, dass ich, ganz ohne es zu beabsichtigen, gewisse Gefühle für Professor Dr. Klugscheißer-aber-mächtig-attraktiv-Hansen entwickelt hatte. Diese Erkenntnis kam mir jedoch höchst ungelegen, weil mir zum anderen so was von klar geworden war, dass Niklas und Freia ein echtes Dreamteam abgaben. Nicht nur, weil sie so viele gemeinsame Interessen hatten und beide so außerordentlich hilfsbereit waren, sondern auch weil sie beide von hier stammten: von der Insel. Von Usedom.

Sie wussten beide instinktiv, wie der andere tickte. Das Temperament des einen würde wahrscheinlich nie derartig entgleisen, dass der andere ihn aus irgendwelchen Neureichenvillen schleifen müsste. Sie kannten das Leben hier. Und die Menschen. Bestimmt würden sie ein herrliches gemeinsames Leben haben.

Ich hatte also eine Entscheidung getroffen. Und die besagte, dass ich, so gut es eben ging, Abstand zu Niklas halten würde. Ich wollte mich besser nicht noch weiter in diese Gefühle hineinsteigern, denn das würde nur neuen Kummer für mich bedeuten.

Nach Niklas' so überaus liebem Angebot arbeiteten jedoch die Umstände gegen mich. Xenas Trächtigkeit schritt voran. Sie wurde deutlich runder und tobte längst nicht mehr so ausgelassen mit den anderen Vierbeinern durch den Huta-Garten, sondern sah lieber im Liegen dabei zu. Nachdem er Britt von den aktuellen Vorfällen berichtet und es mit ihr abgesprochen hatte, half Niklas mir, den Läufige-Hündinnen-Trakt so umzugestalten, dass dort eine Mutterhündin mit ihrem siebenköpfigen Nachwuchs ein paar Wochen gut untergebracht sein würde. Dabei half natürlich enorm, dass von dort aus eine kleine Seitentür in einen abgetrennten Außenbereich führte, in dem die Kleinen nach Herzenslust würden herumtoben und das schöne Wetter genießen können.

Niklas brachte in seinem Rover eine ganze Ladung welpengerechtes Spielzeug vorbei, und wir hatten jede Menge Spaß dabei, es im Innen- und Außenbereich aufzustellen und zu verteilen. Ja, es kam in diesen gemeinsamen Stunden sogar vor, dass ich mich auf die Ankunft der winzigen Vierbeiner freute.

Seit dem grässlichen Vorfall in dem großen Haus mit dem schmiedeeisernen Tor hatten Mandy und ich bei meiner Xena-Hol-und-bring-Aktion kaum noch ein persönliches Wort gewechselt. Ich hatte zwar den Eindruck, dass sie es gerne würde, doch der BMW lauerte jedes Mal in der Auffahrt. Und obwohl ich Jan nicht zu Gesicht bekam, fiel mir auf, dass die doppelflügelige Tür zum Wohnzimmer immer ein Stückchen offenstand.

Trotzdem berichtete ich Mandy möglichst enthusiastisch von den Vorbereitungen, die ich in der Huta für Xenas vorübergehenden Aufenthalt vorantrieb, und entlockte ihr damit durchaus das eine oder andere Lächeln, auch wenn es schon bald wieder von ihrem üblichen, traurigen Ausdruck abgelöst wurde.

Und so vergingen die erste, die zweite und die dritte Woche nach jenem Tag, an dem Mandy vom Lauf des Schicksals auf vier oder besser acht (wenn man Jasper mitrechnete, der ja auch beteiligt gewesen war) Pfoten erfahren hatte. Mittlerweile gab es in Sachen Vorbereitungen nichts mehr zu erledigen. Wir konnten nur noch abwarten und der Natur ihren Lauf lassen.

Niklas hatte es sich in diesen Wochen zur Angewohnheit gemacht, etwa jeden zweiten Tag vorbeizuschauen. Ich gab mir alle Mühe, mich darüber nicht allzu sehr zu freuen.

»Jetzt sind es nur noch ein paar Tage«, sagte er am Freitag der dritten Woche, als er am Nachmittag mit Pauline vorbeikam und wir gemeinsam Xena betrachteten, die inzwischen rund wie eine goldige Tonne auf vier Beinen war. »Mandy kann anfangen, morgens und abends die Temperatur zu messen. Kurz vor der Geburt sinkt die meistens um ein oder zwei Grad.«

Mittlerweile war der Juli vorangeschritten, hatte Hitze, Sommergewitter und einen nie enden wollenden Strom an weiteren Touristen nach Usedom gebracht. Xena hatte geradezu vorbildlich alle klassischen Trächtigkeitsphasen durchlebt. Seit Ende Juni konnte man an ihrem Bauch hin und wieder die einzelnen Welpen fühlen, wie Mandy entzückt herausgefunden hatte.

Anfang Juli wurde die Hündin immer öfter ruhelos, legte sich an einer Stelle hin, um bald darauf wieder aufzuspringen und eine andere Ruhestelle zu suchen. Ihre Wahl fiel dabei zunehmend auf abgelegene, ruhige Plätze, gerne etwas Höhlenartiges. Ich zeigte ihr in dieser Phase immer wieder die vorbereitete Wurfkiste, die sie dann auch gerne selbstständig aufsuchte. Ein paar Tage lang litt Xena auch unter Appetitmangel, was Mandy und mich erst in Schrecken versetzte, doch Niklas konnte uns beruhigen – Freia hatte versichert, das sei völlig normal. Und heute Mittag hatte ich zum ersten Mal eine milchige Flüssigkeit an ihrem Gesäuge festgestellt. Es würde also wirklich nicht mehr lange dauern, bis ich quasi Retriever-Patentante würde.

»Hast du schon mal überlegt, was du gerne unternehmen möchtest, solange du noch ein wenig Freizeit hast?«, fragte Niklas, als er später mit Pauline wieder am Schleusentor stand.

Das hatte ich tatsächlich. Denn wir hatten bereits mehr als einmal besprochen, dass ich nach der Geburt bis zu Britts Heimkehr wahrscheinlich kaum das Haus würde verlassen können. Tagsüber war ich viel mit den anderen Huta-Hunden beschäftigt, könnte aber immer wieder nach der kleinen Familie schauen. Nachts würde ich bei Xena ein Matratzenlager aufschlagen, denn es war wichtig, dass ich sofort zur Stelle sein konnte, falls mit Mutter und Nachwuchs etwas nicht stimmte. Niklas hatte angeboten, mich bei der Aufsicht zu vertreten, wenn ich die Hol- und Bringfahrten unternahm, Einkäufe oder sonstige Erledigungen zu machen hatte. Doch die meiste Zeit würde ich ans Haus gefesselt sein.

»Hab ich wirklich!«, sagte ich. »Im Kino in Zinnowitz läuft nämlich ein neuer Film mit Rosamund Pike. Genau mein Ding. Und da bin ich auch schon gleich bei einer Frage an dich: Ich bin mir nicht sicher, aber ich glaube, Frau Kuhlenberg hat Tiffany nie allein zu Hause gelassen. Deshalb traue ich mich das ehrlich gesagt auch nicht. Ich glaub, man müsste sie da erst langsam dran gewöhnen, oder?«

Niklas nickte. »Und da möchtest du fragen, ob Pauline und ich das Pudelchen für einen Abend beaufsichtigen könnten? Morgen Abend?«

»Genau.« Mir war in der letzten Zeit schon öfter aufgefallen, dass er immer rasend schnell wusste, worauf ich hinauswollte. Schneller als Marcel es oft gewusst hatte, und das, obwohl Niklas und ich uns doch erst seit etwas mehr als zwei Monaten kannten.

Niklas konsultierte sein Smartphone. Ich fragte mich heimlich, ob darin wohl die tierärztlichen Notdienste eingetragen waren. Wenn ja, würde dort höchstwahrscheinlich stehen: Samstag, Freia Dienst. Denn Niklas sah wieder auf und nickte mir zu. »Kein Problem.«

»Super!«, versuchte ich mich zu freuen. Aber irgendwie hakte es damit ein wenig.

»Gehst du in Begleitung? Mit deiner Freundin Wiebke? Oder sonst irgendwem?«, erkundigte Niklas sich beiläufig, als er bereits die Pforte hinter sich schloss.

»Wiebke ist eher der Actionfilm-Typ. Wenn nicht ordentlich geballert und explodiert wird, langweilt sie sich«, grinste ich. »Nein, ich werd allein gehen. Soll ich Tiffany so um halb sieben zu dir bringen?«

Niklas zögerte einen Moment. Ich hatte den Eindruck, dass es ihm vielleicht nicht recht wäre, wenn ich bei ihm vorbeischauen würde. Und erst jetzt fiel mir ein, dass seine Zusage nicht unbedingt bedeuten musste, dass er den Abend allein verbringen würde. Ein kleiner Pudel würde bei einem womöglich romantischen Treffen mit Freia nicht stören. Ich versuchte, mir von dieser Vorstellung nicht die Vorfreude aufs Kino verhageln zu lassen.

»Nein, ich hol sie lieber ab«, antwortete Niklas da auch schon. Er wandte sich um und ging mit Pauline neben ihm zu seinem Wagen hinüber. Ich sah ihm nach. Seine schlanke Gestalt mit dem lässigen Gang war mir inzwischen so vertraut. Genau wie die Geste, mit der er sich jetzt durch das immer etwas zerzauste Haar strich. Rasch drehte ich mich um und schalt mich selbst eine Idiotin. Schon bald würde meine Zeit hier beendet sein. Und damit wohl auch meine Bekanntschaft mit Niklas. Besser, ich fand mich langsam damit ab.

♥

Am Samstag lud ich Tiffany in den kleinen Hundekorb, den ich im Shop entdeckt und an Britts Fahrrad befestigt hatte, und fuhr mit ihr hinauf nach Karlshagen. Die Fahrradstrecke durch den Wald war wunderschön – auch wenn es nun hier vor Touristen nur so wimmelte. Die kleine Pudelhündin war begeistert, wieder am Strand rennen zu dürfen. Inzwischen wagte ich es auch dann, sie ohne Leine laufen zu lassen, wenn kein anderer Hund mit uns unterwegs war. Sie sprintete durch die ausrollenden Wellen und kläffte begeistert die Möwen an.

Ich hoffte, dass ich Tiffany durch unseren kleinen Ausflug für den Abend in fremder Obhut ausreichend entschädigt hatte, und fuhr uns so rechtzeitig wieder zurück, dass ich noch essen und duschen konnte, ehe ich fürs Kino in ein paar schickere Klamotten als den Huta-Alltagsdress schlüpfen konnte.

Pünktlich um halb sieben rumpelte der Rover den Waldweg entlang. Tiffany und ich warteten bereits vor der Haustür, und einen Moment lang dachte ich an den Morgen, an dem Niklas uns hier abgeholt und mir Otter und Adler gezeigt hatte. Das schien so weit zurückzuliegen. Und doch fühlte es sich nah und so schön an, dass es fast ein wenig wehtat.

Niklas wendete den Wagen, hielt an und stieg aus.

Er sah … anders aus.

Zwar trug er wie immer eine Jeans, aber das eng anliegende T-Shirt und sein lässig sitzendes Jackett waren wirklich schick. Als er auf mich zukam, biss ich mir schnell auf die Lippen, damit keine dumme Bemerkung einfach so herauspurzeln konnte.

Niklas musterte mich kurz, und ich war froh, dass ich mich für die weiße Leinenhose und die hübsche karierte Bluse entschieden hatte, die mir beide ausnehmend gut standen, aber absolut Hundetagesstätten-untauglich waren. Auch Niklas ließ sich nicht zu einer Bemerkung über mein Aussehen hinreißen.

«Bereit?«, fragte er stattdessen mit einem fast verlegen wirkenden Lächeln und hielt mir die Hand hin.

»Ähm …?«, machte ich, sah zu Tiffany, zu ihm, seiner ausgestreckten Hand, zum Auto.

Niklas wirkte plötzlich verunsichert. »Keine gute Idee, zusammen zu gehen?«, fragte er.

Ich blinzelte. »Zusammen? Ja, aber … ich …« Wir sahen beide zu Tiffany hinunter, die immer noch fröhlich um Niklas herumtrippelte.

«Vielleicht wusstest du nicht, dass Hunde auch mit ins Kino dürfen? Zumindest wenn sie sich zu benehmen wissen. Du kannst dich doch benehmen, junge Dame, hm?« Er hockte sich hin, und Tiffany versuchte sofort, ihm über das Gesicht zu schlecken. Niklas alberte mit ihr herum, und ich nutzte die Gelegenheit, um mich von meiner bodenlosen Überraschung zu erholen.

»Ich wette, sie wird ein paar Taschentücher brauchen, wenn es traurig wird. Sie ist es nur gewöhnt, im Fernsehen mit mir Komödien zu gucken«, sagte ich.

Niklas grinste und richtete sich mit Tiffany auf dem Arm wieder auf. »Dann können wir ja nur hoffen, dass der Film ein Happy End hat.« Wir lachten darüber beide so herzlich, als hätte er einen gewaltigen Scherz gemacht.

Mit einem Schlag fantastisch gelaunt, tänzelte ich zum Wagen und sah lächelnd dabei zu, wie Niklas Tiffany auf dem Rücksitz anschnallte.

»Pauline bleibt zu Hause«, erklärte er mir. »Sie hat ganz gerne mal sturmfreie Bude, um selbst eine Party zu geben.«

»Tatsächlich?« Ich staunte.

»Sie räumt danach immer sehr sorgfältig wieder auf«, setzte Niklas hinzu. »Ich muss nur den Wassernapf wieder auffüllen.«

Wir grinsten uns an, und er fuhr los. Mitten hinein in einen wundervollen Abend.

32. Kapitel

Da Marcel und ich nicht gerade einen ähnlichen Filmgeschmack hatten, war ich es durchaus gewöhnt, allein ins Kino zu gehen. Es störte mich nicht, mir den idealen Sitzplatz für mich allein auszusuchen: nicht zu weit hinten, nicht zu weit vorn, lieber etwas links von der Mitte. Ich liebte das ganze Event: Die kinoüblichen Knabbereien, mal Nachos mit eklig künstlicher, aber leckerer Soße, mal Popcorn oder Eis. Die Trailer zu weiteren neuen Filmen. Die bemühte lokale Werbung, die meist eher zu Gelächter einlud. Und es hatte mir nie etwas ausgemacht, das auch ganz für mich allein zu genießen. Doch heute Abend stellte ich fest: Zu zweit war es tatsächlich noch schöner.

Als wir in den Vorraum des Zinnowitzer Kinos traten, war hier schon mächtig was los. Es wimmelte vor Touristen und Einheimischen gleichermaßen. Ich zuckte beinahe zurück, denn nach den letzten zwei Monaten war ich solche Menschenaufläufe einfach nicht mehr gewohnt.

Als wir uns in eine der Schlangen vor den Kassen einreihten, fiel mein Blick auf das Plakat des Filmes, den wir schauen wollten, und ich versuchte, es mit Niklas' Augen zu sehen. Au Mann, das war eindeutig ein *Frauenfilm!* Ob er sich dessen bewusst war? Hoffentlich würde er seinen Entschluss, mir einen einsamen Kinoabend zu ersparen, nicht bereuen.

In diesem Moment sagte Niklas, der meinem Blick gefolgt war: »Kennst du die Hollywood-Verfilmung von *Stolz und Vorurteil,* in der sie die Jane spielt?«

Verblüfft sah ich ihn an. Er zuckte grinsend die Schultern.

»Klar kenn ich die. Und sie ist … umwerfend. Obwohl ich noch mehr für die BBC-Verfilmung mit Colin Firth schwärme.«

»Oh ja«, stimmte Niklas mir zu. »Neben Colin sieht natürlich jede Rosamund Pike blass aus.« Wir lachten.

Der junge Mann an der Kasse war kurz ein wenig verwirrt, als er Tiffany auf meinem Arm sah. Doch eine Mitarbeiterin eine Kasse weiter lächelte mein Pudelchen entzückt an und teilte ihrem Kollegen mit, dass Hunde selbstverständlich in den Kinosälen erlaubt seien. Und schon zogen wir die Blicke aller Umstehenden auf uns.

Niklas ließ mich die Plätze aussuchen, bestand darauf, die Karten zu bezahlen, machte aber keine Zicken, als ich die Rechnung für unsere reiche Auswahl an Snacks beglich. Unsere Sitzplatznummer war ein Partnersitz mit durchgehender Sitzbank, was bei uns in der ersten Sekunde gemeinschaftliche Verlegenheit auslöste. Doch dann stellten wir fest, dass dies die beste Wahl war, wenn man einen Zwergpudel dabeihatte, der gerne zwischen seinen zweibeinigen Begleitern sitzen wollte.

Wir schmausten die Snacks, boten etliche Titel unserer Lieblingsfilme auf, beide in hellem Entzücken darüber, dass wir beinahe alle Favoriten des anderen kannten. War das einmal nicht der Fall, setzte ich seine Titel sofort heimlich auf meine DVD-Wunschliste. Ich fragte mich, ob er das mit meinen wohl auch tat. Und schalt mich, dass ich mich so etwas doch nicht fragen sollte. Aber ich konnte einfach nicht anders. Dieser Abend fühlte sich so sehr wie ein Date an, dass mein entschlossener Vorsatz, mich nicht weiter in meine Gefühle für Niklas hineinzusteigern, immer mehr ins Wanken geriet.

Als das Licht ausging, drehte Tiffany sich auf ihrem Platz zwischen uns ein paarmal im Kreis und ließ sich dann gemütlich nieder. Ich streichelte sie und empfand einen geradezu lächerlichen Stolz darauf, wie selbstverständlich sie eine so ungewohnte Situation hinnahm, solange sie nur ihr vertraute Menschen um sich hatte. Und ich, als ihr momentaner Zweibeiner, fühlte mich selbst auch pudelwohl.

Es gab nur eine Sache, die ein wenig seltsam war: Nach einem besonders spannenden Trailer beugte Niklas sich ein Stückchen zu mir und raunte: »Den würde ich auch gerne sehen. Wie wäre es?«

In mir explodierte eine kleine Freu-Kugel. Doch der Starttermin des Films war leider niederschmetternd.

»Ich fürchte, im Oktober werde ich nicht mehr hier sein, Niklas«, antwortete ich daher.

»Oh«, machte er nur. »Ach ja.« Nichts weiter. Was hätte er dazu auch sonst noch sagen sollen? Ich war die geschäftliche Vertretung seiner Schwester. Und wenn Britt am nächsten Wochenende wieder hier sein würde, war ich nicht mal mehr das. Aber das war nichts, worüber ich an diesem schönen Abend nachdenken wollte. Das nicht. Und noch etwas anderes … denn als Rosamund Pike in ihrer ersten Szene gleich in Großaufnahme zu sehen war, flüsterte ich Niklas zu: «Ist sie nicht atemberaubend schön?«

»Auf jeden Fall. Obwohl …« Niklas zögerte nur kurz, wisperte dann aber: »… ich persönlich kein typischer Blondinen-Fan bin. Mir gefallen an einer Frau braune Haare besser.« Mit einem Schlag war ich mir der dunklen Farbe meiner Haare vollkommen bewusst. Für zwei, drei Sekunden spürte ich eine Welle der Freude über mich hinwegbranden – bis mir einfiel, dass auch Freia braunhaarig war. Und genau ihr hübsches Gesicht war das, was ich heute Abend aus meinen Gedanken eigentlich hatte eliminieren wollen. *Nur heute Abend*, sagte ich mir.

Und es gelang mir tatsächlich. Ich genoss den Film in vollen Zügen. Den Film und meine zwei- und vierbeinige Begleitung.

Natürlich wurde es zwischendurch spannend und traurig und dramatisch – hach, ich liebte das! Und als ich bei einer besonders bewegenden Szene neben mir in Tiffanys Fell greifen wollte, um mich durch Pudelkraulen ein wenig selbst zu beruhigen, spürte ich plötzlich nicht nur Tiffanys kleine, wilde Lockenpracht, sondern auch eine andere Hand.

Unsere warmen Finger berührten sich nur für zwei oder drei Sekunden. Dann zog ich meine Hand zurück. Vorsichtig schielte ich aus dem Augenwinkel zu Niklas hinüber. Doch dessen Gesicht war konzentriert der Leinwand zugewandt. Vielleicht hatte er es gar nicht bemerkt?

♥

Nach dem Film blieben wir beide sitzen, bis der Abspann gelaufen und der Kinosaal so gut wie leer war. Und als wir schließlich draußen im lauen Sommerabend standen, sagte Niklas: »Wie wäre es noch mit einem kleinen Absacker?«

Ich freute mich darüber, dass der Abend noch nicht komplett vorbei sein sollte, und nickte.

»Bier oder Cocktail?«, fragte er.

»Tiffany? Was sagst du?«, erkundigte ich mich bei der kleinen Hündin. Ich setzte sie auf den Boden. Sie lief nach links.

»Das bedeutet Cocktail«, sagte Niklas und deutete die Straße hinunter. »Da vorn gibt's eine Bar.«

Doch anstatt uns in dem überfüllten Lokal, aus dem Touristen bis auf die Strandpromenade herausquollen, einen Stehplatz zu suchen, verschwand Niklas nur kurz darin und kam mit zwei Plastikbechern heraus, in denen es unter den bunten Schirmchen nach viel Crushed-Eis und süffiger Flüssigkeit aussah.

»Für dich mit«, sagte Niklas und hielt mir den Becher mit dem roten Schirm hin. »Und für den Fahrer ohne Alkohol.« Er schwenkte den mit dem grünen.

»Und jetzt?«, fragte ich und sah mich um. »Gehen wir auf die Seebrücke?« Dieses touristische Highlight war mir natürlich vertraut. Inklusive der Tauchgondel, mit der man tagsüber in die Tiefen der Ostsee hinuntergleiten konnte.

»Viel zu voll für meinen Geschmack. Lass uns schauen, ob wir einen offenen Strandkorb finden«, schlug Niklas vor.

Wir bogen von der Promenade ab, liefen durch den Sand und spähten in die vielen abgestellten Strandkörbe.

»Hier!«, rief ich schließlich, als ich einen entdeckte, bei dem das Fußgitter nicht hochgeklappt und mit einem Schloss versehen war. Wir ließen uns hineinplumpsen, und Tiffany sprang mit einem Satz auf meinen Schoß. Mit der einen Hand kraulte ich sie, mit der anderen prostete ich Niklas mit dem Cocktail zu. »Auf einen rundum gelungenen Abend.«

»Auf diesen Abend!«, erwiderte er und sog an seinem Strohhalm.

Ich tat es ihm gleich. Eine Weile saßen wir einfach nur so da, sahen beide aufs Meer hinaus, von wo kleine, schaumgekrönte Wellen aus dem Dunkel heranrollten. Hundert Meter hinter uns auf der Promenade tobte das Nachtleben. Ab und an lief ein eng umschlungenes Pärchen durch unser Blickfeld. Aber im Großen und Ganzen fühlte es sich sonderbarerweise so an, als wären wir allein.

Als mein Strohhalm irgendwann nur noch hohle Schlürfgeräusche von sich gab, begutachtete ich den Becher. »Uiii, schon leer!«, sagte ich. »Und ich merke gerade, dass da ordentlich Krawumm hinter war.«

Niklas schmunzelte. Vielleicht weil mal wieder meine Ruhrschnauze durchgebrochen war. »Zu viel?«

»Wird sich rausstellen«, grinste ich. »Als ich das letzte Mal Alkohol getrunken habe, habe ich etwas ziemlich Verrücktes gemacht.«

Mit schief gelegtem Kopf sah er mich an. »Aber es hat doch auch Schönes mit sich gebracht, oder?«

»Ach, Niklas …«, sagte ich. Und konnte plötzlich nicht weitersprechen, weil meine Kehle wie zugeschnürt war. Weil er so sehr recht hatte. Die Entscheidung, Britt in der Huta zu vertreten, hatte sehr viel Schönes für mich bewirkt. Zum ersten Mal in meinem Leben hatte ich einen Bezug zu Tieren hergestellt, der mich täglich bereicherte. Ich konnte mir ja inzwischen kaum noch vorstellen, wieder ohne Hunde um mich herum zu existieren. Diese Erfahrung hatte mich mitten ins Leben geworfen – sodass ich mir plötzlich wieder Fragen stellte zu den Menschen, die zu den Vierbeinern gehörten. Wie sie lebten, liebten, was sie sich wünschten.

Und letztendlich hatte mein überstürzter Entschluss auch dazu geführt, dass ich in mir ein Gefühl wiederentdeckt hatte, von dem ich bis dato noch gar nicht gemerkt hatte, dass es aus meinen Alltag verschwunden gewesen war. Ja, heute Abend konnte ich es mir selbst eingestehen: Ich hatte mich verliebt. Vollkommen unbeabsichtigt, vollkommen unerwartet, vollkommen hoffnungslos. Und trotzdem nicht ohne Sinn. Denn heute Abend hatte ich gespürt, wie viel lebendiger mein Leben doch sein konnte – *mit* diesem Gefühl.

Niklas hatte mich in meinen Gedanken nicht unterbrochen, doch sein Blick ruhte auf meinem Gesicht. Fragend. Forschend. Und mein Herz begann wild zu klopfen.

«Du siehst aus, als würdest du gerne etwas sagen», mutmaßte er ganz richtig. »Etwas Bestimmtes, von dem du aber nicht weißt, wie du es anfangen sollst.«

Ich musste schlucken. Wie konnte es sein, dass er so in mich hineinsehen konnte? Wo ich selbst es doch so lange nicht hinbekommen hatte.

»Manche Dinge«, begann ich vorsichtig, »manche Dinge lassen sich nicht einfach so … *sagen*, weißt du. Denn sobald man sie ausgesprochen hat, würden sie etwas unweigerlich verändern. So wie es ein Handschlag unter euch bekloppten Insulanern tut.«

Er lachte leise. Doch dann wurde er gleich wieder ernst und wandte sich mir in dem engen Strandkorb ganz zu. »Wäre es dann nicht ganz besonders wichtig, es mitzuteilen?«

Jetzt pochte mein Herz bereits in meiner Kehle. Und für einen Moment dachte ich: *Scheiß drauf, Lara! Scheiß einfach auf alle Vorsätze und Entschlüsse und sorgfältig durchdachten Partnervermittlungsgedanken! Vielleicht will er ja gar nicht unbedingt eine von hier. Vielleicht hat er es sich einfach noch mal überlegt und ist doch schon wieder bereit. Für etwas neues Neues eben. Mit einer vom Festland, aus dem tiefen Westen.*

Und während ich das dachte, schob sich meine Hand, mit der ich gerade noch Tiffany auf meinem Schoß gekrault hatte, hinüber zu Niklas' Hand, die locker auf seinem Bein lag. Genau in dem Augenblick, in dem meine Fingerspitzen seine Haut berührten, ertönte plötzlich eine Stimme vom Wasser her: »Niklas? Niklas Hansen?«

Niklas und ich zuckten beide erschrocken zusammen. In ein paar Metern Entfernung standen Hand in Hand ein Mann und eine Frau in unserem Alter. Die Frau strahlte Niklas an. »Das gibt's ja nicht! Ich hab Bernd gerade von dir erzählt. Also, von uns dreien, damals im Studium. Und dass Freia mir die tolle Praxis hier auf der Insel vor der Nase weggeschnappt hat. Wie geht's dir?«

»Gut!«, antwortete Niklas, nach dem ersten Schreck sichtlich erfreut, seine alte Kommilitonin wiederzusehen. »Mir geht's prima. Die Otter, du weißt ja.«

»Du bist ein Glückspilz!«, rief sie. »Oh, und ich hab meine Manieren zu Hause vergessen. Bernd, das hier ist also Niklas. Und …?« Sie sah mich neugierig an.

»Lara«, antwortete ich rau. Bernd nickte uns freundlich zu.

»Hallo, Lara, ich bin Imke. Wahnsinn, was heute Abend hier los ist, oder? Ich glaube, wir machen uns gleich in Richtung Gnitz auf. Da ist es ruhiger. Wollen wir uns mal wieder treffen, Niklas? Mit Freia zusammen?«

»Gerne. Du hast doch meine Nummer?«, erwiderte er.

»Ich ruf dich an!«, versprach Imke und winkte uns noch einmal zu. »Und grüß Freia, wenn du sie siehst«, rief sie über die Schulter. Dann spazierten ihr Freund und sie Arm in Arm davon.

Ich hatte plötzlich das Gefühl, als hätte ich versehentlich mit offenem Mund etwas Sand eingeatmet, der mir jetzt im Hals klebte.

Niklas räusperte sich. Ich dachte, er würde nun ein paar Erklärungen abgeben. Zu Imke, die er offenbar schon lange kannte. Oder zu ihrer so engen Studenten-Kleeblattfreundschaft. Doch stattdessen fragte er: »Tja, wo waren wir stehengeblieben?«

Ich zerknautschte den Plastikbecher in meiner Hand. »Ach, bei lauter Unsinn«, sagte ich leichthin mit kratziger Stimme. »Vielleicht sollten wir jetzt doch lieber aufbrechen? Pauline ist schon wirklich lange allein und vermisst dich bestimmt. Und Tiffany ist müde.«

Niklas blickte auf die kleine Fellkugel auf meinem Schoß, öffnete den Mund, um etwas zu sagen, schloss ihn wieder. »In Ordnung«, sagte er schließlich. »Ich fahre dich heim.«

Und ich hatte das Gefühl, damit sein Einverständnis zu viel mehr als nur der Heimfahrt zu erhalten. Nämlich seine Zustimmung, gewisse Dinge eben doch besser *nicht* auszusprechen.

33. Kapitel

Ich verbrachte den Sonntag in einem seltsamen Zustand zwischen Euphorie und Niedergeschlagenheit. Wenn ich an den gestrigen Abend im Kino dachte, überwogen meine Freude und ein deutliches Kribbeln irgendwo hinter den Rippenbögen. Doch immer, wenn meine Gedanken zu den letzten Minuten im Strandkorb und der recht schweigsamen Heimfahrt wanderten – was sie unweigerlich taten –, überwog dieses Unwohlsein, das mir zuflüsterte: *Sie kennen sich schon aus Studienzeiten. So lange und so gut, dass eine alte Bekannte ganz selbstverständlich Grüße ausrichten lässt.*

Am Abend kam auch noch ein leises Magenflattern zu dieser ohnehin verwirrenden Gefühlsmischung hinzu. Denn am kommenden Montag, also morgen!, hatte Freia sich zu einem Kontrolltermin in Sachen Xena in der Huta angekündigt. Ich hatte deswegen keine allzu gute Nacht. Und bevor ich morgens zur Holrunde losfuhr, passierte es. In mir brach der Teenager durch: Ich legte allen Ernstes ein wenig Make-up und Wimperntusche auf, wählte die bestaussehende Huta-Klamotten-Kombi, die ich finden konnte, und versuchte mir einzureden, dass all das nichts mit dem heutigen Besuch der Tierärztin zu tun hatte.

Trotz des Aufwands, den ich betrieben hatte, kam ich mir ziemlich durchschnittlich und schäbig vor, als Freia wie vereinbart mittags vor der Pforte stand. Sie trug genau wie ich kurze Hosen und ein T-Shirt. Doch aus ihrer Hose ragten zwei schlanke, aber ansprechend muskulöse, braungebrannte Beine heraus, und die Schlichtheit des weißen T-Shirts brachte ihre natürliche Schönheit nur noch mehr zum Leuchten.

Ihre weich fallenden braunen – ja, sie waren tatsächlich braun, verdammt! – Locken umspielten reizvoll ihr Gesicht, und ihre blauen Augen leuchteten warm unter beneidenswert dichten Wimpern hervor.

»Wie geht's der werdenden Mutter?«, erkundigte sie sich freundlich lächelnd, nachdem wir das Händeschütteln und Floskeln zur Begrüßung hinter uns gebracht hatten.

»Sie meinen, davon abgesehen, dass sie aussieht, als würde sie bald platzen? Ich finde, sie macht einen ruhigen und entspannten Eindruck.«

Als hätte sie gewusst, dass wir über sie sprachen, kam Xena von ihrem momentan bevorzugten Liegeplatz im Wintergarten zu uns heraus und wedelte um Freia herum.

»Sie ist so ein Schatz!«, schwärmte die und knuddelte die Hündin ausgiebig. Was wiederum Tiffany nicht zu gefallen schien, denn sie begann, ausgelassen auf zwei Beinen zu hüpfen, als wollte sie dringend unsere Aufmerksamkeit auf sich ziehen.

»Ah, ja, unser kleiner Problemfall«, lachte Freia und streichelte auch Tiffany, die begeistert war, dass ihr Plan aufging. »Irgendwie steckt der Wattwurm drin in dieser Vermittlungssache. Alle, die zuerst interessiert schienen, konnten sie dann doch aus unterschiedlichsten Gründen nicht nehmen. Wenn ich nicht meine drei absolut hundeunverträglichen Katzen hätte, würde ich sie ja selbst adoptieren. Sie ist doch so ein unkomplizierter Sonnenschein.« Tiffany quietschte enthusiastisch. Freia und ich lachten beide. Und plötzlich spürte ich, ganz gegen meinen Willen, eine gewaltige Sympathiewelle in mir heranrollen. Und das wurde nicht besser, als wir in den Wintergarten gingen und Freia dort Xena sorgfältig untersuchte. Die Art, wie liebevoll sie mit der Hündin umging, war einfach schön anzusehen. Xena verhielt sich ganz ruhig und vertrauensvoll, als sei sie sicher, dass ihr bei Freia nichts Schlimmes geschehen könnte.

Wenn ich in meiner Zeit hier etwas gelernt hatte, dann, dass die Hunde ein untrügliches Gespür dafür hatten, mit wem sie es zu tun bekamen. Ich sah Freia dabei zu, wie sie routiniert und doch sorgfältig alle Untersuchungen durchführte, freundlich heiter mit Xena und Tiffany sprach und sogar noch einen Blick für den einen oder anderen Huta-Hund übrighatte, der seinen Kopf neugierig hereinstreckte.

Und ehe ich noch richtig darüber nachdenken konnte, hatte ich es schon gesagt: »Sie und Niklas haben zusammen studiert, oder?«

Freia hob kurz den Blick von Xena, um mich anzusehen. Doch dann nickte sie und fuhr fort, Xenas Bauch abzutasten. »Stimmt. Ach je, ist das lange her! Kaum zu fassen.« Sie grinste in sich hinein, als würde sie ein paar amüsanten Erinnerungen nachhängen.

»Toll, wenn man den Kontakt zu Menschen, mit denen man sich verbunden fühlt, über viele Jahre halten kann«, hörte ich mich sagen. Himmel, was redete ich da?

»Oh, es ist eher ein Wiederfinden gewesen«, antwortete Freia. »Unsere Studiengänge gingen dann ja doch in andere Richtungen, bei Niklas Biologie, bei mir Tiermedizin, und nach dem Abschluss hat es uns dann alle in verschiedene Himmelsrichtungen zerstreut, wie das immer so ist, wenn man jung ist und die Welt erobern will.«

Ist das so?, dachte ich verwirrt. Ich konnte mich nicht daran erinnern, jemals den Wunsch nach einer Welteroberung verspürt zu haben. Aber vielleicht lag das auch daran, dass Marcel und ich uns so früh kennengelernt und beschlossen hatten, alle Energie in seinen Familienbetrieb zu stecken? O Gott, hätte ich statt meiner Jahre bei PUTZmunter etwa die Welt erobern können?

»Dafür war es aber umso schöner, als wir beide wieder zeitgleich hier auf die Insel gezogen sind. Ich konnte die Praxis übernehmen, und er bekam seinen Forschungsauftrag.

War schon toll, als wir uns zufällig am Tierfutterregal im Zooladen wiedergetroffen haben.« Sie lächelte abwesend. »Tja, das ist jetzt erst drei Jahre her. Aber irgendwie kommt es mir vor, als hätte es gar keine Pause gegeben.«

»Das kann ich mir vorstellen«, sagte ich empathisch. »Er ist ja auch ein wirklich netter Kerl. Könnte mir keinen hilfsbereiteren Menschen vorstellen.«

»Auf jeden Fall!«, stimmte Freia mir zu. »Ich schätze ihn sehr. Er ist der großartigste Freund, den man sich vorstellen kann. Manche Menschen finden Niklas am Anfang etwas distanziert und zu ernsthaft. Aber das liegt wohl nur daran, dass sie seine Geschichte nicht kennen. Ich meine, welcher Zwanzigjährige würde nach dem Unfalltod der Eltern die Sorgepflicht für die zehn Jahre jüngere Schwester übernehmen? Im Studium gab es für ihn einfach keine verbummelten Vorlesungen oder Seminare nach wilden Partynächten. Er wollte sein Pensum schaffen, um möglichst bald Geld verdienen zu können. Und er hat sich immer sehr liebevoll um Britt gekümmert. Ein toller großer Bruder, wirklich! Vor allem, wenn man ihn mit meinen beiden vergleicht.«

Sie lachte, und ich hatte die Chance, mein Gesicht wieder unter Kontrolle zu bekommen, das sich während ihrer letzten Sätze wahrscheinlich zu einer Entsetzens-Grimasse verzogen hatte. Von dem Unfalltod seiner und Britts Eltern hatte ich nichts gewusst. Und auch nicht von den schwierigen Umständen, die ihn schon als jungen Mann begleitet hatten, indem er Sorge für seine kleine Schwester hatte tragen müssen. Ja, im Grunde hatte ich genau das getan, was Freia gerade auch anderen Menschen vorgeworfen hatte, die über Niklas urteilten, ohne die Hintergründe für seine Ernsthaftigkeit zu kennen.

»Was Britt erzählt hat, hat er sie ja auch unterstützt, als sie die Huta aufgebaut hat«, stammelte ich etwas kopflos.

Freia schien gar nicht aufzufallen, wie aufgelöst ich war. »Und wie! Und das, obwohl er ja selbst gerade dabei war, seinen neuen Job anzutreten und sich hier etwas aufzubauen. Keine Ahnung, wie er es geschafft hat, dann auch noch auf seinem Forschungsgebiet so ein Ass zu werden«, setzte sie kopfschüttelnd die Lobeshymne auf Niklas fort. »Er sieht Dinge, die andere einfach links liegenlassen würden.«

»Ich glaube, das gilt für ihn auch im Umgang mit Menschen«, sagte ich vorsichtig und stellte fest, dass ich es ganz ehrlich meinte.

»Ganz sicher«, nickte Freia. »Er hat ein unglaubliches Feingefühl dafür, wie es anderen geht. Und dabei ist er aber nie aufdringlich oder neugierig. Er gibt einem einfach das Gefühl, dass er versteht.«

»Und er sieht ziemlich gut aus«, rutschte es mir heraus.

Diesmal hob Freia etwas länger den Kopf, und der Blick aus ihren großen blauen Augen wirkte ein wenig verwundert. Auch ihre Stimme klang so, als sie sich dann abschließend Xena zuwandte und murmelte: »Ja. Ja, das stimmt. Er sieht wirklich gut aus.« Sie ließ ihre Hand noch einmal über Xenas Rücken gleiten und tätschelte ihr sanft den Po. »Alles wunderbar mit ihr«, sagte sie. »Ich rechne morgen, eher übermorgen mit dem großen Ereignis. Sie haben ja meine Nummer?« Ich nickte.

Während ich Freia hinausbegleitete, sah die hübsche Tierärztin ausgesprochen nachdenklich aus. Und ich hätte schwören können, dass dies nichts mit der trächtigen Hündin zu tun hatte. In mir stieg eine ungute Ahnung herauf. Bei allem, was Freia über Niklas gesagt hatte, hatte nie Verliebtheit oder etwas Schwärmerisches durchgeklungen, sondern ausschließlich eine menschliche Begeisterung. Dann war ich gekommen und hatte mit diesem einen kleinen Einwurf den Fokus in eine Richtung gelenkt, in die Freia selbst womöglich noch gar nicht gedacht hatte.

Und das war der Moment, in dem ich mich mal wieder hätte ohrfeigen können.

34. Kapitel

Mit Mandy hatte ich vereinbart, dass Xena vom heutigen Tag an komplett in der Huta bleiben würde.

Sie hatte tapfer dazu genickt, als ich ihr erklärte, dass Niklas dringend dazu geraten hatte, auch Besuche von ihr in der Zeit vor der Geburt zu vermeiden. Xena würde danach natürlich mit ihr gehen wollen, und es würde sie verstören, wenn ihr Frauchen sie zurücklassen würde.

Und so hatte ich am Abend nun zwei Hundemädchen neben mir sitzen, als ich mir mein Essen zubereitete und mich damit vor dem Fernseher niederließ. Es gab einen Krimi (zu spannend für Tiffany), eine Sendung zur Vermittlung ausgesetzter Hunde- und Katzenwelpen (ungute Vibes für Xena) und eine dramatische Liebesgeschichte (für die ich mich heute nicht gewappnet fühlte). Letztendlich landeten wir bei einer Naturdoku über die Flora und Fauna in den Alpen. Das hielt ich für ungefährlich für uns alle drei. Und doch konnte ich es nicht vermeiden, bei den vielen Wildtieraufnahmen hin und wieder daran zu denken, wie Niklas diese Bilder wohl finden würde. Interessierten sich Biologen überhaupt für solche populärwissenschaftlichen Filme?

Ich trug Teller und Besteck in den offenen Küchenbereich hinüber und spülte alles sofort ab. Von hier aus betrachtete ich weiter das Geschehen auf dem Flachbildschirm. Tiffany schlief entspannt auf dem Sofa. Und Xena saß hechelnd davor. Moment mal! Hechelnd? Ich musterte Xena genauer.

Seit gestern machte der Ostseesommer eine kleine Pause. Es hatte sich deutlich abgekühlt und regnete hin und wieder.

Die herrschenden Temperaturen konnten also kein Grund dafür sein, warum Xena hechelte.

Ich ging um die Theke herum und setzte mich zu ihr, mit der Hand auf ihrer Flanke. Konnte es sein, dass die sensible Hündin durch den ungewohnten Aufenthalt hier in der Wohnung über der Huta so viel Stress empfand, dass sie deswegen ein bisschen in Panik geriet?

Doch da spürte ich es: Ein Zittern durchlief ihren Körper. Angefangen bei ihren Hinterbeinen bis nach vorn zum Brustkorb. Oh mein Gott! Es ging los! Aber ... aber Freia hatte doch gesagt frühestens morgen, eher übermorgen.

Lara, sagte ich mir selbst, *jetzt nicht die Nerven verlieren! Mach alles so, wie du es mit Niklas besprochen hast!*

Mit aller Ruhe, zu der ich fähig war, nahm ich mein Handy vom Couchtisch, steckte es in die hintere Jeanstasche und stand möglichst gelassen auf. «Dann komm mal mit, mein Mädchen», sagte ich leise zu Xena. Sie schaute mich aus großen braunen Augen ein wenig ängstlich an. Ich legte die Hand an ihre Seite und forderte sie wieder auf, mir zu folgen. Diesmal gehorchte sie und lief beinahe ein wenig hektisch zur Treppe. Ich wollte sie stoppen, doch sie war schon unten angekommen und durchquerte eilig den Huta-Bereich. Als ich sie ein paar Sekunden später erreichte, stand sie fiepend vor der Tür und wollte hinaus. Ich ließ sie in den Garten und beobachtete sie genau. Sie lief unruhig herum, machte zweimal Pipi, wollte sich unter das Vordach legen, stand wieder auf und warf mir einen hilfesuchenden Blick zu.

»Komm mit, Xenilein«, sagte ich leise und wies ihr den Weg in den Früher-läufige-Hündinnen-heute-gebärende-Hündinnen-Trakt und in die Wurfkiste, mit der Niklas und ich sie bereits vertraut gemacht hatten. Sie stieg bereitwillig hinein und legte sich schnaufend hin, offenbar erleichtert, einen ruhigen Ort gefunden zu haben.

Wieder lief ein Zittern durch ihren ganzen Körper. Ich zog das Handy heraus und wählte Niklas' Nummer.

»So was!«, sagte er. »Ich hab gerade an dich gedacht.«

Und ehe ich noch denken konnte, dass es für ihn vielleicht sonderbar sein mochte, dass ich ihn anrief, während er *ausnahmsweise* mal an mich dachte, während ich eigentlich *unentwegt* an ihn dachte, rief ich: »Es geht los!«

Niklas zögerte nicht. »Wo seid ihr jetzt?«

»Xena in der Wurfkiste. Ich davor«, erstattete ich Bericht.

»Ich komme! Bleib du bei Xena, ich hab ja einen Ersatzschlüssel«, sagte er und legte schon auf.

Ich strich Xena beruhigend übers Fell, stand vorsichtig auf, ging zur Vordertür, öffnete sie einen Spalt und ging möglichst schnell, aber ohne Hektik zu verbreiten, wieder zu Xena zurück.

Kaum zehn Minuten später, die mir aber wie eine kleine Ewigkeit vorkamen, hörte ich die Tür gehen und Niklas' ruhige Stimme. Mir fiel ein ganzer Felsbrocken vom Herzen. Ich war nicht mehr allein!

Niklas betrat leise den Raum und kam zu uns herüber. Über uns in der Wohnung hörte ich Pfotengetrappel auf dem Dielenboden.

»Ich habe Pauline nach oben geschickt«, erklärte er. »Dann können Tiffany und sie sich einen schönen Abend vor dem Fernseher machen.«

Ich lächelte ihn nervös an.

Niklas setzte sich neben mir auf den Boden vor die Wurfkiste, wo ich bereits vorsorglich ein paar Kissen drapiert hatte. Xena klopfte heftig mit dem Schwanz, zögerte mit dem Aufstehen, kam dann doch aus der Box heraus, um Niklas zu begrüßen, und wollte schließlich wieder hinaus in den Garten.

»Sie war gerade doch schon draußen«, sagte ich unsicher.

»Lass sie ruhig. Bei Hündinnen ist es ganz ähnlich wie bei Menschen auch. Die ersten Wehen machen unruhig. Aber ein bisschen Bewegung kann nicht schaden, bis es dann zur Austreibphase kommt«, beruhigte er mich.

Wir sahen also zu, wie Xena durch den Garten mal trabte, mal schlich, sich zum Pipimachen hinhockte, gleich wieder weiterlief und dann erneut zu uns zurückkam.

»Na also, ab ins Kistchen«, murmelte Niklas.

Dann geschah eine Weile nichts Neues. Ab und zu lief eine Welle durch Xenas Körper. Doch sie wimmerte oder fiepte nicht.

»Sie ist unglaublich tapfer, oder?«, wollte ich von Niklas wissen.

»Bestimmt«, antwortete er. »Aber Hunde ertragen generell Schmerzen sehr viel tapferer als wir, die wir immer gleich klagen und jammern. In freier Wildbahn würde Xena mit Geräuschen nur eventuelle andere Raubtiere auf sich aufmerksam machen. Deswegen quietschen Hunde meistens nur bei spontanem Schmerz kurz auf.« Er legte seine Hand an Xenas Bauch und spürte der nächsten Welle nach. Dann sah er auf die Uhr.

»Die Abstände werde kürzer. Ich denke, es wird gleich losgehen.«

Schlagartig wurde meine Kehle staubtrocken. »Dann mach ich mal ein bisschen Wasser warm«, krächzte ich und ging hinüber zu dem kleinen Tisch mit dem Wasserkocher, auf dem ich auch etliche saubere Tücher bereitgelegt hatte.

Ich war noch nie bei einer Geburt dabei gewesen. Weder bei der eines Menschen noch der eines Tieres. Natürlich hatte ich jetzt ein paar Wochen lang die Möglichkeit gehabt, mich mit diesem Gedanken anzufreunden. Doch die bloße Vorstellung davon war eben doch etwas anderes als die Situation, in der es nun wirklich so weit war.

Xena hechelte mit weit offenem Fang und sah mich hilfesuchend an. Ich wünschte, ich hätte ihr die Lage irgendwie erklären können.

»So«, machte Niklas und betrachtete mich lächelnd. »Jetzt setz dich erst mal wieder hier hin und atme tief durch. Du siehst aus, als würdest du gleich in Ohnmacht fallen.«

Ich tat, was er gesagt hatte, und stellte fest, wie unendlich gut es tat, dass er bei mir war. Alle meine verrückten Gedanken und Gefühle zu unpassenden Verliebtheiten machten Pause. Stattdessen ließ ich mich einfach in diese ruhige, warme Stimme und seine gelassene Präsenz fallen und spürte, wie der angehaltene Atem aus mir herausströmte.

»Besser?«, fragte er lächelnd.

Ich lächelte zurück. Diesmal schon zuversichtlicher. In diesem Moment gab Xena einen leisen, hohen Fieper von sich und krümmte sich ein wenig zusammen. Sie begann, sich zwischen den Hinterläufen zu lecken. Und dann sah ich es: Aus ihrer Scheide ragte so etwas wie ein kleiner, durchsichtiger Ballon heraus. Und unter der prall gespannten Membran war ein winziges Gesicht zu erkennen. Doch es regte sich nicht.

»O Gott, es ist doch nicht …?«, stammelte ich erschrocken.

«Scht, alles in bester Ordnung«, raunte Niklas und sprach dann Xena gut zu: »Du machst das ganz wunderbar, Maus! Noch einmal pressen, dann ist der erste bei uns. Das schaffst du, meine Kleine.«

Für einen Augenblick tat er mir beinahe leid, weil er sich hier nicht nur um die werdende Mutter, sondern auch um eine hypernervöse Hundesitterin-in-Vertretung kümmern musste. Ich nahm mir fest vor, mich ab sofort zusammenzureißen. Wenn Niklas es schaffte, Xena eine Hilfe bei ihrer schwierigen Aufgabe zu sein, dann würde ich es auch versuchen.

Xena presste noch einmal stark, und mit erstaunlich wenig rötlich-schleimiger Flüssigkeit schlüpfte der erste ihrer Welpen auf die saubere Unterlage. Sofort beschnupperte Xena ihn, leckte und begann instinktsicher, die feste Haut aufzuknabbern. Der winzige Neuankömmling öffnete sein noch winzigeres Mäulchen, rollte die Minimini-Zunge aus und schien einmal herzhaft zu gähnen. Dann fiepte er lautstark und paddelte energisch mit allen vier Miniatur-Pfötchen.

Der Kloß in meinem Hals löste sich schlagartig, und ich stellte verwirrt fest, dass mir eine Träne die Wange hinunterrann. Niklas sah mich kurz an. In seinen Augen lag etwas, das mir die Beine weggezogen hätte, hätte ich in diesem Moment gestanden. Er sah so unendlich zärtlich und liebevoll aus. Um nicht komplett in Tränen auszubrechen, sah ich schnell wieder zu Xena. Die schleckte ein paarmal herzhaft über den ganzen Körper ihres Babys. Niklas ließ sie gewähren, während der Welpe sich mit widerspenstigem Piepsen gegen diese Behandlung zur Wehr zu setzen versuchte.

»Sie regt damit seine Durchblutung an. Wahrscheinlich wird er gleich feststellen, dass er mächtigen Hunger hat«, flüsterte Niklas mir zu.

»Er sieht so dunkel aus. Ist er schwarz?«, wisperte ich zurück.

Niklas schüttelte den Kopf. »Nur noch nass. Wenn er trocknet, sehen wir, welche Farbe er hat.« Er streckte die Hand aus und berührte zuerst Xenas Wange, ihren Hals und ließ dann seine Hand weitergleiten zu dem Hundebaby. Xena beobachtete das, tat aber nichts, was gezeigt hätte, dass sie ihren Nachwuchs verteidigen wollte.

Vorsichtig fasste Niklas den Welpen mit beiden Händen und legte ihn schnell auf die bereitstehende und mit einem weichen Tuch gepolsterte Küchenwaage. Ich griff nach Stift und Papier und schrieb eine Eins und die genaue Uhrzeit auf.

»Wow!«, machte Niklas. »Kein Wunder, dass du so pummelig geworden bist, Xena. Das ist ja ein ganz schöner Brummer.« Ich schrieb die Grammzahl auf, die er mir nannte. Und dann drehte Niklas den Welpen einmal kurz auf den Rücken. Das kleine Tierchen tat seine Empörung darüber lautstark kund. Xena reckte den Hals, um beunruhigt an ihm zu schnuppern.

»Da hast du sie wieder«, sagte Niklas auch schon und legte das Hundebaby zurück an ihren Bauch. An mich gewandt grinste er: »Hätte ich mir ja denken können, dass dieser kleine Schreihals ein Mädchen ist.«

Ich grinste zurück und schrieb: *weiblich.*

Dann hieß es wieder warten. Aber währenddessen konnten wir beobachten, wie das kurze Fell des kleinen Hündchens allmählich trocknete und einen hellen Cremeton annahm. Ganz ähnlich wie Xenas Fell auch. Niklas band eines der von Inken liebevoll gehäkelten, farbigen Bänder um den Hals der winzigen Hündin, die sich bereits an eine von Xenas Zitzen angedockt hatte und engagiert die erste Milch ihres hoffentlich langen und glücklichen Lebens nuckelte. Und ich notierte hinter der Eins: *ROT.*

Falls die Jungen sich alle sehr ähnlich sehen würden, könnten wir sie anhand dieser Bänder später auseinanderhalten und ihre Gewichtszunahme und sonstigen Entwicklungen protokollieren. Die Bändchen waren aus dünner Wolle gehäkelt, und Niklas hatte nur einen einfachen Knoten gebunden – damit es nicht zu einer Strangulierung kommen konnte.

Es dauerte beinahe zwanzig Minuten, bis Xena sich erneut zusammenkrümmte und der nächste Welpe auf die Welt flutschte. Niklas verfuhr wieder genauso wie bei der ersten kleinen Hündin, ließ Xena die Gelegenheit, sich erst einmal selbst um das Kleine zu kümmern, es sauber zu schlecken und ausführlich zu beschnuppern. Dann wog er auch dieses und drehte es auf den Rücken.

»Ein Junge«, stellte er fest und legt den winzigen Rüden an eine der Zitzen. Das Köpfchen pendelte ein wenig hin und her, aber dann fand die kleine Schnute, was sie suchte, und nuckelte los.

Mein Handy klingelte. Ich sah aufs Display.

»Mandy«, sagte ich.

»Geh nicht dran«, erwiderte Niklas.

Ich wischte über das Display und hielt es mir ans Ohr. Niklas seufzte leise.

»Ich dachte, ich ruf mal an und höre, wie es Xena geht«, sagte Mandy ein wenig unsicher.

»Momentan vielleicht nicht ganz so entspannt«, sagte ich und hörte meiner Stimme selbst den fröhlich-hysterischen Unterton an.

»Aber die ersten beiden Babys hauen schon kräftig rein.«

»Was?«, kreischte Mandy in einer Mischung aus Schrecken und Entzücken.

»Ja, es ging vor zwei Stunden etwa los«, erzählte ich schnell. »Und bisher haben es eine Hündin und ein Rüde geschafft. Xena macht es so toll!«

Für ein paar Sekunden war es still in der Leitung. Dann murmelte Mandy: »Jan ist über Nacht auf einer Geschäftsreise.«

Ich sah Niklas fragend an. Er schüttelte vehement den Kopf. Wir hatten im Vorfeld darüber gesprochen und waren uns einig gewesen, dass Mandy womöglich viel zu aufgeregt sein und Xena nur nervös machen würde. Das war aber gewesen, bevor ich selbst erlebt hatte, wie zwei kleine Lebewesen vor meinen Augen in die Welt gepurzelt waren. Mandy liebte Xena von Herzen – sollte sie etwa auf dieses einmalige und grandiose Erlebnis verzichten, obwohl sie die Gelegenheit dazu hätte?

»Setz dich doch ins Auto und komm her«, schlug ich ihr vor.

Niklas verdrehte die Augen. Ich konnte aber erkennen, dass er sich ein Grinsen verkniff.

»Mein Wagen ist in der Werkstatt. Ich könnte das Fahrrad nehmen«, überlegte Mandy atemlos.

»Wenn du die Zeltplatzstraße nimmst, könntest du in zwanzig bis dreißig Minuten hier sein«, sagte ich.

»Störe ich auch nicht?« Ihre Stimme zitterte ein wenig.

»Na los doch!«, ermunterte ich sie.

»Bis gleich!«, lachte Mandy und legte auf.

Niklas warf mir einen Blick zu, den ich schwer deuten konnte. »Hoffentlich bereuen wir deinen Einsatz für Frauchen nicht«, brummte er. Doch seine Augen, seine schönen grünen Augen, sagten etwas anderes. Aber was?

»Dafür übernehme ich die volle Verantwortung«, versprach ich ihm.

Und ich sollte von Mandy nicht enttäuscht werden. Sie traf gerade rechtzeitig zur Ankunft des dritten Welpen, wieder ein Rüde, ein. Staunend und mit feuchten Augen saß sie nah an der Wurfkiste bei Xenas Kopf und sprach ab und zu mit ruhiger, aufmunternder Stimme zu ihr.

Xena wirkte seit dem Erscheinen ihres geliebten Frauchens um einiges entspannter. Immer wieder beschnupperte sie ihre Welpen, stupste sie sanft an oder leckte ihnen über das Fell, das bei den ersten beiden cremefarben und beim dritten dunkelbraun mit einem hellen Latz war.

Nach dem vierten Welpen, einer dunklen Hündin, legte Xena eine längere Pause ein. Doch sie schien ruhig und musste sich offenbar nur von den bisherigen Strapazen ein bisschen erholen. Sie mit Niklas und Mandy in besten Händen wissend, ging ich hinauf in die Wohnung, wo ich Tiffany und Pauline friedlich nebeneinander auf dem Sofa liegend fand. Ich kochte Tee und klemmte mir noch eine Flasche Wasser unter den Arm.

Als ich wieder hinuntergehen wollte, fiel mein Blick aus dem Fenster über die verglaste Dachterrasse in den Kiefernwald hinein. Durch die Stämme schimmerte das rötlichwarme Licht der untergehenden Sonne und zauberte herrliche Schattenspiele in die Kronen und auf den Boden.

Es war ein Abend, wie er nur hier, am Meer, auf dieser wunderschönen Insel stattfinden konnte, und mein Herz war von den Ereignissen unten in der Huta so voll, dass ich einen Moment andächtig dastand und den Anblick genoss.

Danke, dachte ich, an niemand bestimmten gerichtet. *Danke, dass ich das hier erleben darf! Dieser Ort. Diese Zeit. Dieses tolle*

Erlebnis. Und danke, dass alles mit Xena und den Welpen so glatt läuft!

Dann wandte ich mich um und stieg die Stufen hinunter. Noch nicht ahnend, dass dieser selige Frieden keine zwei Stunden mehr anhalten würde.

35. Kapitel

Es begann damit, dass Xena immer wieder einzuschlafen schien.

Zwei Stunden später waren zwei weitere Welpen auf der Welt, zwei kleine Rüden. Doch Xena machte keinerlei Anstalten, den Geburtsvorgang fortzusetzen. Sie wirkte vollkommen erschöpft und legte immer wieder den Kopf auf die Pfoten. Ihre Augen wirkten glasig.

»Vielleicht braucht sie noch mal eine Pause?«, mutmaßte ich.

»Oder es sind doch nur sechs?«, sagte Mandy. »Ich habe gelesen, dass die Zahl, die beim Ultraschall gezählt wird, nicht unbedingt stimmen muss.«

Doch Niklas' Stirn hatte sich in besorgte Falten gelegt, und sein beruhigendes Lächeln zu unseren Vorschlägen schien eher unseren Nerven zu gelten, als seiner Überzeugung geschuldet zu sein. Eine Viertelstunde später krümmte Xena sich erneut zusammen, wimmerte leise. Doch dann streckte sie sich wieder aus und versuchte, die Augen zu schließen. Ihre Lider flackerten.

Niklas lächelte uns entschuldigend zu, stand auf und verließ den Raum. Ich konnte draußen im Flur seine Stimme hören. Und mir war klar, was das bedeutete.

»Freia kommt kurz vorbei«, sagte er, als er sich wieder bei uns niederließ. »Einfach zur Sicherheit.«

Mandy nickte erleichtert. Ich war jedoch sicher, dass Niklas wahrscheinlich einen konkreten Verdacht hatte, was mit Xena los sein könnte, den er uns aber nicht anvertrauen wollte, um uns nicht zu beunruhigen.

Es dauerte eine ganze halbe Stunde, ehe Freia ankam. Bis dahin hatte Xena sich mehrmals gekrümmt oder umdrehen wollen, sie hatte wieder begonnen, stark zu hecheln, wirkte aber gleichzeitig fast apathisch.

Meine Nerven lagen mittlerweile blank. Niklas sah auch extrem beunruhigt aus. Und Mandy kämpfte permanent mit den Tränen, hielt sich aber tapfer, um Xena zu unterstützen.

Als Freia hereinstürzte, brachte sie einen Schwall frischer Luft mit und einen Arztkoffer, der so gewaltig war, dass er mir Angst machte. Mit schnellen, routinierten Bewegungen untersuchte die Tierärztin Xena. Dann nickte sie Niklas zu.

»Wir machen einen Versuch«, sagte sie entschlossen und band ihre braunen Locken energisch zu einem praktischen Zopf zusammen. »Aber wenn es nicht klappt, müssen wir sie sofort mit den Kleinen in deinen Wagen laden und in die Praxis bringen. Dann mache ich einen Kaiserschnitt, um den letzten Welpen aus dem Geburtskanal zu holen. Hoffentlich ist es nicht schon ...« Niklas warf ihr einen raschen Blick zu, und sie brach sofort ab.

Mandy schnappte nach Luft. »O Gott. Ist Xena etwa in Gefahr? Sie wird doch nicht ...?«

Freia reagierte gar nicht, sondern rollte bereits die Ärmel ihrer Bluse auf. Doch Niklas sah Mandy an. Seine Augen blickten ernst. »Es ist eine kritische Situation. Aber Freia hat das schon viele Male hinbekommen. Wir tun unser Bestes, okay?« Mandy wurde kreidebleich und nickte mechanisch.

Ich stand auf. »Können wir etwas helfen?« Meine Hände waren schweißnass.

»Vielleicht könntet ihr oben mal nach dem Rechten sehen?«, schlug Niklas vor. Es war deutlich, dass er Mandy gern ersparen würde, in den nächsten Minuten dabei zu sein. »Pauline und Tiffany müssen bestimmt mal raus und ...«

»Ich lass Xena nicht allein! Ihr habt selbst gesagt, es geht ihr besser, wenn ich da bin!«, unterbrach ihn Mandy, leichenblass, aber entschlossen. Niklas blickte sie kurz prüfend an, dann nickte er zustimmend.

»Aber wir sollten Platz machen«, schlug ich vor, nahm Mandy am Arm und zog sie ein Stück von der Wurfkiste fort.

Freia kramte in ihrem Koffer, zog ein paar Instrumente heraus und zwei Paar eingeschweißte Gummihandschuhe, die Niklas und sie überzogen. Ich war wirklich froh, dass ich von unserem Platz aus nicht so viel von dem sehen konnte, was dort geschah. Es reichte mir schon, dass ich alles mithörte.

Mandy zitterte am ganzen Körper und umklammerte meine Hand so fest, dass es wehtat. Und während wir hier standen und dabei zusahen, wie Niklas und Freia versuchten, Xena und den letzten ihrer sieben Welpen zu retten, verschob sich plötzlich meine Wahrnehmung. Ich sah nicht mehr nur die gefährliche Situation für ein Lebewesen, das mir so sehr ans Herz gewachsen war. Ich sah auch zwei Menschen, die besser nicht hätten harmonieren können. Jeder Handgriff, den die beiden taten, saß. Sie murmelten nur leise miteinander. Manchmal war es nur ein einziges Wort. Doch sie schienen einander vollkommen zu verstehen. Ich musste schlucken.

Da sagte Freia gepresst und wahrscheinlich viel lauter als gewollt: »Ich schaff es nicht!«

Mandy schluchzte auf. Doch Niklas antwortete mit fester Stimme: »Du schaffst es, Freia. Komm schon. Gib nicht auf!«

Und mein Herz drohte schier zu zerreißen.

Freia schüttelte noch einmal den Kopf. Doch dann erstarrte sie plötzlich. Sie keuchte. »Ich hab ihn! Na komm, Kleiner. Komm her. Wir alle warten auf dich!«

Niklas massierte Xenas Bauch. Und dann …

«Da ist er«, flüsterte Freia und griff nach einem der Tücher. Behutsam hantierte sie mit dem kleinen Etwas in ihrer Hand und zerriss die Haut, die sich noch über das Gesichtchen gelegt hatte.

»Lebt er?«, fragte Niklas leise.

Mandys Druck auf meine Hand verstärkte sich noch, und diesmal drückte ich ebenso zurück. Wir klammerten uns geradezu aneinander. Eine Sekunde. Zwei Sekunden. Drei …

«Er lebt!«, strahlte Freia da über ihre Schulter zu uns. »Oder besser *sie*. Es ist eine kleine Hündin.«

Mandy und ich stürzten beide hin. Und tatsächlich, da war ein winziges Hündchen. Deutlich kleiner als seine Geschwister lag es in Freias Hand. Freia hielt die Hündin Xena vor die Nase, die an ihr kurz schnupperte, ein paarmal müde mit der Zunge über den kleinen Körper fuhr und dann den Kopf erschöpft wieder sinken ließ.

»Nimm sie mal kurz«, bat Freia Niklas. Doch der war gerade mit den Handschuhen beschäftigt. Und da Mandy nur Augen für Xena hatte, an deren Kopf sie kniete und ihr mit leiser Stimme etwas Liebevolles zuraunte, streckte ich die Hände aus. Freia legte den Welpen hinein. Die Kleine war weich und nass und schien längst nicht so agil wie ihre Geschwisterchen. Sie bewegte sich nur langsam.

»Rubbeln Sie sie ein bisschen mit einem der Tücher ab. Ihr Kreislauf muss in Gang kommen. Sie hat da ziemlich lange festgesteckt«, sagte Freia und wischte sich mit dem Ellenbogen ein paar Strähnen aus dem erhitzten Gesicht. Sie sah atemberaubend schön und glücklich aus.

Und ich? Griff nach einem Stück Stoff, massierte damit vorsichtig diesen kleinen Bauch und Rücken, das winzige Mäulchen, aus dem ich ein wenig Schleim tupfte. Die Hündin öffnete die Schnauze weit. Ich konnte die rosa Zunge und den mini Rachen sehen. Und dann gab sie ein leises Fiepen von sich und begann die Beine zu bewegen.

Der Ton und ihr hilfloses Pfotenzappeln trafen mich mitten in mein unvorbereitetes Herz. Ich hätte es wirklich nicht geglaubt, aber ich war augenblicklich bereit, dieses kleine Wesen bis aufs Blut zu verteidigen, zu beschützen, zu lieben.

Ich strich so lange mit dem weichen Tuch über den Körper, bis er fast trocken war und ihr Fell hellgolden glänzte. Dann legte ich die Hündin zu ihren Geschwistern, die inzwischen alle schliefen. Diese Kleine aber mühte sich ab, um an eine Zitze zu gelangen. Ich half ihr dabei und konnte spüren, wie sich plötzlich die winzigen Hinterbeinchen emsig gegen meine Hand stemmten.

Freia ging hinüber ins Badezimmer, um sich die Hände gründlich zu waschen.

»Das ist eine echte Kämpferin«, sagte Niklas leise zu mir, während Mandy immer noch mit Xena säuselte. »Sie würde gut zu dir passen.«

Und ich wusste nicht, was ich antworten sollte.

♥

Da Freia keinen offiziellen Dienst hatte, wollte sie noch bleiben, um sicherzugehen, dass auch wirklich alles okay war mit Xena und den Welpen. Sie trank einen Tee und wirkte berechtigterweise äußerst zufrieden mit sich.

Mandy überschlug sich beinahe vor Dankbarkeit. Vor lauter Erleichterung, dass durch Freias Einsatz doch alles gut gegangen war, war sie vollkommen aufgelöst.

»Kann ich heute Nacht hierbleiben?«, bat sie mich inständig.

»Ich könnte kurz nach Hause düsen, ein paar Sachen für die Nacht holen und es mir dann hier gemütlich machen.«

Ich musste lachen. »Dann wird es hier heute Nacht ziemlich eng. Ich wollte auch hier unten übernachten.«

»Toll!«, freute sich Mandy und sprang auf.

»Willst du Mandy nicht kurz mit dem Auto fahren?«, schlug Niklas vor. »Freia und ich sind ja hier und passen auf.«

»Natürlich«, antwortete ich schnell, und an Mandy gewandt: »Na, dann komm.«

Als wir den Raum verließen, warf ich noch einen Blick zurück, zu Niklas und Freia, die einträchtig nebeneinander auf den Kissen vor der Wurfkiste saßen. Eine leise Verwunderung machte sich in mir breit. Denn ich hätte nie geglaubt, dass nach den aufregenden und so glücklich geendeten Geschehnissen dieses langen Abends irgendetwas meine euphorische Hochstimmung hätte trüben können. Aber bei dem Anblick dieses harmonischen Bildes, das musste ich mir selbst eingestehen, war es leider so.

36. Kapitel

Ganz entgegen ihrer sonstigen Zurückhaltung redete Mandy auf der Fahrt zu ihrem Haus wie ein Wasserfall. Sie ging alle Details der Geburt noch einmal durch und wollte sich vor Begeisterung über Freias Einsatz regelrecht überschlagen. Als ich in ihre Straße einbog, sagte sie plötzlich: »Gut, dass Jan nicht zu Hause ist. Er würde mir das alles nur verderben.« In ihrer Stimme schwang deutlich die Bitterkeit mit, die sie sonst immer so vehement zu überspielen versuchte. Es war das erste Mal, dass sie mir gegenüber das angespannte Verhältnis zwischen ihrem Mann und ihr ansprach.

Ich überlegte nicht lange. »Wo du es erwähnst«, hakte ich ein. »Darf ich dich mal etwas fragen?«

Mandy seufzte. »Ich weiß schon.«

»Was denn?«

»Du möchtest wissen, wieso Jan und ich verheiratet sind«, nahm sie mir die Worte aus dem Mund. Und zwar wesentlich direkter und schonungsloser, als ich es auszusprechen gewagt hätte.

Ich warf ihr nur einen verblüfften Blick zu. Wir bogen in ihre Einfahrt ein, der dicke BMW stand wirklich nicht an seiner üblichen Stelle, und ich hielt vor der Treppe.

Mandy starrte hinauf zur Haustür und knetete ihre Hände. »Weißt du, er war nicht immer so«, sagte sie, fast entschuldigend. »Damals war er noch nicht so verbissen, was die Firma angeht, seinen Job, seine Karriere und so. Er hatte viel mehr übrig für … die schönen Seiten des Lebens. Wir sind zusammen wandern gewesen oder segeln. Haben zusammen gekocht und in unserem gemieteten, winzigen, gemütlichen Häuschen neue Beete im Garten geplant. Wir haben so viel gelacht. Es war … eine richtige Ehe eben.« Sie sah auf ihre Hände und drehte dabei an dem goldenen Ring. »Keine Ahnung, wann genau es sich geändert hat. Vielleicht als die Aufträge und Objekte in der Firma immer größer und teurer wurden? Als Jan plötzlich meinte, er müsse ›repräsentativer wohnen‹ und diesen grässlichen, kalten Kasten gekauft hat – ein Schnäppchen, hm? Als er einen Gärtner engagiert hat und keine Zeit mehr für unsere gemeinsamen Ausflüge hatte? Es hat sich langsam immer mehr verändert. Er hat so viel gearbeitet, hat sich so angestrengt, immer höher, weiter, toller wollte er. Das habe ich ja gesehen, hab ich wirklich. Aber für mich bedeutete all das keine Verbesserung unseres Lebens. Ich habe mich immer weniger wohlgefühlt. Und ich glaube, er kann es langsam einfach nicht mehr ertragen, dass ich von all dem so … enttäuscht bin.«

Betroffen starrte ich auf den hellen Kies der Auffahrt. Dass Mandy das Dilemma ihrer Ehe derart bewusst war, machte die Situation nur noch dramatischer. Sollte ich ihr erzählen, was ich wusste? Dass Jan nämlich nicht nur in Sachen Geschäft so viel unterwegs war? Jetzt wäre ein guter Moment, um ihr von meiner zufälligen Beobachtung in Wolgast vor ein paar Wochen zu erzählen. Aber aus irgendeinem Grund brachte ich es nicht über mich. Vielleicht weil von Mandy – trotz des plötzlich aufgekommenen schweren Themas – immer noch solch ein glückliches Leuchten ausging, das ich einfach nicht zum Erlöschen bringen wollte?

«Vielleicht …«, begann ich also stattdessen etwas hilflos. »Vielleicht ändert es sich ja auch wieder?«

Mandy schüttelte langsam den Kopf, als hätte sie über diese Möglichkeit bereits viele Male nachgedacht. »Ich glaube nicht. Ich glaube, dass Jan und ich im Grunde schon wissen, worauf das hier hinausläuft. Wir warten wohl beide nur auf den richtigen Zeitpunkt. Du weißt schon, so eine Phase, in der wir sicher sein können, dass wir das alles ohne allzu große gegenseitige Verletzungen beenden können.« Sie sah plötzlich sehr nachdenklich aus. Dann ging ein Ruck durch sie, und sie legte die Hände auf ihre Schenkel. »Was mache ich hier eigentlich? Mein Xena-Schätzchen wartet bestimmt darauf, dass ich wieder bei ihr bin.« Sie lächelte mich an, mit einer letzten Spur Traurigkeit in den Augen, dann stieg sie aus, sprang leichtfüßig die Stufen hinauf und verschwand im Haus.

Ich glotzte aufs Armaturenbrett des Vans und wusste nicht, was ich fühlen sollte. Der alte Groll, den ich stets gegen Mandys Mann gehabt hatte, wollte sich nicht so recht einstellen. Stattdessen stieg in mir ein merkwürdiger Verdacht auf. Der Nachmittag, an dem ich Jan zufällig mit der schick gekleideten Frau vor dem Hotel in Wolgast gesehen hatte, stand mir noch ganz deutlich vor Augen. Er hatte locker und entspannt gewirkt, ja, er hatte sogar gelacht. So wie Mandy es gerade dargestellt hatte, hatte auch ein Typ wie er eine andere Seite. Vielleicht war seine ruppige Art einfach ein hilfloses Um-sich-Schlagen angesichts der Erkenntnis, dass er trotz aller Anstrengungen und Mühen nicht in der Lage gewesen war, seine eigene Frau glücklich und stolz auf ihn zu machen. Stattdessen hatte er durch sein Bestreben die Distanz zwischen ihnen nur noch vergrößert.

Vielleicht war die Frau im Hosenanzug gar keine von vielen billigen Geliebten, die er reihenweise vernaschte?

Ich blinzelte. Zum ersten Mal kam mir der Gedanke, dass Jan in diese Frau, der er ins Hotel gefolgt war, verliebt sein könnte. Vielleicht war genau jetzt der richtige Zeitpunkt für Mandy und Jan, ihre unglückliche Ehe zu beenden und sich etwas Neuem, Schönem zuzuwenden. Und möglicherweise brauchten sie dazu nur noch einen kleinen Schubs in die richtige Richtung?

Als Mandy nach nur wenigen Minuten wieder aus dem Haus geeilt kam, stand mein Entschluss fest. Während sie sich anschnallte und wir aus der Auffahrt auf die Straße bogen, sagte ich: »Was hältst du davon, wenn wir noch einen kurzen Abstecher zu Richard machen?«

Mandy sah mich vollkommen überrumpelt an.

Ich zuckte mit den Schultern. »Na ja, er ist doch auch völlig hundeverrückt, und ich habe ihm versprochen, ihm sofort Bescheid zu geben, wenn Jaspers Babys da sind. Du hast doch dein Handy mit den siebzehntausend Fotos von den Kleinen dabei?«

Sie tastete nach der Innentasche ihrer Jacke und nickte. »Liegt ja auf dem Weg«, murmelte sie, und dann lächelte sie plötzlich. »Ja. Ja, lass uns bei ihm vorbeifahren.« Sie sah auf die Uhr am Armaturenbrett. »Ups! Schon kurz vor Mitternacht. Etwas spät für einen spontanen Besuch, oder?«

»Ruf ihn doch an. Vielleicht ist er noch wach. Wenn er nicht drangeht, fahre ich einfach an seiner Wohnung vorbei«, schlug ich vor.

Mandy wirkte mit einem Mal von meiner Idee absolut begeistert. Wahrscheinlich freute sie sich rasend, irgendjemandem von dem großen Ereignis berichten zu können. Aber vielleicht spielte ja auch noch etwas anderes dabei eine Rolle – hoffte ich zumindest.

Sie zog ihr Smartphone heraus und hatte Richards Nummer sofort parat, wie mir auffiel. Ich hörte es einmal, zweimal, dreimal tuten, dann wurde abgenommen.

»Hallo, Richard, Mandy hier. Ich hoffe, ich habe dich nicht geweckt? – Oh, super! Ich meine, natürlich nicht schön, wenn du nicht schlafen kannst, aber super, dass ich dich deswegen gleich erwische. Ich habe Neuigkeiten!«

Mandy machte eine tolle Kunstpause und platzte dann heraus: »Es sind sieben Welpen! Vier Hündinnen und drei Rüden. Ein paar haben Xenas Farbe, ein paar sind sehr dunkel, braun oder schwarz ... oh, echt? Das wusste ich ja noch gar nicht.« Mandy wandte den Kopf und raunte mir zu: »Jaspers Mutter war liverfarben, das ist so ein Schokobraun. – Nein, nein, ich bin gerade mit Lara im Auto unterwegs, habe von zu Hause ein paar Sachen für die Nacht geholt. Wir fahren gleich quasi an deinem Haus vorbei.«

Hatte ihre Stimmlage sich wirklich verändert, oder klang sie nur in meinen Ohren plötzlich so verlockend, als sie fortfuhr: »Und ich hab mein Handy mit den Fotos von der Geburt dabei …« Sie lauschte entzückt und nickte mir mit hochgezogenen Brauen und blitzenden Augen zu. »Genau, das dachten wir auch. In ein paar Minuten? – Okay, toll bis gleich.« Sie drehte sich auf dem Beifahrersitz ganz zu mir und strahlte mich an.

»Wahnsinn!«, brachte sie heraus. »Er will unbedingt die Bilder sehen. Konnte wohl nicht schlafen. Er meinte, er hat es vielleicht gespürt.«

Sie wandte sich wieder der Frontscheibe zu und lächelte still in sich hinein.

Oh, Mandy, dachte ich. *Du bist so eine fantastische, bildhübsche Hundemama! Bitte, bitte mach die Augen auf!*

♥

Unser Besuch dauerte etwa zehn Minuten, und ich hatte nicht den Eindruck, dass Mandy oder Richard für irgendetwas anderes Augen hatten als für die Fotos auf Mandys Handy. Aber vielleicht war das auch gar nicht nötig.

Sie steckten die Köpfe über dem Smartphone zusammen, wischten, zogen groß, lachten oder brachen in Entzückensquietscher aus. Ja, auch Richard war zu diesen empathischen Lautäußerungen in der Lage – wenn es auch alles ein paar Tonlagen tiefer geschah als bei Mandy.

Ich saß derweil auf dem Küchenstuhl den beiden gegenüber und kraulte Jasper, der sich über den nächtlichen Besuch nicht zu wundern schien, sondern begeistert Streicheleinheiten einforderte.

Erst bei der Verabschiedung kam es zu einer winzig kleinen Situation, in die ich vielleicht etwas in meinem Sinne hätte hineininterpretieren können: Schon in der Tür sagte Mandy so freudig, dass es alles andere als unverbindlich klang: »Komm doch morgen mal vorbei und guck sie dir selbst an!«

Und Richard schaute Mandy zwei bis drei Sekunden länger an, als es für eine Antwort notwendig gewesen wäre, und erwiderte: »Sehr, sehr gern!«

Das war es. Aber ich fand es vielversprechend.

Schon saßen Mandy und ich wieder im Auto und düsten gen Huta.

Als ich auf dem Waldparkplatz vor dem Haus hielt, stellte ich fest, dass Freias Wagen nicht mehr neben dem Range Rover stand, und versuchte vergeblich, deswegen nicht erleichtert zu sein.

Wir gingen durch die Vordertür und den Shop in den Huta-Bereich und Xenas neues Familien-Areal.

Niklas lächelte, als wir hereinkamen. Doch in seinen Augen lag etwas. Etwas Ungewöhnliches. Ein Glimmen. Oder Funkeln.

Ich starrte ihn an. Und er erwiderte meinen Blick, bevor er dann beinahe verlegen zu Xena hinuntersah.

»Freia war der Meinung, sie kann uns nun ganz beruhigt allein lassen. Xena und den Kleinen geht's bestens.«

Mandy schien nichts Ungewöhnliches aufgefallen zu sein, denn sie hatte nur Augen für Xena und ihre Welpen, die nun alle friedlich schliefen. Aber ich spürte immer noch eine deutliche Veränderung im Raum. Wie eine elektrostatische Aufladung.

Zu gern hätte ich gewusst, ob ich mir das nur einbildete. Aber Niklas schien es plötzlich regelrecht zu vermeiden, mich anzusehen.

»Tja, dann mache ich uns vielleicht noch eine Kanne Tee und hole die Luftmatratze und ein paar Decken runter«, sagte ich und wandte mich zur Tür.

»Ich helf dir.« In Sekundenschnelle stand Niklas neben mir. Als er mir mit einer Geste den Vortritt durch die Tür lassen wollte, berührte er mich sacht am Arm. Wir zuckten zusammen, als hätten wir einen kleinen elektrischen Schlag bekommen. Und lachten dann beide auf.

Ich blinzelte verwirrt. Was war hier plötzlich los?

Als wir die Treppe hinaufgingen, saßen oben Tiffany und Pauline nebeneinander auf dem Absatz und glotzten uns vorwurfsvoll entgegen.

»Als Freia noch da war, hab ich sie mal schnell rausgelassen. Dürfte alles erledigt sein«, sagte Niklas, ganz Hundepapa.

»Aber in Ordnung finden sie unser heutiges Vorgehen eindeutig nicht«, kommentierte ich die zwei Augenpaare vor uns. Ich grinste Niklas an, erwartete seinerseits einen Scherz oder zumindest ein Lachen. Doch er sah mich überraschend ernst an.

»Lara, ich …«, begann er. »Ach, verflixt, wollen wir uns nicht setzen?«

»Ehm … sicher …« Ich folgte ihm in den Wohnbereich, wo wir uns in den gegenüberliegenden Ecken der Couch niederließen, die Hunde zwischen uns.

«Verflixt, wie soll ich das jetzt anfangen?«, brummelte Niklas leise und knetete seine Hände.

»Du machst mir Angst«, gestand ich schmunzelnd. Doch in Wahrheit war mir tatsächlich etwas mulmig. Er wirkte einfach zu ernst.

Niklas sah mich entschlossen an. »Freia und ich …«, begann er wieder. Mein Magen machte einen Salto und sank dann etwa in die Region meiner Knie. Aha. Darum ging es also. Er wollte mir zu verstehen geben, wie es um ihn und die Tierärztin stand. In meiner Brust begann mein Herz unbeholfen zu flattern wie ein kleiner Vogel in einer hohlen Hand. »Als Mandy und du vorhin weg wart, haben Freia und ich geredet. Und … na ja, ihr wart ja ziemlich lange unterwegs und …«

«Wir waren noch bei Richard«, grätschte ich unbeholfen dazwischen. Ich wollte einfach nicht, dass er mir von seiner Liebe zu Freia erzählte. Wollte uns beiden die Peinlichkeit ersparen, so überdeutlich auszusprechen, dass unsere gemeinsamen Unternehmungen der letzten Zeit *selbstverständlich nur freundschaftlicher Natur* gewesen waren. Ich wollte ihn einfach nur am Weiterreden hindern. Doch ich hatte nicht mit der plötzlichen Veränderung seines Gesichtsausdrucks gerechnet. Von verlegen-freundlich wechselte er zunächst zu bestürzt und dann zu misstrauisch.

»Bei Richard?«, wiederholte er langsam.

Ich nickte und schob den Kerzenhalter auf dem Couchtisch zurecht. Niklas' Miene sprach Bände. Und mit einem Schlag wurde mir bewusst, was er wahrscheinlich von meinen heimlichen Verkuppelungsplänen zwischen Mandy und dem netten Jasper-Besitzer halten würde. O Gott, er würde mich in Grund und Boden stampfen!

Offenbar stand quer über mein Gesicht geschrieben: *Schuldbewusstsein!* Denn Niklas' Mund verzog sich zu einem missbilligenden Abwärtshaken.

»Mandy hatte ihr Handy mit den Bildern von den Welpen dabei. Und Richard hatte mich gebeten, ihm Bescheid zu geben, wenn sie auf der Welt sind.« Das klang schwächlich.

»Nachts um zwölf?«

Als ich ihn das fragen hörte, kam mir unsere wilde Aktion vorhin tatsächlich selbst ein wenig verdächtig vor. Doch Niklas ließ mir keine Zeit zu einer wahrscheinlich sowieso gestammelten Antwort.

»Lara«, sagte er und drückte seinen Rücken durch. »Ich muss dich das jetzt fragen: Gilt dein Interesse an Richard Rasmussen wirklich nur dem Hundehalter und Huta-Kunden?«

Unter seinem Blick, in dem nicht nur ein wenig Ärger und eine gehörige Portion Skepsis lag, sondern auch noch etwas anderes, das ich nicht recht deuten konnte, lief ich doch tatsächlich knallrot an. Ich konnte spüren, wie mir die Hitze ins Gesicht stieg.

Das schien ihm Antwort genug zu sein. Er stand auf. »Das ist nicht dein Ernst!«, sagte er mit kratziger Stimme. »Richard ist hier Kunde in der Huta. Das muss dir doch klar sein, dass das vollkommen und total ... unprofessionell ist, etwas anzufangen mit einem ...«

»Was?«, rief ich entsetzt und sprang ebenfalls vom Sofa. O Gott, das lief hier ja komplett aus dem Ruder! »Aber ich habe doch gar nicht ...«

»Ist doch egal, ob du schon hast oder noch willst oder was auch immer«, unterbrach mich Niklas. »So was geht nicht! Schließlich bist du nur die Vertretung im Betrieb meiner Schwester. Und solche Verbandelungen sind Britt genauso zuwider wie mir, das kann ich dir sagen. Du bist hier nicht ...«

»Ja!«, fauchte ich. Von Null auf Hundert konnte ich auch! »Ja, ja, ja, ich weiß es inzwischen! Ich bin hier nicht im distanzlosen, einmischenden Ruhrgebiet, sondern auf eurer wunderbaren, heiligen Insel! Wo man niemals und unter keinen Umständen Beruf und Privatleben vermischt!«

Niklas öffnete den Mund, schloss ihn wieder und öffnete ihn wieder. In seinen Augen dieser sonderbare Ausdruck.

Tiffany und Pauline, die immer noch auf dem Sofa saßen, äugten interessiert zwischen uns hin und her.

»Ist das alles?«, brachte Niklas schließlich mit sichtbarer Mühe heraus.

»Ich könnte noch einiges mehr sagen!«, erwiderte ich.

»Danke!«, sagte er mit erhobenen Händen. Dann griff er nach der verdutzten Pauline, klemmte sie sich unter den Arm und ging zur Treppe.

Dort hielt er kurz inne. Er zögerte. Wandte sich noch einmal um und sah mich an.

Oh Niklas, dachte ich. *Ich verstehe, dass du enttäuscht bist, wenn du so was von mir denkst. Aber wenn ich dir die Wahr-*

heit sage, wirst du mich wahrscheinlich in Britts Namen feu-
ern.

»Ich melde mich morgen, ob hier alles in Ordnung ist«, sagte er, plötzlich wieder ruhig, beinahe resigniert. »Du hast doch Freias Nummer, für den Fall, dass etwas mit Xena sein sollte?«

Ich nickte.

Für einen Moment dachte ich, er wolle noch etwas sagen. Doch dann drehte er sich einfach nur um, ging die Treppe hinunter und war verschwunden.

37. Kapitel

Wahrscheinlich hatte ich noch nie in meinem Leben eine Woche erlebt, die von solch krassen Gefühlsschwankungen dominiert wurde. Ständig ging es mit meiner Stimmung rauf und runter.

Wenn ich nach Xena und ihren Babys sah, hätte ich jedes Mal vor Rührung dahinschmelzen können. Xena war eine hingebungsvolle Mutter. Nicht übervorsichtig, aber sanft und zärtlich. Es war eine Wonne, ihr zuzusehen. Aber ich musste mich ja auch noch um die anderen Huta-Hunde kümmern.

Mandy, die sowieso so oft es ging vorbeischaute, hatte mir vorgeschlagen, zu den Zeiten, zu denen ich meine Hol- und Bringrunden machte, bei Xena die Wache zu übernehmen. Ob sie das mit Jan abgesprochen hatte, sagte sie nicht. Überhaupt erwähnten wir beide unser kurzes Gespräch zu ihrer Ehe nicht wieder. Aber seit der Geburtsnacht machte sich zwischen uns ein stilles, vertrauensvolles Gefühl breit. So in etwa fühlte sich eine langsam beginnende Freundschaft an.

Leider verpassten Mandy und Richard sich immer bei ihren täglichen Besuchen im Welpenzimmer. Aber ehrlich gesagt war mein Verkupplungs-Eifer seit dem heftigen Streit mit Niklas auch ein wenig geschrumpft.

Seit er in der Nacht grußlos die Treppe hinuntergegangen war, hatten wir uns täglich gesehen. Doch jedes Mal war er in Begleitung von Freia gewesen, und nie hatten wir über etwas anderes gesprochen als über Xena, ihre Welpen und einmal Britts bevorstehende Heimkehr. Mir kam der Verdacht, dass er es womöglich vermied, mit mir allein zu sein.

Am Donnerstag bekam ich abends Besuch von Wiebke, die auch die Kinder im Schlepptau hatte. Ich war froh, dass Niklas und Freia kurz vorher schon wieder gegangen waren. Wiebke wusste nichts von dem schlimmen Streit, hätte aber mit ihren feinen Antennen bestimmt mitbekommen, dass etwas zwischen Britts Bruder und mir nicht stimmen konnte. So aber konnte ich Familie Petersen zu Xena und den Welpen führen und ungestört ihr blankes Entzücken genießen. Wie zu erwarten, stießen Lasse, Sönke und Inken beim Anblick der kleinen Hunde einen nicht enden wollenden Strom an »süüüüß, wie niedlich, guck mal da, oha, sind die herzig!« aus. Aber auch Wiebke konnte sich dem Charme der Familie auf vier Pfoten nicht entziehen und stellte noch mal ein paar Fragen zu der Geburt.

Die Kinder wollten die Welpen natürlich unbedingt anfassen.

»Die sind noch zu klein dafür!«, versuchte Wiebke, dem einen Riegel vorzuschieben, doch ich schüttelte den Kopf.

»In den Büchern über Welpenentwicklung steht, dass früher und zärtlicher Kontakt mit Menschenhänden super wichtig für diese kleinen sozialen Wesen ist – also, kommt mal alle her, setzt euch hier auf die Kissen.« Die Kinder gehorchten so schnell, dass Wiebke nur mit den Augen rollte.

Ich nahm jeweils einen Welpen und legte ihn den Kindern auf den Schoß. »Sie können zwar momentan weder sehen noch hören«, erklärte ich ihnen. »Aber trotzdem werden sie sich an eure Fingerspitzen auf ihrem Fell erinnern.«

Lasse, der die kleine Hündin mit dem roten Band auf den Beinen hielt und sanft streichelte, sagte leise: »Ich finde, du bist eine echt coole Hundemama geworden, Lara.« Es war ein typischer Kindersatz. Das Erste, was ihm in den Sinn gekommen war. Doch ich fühlte mich bis ins Mark davon getroffen und spürte plötzlich einen Kloß im Hals.

»So, genug für die erste Runde«, flötete ich, um das Kratzen in meiner Stimme zu überspielen. Ich sammelte alle Babys wieder ein und legte sie zu Xena. Aus dem Augenwinkel konnte ich erkennen, wie Wiebke mich dabei beobachtete.

»Wann kommt Britt genau zurück?«, erkundigte sie sich.

»Am Samstag.« War mir etwa anzuhören, dass ich mich bei dem Gedanken ziemlich mulmig fühlte?

»Das passt ja wunderbar!«, rief Wiebke. »Was ich dir nämlich noch gar nicht gesagt hab: Ich habe unseren Bekannten Gustav Olsen wegen eines Jobs in seinem Supermarkt angehauen. Stell dir vor: Er sucht gerade händeringend eine Aushilfskraft! Er meinte, du bräuchtest dir auch keine Gedanken zu machen, weil du von den Abläufen noch keine Ahnung hast. Die Kolleginnen sind sehr nett und würden dir bei der Einarbeitung helfen. Und wenn du im Herbst wieder Richtung Heimat fährst, ist ihm das auch recht. Er wäre nur froh, jetzt in der Hochsaison noch eine zusätzliche Kraft zu haben.«

»Oh … super!«, brachte ich heraus und versuchte, mich aufrichtig zu freuen. »Klingt als wäre das eine gute Übergangslösung. Und ich hätte dann außerhalb der Arbeitszeiten wieder mehr Zeit, um mich endlich um eine Wohnung in Essen zu kümmern. Mama drängelt in jedem Telefonat, dass ich wieder in ihre Nähe ziehen soll.«

»Oh nein!«, entfuhr es Wiebke.

»Keine Bange«, grinste ich. »Ich werde mir ein hübsches, neues Zuhause suchen. Und einen tollen, neuen Job. Ein paar Bewerbungen hab ich ja geschrieben. Ich glaube, bei mindestens zweien habe ich gute Chancen, zum Gespräch eingeladen zu werden.«

»Das wäre schön. Obwohl … ich genieße es auch sehr, dich hier so nah bei mir zu haben«, gestand meine liebste, beste Freundin mit einem Lächeln, in dem schon ein bisschen Abschiedsschmerz mitschwang.

»Na, welcher gefällt euch denn am besten?«, wollte ich schnell von den Kindern wissen. Und da geschah ein sensationelles kleines Wunder: »Der da!«, sagten Sönke, Lasse und Inken sofort wie aus einem Mund und deuteten alle auf den schokobraunen Rüden mit dem weißen Lätzchen.

Wiebke konnte nur staunen. »Okay. Das müsste jetzt eigentlich in den Annalen der Menschheit festgehalten werden. Alle meine Kinder sind sich auf Anhieb einig!«

»Aber ist doch klar, er ist einfach der Süßeste!«, meinte Lasse.

»Der wird bestimmt mal sportlich«, sagte Sönke.

»Und er ist jetzt schon ein totaler Kuschelbär«, schwärmte Inken.

Meine Freundin beobachtete diese demonstrierte Harmonie mit gespieltem Schrecken. »Mir geht gerade auf, dass es wahrscheinlich ein fataler Fehler war, sie mitzunehmen«, raunte sie mir zu, während Sönke und Inken sich bereits stritten, ob *Lucky* (Vorschlag Sönke) oder *Edward* (Vorschlag Inken) der perfekte Name für den hübschen Winzling wäre.

»Auf keinen Fall nennen wir ihn nach so einem dämlichen Schönlings-Vampir!«, grollte Sönke.

»Daran hab ich bei *Edward* überhaupt nicht gedacht«, verteidigte Inken sich ein wenig unglaubwürdig.

»Aber wir könnten ihn doch dann *Eddi* rufen. *Eddi the Eagle*, das ist doch krass!«, schlug Lasse vor. Damit waren auch die beiden anderen einverstanden.

»Es macht mir Angst, wenn sie sich so schnell einigen«, grinste Wiebke und betrachtete Xena genauer. »Werden die etwa genauso groß wie ihre Mutter?«

»Höchstwahrscheinlich«, meinte ich. »Der Vater ist auch ein Retriever. Aber ein schwarzer Flat Coated. Wobei seine Mutter liverfarben ist, daher hat Eddi also seine Farbe.«

»Hör dich mal an!«, lachte Wiebke. »Du klingst schon wie eine Hundeexpertin. Vor drei Monaten hättest du das noch für eine neue Putzlappen-Marke gehalten.«

Ich grinste. Sie hatte recht.

»Und die Kleine da?« Wiebke deutete auf die Hündin mit dem hellgoldenen Fell, die uns während der Geburt solche Sorgen bereitet hatte. »Ist mit der alles okay?«

»Freia sagt ja. Ihre Herztöne sind in Ordnung. Und sie ist genauso rege wie ihre Geschwister. Vielleicht holt sie an Größe noch auf. Oder vielleicht bleibt sie ein bisschen kleiner. Auf alle Fälle wird sie ein bildhübsches Hundemädchen.«

»Na, na, na«, sagte Wiebke schmunzelnd. »Höre ich da etwa so etwas wie eine Verliebtheit heraus? Am Ende werden wir noch alle Hundebesitzer – nur weil du mal eine Tür nicht abgeschlossen hast.«

Ich schüttelte den Kopf. »Ach, meine kleine Ostseekrabbe, du weißt doch, wie mein Leben gerade aussieht. Wenn ich selbst noch nicht weiß, wie ich zu Hause weitermachen soll – mit welcher Arbeit, in welcher Wohnung -, wie soll ich denn dann für einen Welpen sorgen? Ich habe keinerlei Erfahrung in Hundeerziehung und so.«

»Aber du hast drüber nachgedacht?«

»Habe ich nicht!«

»Das war gelogen.«

»Pff.«

»Du hast dem ›kleinen, bildhübschen Hundemädchen‹ also noch keinen Namen gegeben?«, hakte Wiebke nach.

»Nein!«, sagte ich entschieden. »Und das werde ich auch nicht.«

♥

Ende der Woche war es dann so weit. Britt kehrte von ihrem zehnwöchigen Segelturn zurück in ihr Zuhause. Das sich nun irgendwie auch wie mein Zuhause anfühlte. Aber die Tatsachen lagen nun einmal anders.

Die Betreiberin der Hundehütte Usedom war braungebrannt, drahtig und strotzte nur so vor Energie. Sie sah anders aus, als ich sie in Erinnerung hatte. Was zum einen nicht verwunderlich war, weil ich sie ja nur wenige Stunden tatsächlich gesehen hatte. Zum anderen hatte sich aber auch das Bild ihres Bruders nach und nach über meine von-Wein-auf-Bier-umnebelte Erinnerung gelegt.

Britt strahlte, als sie mich vor dem Haus umarmte. Wie selbstverständlich hob sie Tiffany, die sich über ihr Wiedersehen ein Bein ausfreuen wollte, auf den Arm, und wir gingen zusammen hinein.

»Du hast dich so fantastisch um alles gekümmert!«, rief sie begeistert nach einem ersten kurzen Rundgang, nach dem wir natürlich wieder bei Xena und ihren Jungen gelandet waren.

»Na ja, wenn man mal von meinem kleinen Versehen am ersten Tag absieht – das uns nun ein paar Wochen Welpenbeschäftigung eingebrockt hat«, warf ich mit Blick auf Mutter und Kinder ein.

Doch Britt winkte ab. »Ach was! So was kann jedem passieren. Und in neunundneunzig von hundert Fällen hat man dann Glück und nicht so einen Schlaumeier wie Jasper in der Gruppe. Aber so wie ich gehört habe, scheinen ja nach dem ersten Schrecken alle ganz happy über die Babys zu sein. Und die Geburt! O Gott, das muss grauenvoll gewesen sein. Niklas ist ja voll des Lobes, wie du das alles gemanagt hast.«

»Ich?«, echote ich. »Aber ich hab wirklich nichts gemacht. Das waren ganz allein Freia und … und Niklas.« Als ich seinen Namen aussprach, verrutschte irgendetwas in meiner Tonlage. Britt bemerkte es auch und warf mir einen prüfenden Blick zu. »Ihr seid doch gut klargekommen, mein Brüderchen und du?«

»Ganz toll.« Ich nickte betont begeistert. »Aber jetzt erzähl erst mal, wie es war! Du siehst aus, als hättet ihr die kompletten zehn Wochen grandioses Wetter gehabt?«

Britt blinzelte kurz, als müsste sie sich auf meine Frage konzentrieren. »Das Wetter?«, wiederholte sie. »Ja, stimmt. Wetter gab es auch.« Wir mussten beide lachen. »Aber … oh, Lara, ich bin ja so was von durch den Wind! Ich meine, es war nicht nur dieser fantastische Turn! Das Schiff ist eine

Granate. Die Segel. Der Aufbau. Die Mannschaft war absolut wundervoll. Ich glaube, es war die herrlichste Zeit in meinem ganzen Leben!« Ihre Augen, grün wie die ihres Bruders, glänzten.

»Und?«, hakte ich nach. »Noch was?«

Britt sah mich an. »Sieht man mir das so sehr an?«

»Und wie«, grinste ich.

»Totaaaaal verschossen!« Sie verdrehte mit einem seligen Lächeln die Augen gen Decke.

»Erzählst du mehr? Oder muss ich erst eine Flasche Wein aufmachen?«, forderte ich.

Sie kicherte. »Okay. Also, … die Skipperin. Nia. Eine unglaubliche Frau! Du ahnst nicht, wo sie schon überall gesegelt ist. Sie kennt alle Meere und war schon auf so vielen Schiffen, dass ich sie in meinem ganzen Leben nicht einholen könnte, selbst wenn ich jetzt nichts anderes mehr täte. Und das, obwohl sie nur drei Jahre älter ist als ich. Also, Nia und ich, wir haben uns angesehen, und es hat BÄNG gemacht! Verstehst du? Wir waren beide sofort hin und weg!«

Ich hatte einen Augenblick Schwierigkeiten zu folgen. Weder Britt noch Niklas hatten je erwähnt, dass Britt lesbisch war. Aber im Grunde war das ja auch vollkommen egal. So wie ihre Augen leuchteten, schien es da keine gravierenden Unterschiede zu geben.

»Eigentlich macht man das nicht … Skipper oder Skipperin und ein Crew-Mitglied und so. Aber uns war sofort klar, dass das mit uns was ganz Besonderes ist. Etwas, das es nur einmal im Leben gibt. Hat aber eine ganze Weile gedauert, bis wir wussten, dass es der anderen ganz genauso geht. Ich sag dir, auf so einem Boot ist es nicht so leicht, mal nur zu zweit zu sein. Aber …« Sie brach ab, und ihr Blick wurde glasig. Oje, es schien sie ganz schön erwischt zu haben.

Sofort meldete sich in mir die pragmatische Lara zu Wort, ehemalige Leiterin der Abteilung Auftragsakquise bei PUTZmunter, der größten Reinigungsfirma in meiner Heimatstadt. »Wohnt Nia auch hier auf Usedom?«, wollte ich von Britt wissen.

»Wohnen?«, wiederholte sie ratlos.

»Ja. Ich meine, wenn das zwischen euch etwas ganz Besonderes ist, werdet ihr das doch sicher fortsetzen wollen? Ihr werdet euch doch weiterhin sehen wollen?!«

Doch Britts Miene verdunkelte sich bei meinen Worten zusehends. »Natürlich. Immer wenn es irgendwie möglich ist. Aber so richtig zu Hause ist sie eben …«, sie hielt kurz inne. Das Leuchten in ihren Augen machte einem traurigen Flackern Platz, »… auf dem Meer.«

Mir wurde klamm. Innerhalb weniger Sekunden zogen Mandys, Jans und Richards Gesichter vor mir auf. Denn trotz aller Bemühungen hatte ich es nicht geschafft, das herrschende Dilemma aufzulösen und ihnen einen Schubs in Richtung Glück zu geben. Ebenso wenig hatte ich ein liebevolles, neues Frauchen für Tiffany gefunden. Und abgesehen davon, dass ich wirklich niemandem von den Vorgängen tief in mir drin erzählen konnte, war die wunderschöne Hundehütte Usedom meiner Meinung nach kein Ort, an dem noch ein weiteres gebrochenes Herz zu Hause sein sollte.

38. Kapitel

Der weitere Abend verlief sehr angenehm. Britt war eine geselige Hausbesitzerin, die ihr Zuhause ganz selbstverständlich wieder in Besitz nahm, ohne mir aber das Gefühl zu geben, überflüssig zu sein.

Da ich gleich klargestellt hatte, dass ich weiterhin die Hauptverantwortung für Xenas Betreuung bei mir sah, gab es auch beim Zubettgehen keinerlei Irritation. Bis auf die Tatsache, dass Tiffany mir aus der Wohnung wie gewohnt die Treppe hinunter folgen wollte, um die Nacht mit mir auf der gemütlichen Matratze neben Xenas Familienlager zu verbringen. Zum Spaß stemmte Britt da die Hände in die Hüften und schimpfte etwas von »untreuer Seele«.

»Vor ein paar Wochen hättest du dir doch eines von deinen vier hübschen Beinchen ausgerissen, um einmal mit in meinem Bett schlafen zu können. Und jetzt denkst du nicht mal drüber nach, sondern läufst direkt deinem neuen Lieblings-Ersatzfrauchen hinterher?«, meckerte Britt in betont vorwurfsvoller Tonlage. Tiffanys Blick zurück war geradezu blasiert, und wir Zweibeinerinnen mussten darüber lachen.

»Du scheinst wirklich eine würdige Vertreterin gewesen zu sein«, bemerkte Britt dann lächelnd zu mir. »Schlaft gut, ihr zwei!« Schon auf halber Treppe hinunter antwortete ich nur mit einem breiten Grinsen.

Auch am nächsten Tag war es schön, Britts lebendige Art um mich zu haben. Die Nacht war ruhig gewesen. Und Xena schien ihre Aufgaben als Mutter mittlerweile als ganz selbstverständlich zu betrachten. Zwar lief sie bereitwillig in den Garten, um sich zu erleichtern und ein wenig die Beine zu vertreten. Doch nach ein paar Minuten kehrte sie stets zu ihren Babys zurück, die sich wild fiepend auf die Milchbar stürzten, sich dabei bereits gegenseitig wegzudrängeln versuchten und spitze Schreie der Empörung ausstießen, wenn sie inmitten des Gewusels einmal auf dem Rücken landeten.

Britt und ich genossen bei schönstem Inselwetterchen ein ausgedehntes gemeinsames Frühstück auf der Dachterrasse mit Blick auf den Kiefernwald. Später gingen wir durch die Huta-Räume und den Garten. Britt hatte einen kleinen Notizblock dabei, um sich aufzuschreiben, welche Aufgaben am nächsten Morgen, ihrem ersten neuen Arbeitstag im eigenen Betrieb, als Erstes auf sie warteten. Doch abgesehen von den üblichen Verrichtungen, wie das Wasser in den Näpfen und im Planschbecken zu erneuern, fand sie keine weiteren Punkte für ihre To-do-Liste. Sie war begeistert, lobte mich als Organisationstalent und freute sich aufrichtig über den guten Zustand, in dem sie die gesamte Huta vorfand.

Ich genoss den Tag in Britts anregender Gesellschaft und natürlich auch ihre Anerkennung für die von mir geleisteten und in manchen Fällen recht hart erarbeiteten Erfolge. Ungemütlich wurde es für mich erst, als Niklas am Sonntagabend auf der Bildfläche erschien, um seine kleine Schwester zu Hause zu begrüßen.

Britt und ich waren gerade im hinteren Teil des Gartens damit beschäftigt, eines der Spielseile, das von einem starken Ast der Eiche herunterhing, wieder neu zu befestigen. Offenbar hatte sich Harvey daran bei seinem letzten, tollwütigen Anfall zu heftig ausgelassen.

»Ob diese Insel gleich zwei so engagierte Hundesitterinnen verkraften kann?«, ertönte da hinter uns plötzlich die inzwischen so vertraute Stimme. Britt und ich fuhren beide herum, und Tiffany raste schrill kläffend auf Niklas zu, der rasch die Leine von der hüpfenden Pauline löste.

»Niklas!«, rief Britt, ließ den Strick fallen und rannte ebenfalls auf ihn zu. Sie fiel ihm um den Hals, und er wirbelte sie mehrmals im Kreis, sodass sie kreischte und er laut lachte. Als er sie wieder auf den Boden gestellt hatte, plapperte Britt so aufgeregt, als sei sie gerade erst hier angekommen.

Zum ersten Mal seit Britts Rückkehr fühlte ich mich überflüssig. Ein wenig unsicher steckte ich die Hände in die Jeanstaschen und schlenderte zu den beiden hinüber.

Verflixt. Kam es mir nur so vor oder sah Niklas wirklich noch besser aus, als ich es in Erinnerung hatte? Vielleicht lag es an der Wiedersehensfreude, die sein ganzes Gesicht erstrahlen ließ?

»Hallo«, grüßte ich ihn lächelnd. Aber irgendetwas stimmte plötzlich nicht mit meinem Mund. Er fühlte sich an, als wüsste er nicht mehr so richtig, wie das mit dem unverbindlich freundlichen Lächeln funktionierte.

Niklas sah mich an, sagte »Hallo, Lara« und der Blick aus seinen schönen Augen traf mich ins Mark. Vielleicht weil mein Kopf nur zu gut wusste, dass die unbändige Freude darin nicht mir galt, sondern seiner kleinen Schwester.

»Das passt ja wunderbar, dass du jetzt hier auftauchst«, sagte ich und kam mir dabei extrem durchschaubar vor. »Ich wollte nämlich gerade endlich den Spaziergang mit Tiffany machen, wegen dem sie mich schon die ganze Zeit anquengelt.«

Das kleine durchtriebene Pudelchen strafte mich jedoch Lügen, indem es höchst vergnügt mit Pauline im Garten herumhüpfte.

»Ehm … Hab versprochen, mal wieder bei Fiete in der Strandbar vorbeizusehen. Nicht, um was zu trinken«, setzte ich rasch hinzu. »Er wollte gern zwei Packungen Haferkekse für den Hund seiner Tante. Hat ja nie Zeit, um sie selbst hier abzuholen. Und da dachte ich …« Meine Stimme wurde immer schwächer. »Also, ich such dann schon mal die Kekse raus.« Ich machte, dass ich ins Haus kam.

Als ich ein paar Minuten später meinen Kopf wieder zum Wintergarten hinausstreckte, saßen Britt und Niklas auf einem der erhöhten Hundeliegeplätze unter den Eichen, und Britt erzählte mit weit ausholenden Gesten, während Niklas ihr lächelnd zuhörte. Ich hatte Glück, und Tiffany erspähte mich, erkannte gleich, dass ich spaziergangsfertig angezogen und mit ihrer Leine ausgerüstet war, und ließ augenblicklich Pauline schmählich stehen, um zu mir gesaust zu kommen. Die beiden Geschwister im hinteren Teil des Gartens bekamen das gar nicht mit. Und so machte ich mich mit meiner kleinen Pudelbegleitung auf den Weg.

Tiffany war begeistert von unserem ausgedehnten Spaziergang. Und auch mir tat es gut, mir am Wasser den Kopf freizupusten zu lassen von sämtlichen Gedanken, die darin viel zu schwer lasteten. Ich schaute tatsächlich bei Fiete herein, gab die bestellten Hundekekse ab, hielt mich aber nicht weiter auf.

Ein weiterer angenehmer Nebeneffekt von unserem langen Gang war, dass Niklas bereits wieder verschwunden war, als Tiffany und ich zurück in die Huta kamen.

Britt erwähnte mein stummes Verschwinden mit keinem Wort. Ich nahm an, dass sie es wegen der Wiedersehensfreude mit ihrem großen Bruder sowieso nicht recht registriert hatte.

»Und morgen fängst du also schon wieder einen neuen Job an?«, erkundigte sie sich beim gemeinsamen Abendessen.

»Tja, der ist wahrscheinlich nicht annähernd so spannend, wie der in der Huta es war«, antwortete ich mit schiefem Grinsen. Meine Aufgaben im Supermarkt von Wiebkes Bekanntem Gustav würden in erster Linie im Kassieren und Einräumen von neuen Waren in die Regale bestehen.

»Aber es soll ja nur zum Übergang sein, oder? Ich meine, bis du weißt, wie es für dich generell weitergehen soll?«

»Sicher. Und er bietet mir die Möglichkeit, nicht finanziell abhängig von meinem ... bald Exmann zu sein.«

»Und hast du über deine Wohnsituation nachgedacht? Ich hab dir ja schon vor meiner Abreise gesagt, dass du auch gerne weiterhin im Gästezimmer wohnen darfst. Du bist herzlich willkommen«, schob Britt ein, und ihr Lächeln zeigte mir, dass sie das auch wirklich so meinte. »Jedenfalls solange du weiterhin so gut kochst …« Kichernd griff sie noch einmal zur Kelle, mit der sie sich einen Nachschlag von der Gemüsepfanne auf den Teller schaufelte. »Aber vielleicht möchtest du ja lieber ein bisschen mehr Freiraum? Ganz für dich sein? Niklas hat ja noch ein kleines Häuschen neben seinem eigenen zu vermieten. Ist ganz niedlich. Kleine Küche, großer Wohn- und Essraum, Schlafzimmer, Bad. Für eine Person wäre es genau richtig.«

Der Bissen, den ich gerade hinunterschlucken wollte, blieb irgendwo auf halbem Wege stecken. Ein paar Sekunden lang kämpfte ich damit und lief wahrscheinlich puterrot an. Dann schlug ich mir mit der flachen Hand auf die Brust, hustete krächzend und bekam ihn endlich hinunter.

»Hat Niklas das etwa vorgeschlagen?«, wollte ich wissen, während ich mit tränenden Augen nach dem Wasserglas griff.

Britt betrachtete mich verwundert. »Nein. Nein, mir kam nur gerade die Idee, dass …«

»Es würde«, unterbrach ich sie schnell. »… würde mich sehr freuen, wenn ich erst mal hierbleiben könnte. In der nächsten Zeit werde ich mich ja noch um Xena und die Kleinen kümmern müssen. Da wäre es sowieso praktisch, hier vor Ort zu sein. Aber wenn die Welpen in ein paar Wochen neue Zuhause gefunden haben, werde ich wieder zurück ins Ruhrgebiet gehen. Ich habe vor, einen Makler mit der Wohnungssuche zu beauftragen.«

Der Blick aus den grünen Augen mir gegenüber erinnerte mich in seiner röntgenartigen Tiefe an ein anderes Augenpaar, an das ich aber besser nicht so intensiv denken sollte.

»Okay«, sagte Britt dann, öffnete noch einmal den Mund, um etwas hinzuzusetzen. Doch dann überlegte sie es sich offenbar anders und nahm rasch einen weiteren Bissen Gemüse.

Mir war klar, dass sie mich durchschaut hatte und sehr wohl wusste, dass mein Wunsch hierzubleiben auch damit zusammenhing, dass das kleine Häuschen so dicht an Niklas' eigenem Zuhause stand. Doch sie fragte nicht weiter nach. Und zum ersten Mal seit meiner Ankunft hier war ich plötzlich froh um die typische inselbewohnertypische Zurückhaltung.

39. Kapitel

Vor drei Monaten hätte ich jeden ausgelacht, der behauptet hätte, dass es mich sehnsüchtig schmerzen würde, jemand anderen bei der Ausübung der täglichen Pflichten in einer Hundetagesstätte zu beobachten. Aber genauso war es. Wenn ich sah, wie Britt morgens mit dem Van aufbrach, um die Hol-Hunde in ihrem jeweiligen Zuhause einzuladen, wenn ich hörte, wie sie die Bring-Hunde in Empfang nahm, mit den Zweibeinern scherzte und die Vierbeiner lautstark ihre Freude über das Wiedersehen kundtaten, spürte ich ein empfindliches Ziehen in der Herzgegend.

Abgesehen von meinen neuen Verpflichtungen im Supermarkt, die natürlich auch meine Konzentration erforderten, war ich daher heilfroh über die Aufgabe, mich morgens und abends weiterhin um Xena und ihre Welpen zu kümmern. Nur blieb mir dabei gar nicht mehr allzu viel zu tun. Mandy ließ es sich nicht nehmen, ihren Liebling selbst ausgiebig zu bürsten, sodass Xenas Fell glänzte wie poliert. Oft hatten Mandy oder Richard auch schon die Unterlage in der Wurfbox gewechselt. Xenas Zuhause war wahrscheinlich das makellos sauberste der Hundegeschichte.

Und so bestand meine Aufgabe in erster Linie darin, der Hündin Gesellschaft zu leisten und auf die Babys zu achten, wenn ihre Mutter einmal draußen unterwegs war. Während ich also Stunden, zusammengezählt wahrscheinlich Tage, neben der Hundefamilie zubrachte, lesend, telefonierend oder sie einfach fasziniert beobachtend, dämmerte mir, dass mir hier auf Usedom, nach der überraschenden Trennung von meinem Mann und meinem ganzen früheren Leben, so etwas wie meine *wahre Berufung* begegnet war. Ja, es war wirklich an der Zeit, es mir einzugestehen: Ich liebte die Arbeit in der Huta. Und zwar auf eine ganz andere und sehr viel intensivere Art, als ich meinen Job bei PUTZmunter jemals geliebt hatte. Und mit jedem Tag, an dem ich dieser Arbeit nicht nachgehen konnte, an dem ich im Supermarkt an der Kasse saß oder Nudeln in Regale räumte, fühlte ich mich weniger an der rechten Stelle.

Das hing vielleicht auch damit zusammen, dass Niklas sich nun, da Britt wieder das Zepter übernommen hatte und daher kein Grund mehr bestand, nach dem Rechten zu sehen, überhaupt nicht mehr blicken ließ. Über die genaueren Zusammenhänge zwischen Niklas' Ausbleiben und meinem zunehmenden Unwohlgefühl wollte ich eigentlich nicht intensiver nachdenken – doch immer wieder drängten sich Erinnerungen aus den vergangenen Wochen auf und ließen mir keine Ruhe. Und so brütete ich in schlechter Laune vor mich hin, als ich am Ende der zweiten Supermarktwoche mit dem Fahrrad in den Waldweg einbog, der zur Huta führte.

Ich sah auf und wäre beinahe mit dem Rad ins Schlingern geraten, denn am Ende des Weges stand auf dem Parkplatz vor der Huta eine mir wohlvertraute Gestalt. Ich fuhr langsam weiter und blinzelte ein paarmal. Aber die Erscheinung, die hier komplett fehl am Platz wirkte, verschwand nicht. Mit ein paar Metern Abstand hielt ich an und wir sahen uns in die Augen.

»Was um Himmels willen machst du denn hier?«, fragte ich.

»Hallo, Larchen, ich weiß, das kommt jetzt wahrscheinlich sehr überraschend. Aber ich würde gerne mit dir sprechen. Und zwar persönlich. Deswegen bin ich hier raufgekommen«, sagte er.

Es war Marcel.

♥

Wir saßen auf der schmalen Terrasse von Fietes Kneipe, jeweils ein Bier und den gemeinsamen grandiosen Ausblick aufs Meer mit dem Versprechen auf einen wunderschönen Sonnenuntergang vor uns.

Marcel hatte verwundert registriert, wie vertraut ich offenbar mit diesem einschlägigen Kneipenwirt war, sich aber einen Kommentar verkniffen. Stattdessen beobachtete er mich schon die ganze Zeit mit einem merkwürdigen Ausdruck im Gesicht, der wohl am ehesten mit *freudiger Überraschung* zu umschreiben gewesen wäre.

»Du guckst so«, wies ich ihn darauf hin und versuchte, seine Miene nachzuahmen. »Wieso? Ich meine, du wusstest ja schließlich, dass du mich hier treffen würdest. Wieso siehst du so … erstaunt aus?«

Marcel grinste, als er mein Gesicht sah. »Echt? So guck ich?« Er versuchte, seine Miene in den Griff zu bekommen, und zog deshalb ein paar Grimassen, sodass ich beinahe lachen musste. »Ich weiß auch nicht richtig, wieso. Klar wusste ich, dass du hier bist. Hab mich schließlich bestens auf das Gespräch vorbereiten können auf der Fahrt – hab bei Hamburg zwei Stunden im Stau gestanden … ich sag dir, wenn die da nicht irgendwann mal was ändern, wird das Verkehrssystem um diese Stadt herum mal komplett kollabieren. Sie müssten …«

»Marcel?«, unterbrach ich ihn.

»Hm?«

»Du bist doch nicht hier, um mit mir über deine sicher bestens ausgefeilten Pläne zur Umleitung des Fernverkehrs um Hamburg zu sprechen?«

Mein Mann … mein Exmann … blies die Wangen auf. «Nein«, sagte er dann und wirkte in seiner plötzlich irgendwie offiziellen Ernsthaftigkeit seltsam fremd. »Nein, deswegen bin ich nicht hier. Aber du wirkst so … verändert. Zum Positiven, meine ich. So frisch. So anders eben.«

»Und das überrascht dich?«

»Hab nicht damit gerechnet.«

»Warum bist du also hier?«

Er schluckte. »Ich bin hier, weil ich dir was zeigen wollte.« Damit griff er nach seiner braunen Aktentasche. Es war die, die ich ihm vor drei Jahren zu Weihnachten geschenkt hatte, mit seinen Initialen darauf. Er war ganz verliebt in sie gewesen. Mittlerweile war sie ein wenig abgegriffen, weil er sie täglich benutzte, doch das ließ sie nur noch wertvoller scheinen. Er öffnete die Tasche und zog eine schwarze Kladde heraus, die er vor mir auf den Tisch legte.

Ich warf ihm einen verblüfften Blick zu. Doch er nickte nur zustimmend. Also griff ich danach, löste das Gummi und klappte die Kladde auf. Doch der Inhalt trug so gar nicht dazu bei, meine Verwirrung aufzulösen. Stattdessen wusste ich nun gar nicht mehr, was Marcels Besuch hier zu bedeuten hatte.

»Wieso bringst du mir diese Unterlagen vom Anwalt?«, wollte ich wissen und blätterte durch die Seiten. Tatsächlich. Es waren die Papiere, in denen Marcel Vorschläge zur Aufteilung unseres gemeinsamen Besitzes gemacht hatte. »Sieht für mich so aus, als sei alles ganz ordentlich unterschrieben. Jeweils von uns beiden. Überall, wo Unterschriften hingehören und … Moment mal!« Ich besah die Papiere genauer. Dann warf ich Marcel einen erneuten Blick zu. Seine Miene wirkte äußerst angespannt, nahezu ängstlich. »Das sind die Originale, richtig, in dreifacher Ausfertigung?«

Er nickte.

»Was machen sämtliche Ausfertigungen in einer Mappe in deiner Aktentasche? Wieso liegt nicht eine Ausfertigung beim Anwalt?«

Und da fiel es mir wie Schuppen von den Augen. Ein paar Sekunden konnte ich gar nichts sagen, sondern starrte nur auf die Papiere vor mir. Als ein Wind über die Terrasse fuhr und durch die Seiten raschelte, löste ich mich aus meiner Erstarrung und schlug die Kladde schnell zu.

»Was ist passiert?«, fragte ich.

Marcel räusperte sich, offenbar hatte er einen ziemlich trockenen Hals. »Schon vier Wochen nachdem du so überstürzt hierhin aufgebrochen warst …«

»Du meinst, vier Wochen nachdem du mich um die Scheidung gebeten hattest, um deine Geliebte heiraten zu können?«, korrigierte ich ihn.

Marcel taxierte kurz mich und auch das Bierglas vor mir. Doch meine Hände lagen locker auf dem Tisch. Wahrscheinlich war er froh, dass kein Briefbeschwerer in Reichweite war.

»Genau«, stimmte er mir zu. »Also, vier Wochen danach war es … war es …«

Ich hielt es einfach nicht mehr aus: »Es ist aus zwischen dir und Tatjana«, sagte ich ihm auf den Kopf zu.

Marcel wirkte ehrlich zerknirscht. »Sie hat mir gestanden, dass sie …« Offenbar fiel ihm das, was er zu sagen hatte, sehr schwer. »… dass sie die Schwangerschaft nur vorgetäuscht hatte. Sie wusste ja, dass ich so gern noch Kinder hätte, und hat wohl geglaubt, es wäre der beste Weg, um eine schnelle Entscheidung herbeizuführen.«

«Ein jahrtausendealtes Motiv«, schnaubte ich. Aber, verflixt, ich konnte nicht leugnen, dass der leise Schmerz in seinem vertrauten Gesicht mich irgendwie berührte.

»Ist mir klar«, murmelte Marcel mit gesenktem Kopf. »Aber als ich das begriffen habe, war es schon zu spät. Ich hatte dich betrogen. Ich hatte unsere lange, gute Ehe einfach so weggeworfen. Du warst hier oben. Und ich war mir plötzlich nicht mehr sicher, ob ich das Richtige getan hatte. Nein, besser gesagt: Ich war mir plötzlich ziemlich sicher, das Falsche getan zu haben. Denn als sie und ich uns dann nicht mehr über das Baby …« Er räusperte sich, weil seine Stimme mit einem Mal ein wenig heiser klang. »Also, als wir dann nicht mehr dieses gewisse Thema hatten, war es ganz offensichtlich, dass es keine anderen Gemeinsamkeiten gab. Jedenfalls nicht so wie zwischen dir und mir.«

Ich wandte mich von ihm ab und sah aufs Meer hinaus. Am Himmel segelten ein paar Möwen. Zwei Wasservögel ritten auf den Wellen und tauchten abwechselnd unter, um an einer anderen Stelle wieder aus dem Wasser zu schießen wie Korken. An diesem Strandabschnitt war nicht so viel los wie an vielen anderen, aber auch hier waren etliche Touristen dabei, gerade ihre Sachen zusammenzupacken und zum Abendessen ins Hotel oder auf den Campingplatz zurückzukehren. Weit am Horizont zog ein großer Schoner vorbei, während die Sonne sich langsam ihrem heutigen großen, rotglühenden Schauspiel entgegensenkte.

Ich hatte mich selbst immer für eine Rationalistin gehalten. Sachlich, vernünftig, gewissenhaft. Aber auch ich hatte mich in den ersten Tagen nach Marcels Eröffnung im April immer mal wieder bei der Vorstellung ertappt, wie es wäre, wenn er zu mir zurückkommen wollte. Ich war so stocksauer, so verletzt, so durcheinander gewesen, dass ich mir trotz aller Ratio dramatische Szenen ausgemalt hatte – in denen ich ihn angeschrien und hochkantig hinausgeworfen hatte, in denen ich ihn eiskalt und ohne ein Wort hatte abblitzen lassen, in denen ich das Gefühl von höchst befriedigender Genugtuung ausgekostet hatte. Doch jetzt stellte sich nichts davon ein. Mir war weder nach Schreien noch nach unterkühlten Diva-Blicken, und genießen konnte ich diese Situation schon mal gar nicht. In mir herrschte außer dem Gefühlschaos, an das ich mich in den letzten Wochen beinahe gewöhnt hatte, in erster Linie ein Gefühl vor: Ratlosigkeit.

»Komm zurück, Larchen«, sagte Marcel leise und legte seine Hand auf meine. Ich sah, dass er unseren Ehering immer noch – oder vielleicht wieder? – trug. »Was ich dir angetan habe, tut mir unsagbar leid. Ich kann dir gar nicht sagen wie sehr. Ich vermisse dich. Ich vermisse unsere gemeinsamen Abende, unser Lachen.«

Er kannte mich immer noch so verdammt gut. Er wusste genau, dass er jetzt nicht viel mehr sagen musste. Seine Worte hat-

ten mich erreicht. Und vorsichtig versuchte ich, es mir vorzustellen.

Ich dachte an die Autobahnfahrt. Dachte daran, mit meinen Koffern in unser Haus zurückzukehren. Bestimmt würde
es sich immer noch ganz vertraut anfühlen. Wir wären beide
anfangs wahrscheinlich sehr behutsam im Umgang miteinander. Vorsichtig, um nichts falsch zu machen. Wir würden reden müssen, sicher auch das eine oder andere Mal streiten.
Und dann würden wir eines Morgens zusammen zur Firma
fahren und ... krrrrzzzz ... Ich blinzelte.

Nein. Daran stimmte etwas nicht. An dieser Vorstellung
stimmte etwas ganz und gar nicht.

Das war mir aber nicht klar geworden, als ich mir uns in
unserem gemeinsamen Haus und bei der Alltagsroutine vorgestellt hatte. Nein, dass sich alles in mir dagegen sträubte zurückzukehren, war mir erst in dem Moment aufgegangen, in
dem ich mich in die Firma hatte gehen sehen.

Vorsichtig zog ich meine Hand unter seiner fort. «Ich hab
mich verändert, Marcel. Die Zeit hier hat etwas in mir ans
Licht gebracht, von dem ich gar nicht wusste, dass es da ist.
Die Arbeit in der Huta, der tägliche Umgang mit den Hunden. Ich hätte nie gedacht, dass ich so einen Job würde lieben
können. Aber genauso ist es. Ich habe etwas entdeckt, das mir
wirklich Freude macht und mich ausfüllt.«

Marcel beugte sich energisch vor. »Aber wenn es das ist,
was dich zögern lässt, ist das doch gar kein Problem! Du
könntest dir doch im Ruhrgebiet auch so etwas aufbauen.«

Seine enthusiastische Bereitschaft, sich auf eine Hundetagesstätte in der Familie einzulassen, zeigte mir, dass Marcel es
wirklich ernst meinte. »Während du deine eigene Huta auf-
baust, könnten wir uns vorsichtig wieder an unsere Ehe ran-
tasten?«, setzte er hinzu. »Das wäre doch wunderbar, gemeinsam so etwas Neues auszuprobieren, wenn es dich so ausfüllt.
Hey, wie wäre es, wenn ich einfach noch ein paar Tage auf der

Insel bleibe und du dir das Ganze in aller Ruhe durch den Kopf gehen lässt?«

Er sah mich mit blitzenden Augen an. Doch dann wurde sein Lächeln plötzlich schwächer. Er spürte mein Zögern.

Eine Weile sagte keiner von uns ein Wort.

»Es ist nicht nur das, oder?«, fragte er schließlich leise.

Ich dachte an Xena und Galana, an Bilbo und Kira und Harvey und all die anderen Vierbeiner in der Hundehütte Usedom. Ein jeder von ihnen eine so unverwechselbare Persönlichkeit. Ein anderer Ort. Andere Hunde. Es wäre nicht dasselbe. Aber abgesehen davon hatte Marcel recht.

»Nein«, sagte ich und sah hinaus aufs Meer, in das die Sonne gerade rotgolden tauchte. »Es ist nicht nur das.«

40. Kapitel

Welche seltsamen Wendungen das Leben doch nehmen konnte.

Zuerst waren mir Marcels Fehltritt und meine überstürzte Flucht nach Usedom vorgekommen wie die größte Katastrophe in meinem bisherigen Leben. Alles schien kopfzustehen. Doch dann hatte der Sand im aufgewühlten Meeresarm meines Daseins sich langsam wieder gesetzt. Und mit einem Mal war ein Muster zu erkennen gewesen, das ich verwundert und mit großen Augen angestaunt hatte.

Marcel und ich verabschiedeten uns vor Fietes Kneipe mit einer Umarmung. Sie dauerte lange genug, um in den anderen, den wir doch so gut kannten, hineinspüren zu können. In ihm konnte ich ein wenig Erleichterung fühlen, aber auch eine leise Furcht und die angebrachte Portion Scham. Ich wusste, dass auch er in mir etwas spüren konnte, nämlich dass ich hoffte, ihm den Betrug mit Busen-Tatjana irgendwann tatsächlich verzeihen und eine gute Freundin für ihn sein zu können. Und dass ich nicht mehr »Larchen« war, sondern nur noch Lara.

Dann gingen wir in unterschiedliche Richtungen davon. Ich zur Huta, er zu der kleinen Pension, in der er jetzt zur Hochsaison Anfang August gerade noch ein Zimmer hatte ergattern können. Dort, hatte er mir gesagt, würde er seinen Urlaub verbringen. Dass er beschlossen hatte, so lange in meiner Nähe zu bleiben, zeigte mir, wie ernst es ihm mit seinem Bedauern und dem Wunsch nach einem Neuanfang war. Doch auch wenn ich mir vorstellen konnte, hin und wieder etwas Zeit mit ihm zu verbringen, wusste ich: Es würde an meiner grundsätzlichen Entscheidung nichts mehr ändern. Denn meine Gefühle für ihn hatten sich geändert.

Tiffany überschlug sich fast vor Freude, als ich zurückkam, und ich musste über ihren Eifer, mich zu begrüßen, lachen.

Britt fragte nur: »Hat er dich gefunden?«

»Ja«, antwortete ich. »Wir haben ein bisschen geredet.«

»Hm.« Ich sah ihr an, dass sie gerne mehr erfahren hätte. Aber ihr Insel-Einheimischen-Gen kam zum Tragen, und sie verkniff sich weitere Fragen.

Ich war froh darum, denn ehrlich gesagt hätte ich nicht gewusst, was ich ihr hätte sagen sollen. Marcels plötzliches Auftauchen und seine Bitte um meine Rückkehr hatten mich mächtig durcheinandergebracht. Am meisten wühlte mich auf, dass ich mit einem Mal so deutlich vor mir sah, was ich wirklich wollte: Ich wollte den Job fortführen, den ich hier auf Usedom so zu lieben gelernt hatte.

Dieser Job und, nun ja, das musste ich mir inzwischen eingestehen, auch seine grünäugige Begleiterscheinung hatte mich zum ersten Mal seit Jahren wieder richtig lebendig gemacht.

Als ich am Abend das Nachtlager für Tiffany und mich bei Xena aufschlug, lauschte ich auf die Geräusche der kleinen Hundefamilie und musste plötzlich mit den Tränen kämpfen. Denn eines war mir nun klar geworden: Wie wahnsinnig schwer mir der Abschied fallen würde. Von der Insel. Von den Vierbeinern und Zweibeinern, die mir ans Herz gewachsen waren. Und natürlich auch von einer ganz bestimmten Person, an die zu denken ich so gern vermeiden wollte, wobei ich so kläglich versagte.

Nach dem Aufwachen am Sonntagmorgen kam ich mir recht verkatert vor – was definitiv nicht an dem einzigen Bier des gestrigen Abends liegen konnte.

Britt war schon in aller Frühe aufgebrochen, um den Tag mit ihrer Nia auf einem kleinen Segelboot draußen auf dem

Wasser zu genießen. Und so dachte ich eigentlich, dass ich den sonnigen Tag in erster Linie hier drinnen bei Xena verbringen würde – doch um die Mittagszeit erschien plötzlich Mandy mit einer Freundin, und es war klar, dass sie gerne so lange wie möglich bei Mutter und Welpen bleiben würden.

»Super!«, freute ich mich. »Dann kann ich mit Tiffany einen Spaziergang am Strand machen. Mandy, du weißt ja, dass du nebenan im Kühlschrank Getränke findest, und es müssten auch noch ein paar Sachen zum Knabbern da sein. Bedient euch einfach.« Die beiden bedankten sich, und ich wollte schon hinausgehen, als ich noch einmal innehielt. »Hast du eigentlich in der letzten Zeit irgendwas von Richard gehört?«, erkundigte ich mich, als sei mir diese Idee erst gerade ganz nebenbei gekommen.

Mandy und ihre Freundin tauschten einen sehr kurzen Blick, den sie möglichst unauffällig zu halten versuchten. Daraufhin sah Mandy mich mit ihren großen blauen Augen an und schüttelte den Kopf. »Nein. Wieso?«

»Ach … nur so.« Ich nickte ihnen zu und machte mich mit Tiffany auf den Weg.

Am Hundestrand war es ziemlich voll. Natürlich, es war Wochenende, immer noch Ferienzeit, und die Sonne lachte vom Himmel. Jeder, dessen Hund nicht vor dem kühlenden Nass zurückschreckte, wollte seinem Vierbeiner gern ein bisschen Abkühlung ermöglichen.

Tiffany sauste über den Sandstreifen hin und her, kläffte die Möwen an und tat so, als würde sie erschrecken, wenn eine Welle über ihre Pfoten schwappte. Mittlerweile nahm ich zwar alibimäßig noch ihre Leine mit, aber in der Regel rannte das Pudelmädchen frei um mich herum. Noch nie hatte sie Anstalten gemacht wegzulaufen. Deswegen war ich nicht darauf vorbereitet, als sie plötzlich Gas gab und sich über die übliche Distanz hinaus und immer schneller von mir entfernte.

«Tiffany!«, kreischte ich entsetzt. Ein paar Jugendliche in meiner Nähe brachen in Gelächter aus.

»Schnauze!«, blaffte ich sie an und spurtete los, um meinen Pudel wieder einzufangen. Sie war im Gewimmel der vielen Menschen mit deren Hunden nicht mehr auszumachen. Doch als ich etwa hundert Meter weit gekommen war, sah ich sie plötzlich. Sie sprang um eine Frau herum, die mit einem jungen Pärchen zusammenstand, das zwei Ridgebacks an der Leine hielt. Ich traute meinen Augen kaum: Es war die Keksfrau, wie ich sie heimlich getauft hatte, die freitags stets ohne Vierbeiner im Huta-Shop auftauchte und von jeder Sorte Hundekekse einen Beutel kaufte.

Keuchend wurde ich langsamer und beobachtete, wie die Keksfrau sich zu Tiffany beugte, sie streichelte und sich dann suchend umsah. Als sie mich erblickte, winkte sie.

Ich stapfte durch den Sand zu der kleinen Gruppe hinüber, unendlich erleichtert, dass Tiffany nicht plötzlich die große Freiheit gesucht, sondern einfach nur eine nette Bekannte hatte begrüßen wollen.

»Ich habe mir schon gedacht, dass Sie nicht weit sein können«, sagte die Keksfrau lächelnd zu mir, während Tiffany sich vor sie in den Sand setzte und mit den Vorderpfoten *Winkewinke* machte. Ein ausgesprochen albernes Kunststückchen, das aber seine Wirkung nie verfehlte.

»Ohhhh, wie süüß!«, schwärmte jetzt auch das Ridgeback-Frauchen. Ihr Begleiter grinste. »Dafür sind unsere zu groß.«

Mir fiel auf, dass die beiden großen Hunde sehr artig kerzengerade saßen und die Keksfrau nicht aus den Augen ließen. »Noch einen letzten?«, fragte die und raschelte mit einer Tüte. Sofort fing Tiffany wieder mit dem Winken an. Zuerst bekamen die beiden großen Artgenossen, dann – nach einem fragenden Blick und Nicken meinerseits – das kleine Pudelchen einen Keks zugeschustert. Die Verpackung kannte ich nur zu gut.

»Danke im Namen von Motombo und Zuri«, strahlte das junge Frauchen.

»Bis demnächst mal wieder«, sagte der Mann. Und dann gingen sie mit ihren Hunden weiter.

Die Keksfrau machte Anstalten, sich auch von mir zu verabschieden, doch plötzlich ging es mit mir durch.

»Darf ich Sie mal was fragen?«, platzte ich heraus.

Die ältere Frau, wie immer sehr adrett angezogen, aber barfuß und mit den Sandalen in einem Netzbeutel über der Schulter, war gerade noch damit beschäftigt, Tiffany mit einem weiteren Keks abzuspeisen, nickte. »Sicher.«

»Haben Sie eigentlich einen eigenen Hund?«

Die Frau richtete sich auf und sah mich verwundert an. »Nein. Wieso fragen Sie?«

»Und warum nicht?«, wollte ich wissen, anstatt ihr zu antworten. »Sie sind doch eine echte Hundenärrin, das sieht man doch. Und dann diese Massen an Keksen, die Sie bei mir gekauft haben. Verteilen Sie die alle hier?«

Ihre Miene verschloss sich ein wenig. »Ich frage immer vorher die Besitzer«, rechtfertigte sie sich. »Ich weiß, dass man fremde Hunde nicht einfach so füttern soll.«

»Oh, das meinte ich gar nicht«, beteuerte ich rasch. »Ich meinte ...« Ich hob die Hände zum wolkenlosen Himmel und hoffte auf eine inselbewohnergerechte Eingebung. Aber sie kam nicht. Stattdessen brach offenbar meine Herkunft durch, und ich streckte der verblüfften Frau einfach meine Hand entgegen: »Jetzt haben wir uns schon etliche Male gesehen, und ich habe mich nie vorgestellt: Lara Munter. Ich bin ... war die Vertretung in der Hundehütte Usedom, wie Sie ja wissen. Und ich habe mich einfach schon so oft gefragt, warum Sie nie Ihren Hund dabeihaben, wenn Sie doch jede Woche Kekse für ihn kaufen.«

Für ein paar Sekunden konnte ich die Überraschung auf ihrem sympathischen, von Falten bereits sehr durchzogenen Gesicht erkennen. Doch dann lächelte sie mich plötzlich freundlich an. »Heide Sandersen. Tja, und des Rätsels Lösung ist: Ich habe keinen Hund, weil mein Vermieter keinen gestattet. Und so gehe ich fast jeden Tag hier spazieren und erfreue all diese hübschen, wunderbaren Tiere mit Ihren leckeren Keksen. Wissen Sie, dass die viel besser ankommen als die aus dem Zoogeschäft?«

»Wirklich?«

»Ja. Wahrscheinlich weil sie frischer sind. Und dann natürlich auch die guten Zutaten. Und keine Farb- oder Konservierungsstoffe«, nickte sie begeistert.

»Frau Sandersen, wir könnten Sie ja als Werbefachfrau für den Shop anstellen!«, rief ich. Wir lachten beide.

Frau Sandersen beugte sich wieder zu Tiffany und forderte sie durch Anstupsen zum Spielen auf. Das Pudelchen ging natürlich sofort darauf ein.

»Wollen wir ein Stückchen zusammen gehen?«, schlug ich vor.

Und egal, was Niklas immer über die Zurückhaltung der Usedomer gepredigt hatte, ich war mir hundertprozentig sicher, dass sie sich über mein Angebot sehr freute. Also schlenderten wir gemeinsam weiter.

»Ich wohne schon seit zwanzig Jahren in meiner Wohnung«, erzählte Frau Sandersen. »Seit mein Mann auf See geblieben ist. Man sollte doch meinen, zwanzig Jahre würden ausreichen, um Vertrauen zu gewinnen. Aber mein Vermieter ist ein sturer Kerl. Ich war sogar mal beim Mieterschutzbund, und die meinten, er dürfe die Hundehaltung gar nicht verbieten. Aber ich will keinen Streit im Haus.«

»Und wenn Sie einfach umziehen? In eine Wohnung, in der Hundehaltung erlaubt ist?«

»Hatte ich vor, hatte ich wirklich vor, Frau Munter. Aber dann hat eine Freundin von mir sich eine Katze angeschafft. Alles war prima. Bis sich herausstellte, dass das Kind in der Wohnung nebenan schlimmes Asthma hatte und es durch die Katze im Haus unerträglich wurde. Sie musste das arme Tier zurück ins Tierheim bringen.« Frau Sandersen schüttelte den Kopf. »Da dachte ich, so was will ich auf keinen Fall erleben. Eine Garantie gibt's ja nun mal nirgendwo, oder?«

»Nein«, seufzte ich. »Wahrscheinlich nicht.« Aber in meinem Kopf machte sich ein leises Klingeln bemerkbar. Irgendetwas klopfte an die Tür zwischen Unbewusstsein und Erkennen und wollte unbedingt rausgelassen werden – und zwar ziemlich dringend. Ich runzelte die Stirn.

»Hallo, Frau Sandersen«, grüßte da ein distinguierter Herr mit schlohweißem Haar und Strohhut.

»Herr Christiansen! Wo ist denn der Anton? Ach, da ist er ja!« Ein steifbeiniger Jack Russell Terrier kam herbei und ließ den Schwanz kreisen. Offenbar kannte auch er diese herzige Quelle der besten Usedomer Hundekekse. Frau Sandersen und der Terrierbesitzer unterhielten sich kurz. Es wurden noch mehr Kekse spendiert. Dann wanderten wir weiter.

»Welche Rasse gefällt Ihnen am besten?«, erkundigte ich mich bei der Hundenärrin neben mir.

Doch sie winkte ab. »Hören Sie auf mit so was! Ich durchschaue, was Sie vorhaben! Aber glauben Sie mir: Es geht wirklich nicht!«

»Aber ganz hypothetisch gesprochen?«, ließ ich nicht locker.

Sie seufzte. »Ganz hypothetisch? Würde ich sagen: Es gibt keine Rasse, die mir besonders gefällt. Ich würde einfach ins Tierheim fahren und sagen: Welches dieser Schätzchen könnte mit einer alten Schachtel wie mir glücklich werden? Und den würde ich dann mitnehmen.«

Sie lächelte mich an. Ich lächelte zurück.

Mir war gerade klar geworden, was zu tun war. Nur war mir noch nicht klar, wie ich das anstellen sollte.

41. Kapitel

Ich brauchte dringend etwas Zeit zum Nachdenken.

Nachdem Frau Sandersen und ich uns verabschiedet hatten, lief ich mit Tiffany vom Strand aus über die Fahrradstrecke durch den Wald bis hinauf nach Karlshagen und dort wieder am Strand entlang. Irgendwann wurde die Hündin müde. Ich nahm sie hoch und sie kuschelt sich in meine Armbeuge.

Ich hatte noch nicht lange Hundeerfahrung, aber mein Bauchgefühl sagte mir ganz eindeutig, dass diese kleine Seele hier ein unkompliziertes Tier war. Durchaus für eine Hunde-Anfängerin geeignet. Vorausgesetzt, die Hundeanfängerin dürfte in ihrer Wohnung einen Hund halten. Eine Wohnung, in der ihr garantiert werden könnte, dass ganz bestimmt keine Umstände eintreten könnten, unter denen sie sich von ihrem Vierbeiner wieder würde trennen müssen.

Ich wusste, es gäbe einen sehr einfachen Weg, wie ich in Erfahrung bringen könnte, ob mein – wie ich fand – genialer Plan tatsächlich umsetzbar wäre: Ich könnte Britt fragen, ob sie die Vermittlerin geben würde. Doch diese Variante behagte mir nicht. Wenn ich es so machen würde, käme ich mir vor, als würde ich einer Konfrontation ausweichen. Als würde ich eine Begegnung vermeiden, die ich jedoch dringend noch suchen sollte – und zwar nicht nur Tiffany, sondern auch meiner selbst wegen.

Als ich schließlich am Strand umkehrte, um wieder zurückzugehen, war ich mir sicher: Nur ich allein konnte diesen Part übernehmen. Und erst wenn ich das hinter mich gebracht hätte, wäre ich bereit, mich mit dem bevorstehenden

Abschied von der Insel und allem, was ich nun damit verband, auseinanderzusetzen. Denn um woanders einen Neuanfang zu wagen, musste man wohl erst mit allem anderen abgeschlossen haben.

♥

Es war bereits acht Uhr am Abend, als ich vor dem windschiefen Gartentörchen ankam. Das Windspiel aus Muscheln und vom Meer abgeschliffenem buntem Glas im hölzernen Bogen darüber klimperte leise im lauen Wind.

Ich versuchte, den Kloß in meinem Hals herunterzuschlucken, öffnete tapfer das Tor und ging auf das Haus zu. Doch noch bevor ich mich bemerkbar machen konnte, bog jemand um die Hausecke und blieb bei meinem Anblick wie angewurzelt stehen.

»Hallo, Niklas«, sagte ich und versuchte ein neutral freundliches Lächeln, das wahrscheinlich etwas nervös wirkte.

»Lara«, sagte er nur. Ganz ähnlich, wie er es getan hatte, als ich zum ersten Mal hier unerwartet aufgetaucht war. Irgendwie schien ihm bei meinem Anblick wohl nichts anderes einzufallen.

»Störe ich?«, fragte ich zaghaft.

»Nein, ich wollte nur gerade …« Er stellte die beiden großen Gießkannen ab, die er getragen hatte. Wir blickten auf die Hortensienbüsche, die an der Hauswand standen.

«Oh, lass dich nicht abhalten.«

Er sah mich kurz an, nahm dann eine der Kannen und leerte sie an den Sträuchern. Dann auch die zweite. »Es ist doch nichts mit Xena?«, wollte er über die Schulter gewandt wissen.

»Nein, nein. Mandy ist mit einer Freundin bei ihr. Sie bestellen gerade Pizza. Also … für sich selbst, nicht für Xena.« O Gott, was faselte ich da!

«Ist was mit Tiffany?«, hakte Niklas nach. Das Pudelmädel begann auf meinem Arm zu zappeln. Offenbar war sie ausgeruht. Ich setzte sie ab.

»Nein. Sie war nur müde. Wir waren zu Fuß bis zum Strand in Karlshagen und sind da lange am Wasser unterwegs gewesen«, erklärte ich.

Niklas riss die Augen auf. »Und dann noch den Weg zurück?«

»Zurück habe ich uns gerade ein Taxi spendiert«, gab ich zu. »Ich möchte gerne etwas mit dir besprechen.«

Plötzlich wirkte auch Niklas ein wenig nervös. »Ah ja? Sollen wir uns dazu vielleicht in den Garten setzen?«

Ich nickte und folgte ihm ums Haus herum. Tiffany trippelte voraus und beschleunigte sofort, als sie auf der kleinen Terrasse hinter dem Haus Pauline in einem letzten Sonnenfleck liegen sah. Pauline ihrerseits brauchte nur etwa drei Sekunden vom Aufwachen bis zum Beginn eines wilden Spiels über die Rasenfläche.

Niklas bot mir einen Stuhl an einem wackligen Holztisch an und setzte sich mir gegenüber.

»Vermutlich wirst du den Beginn meiner Geschichte nicht so toll finden, weil ich mich mal wieder eingemischt und die Usedomer Zurückhaltung nicht gewahrt habe«, begann ich.

Niklas sah peinlich berührt aus. Wahrscheinlich erinnerte ihn diese Formulierung an meinen Ausraster in unserem dicken Streit. Also fuhr ich schnell fort: »Aber das hat zu etwas wirklich Gutem geführt. Und zwar glaube ich, dass wir gleich mehrere Fliegen mit einer Klappe schlagen könnten. Erinnerst du dich an die ältere Dame, die du mal im Shop getroffen hast, als sie Kekse gekauft hat, obwohl sie keinen Hund dabeihatte?«

Ich berichtete Niklas von dem zufälligen Treffen mit Frau Sandersen am Strand. Zuerst sah er eher verwundert aus und schien sich zu fragen, worauf das hinausführte. Doch als ich zu dem Punkt kam, an dem die Hundenärrin mir erklärt hatte, aus welchem Grund sie keinen Vierbeiner an ihrer Seite hatte, merkte er auf. In seine Augen – ich verbot mir energisch, wieder einmal zu denken, dass sie wunderschön waren! – trat ein interessiertes Glitzern.

»Ich habe ihr von meiner Idee noch nicht erzählt«, schloss ich. »Aber ich bin ziemlich sicher, dass sie mit Kusshand zugreifen würde, wenn du ihr das kleine Häuschen zur Miete anbieten würdest.«

Niklas strahlte. »Super Neuigkeiten! Ich habe gestern noch zu Freia gesagt, dass ich mir ernsthaft überlegen muss, das Häuschen doch an Feriengäste zu vermieten, wenn ich nicht langsam einen geeigneten Mieter finde. Hey, willst du es dir mal ansehen?«

Seine Begeisterung freute mich. Ich nickte.

Niklas sprang auf und verschwand kurz im Haus, um den Schlüssel zu holen. Dann gingen wir durch den kleinen Garten zu dem anderen Häuschen hinüber.

»Ist noch ein bisschen kleiner als meins«, sagte er, als er die Tür aufstieß und mir den Vortritt ließ. Tatsächlich bestand das Haus aus einem sehr großen Wohnraum mit einer Terrasse, die zur anderen Seite hinausging als die von Niklas. Der Küchenbereich war durch eine Theke aus maritim blauweiß gestrichenem Holz abgetrennt. Vom Flur aus gingen die Türen zum kleineren Schlafzimmer und dem modern gekachelten Badezimmer ab. Natürlich waren die Zimmer nicht eingerichtet, aber alles sah frisch und erst kürzlich renoviert aus.

»Perfekt, würde ich mal sagen!« Ich stellte mir Frau Sandersens Gesicht vor, wenn ich ihr von dieser Neuigkeit berichtete. Und mich überkam der starke Impuls, Niklas vor lauter Dankbarkeit zu umarmen. Vielleicht konnte er Gedanken lesen oder so etwas, denn plötzlich wirkten wir beide sehr verlegen, wie wir so voreinander standen.

»Danke«, sagte er und überraschte mich damit komplett. »Danke, dass du dich so einsetzt für Tiffany und für eine Fremde, die du gar nicht kennst. Ich glaube, das ist wohl so deine Art, hm? Wegen der hast du auch Britt deine Hilfe angeboten und ihr ermöglicht, ihren großen Traum zu verwirklichen.«

Seine Stimme klang beinahe ... liebevoll? Mein Herz schlug rascher. Aber ich ermahnte mich zur Vernunft. Schließlich hatte Niklas erst gerade noch Freias Namen erwähnt.

«Na ja«, stammelte ich verwirrt. »Ich habe einen Job gesucht. Und so war mein Vorschlag wahrscheinlich etwas, das uns beiden nützlich war.«

»Trotzdem ...« Niklas schüttelte den Kopf. Plötzlich machte er den Eindruck, als wolle er unbedingt etwas loswerden. »Ich hab viel nachgedacht, nachdem wir neulich so unschön auseinandergegangen sind. Und ich wollte dir sagen ... es tut mir leid, dass ich dich so egoistisch hingestellt habe. Du ... du sollst wissen, dass das wirklich nicht das Bild ist, das ich von dir habe. Und es war nicht richtig von mir, mich in deine persönlichen Angelegenheiten zu mischen.«

Ich wusste kaum, wohin ich nach seiner kleinen Ansprache schauen, geschweige denn was ich sagen sollte.

Und als Niklas mir jetzt seine Hand hinhielt, konnte ich nur verblüfft darauf starren.

«Wieder Freunde?«, fragte er.

Bei jedem anderen wäre ich mächtig gerührt gewesen und hätte einen dicken Drücker daraus gemacht. Doch jetzt konnte ich irgendwie nicht verhindern, dass der Kloß in meinem Hals sich wieder meldete.

War es nicht das, was du wolltest, Lara, fragte ich mich selbst. *Reinen Tisch bei deinen Angelegenheiten machen?! Etwas zum Abschluss bringen, das nie richtig angefangen hat?!*

Also nahm ich seine Hand. »Wieder Freunde!« Unsere Berührung dauerte vielleicht nur eine Sekunde länger, als es üblich gewesen wäre. Aber möglicherweise irrte ich mich auch, und es kam mir nur ein wenig länger vor?

Niklas räusperte sich. »Tja, also, wenn Frau Sandersen wirklich Tiffany bei sich aufnehmen möchte, würde ich mich sehr freuen, wenn sie hier einziehen würde. Vielleicht gibst du ihr einfach meine Nummer, und ich spreche persönlich mit ihr, vereinbare einen Besichtigungstermin und so?«

»Das wäre wunderbar.«

Wir verließen das Häuschen wieder, in dem hoffentlich bald Tiffany und ihr neues Frauchen zu Hause sein würden. Ich spürte, wie mein Herz bereits leichter zu werden begann. Doch dann, während er den Schlüssel im Schloss umdrehte, fragte Niklas mit seltsam dünner Stimme: »Darf ich denn fragen ...? Also, wie steht es mit Richard und dir?«

Scheibenkleister! Ich dachte, mich trifft der Schlag. Eine so direkte Frage hatte ich vom Meister der Zurückhaltung wirklich nicht erwartet. Und bevor ich auch nur eine Sekunde darüber nachdenken konnte, hatte ich mich zu ihm umgedreht und war schon herausgeplatzt: »Oh, verflixt, Niklas! Bitte nicht sauer sein, wenn ich dir jetzt was erzähle, ja? Aber wenn wir wirklich Freunde sein wollen, dann musst du eigentlich etwas wissen. Und ich hoffe nur, du reißt mir dann nicht den Kopf ab.«

Ich konnte seine Miene nicht deuten. Sie drückte so viele Emotionen aus, von Befürchtung über Schrecken bis hin zu Amüsement, dass ich es einfach aufgab, darin lesen zu wollen.

»Die Sache ist nämlich die, dass du mich neulich vollkommen falsch verstanden hast. Ich selbst bin doch gar nicht an Richard interessiert. Aber die wahre Geschichte wird dir bestimmt auch nicht schmecken ...« Und ich erzählte.

Weil wir währenddessen unseren Gang durch den Garten und um sein Haus herum fortsetzten, konnte ich nicht die ganze Zeit über sein Gesicht sehen. Doch ich hörte ihn nach Luft schnappen. Und als wir uns schließlich wieder auf die

Stühle auf seiner Terrasse fallen ließen, wirkte er geradezu fassungslos, aber auch erleichtert. Offenbar war er heilfroh, dass er sich in mir doch nicht getäuscht hatte. Das rührte mich. Und als er dann noch begann, ganz offen und ohne übliches Stillschweigen über seine Erfahrungen mit Mandys Ehemann Jan zu sprechen, spürte ich, dass unser Streit endgültig und komplett begraben war.

Womöglich bedeutete die Frau, mit der ich Jan in Wolgast gesehen hatte, ihm tatsächlich etwas. Doch davon abgesehen war Mandys Mann durchaus für seine Seitensprünge bekannt.

«Ein Kollege von mir spielt mit Jans bestem Kumpel Tennis. Da erfährt man so einiges«, meinte Niklas.

»Ach? Ich dachte, Usedomer reden nicht über andere?«, fragte ich spitz.

»Untereinander schon, aber nicht mit Fremden«, grinste Niklas. Er schien viel zu gut gelaunt, um sich über meine Bemerkung zu ärgern. »So oder so finde ich deine ursprüngliche Idee also gar nicht so schlecht.«

»Oh, danke.«

»Bitte.«

Wir grinsten uns an.

»Machst du also mit?«, wagte ich mich noch ein wenig weiter vor.

Er stutzte. »Mitmachen?«

Ich zuckte mit den Schultern. »Ich würde zu gerne bei Mandy noch mal einen Versuch wagen. Aber mir fehlte jemand, der das Gleiche bei Richard tut und ihm auch einen Schubs in die richtige Richtung gibt.«

Niklas überlegte einen Augenblick. Dann klopfte er entschlossen auf den Tisch. »Abgemacht!«

»Echt?«

»Ein Usedomer, ein Wort!«, versicherte er.

»Das wäre toll«, schwärmte ich. »Ich meine, es wäre ganz wunderbar, wenn wir dem Glück da noch eine kleine Hilfestellung geben könnten. Dann hätte ich das Gefühl, wirklich etwas erreicht zu haben in meiner Zeit hier oben. Britts Segelturn. Tiffany und Frau Sandersen. In dieser Sammlung fehlen eigentlich nur noch Mandy und Richard. Wenn es uns gelingt, Mandy vom untreuen Jan loszueisen – was sie selbst ja auch will – und ihr vielleicht noch einen Stupser in die richtige Richtung zu geben ... ja, dann könnte ich ruhigen Gewissens wieder nach Hause fahren.«

Ich sah Niklas nicht an, als ich das sagte, sondern beobachtete Pauline und Tiffany, die zusammen in der Wiese lagen und abwechselnd durchs Gras robbten und spielerisch nacheinander schnappten. Doch als ich die letzten Worte aussprach, konnte ich spüren, dass Niklas komplett einfror. »Du fährst also wieder zurück?«

»Ja. Sicher. Hier oben finde ich keine Arbeit, mit der ich es noch die nächsten zwanzig Jahre aushalten würde. Und ... na ja, vielleicht gibt es auch im Ruhrgebiet neue Perspektiven«, erwiderte ich.

»Perspektiven?«

Ich zögerte kurz. Doch dann erzählte ich ihm von Marcels gestrigem Auftauchen. Und wie er selbst die Idee zu einer Huta im Ruhrgebiet gehabt hatte.

Während ich redete, wurde mir klar, wie wichtig mir seine Meinung zu dieser verrückten Idee war. Vorsichtig musterte ich ihn. Er sah nicht mehr so locker und entspannt aus wie noch vor ein paar Minuten. Stattdessen saß er sehr aufrecht und hatte das Gesicht aufgesetzt, das zu seinem Professorentitel passte.

»Du denkst, ich kann das nicht?«, fragte ich zögernd.

»Wie?« Er schreckte hoch, als hätte ich ihn aus einem Tagtraum gerissen.

»Eine Hundetagesstätte«, wiederholte ich. »Findest du das vollkommen irrsinnig? Ganz davon abgesehen, dass ich selbst gar nicht weiß, ob ich das überhaupt will – lauter fremde

Hunde und so – fehlt mir ja auch die Erfahrung und …« Ich brach ab. »Sag doch bitte was«, bat ich ihn.

Ich konnte sehen, dass er sich einen Ruck gab. Und dann erschien ein Lächeln auf seinem Gesicht. Seine grünen Augen blieben dunkel. Doch um sie herum kräuselten sich diese kleinen Fältchen, die ich so mochte.

»Lara, ich hab nicht den geringsten Zweifel daran, dass du eine tolle Huta-Betreiberin wärst!«, sagte Niklas.

Und mehr, das versuchte ich mir jedenfalls einzureden, wollte ich ja auch gar nicht.

42. Kapitel

Was ich nie im Leben geglaubt hätte: Niklas und ich waren ein geniales Team, was das Planen eines weiteren Verkupplungsversuchs anging. Ich wollte meinen Ohren kaum trauen, als ausgerechnet von dem großen Befürworter der privaten Zurückhaltung genau der Vorschlag kam, den wir dann in die Tat umsetzen wollten.

Als Erstes hatten Niklas bei Richard und ich bei Mandy eine simple, aber wichtige Aufgabe zu erfüllen: Ganz nebenbei, aber deutlich genug, wollten wir den beiden jeweils einflüstern, dass uns zu Ohren gekommen sei, der (beziehungsweise die) andere sei vollkommen angetan von ihm (beziehungsweise ihr). Wie weit diese angebliche Begeisterung wohl gehen mochte, wollten wir getrost der Vorstellungskraft der beiden überlassen.

Ich war sicher, dass Richard Mandys offensichtlich hübsche Gestalt auf keinen Fall entgangen war, ebenso wenig wie ihr großes Herz. Im Gegenzug ging mir auch der Blick nicht aus dem Kopf, den Mandy mit ihrer Freundin getauscht hatte, als ich Richards Namen ausgesprochen hatte: ein deutliches Indiz dafür, dass sie den gut aussehenden, charmant-schüchternen Mann ihrer Vertrauten gegenüber bestimmt schon mehr als einmal erwähnt hatte.

Zusammen mit unseren wohlabgestimmten, winzigen Hinweisen würde das hoffentlich genau die Mischung ergeben, die wir zur Durchführung unseres Plans brauchten. Dies war die Saat, die wir auf den fruchtbaren Böden in den Herzen der beiden ausbringen wollten. Und da sowohl ich als auch erstaunlicherweise Niklas einen Heidenspaß dabei hatten, gestaltete sich dieser erste Part unseres gemeinsamen Plans äußerst erfolgreich.

Mandy bekam große Augen und nervöses Händeflattern, als ich scheinbar gedankenlos ein, zwei Andeutungen fallen ließ. Und Niklas berichtete, dass Richard, den er *absolut zufällig* am Hundestrand getroffen hatte, ganz genauso reagiert hatte. Nun mussten wir nur noch dafür sorgen, dass diese sorgfältig ausgebrachte Saat auch aufging. Zu diesem Zweck riefen wir für die Huta-Kunden eine lustige Hunde-Rallye ins Leben. Eine Art Hindernis-und-Aufgaben-Strecke entlang einer vorher festgelegten Route, auf der verschiedene Rätsel gelöst oder Aufgaben zusammen mit dem Hund bewältigt werden mussten.

Britt, die all ihre Freizeit zu Wasser und zu Land mit Nia verbrachte, wunderte sich offensichtlich über die plötzliche Einigkeit zwischen ihrem Bruder und mir, hatte aber nichts dagegen, dass wir für ihre Kunden am Wochenende ein kleines Event organisierten. Nia und sie würden sogar an einer Aufgaben-Station bereitstehen und darauf achten, dass alle Teilnehmer auch wirklich die dort vorgesehene Geschicklichkeitsübung mit ihrem Hund absolvierten.

Niklas' Vorschlag war schlicht, aber sehr effektiv: Zwei der Streckenpläne für die Teilnehmer waren ein wenig manipuliert und würden die Beteiligten von der tatsächlichen Route fort zum Achterwasser führen. Eine liebe Bekannte von Niklas, die dort direkt am Wasser den urigen Biergarten Kikis Bootsverleih betrieb, war eingeweiht: Sie würde Mandy und Richard in einem Ruderboot im Schwanendesign hinaus aufs seichte Wasser schicken, wo die beiden dann im strahlenden Sonnenschein ganz allein den kleinen Ausflug würden genießen können. Wenn sie sich dabei nicht unsterblich ineinander verliebten, würden Niklas und ich beide Besen fressen, wie wir uns gegenseitig versicherten.

Anfangs lief alles völlig nach Plan. Viele Huta-Kunden waren von der Idee angetan und wollten rasend gern mitmachen.

Richard hatte bereits zugesagt. Doch dann gab es diesen einen kritischen Moment, in dem Mandy, die zunächst ganz begeistert von der Idee schien, endlich mal wieder eine längere Tour mit Xena zusammen unternehmen zu können (und Jan würde wieder auf Geschäftsreise sein!), laut zu überlegen begann, dass die Welpen dann aber zu lange allein sein würden. Sie war kurz davor, mit der Hundemama bei den inzwischen vier Wochen alten, herumtobenden Rangen zu bleiben, als mir gerade noch die rettende Idee kam: Ich schlug vor, Inken und ihre Freundinnen zum Hundebabysitten zu verpflichten.

»Freia hat doch erst gestern noch gesagt, dass wir Xena unbedingt mal eine längere Pause von den Kleinen gönnen sollen. Die wilde Bande braucht sie ja wirklich nicht mehr um sich. Und Xena wird sich freuen, wenn sie nicht ständig mit nadelspitzen Zähen malträtiert wird und sich stattdessen mal wieder richtig bewegen kann«, setzte ich möglichst überzeugend hinzu. Es gefiel mir nicht besonders, aber Mandy hielt große Stücke auf die Meinung der schönen Tierärztin. Und deren Namen in den Ring zu werfen führte dann doch zu Mandys Zusage zur Rallye.

Niklas und ich rekrutierten Freunde und Bekannte für die Organisation des kleinen Wettkampfes. Freia war ebenso mit von der Partie wie Wiebke mit Lasse und Sönke. Auch Frau Sandersen hatten wir eingespannt, die an dem Tag nicht nur Tiffany, sondern auch den Sandwichstand am Ziel betreuen sollte. Sogar Marcel wollte seinen Anteil leisten, als ich ihm von dieser Aktion erzählte. Er entschied sich für die einfachste aller Aufgaben und bot an, am Start die Streckenpläne an die zeitlich versetzt startenden Teilnehmer auszugeben. Es konnte also losgehen!

Als am Sonntag das Wetter mitspielte und ein weiterer schöner Spätsommerinseltag heraufzog, war ich sicher, dass jetzt bei unserem geheimen Plan nichts mehr schiefgehen konnte.

Zur vereinbarten Zeit am Vormittag trafen sich alle Teilnehmer an dem gemütlichen Grillplatz nahe am Schilfgürtel, der unser Rallye-Ziel und späterer Picknickplatz sein würde. Ich erklärte den vierzehn mit ihren Hund antretenden Huta-Kunden noch einmal genau den Ablauf unseres kleinen Wettkampfes: »Also, insgesamt warten auf der Wegstrecke neun Stationen auf euch. Es gilt, drei Rätsel rund ums Thema Hund zu lösen, drei Geschicklichkeitsübungen zu bestehen, und dreimal muss Gehorsam präsentiert werden.«

»Vom Hund oder von uns?«, warf Uta ein, die mit ihrem riesigen Wuschel Harvey auch mit von der Partie war. Alle lachten. In der Runde sah ich nur vergnügte Gesichter. Mit einer einzigen Ausnahme … Mandy wirkte viel zu ernst für diesen schönen Tag, an dem sie sich doch laut unseres Plans so richtig gehenlassen sollte.

«Wenn ihr keine Fragen mehr habt, teilt ihr euch jetzt am besten in Fahrgemeinschaften auf – damit die meisten eurer Autos hierbleiben können und am Start nur ein paar stehen«, schlug ich vor.

»Ich kann auch vier Menschen und ihre Hunde mitnehmen!«, rief Marcel, der sich an meine Seite geschoben hatte. Ich konnte sehen, wie Niklas ihn zum wiederholten Mal an diesem Vormittag heimlich musterte.

»Ich auch. Und anschließend fahre ich weiter zu meiner Station.« Freia winkte und deutete zu ihrem Wagen hinüber.

Ich reichte Marcel die Liste mit den Namen der Starter. Die Reihenfolge, in der sie zur Rallye aufbrechen würden, hatten Niklas und ich im Vorfeld ausgelost – mit einer Ausnahme: Dass Mandy und Richard kurz hintereinander starteten, war natürlich Teil unseres Plans. Denn so würden sie einander hoffentlich schon bald über den Weg laufen und eine ganze Strecke gemeinsam unterwegs sein, bevor sie dann bei Kikis Bootsverleih endgültig zu zweit stranden würden.

Die Teilnehmer zogen also los, und ich konnte gerade noch sehen, wie Mandy und Richard mit Xena und Jasper zu der offenbar fantastisch gelaunten Freia ins Auto stiegen, die Marcel noch einen Scherz zurief.

Als alle Mensch-Hund-Teams in insgesamt vier Autos davongefahren waren, teilten wir restlichen Helfer uns auf, um unsere jeweiligen Stationen einzurichten.

Ich wusste nicht, wie es gekommen war – ob es von einem von uns bewusst entschieden worden war, oder ob wir einfach zufällig beide übriggeblieben waren –, aber Niklas und ich fanden uns schließlich gemeinsam an der letzten Station wieder. Von hier aus konnten wir das Ziel, den kleinen Grillplatz mit den klobigen Holzbänken, sehen, an dem wir später alle noch ein Picknick zu uns nehmen wollten. Die Gehorsamsübung, die die Teams an unserer Station zeigen sollten, schien auf den ersten Blick ziemlich einfach: Während der Vierbeiner ohne Leine neben seinem Menschen sitzen sollte, hatte dieser lediglich die Aufgabe zu erfüllen, zehn Tennisbälle in einen wenige Meter entfernt stehenden großen Eimer zu werfen.

Das hatte es allerdings in sich. Ich musste das wissen, denn schließlich hatte ich selbst zehn Wochen lang mit den Gast-Hunden der Huta wilde Bällchenspiele gespielt und wusste, dass die wenigsten von ihnen würden stillsitzen können, wenn so ein verlockendes Rund durch die Luft flog. Hier würde sich also glasklar herausstellen, welche der Vierbeiner das Kommando »Bleib« sicher beherrschten.

Da wir an unserer Station für die nächsten eineinhalb Stunden niemanden zu erwarten hatten, ließen wir uns gemütlich auf der mitgebrachten Decke nieder. Ich schmuste mit Pauline, die ihr anfängliches Misstrauen mir gegenüber inzwischen völlig abgelegt hatte, und spähte zu Frau Sandersen hinüber, die der um sie herum trippelnden Tiffany offenbar haargenau erklärte, was oben auf dem Klapptisch beim Sortieren der Sandwiches vor sich ging.

»Du bereust es doch nicht?«, fragte Niklas plötzlich. Ich sah ihn verwundert an und stellte fest, dass er mich wahrscheinlich schon eine ganze Weile beobachtet hatte. »Ich meine, deine Entscheidung, Tiffany an Frau Sandersen abzugeben. Schließlich habt ihr zwei euch in den letzten Wochen sehr aneinander gewöhnt.«

»Die Kleine ist ein Schatz«, stellte ich fest. »Aber ich bin sicher, dass sie mit Frau Sandersen noch glücklicher sein wird als mit mir. Einfach weil Frau Sandersen mit ihr so wahnsinnig glücklich sein wird.«

Jetzt sahen wir beide hinüber. Die alte Dame zog gerade ein Quietschspielzeug aus der Tasche, das sie Richtung Schilf warf und dem Tiffany begeistert kläffend hinterherwetzte.

»Und du? Welcher Hund würde dich glücklich machen?«, fragte Niklas.

Ich schwieg. Bisher hatte ich niemandem von meinen heimlichen Gedanken erzählt. Vor vier Wochen, als die Welpen geboren wurden, hatte ich mir meine Zukunft noch ganz anders vorgestellt. Darin war kein Platz gewesen für einen Vierbeiner, der Zeit und Aufmerksamkeit beanspruchen würde. Doch nun, mit diesen ganz veränderten Perspektiven …

«Darf ich raten?«, fuhr Niklas fort und sah mich mit schief gelegtem Kopf an. »Ich tippe auf die zuletzt geborene Tochter von Xena und Jasper?«

Überrascht sog ich die Luft ein. »Woher …?«

Niklas winkte ab. »Oh, so schwer ist das nicht zu erraten. Die, die uns am meisten Sorgen machen, erobern auch besonders leicht unser Herz. Und wie du sie angesehen hast, schon als du sie auf der Hand liegen hattest.« Das war ihm aufgefallen?

»Ehrlich gesagt habe ich darüber wirklich schon nachgedacht. Ein bisschen Zeit habe ich ja noch mit der Entscheidung«, sagte ich.

»Und Marcel scheint auch noch auf eine ganz andere Entscheidung zu warten«, erwiderte Niklas.

»Oh, Marcel und ich, das ist …« Ich wollte eigentlich sagen, dass unsere Ehe für mich definitiv vorbei war. Doch plötzlich schien mir so eine Aussage wie ein verzweifeltes Zaunpfahlwinken, und ich brach ab.

Niklas hakte nicht nach.

Wir schwiegen.

«Allzu viel Zeit hast du aber nicht mehr«, begann Niklas irgendwann wieder. »Ich meine die kleine Hündin. Die Welpen sind jetzt vier Wochen alt. Soviel ich weiß, will Mandy nächste Woche erste Welpeninteressenten mitbringen. Und sie hat unglaublich hohe Ansprüche«, grinste Niklas. »Ich bezweifele, dass irgendeiner der Bewerber gut genug für Xenas Babys sein wird.«

»Der braune Rüde ist ja bereits fest versprochen«, erinnerte ich ihn. »Der kommt zu Familie Petersen. Und Mandy selbst möchte, glaube ich, die Hündin mit dem lila Band behalten. Und die Leute von Bilbo überlegen auch, ob sie einen Hund nehmen, den hellen Rüden …«

»Ja, und wenn du die kleine Hündin nimmst«, setzte Niklas schmunzelnd hinzu, »wie soll sie denn dann heißen?«

»Darauf falle ich nicht herein«, erwiderte ich. Tatsächlich gab es einen Namen, der mir schon seit einer Weile immer mal wieder durch den Kopf geisterte. Aber ich wollte ihn nicht aussprechen, bevor ich nicht sicher war, die kleine Hündin auch wirklich zu mir nehmen zu können. Manche Entscheidungen brauchten eben ihre Zeit.

♥

Nach einer Stunde und fünfzehn Minuten tauchten an unserer Station Husky Kira und ihr sportliches Herrchen auf. Die beiden hatten alle Stationen erfolgreich und in Rekordzeit absolviert. Auch bei uns wollte Kiras Herrchen punkten. Und an seinen Wurfkünsten lag es sicher nicht, dass nur drei der zehn

Bälle im Eimer landeten. Wir alle drei mussten aber über Kiras dummes Gesicht bei dieser Aufgabe so sehr lachen, dass ihr Herrchen sich kaum noch auf den Beinen halten konnte und kichernd zum Picknickplatz weiterwankte.

Nach und nach trudelten auch die anderen ein. Auch die Helfer von den anderen Stationen tauchten wieder auf, nachdem alle Teilnehmer bei ihnen vorbeigekommen waren.

Richard und Mandy blieben jedoch verschollen. Und im ersten allgemeinen Gewusel schien das auch niemandem aufzufallen.

Als sich der Platz um den Sandwich- und Getränketisch gefüllt hatte, trat plötzlich Marcel zu mir und raunte mir zu: »Ich weiß nicht, ob es dir aufgefallen ist, aber es fehlen drei.«

»Drei?«, flüsterte ich verwirrt zurück.

Marcel nickte und hielt mir unauffällig die Liste mit den Startern hin. »Schau mal. Sie sind alle los. Aber als ich gerade die Punkte von den anderen Stationen eingetragen habe, fiel mir auf, dass offenbar drei von ihnen bei eurer Station nicht angekommen sind.« Er deutet auf drei Namen auf der Liste.

Mandy und Xena, stand dort.

Richard und Jasper.

Uta und Harvey.

»Uta?«, entfuhr es mir. Sehr viel lauter, als ich es vorgehabt hatte. Leider hörten es ein paar der anderen im Umkreis. Britt, Hand in Hand mit ihrer Nia, sah sich um. »Ja, stimmt, wo ist Uta eigentlich?«

Die Nachricht verbreitete sich blitzartig unter allen Beteiligten. Man fragte sich gegenseitig, wer Uta und Zottelhund Harvey zuletzt gesehen hatte.

In dem ganzen Trubel achtete eigentlich niemand mehr darauf, wer dann noch zum Picknickplatz dazustieß. Aber dann keuchte plötzlich eine Stimme nah bei mir: »Puh! Endlich geschafft! Ich hab mich doch tatsächlich auf dem letzten Stück ein bisschen verlaufen.«

Es war Mandy.

♥

Was für eine riesige Pleite!

Niklas und mir wurde schon bald klar, dass Marcel – der ja in unseren Plan nicht eingeweiht war – beim Ausgeben der Streckenpläne eine kleine Verwechselung passiert sein musste. Und so war die Frau, auf die der fantastische Richard bei Kikis Bootsverleih traf, nicht Mandy, sondern Uta mit den wehenden, weiten Blusen und wogenden Brüsten gewesen. Nachdem uns das klar geworden war, balancierte ich in angsteinflößender Weise permanent an der Klippe zum hysterischen Gelächter. Gut, dass Niklas einen kühlen Kopf bewahrte. Er murmelte etwas von »Ahnung, wo die beiden sein könnten« und fuhr in seinem Rover davon.

Alle Anwesenden waren mächtig aufgeregt und plapperten durcheinander. Die Rallye an sich war schon spannend genug gewesen – doch dass jetzt zwei Teilnehmer quasi verloren gegangen waren, bot zusätzlichen Gesprächsstoff.

»Was meinst du denn damit, ich hätte die Routenpläne vertauscht?«, wiederholte Marcel immer wieder. Bis ich ihn zur Seite nahm und ihm wispernd den Sachverhalt erklärte. Er wurde erst blass. Dann rot. Und dann mussten wir beide lachen.

Gut, dass in diesem Moment gerade erneut der Range Rover auftauchte. Ihm entstieg zunächst ein aufgeregter Jasper. Dann kam eine Weile nichts. Und dann tauchten Uta, Richard und Harvey auf – alle drei patschnass. Uta und Richard waren in Decken gehüllt, und Uta wollte sich vor schallendem Gelächter gar nicht mehr einkriegen, während Richard verlegen grinste. Sie wurden von der ganzen Gruppe johlend und lachend in Empfang genommen und mussten natürlich ihr außergewöhnliches Erlebnis berichten.

Seltsamerweise – räusper – berichteten beide übereinstimmend, dass der Streckenplan sie offenbar nach der siebten Station in die falsche Richtung geführt hatte. So waren sie dann bei Kikis Bootsverleih aufeinandergetroffen. Dort hatte man sie dann »geradezu genötigt«, ein schwanenförmiges Boot zu besteigen, um aufs Wasser hinauszufahren. Zunächst hatten beide dies für eine der Rallye-Aufgaben gehalten. Doch als sie sich langsam vom Ufer entfernt hatten, kamen ihnen wohl Zweifel. Zudem schien Harvey die Fahrt über das kühle Nass nicht behagt zu haben, und er hatte begonnen, im Boot herumzuzappeln. Uta, die ihren Liebling daran hindern wollte, ins Wasser zu springen, um zurück ans sichere Ufer zu schwimmen, war zusammen mit dem Wuscheltier über Bord gegangen. Und Richard, ganz Gentleman und nicht wissend, dass Uta eine fantastische Schwimmerin war, hatte den kühnen Satz ihr nach ebenfalls gewagt. Kiki am Bootsverleih hatte wohl nicht schlecht gestaunt, als das Schwanenboot schon nach so kurzer Zeit wieder in den kleinen Schilfhafen einlief – geschoben und gezogen von zwei Schwimmern, begleitet von einem scheinbar im Wasser treibenden Flokati und als einziger Passagier ein stolz am Bug stehender schwarzer Hund.

Die allgemeine Heiterkeit über diese Krönung der lustigen Hunde-Rallye wollte eine ganze Weile gar nicht abnehmen. Alle quatschten und lachten durcheinander, wühlten in den Autos nach Handtüchern und frischen Decken für die Verunglückten und genossen das Event in vollen Zügen. Der kleine Schlamassel war also für alle eine Riesengaudi. Doch leider war dadurch der tolle Plan, den Niklas und ich so sorgfältig ausgearbeitet und vorbereitet hatten, vollkommen in die Hose gegangen. Richard und Mandy waren sich kein Stück nähergekommen.

Apropos, wo war Mandy überhaupt? Als ich mich umsah, entdeckte ich sie ein Stückchen abseits. Dort saß sie allein mit Xena auf der Wiese und sah nachdenklich aufs Wasser hinaus. Ich ging zu ihr hinüber und ließ mich neben ihr nieder.

»Alles okay?«, fragte ich.

Mandy sah auf. Ihre Augen wirkten im ersten Moment erschrocken, doch dann holte sie tief Luft und lächelte, während sie sie wieder ausstieß. »Merkt man mir das so sehr an, dass etwas ist?«

»Und wie. Was gibt's denn?« *Davon abgesehen, dass dies eigentlich der Tag werden sollte, an dem sich dein ganzes Leben verändern sollte, wir es aber leider vergeigt haben*, dachte ich.

Ihre großen blauen Augen blickten mich für ein paar Sekunden zögernd an, doch dann ging ein Ruck durch sie. »Vielleicht ist es genau richtig, dass du die Erste bist, die es erfährt«, murmelte sie, fast wie zu sich selbst, und sah mich dann fest an: »Jan und ich haben uns heute Morgen getrennt.«

Mir klappte der Unterkiefer herunter. In Kombination mit der freudigen Überraschung, die mir wahrscheinlich nur so aus den Augen sprang, musste das selten blöde aussehen. Mandy grinste schief.

»Na ja, eigentlich habe ich mich von ihm getrennt … Aber er hatte überhaupt nichts dagegen.«

»Aber … wie … warum …?«, stammelte ich.

Mandy schüttelte den Kopf. »Ach weißt du, ich glaube, mir ist endlich klar geworden, dass es in meiner eigenen Hand liegt, etwas zu verändern. Dass ich nicht immerzu warten darf, bis jemand anderer die Regie in meinem Leben übernimmt.«

Ich hielt den Atem an. Und in mir meldete sich spontan das schlechte Gewissen. War es nicht genau das gewesen, was ich auch versucht hatte? In ihrem Leben die Regie zu übernehmen?

»Jan hat schon seit Längerem eine Freundin«, fuhr Mandy fort. Obwohl sie bemüht war, es sich nicht anmerken zu lassen, konnte ich die feinen Nadelspitzen des Schmerzes hören. »Eine Immobilienmaklerin vom Festland. Ich weiß es schon seit Monaten. Und ehrlich gesagt frage ich mich jetzt, wieso ich so lange gewartet habe.«

Sollte ich jetzt etwas sagen? Was sollte ich bloß sagen?

»Unser Gespräch vor einer Weile hat wohl bei mir irgendetwas angestoßen«, kam Mandy mir zuvor. Und dann lachte sie plötzlich auf. Ich folgte ihrem Blick. Umringt von einigen anderen Hundehaltern kämpfte Uta gerade mit ihrem Hund. Harvey schien sich in den Kopf gesetzt zu haben, sie unbedingt aus der Decke wieder auswickeln zu wollen.

»Schade, dass die beiden sich so verlaufen haben, Uta und Richard meine ich«, schmunzelte Mandy. Ich bemerkte, dass sie in erster Linie Richard ansah, der auf einer der Bänke saß und ein Sandwich mit Jasper teilte.

»Ja, so ein Event wäre ja auch für Richard und dich eine schöne Gelegenheit gewesen, euch vielleicht noch etwas näher kennenzulernen«, rutschte es mir heraus, ehe ich noch richtig darüber nachgedacht hatte. Erschrocken hielt ich inne und schielte in Mandys Gesicht. Hatte sie etwa jetzt Verdacht geschöpft?

Doch Mandy wirkte ganz arglos. »Ach, da gibt's bestimmt noch genug Gelegenheiten«, sagte sie. »Heute Abend sind wir zum Beispiel fürs Kino verabredet.«

Zum zweiten Mal an diesem Tag versagte ich komplett darin, eine Gesichtsentgleisung zu vermeiden.

Aber Gott sei Dank fiel es Mandy nicht auf. Sie war damit beschäftigt, aufzustehen und sich den Sand von der Jeans zu klopfen. Dann lächelte sie mir ein wenig verlegen zu. »Ich glaube, ich bringe Xena jetzt mal zurück zu den Babys.«

Verdattert blickte ich ihr nach. Und ehrlich gesagt war ich auf Niklas'Gesicht gespannt, wenn ich ihm von diesem Gespräch erzählen würde.

43. Kapitel

Was hatte ich zu Niklas gesagt? Wenn wir es schaffen würden, Mandy von ihrem untreuen Ehemann loszueisen und quasi in Richards offene Arme zu schubsen, würde ich mit gutem Gewissen und leichtem Herzen wieder nach Hause fahren können? Nun, diese Baustelle hatte sich ja von allein gelöst. Warum also zögerte ich noch?

Marcel war nun seit zwei Wochen auf der Insel, und sein Urlaub ging dem Ende entgegen. Wir hatten es uns zur Gewohnheit gemacht, in den Abendstunden, wenn Mandy mich bei Xena und den mittlerweile extrem regen Welpen vertrat, gemeinsam spazieren zu gehen. Dabei sprachen wir natürlich auch darüber, wie es zu dem langsamen Versanden unserer Ehe hatte kommen können.

Weil wir aber beide nicht scharf auf Spaziergänge zur ausschließlichen Beziehungsanalyse waren, quatschten wir auch über Gott und die Welt. Ich stellte fest, dass ich auf diese Art plötzlich wieder neu Maß zu nehmen begann an einem Menschen, den ich doch in- und auswendig zu kennen geglaubt hatte. Marcel ging es wohl genauso. Und mehr als einmal dachte ich, wie seltsam es doch war, dass wir jetzt, wo wir getrennt waren und es zu spät für so einen Versuch war, plötzlich etwas taten, womit wir unsere Ehe vielleicht hätten retten können.

Wiebke, der ich davon erzählte, murrte und brummte zunächst. Doch letztendlich, das sagte sie auch ganz entschieden, sei es wohl auch für mich besser, den Groll und die Verletzung anzugehen, um beides irgendwann loslassen und wieder frei davon sein zu können.

Am Samstagabend brachte Marcel Tiffany und mich zu Fuß bis zur Haustür der Huta.

»Larchen«, sagte er, unterbrach sich schnell, denn diesen Punkt hatte ich inzwischen geklärt. »Lara!« Er griff nach meiner Hand. »Wäre es dir recht, wenn ich morgen vor meiner Abreise noch hier vorbeikomme und mich verabschiede?«

Ich sah ihn an. »Na klar.«

Er schluckte. »Und falls du es dir doch noch anders überlegen solltest – das mit uns, du weißt schon -, nein, lass mich ausreden. Es ist mir wichtig, dass noch mal ganz deutlich zu sagen: Ich bin da. In unserem Zuhause. Ich lauf nicht mehr weg. Und jetzt musst du nichts weiter antworten als Okay.«

»Okay.« Ich nickte.

Er erwiderte meinen Blick lange. Dann lächelte er, wandte sich um und ging davon.

Ich sah ihm nach. Und als er sich an der Wegbiegung umdrehte, den Arm hob und mir zuwinkte, winkte ich zurück.

♥

Als ich ins Haus ging, führte mich mein Weg als Erstes ins Welpenzimmer. Hier war die Tür geöffnet, und die wilde Bande vergnügte sich im Garten. Die Jungen waren inzwischen fünf Wochen alt und allmählich der Meinung, sie wären groß genug, um die Weltherrschaft zu übernehmen. Ich konnte sie bis hier hinein bellen und spielerisch knurren hören.

Ich war schon halb durch den Raum, als mich ein anderes Geräusch aufhorchen ließ. Ein leiser, wimmernder Ton. Irritiert sah ich mich um.

»Britt?« Sie saß auf dem provisorischen Matratzenlager an der Wand und hatte sich in der Ecke so zusammengekauert, dass sie mir gar nicht aufgefallen war. Jetzt hob sie den Kopf.

»O Gott, was ist passiert?!« Ich ging rasch die wenigen Schritte zu ihr hinüber und ließ mich vor ihr auf die Knie sinken.

Ihre Augen waren knallrot, ihre Nase geschwollen. Sie sah aus, als hätte sie stundenlang geweint. Ich streckte die Hand aus und berührte vorsichtig ihr Haar. Sie schniefte, fuhr sich mit dem Arm übers Gesicht.

»Erzähl!«, bat ich sie.

Sie sah mich einen Moment aus glänzenden Augen an, dann schüttelte sie energisch den Kopf. »Gibt nichts ... zu erzählen ...«, schniefte sie. »War ja abzusehen ...«

Ich nahm ihre Hände, die sie um ihre Knie geschlungen hatte, in meine. »Geht es um Nia?«

Mit meiner Vermutung hatte ich ganz sicher recht. Allein die Erwähnung des Namens ihrer Liebsten löste einen erneuten Heulanfall aus.

Mitten unter ihrem Schluchzen quetschte Britt ein paar Wortbrocken hervor, die mir aber das ganze Drama vor Augen führten: »Will nicht festhalten ... ihr Leben ... macht sie doch aus ... Weltreise ... immer so sehr gewünscht ... schon nächste Woche ...«

Es stellte sich heraus, dass Nia tatsächlich vorgeschlagen hatte, Britt zuliebe ihren aus lebenslanger Leidenschaft gewählten Beruf als Skipperin an den Nagel zu hängen und wieder sesshaft zu werden. Das Segeln, hatte Nia gemeint, könnten sie beide doch als ihr gemeinsames, schönstes Hobby betreiben.

Zunächst hatte Britt ihr Glück nicht fassen können. Doch dann war ihr aufgegangen, dass dieses große Opfer womöglich ihrer gemeinsamen Liebe und Zukunft nicht nur zuträglich sein könnte. Nur zu gut wusste sie selbst, welche verheerenden Schwelbrände in der eigenen Seele solche gewaltigen, unerfüllten Wünsche mit sich bringen konnten.

Und als Nia vor ein paar Tagen unerwartet das Angebot zu einer Weltumsegelung erhalten hatte, bei der sie als Skipperin die Crew anführen sollte, hatte Britt insistiert und geradezu verlangt, dass Nia diesen Job annehmen möge. Die in

Liebe zur an Usedom gebundenen Britt entbrannte Nia hatte sich standhaft geweigert. Doch heute hatten die beiden offenbar ein ernsthaftes Gespräch geführt, nachdem klar war, dass die beiden einander so sehr liebten, dass sie der anderen bei der Erfüllung ihres Lebenstraums nicht im Weg stehen wollten. Nia würde den Job annehmen. Und der würde sie mindestens ein Jahr lang von hier fortführen.

»Ein ganzes Jaaaaaaaahr«, heulte Britt auf. »Für sie wird so viel passieren. Sie wird so viel erleben und lernen und sich verändern. Und wenn wir uns wiedersehen, wird bei mir alles beim Alten sein. Da können wir doch genauso gut gleich Schluss machen.« Wieder begann sie bitterlich zu weinen.

Ich nahm sie in den Arm. Während ich ihren allmählich leiser werdenden Schluchzern und dem ausgelassenen Quietschen der Welpen draußen im Auslauf lauschte, kam mir der Gedanke, dass größtes Glück und größtes Unglück manchmal nur haarscharf nebeneinander existieren konnten.

44. Kapitel

In dieser Nacht fand ich keinen Schlaf. Immerzu sah ich mich in mein Auto steigen und winkend davonfahren. Meinem Zuhause entgegen. Zuhause. Was war das eigentlich? Der Ort, an dem wir aufgewachsen waren? An dem wir uns irgendwann niedergelassen, ein Haus gebaut, vielleicht Kinder großgezogen hatten? Oder war es nicht doch etwas ganz anderes? Diese Gedanken kamen mir mit einem Mal so merkwürdig verquer vor und hielten mich damit hellwach.

Ich dachte so lange und angestrengt darüber nach, dass ich das Gefühl hatte, mir würde von all dem Schwirren darin der Kopf platzen. Aber ganz am Ende, der Morgen dämmerte und die Vögel zwitscherten im Wald, hatte ich die richtige Antwort gefunden.

Ich stand auf, ließ Tiffany hinaus und blieb noch eine Weile im Garten, um das heraufziehende Licht zwischen den Baumkronen zu bewundern. Dann kümmerte ich mich um Xena und die Welpen und bereitete mir leise mein Frühstück. Aus Britts Zimmer war nichts zu hören. Sie hatte sich erst spät in der Nacht in den Schlaf geweint.

Ich saß immer noch mit meiner Kaffeetasse auf der Dachterrasse und sah in den lichten Wald hinein, als am Ende des Weges Marcels Wagen auftauchte und auf die Huta zuzuckelte.

Ich stellte die Tasse ab und ging hinunter.

Wir trafen uns vor der Tür.

Mein Ehemann sah mir forschend ins Gesicht. Und da veränderte sich das Lächeln, das er auf seinem trug.

»Du wirst nicht wiederkommen, oder«, stellte er fest. Es war keine Frage.

Und ich musste keine Antwort geben.

Er schluckte. Ich konnte sehen, wie seine Kiefermuskulatur mahlte, und griff nach seiner Hand.

»Du brauchst mich nicht«, sagte ich. »Du hast dich. Deine eigenen Träume und Wünsche.«

Er sah mich ratlos an.

»Ach, Marcel, denk einfach nicht in Schubladen!«, riet ich ihm mit all der Zuversicht, die ich selbst gerade empfand. »Du bist doch ein Ruhrpottkind, genau wie ich. Wir sind doch multikulti, auch wenn du aus so einer piekfeinen Sauberputz-Familie kommst. Du bist ein feiner Mann, sonst hätte ich es nicht so lange mit dir ausgehalten, und irgendwann wird das auch eine nette Frau erkennen. Und bis dahin ...«

Sein Blick, der bisher auf meinem Gesicht geruht hatte, wanderte zu unseren ineinander verschränkten Händen. Er trug immer noch den Ehering. Ich nicht.

»Bis dahin?«, fragte er skeptisch.

»Hast du dich. Ja, verdammt. Dich und deine eigenen, großen Träume!«

Wir schwiegen eine ganze Weile, während Marcel immer noch unsere Hände betrachtete. Dann zog er seine zurück, steckte sie in die Hosentaschen und starrte auf den Boden. Ich konnte es in seinem Kopf rattern hören. Sein rechter Fuß begann, sanft auf und ab zu klopfen. Immer ein Zeichen, dass ihn etwas extrem beschäftigte. Wahrscheinlich hatte ich ihm jetzt einen gewaltigen Batzen zum Nachdenken gegeben. Aber irgendwann besann er sich darauf, dass ich ja auch noch hier stand.

»Weißt du, vielleicht hast du recht. Vielleicht sollte ich wirklich etwas ganz Neues anfangen. Etwas, wovon ich schon so lange träume«, sagte er mit einem zaghaften Lächeln.

»Ganz sicher.«

»Und du?« Er sah mir aufmerksam ins Gesicht. »Du siehst deine Zukunft hier? Auf Usedom?«

»Ja. Hier ist jetzt mein Zuhause«, sagte ich. Eine warme Welle der Freude und der Erleichterung durchflutete mich. Selten hatte sich in meinem Leben eine Entscheidung so richtig angefühlt.

Wir blickten einander in die Augen. Dann lächelten wir beide beinahe gleichzeitig.

»Lara«, sagte Marcel und schüttelte den Kopf. »Du bist wirklich eine fantastische Frau. Wenn wir die Zeit zurückdrehen könnten, würde ich dich immer wieder heiraten.«

»Ach, du Spinner!«, sagte ich und nahm ihn in den Arm.

Er erwiderte meine Umarmung, und wir standen da und hielten uns einfach fest. Zwei, die einmal zueinander gehört hatten und die nun in unterschiedliche Richtungen aufbrechen würden, zu neuen Ufern.

Eine Bewegung am Ende des Weges ließ mich aufschauen.

Mein Herz schlug ein paar Takte schneller.

Dort stand Niklas, Pauline neben sich, und sah zu uns herüber. Doch ehe ich ihm zuwinken oder etwas rufen konnte, hatte er sich umgedreht und war wieder verschwunden.

♥

Ich sah im Welpenzimmer nach dem Rechten. Die kleine Meute hatte die am Boden liegende Matratze erobert und tobte ausgelassen im Bettzeug herum.

»Hey! Ihr seid ja größenwahnsinnig!«, schimpfte ich. Doch ich wurde nicht ernst genommen. Also öffnete ich die Tür in den Garten, sammelte die temperamentvollen Mini-Vierbeiner einen nach dem anderen ein und setzte sie runter. Als Letztes die kleine Hündin. Und als ich sie hochnahm, in das haarige Gesichtchen guckte, tat ich es plötzlich.

Ich sagte: »Hallo, Liv!«

Sie staunte mich an.

»Kleine Liv, was hältst du davon, wenn du und ich uns nicht wieder trennen müssen?«, fragte ich sie.

Sie quäkte und begann zu strampeln. Ich beschloss, das nicht als Antwort, sondern vielmehr als Ausdruck ihres Bewegungsdrangs zu deuten. Denn als ich sie auf den Boden setzte, wetzte sie mit herzzerreißend niedlichen Hüpfern sofort hinter ihren Geschwistern her nach draußen. Ich lachte, lehnte die Matratze sicherheitshalber hinter der Tür an die Wand und ging hinauf in die Wohnung. Dort setzte ich mich auf der Dachterrasse in meinen Lieblingsstuhl und wartete.

In mir bebte alles, was dazu auch nur irgend in der Lage war. Tiffany spürte offenbar meine Aufregung, denn sie beäugte mich mehrmals kritisch, ehe sie sich neben mir zu einem Nickerchen niederließ. Ich wusste, dass all meine Zuversicht und Freude mit einem Knall wieder in sich zusammenstürzen könnten. Alles hing davon ab, wie das Gespräch, auf das ich wartete, verlaufen würde.

Daher war ich bis zum Zerreißen gespannt, als ich schließlich hinter mir Britts Schlafzimmertür gehen hörte. Sie schlurfte ins Bad, von wo Wasserrauschen und Gurgeln zu vernehmen war. Sie kramte kurz an der Küchenzeile herum. Dann kam sie barfuß, nur mit einem bis auf die Oberschenkel reichenden T-Shirt bekleidet und mit einer dampfenden Kaffeetasse in der Hand, zu mir heraus. Ächzend ließ sie sich in den anderen Korbsessel fallen und stierte in den Wald hinein.

»Hast du geschlafen?«, fragte ich sie. Das *Wie* konnte ich mir sparen – denn ihr völlig zerknautschter Anblick war Antwort genug.

Sie nickte, nippte am Kaffee, verbrannte sich die Zunge, fluchte und stemmte dann die Füße gegen die verglaste Umrandung der Dachterrasse.

»Ich nicht«, informierte ich sie leichthin.

Sie wandte den Kopf und sah mich verwundert an.

Ich nickte ihr zu. »Jo, hab wach gelegen. Die ganze Nacht. Weil ich mich das eine oder andere gefragt habe.«

»Das eine oder andere?«, nuschelte sie mäßig interessiert.

»Ja, so Fragen halt. Und sie haben mir keine Ruhe gelassen, bis ich nicht auf jede von ihnen eine Antwort gefunden habe.« Ich hielt inne. »Das heißt … auf eine konnte ich keine Antwort finden. Weil ich sie einfach nicht wissen kann. Dazu brauche ich jemand anderen.«

Britt hob die Brauen. »Wen?«

»Dich!«

»Ich kann dir eine Frage beantworten, auf die du selbst keine Antwort weißt? Jetzt bin ich aber gespannt«, brummte sie skeptisch.

»Ja«, nickte ich. »Ich habe mich nämlich etwas rund um Nias baldige Weltumsegelung gefragt.«

Jetzt hatte ich ihre komplette Aufmerksamkeit. Fragend sah sie mich an.

»Dieses steinreiche Ehepaar, das sich diese Abenteuerreise leistet und das eine ganze Mannschaft und Bordpersonal und so weiter anheuert«, begann ich. »Also, ich habe mich gefragt, ob deren Crew schon komplett ist.« In Britts Gesicht erschienen jede Menge Fragezeichen. »Na ja, weißt du … ich habe das kommende Jahr zufällig noch nichts vor«, sagte ich. »Und für den Fall, dass für dich auf diesem schicken Segler noch Platz sein sollte, könnte ich mir vorstellen, den Job hier noch eine Weile länger zu machen.«

Britt starrte mich mit riesigen Augen und vollkommen regungslos an. Die nackten Füße nach wie vor ans Geländer gestützt, die Kaffeetasse in den Händen, den Hals in meine Richtung verrenkt, schien sie zu Stein erstarrt zu sein.

Ich nahm an, eine weitere Erklärung würde ihren Zustand nicht verbessern. Deshalb schwieg ich einfach und wartete. Während in mir eine hysterische Stimme zu kreischen begann: *O Gott! Sie sagt Nein! Gleich wird sie den Mund öffnen, und es wird irgendeine völlig logische Begründung herauskommen, warum das eine totale Schnapsidee von mir war. Das war es dann. Mit meinen eigenen Träumen. Mit meiner Zukunft. Und meinem Zuhause.*

Britts Erstarrung dauerte so lange, dass ich mich schon zu fragen begann, ob sie mich vielleicht nicht richtig verstanden hatte. Waren es tatsächlich Minuten? Oder gar Stunden? Oder wirklich nur Sekunden? Ich hatte keine Ahnung.

Als sie schließlich den ersten Ton von sich gab, kam erst einmal nur ein Krächzen heraus. »Ist das dein Ernst?«, flüsterte sie dann heiser.

»Ich glaube, mir ist schon lange nichts mehr so ernst gewesen«, antwortete ich ebenfalls leise.

Und dann passierten mehrere Sachen gleichzeitig: Britt sprang auf und stürzte in meine Richtung. Die Tasse, die sie offenbar vollkommen vergessen hatte, flog durch die Luft und zerschellte auf dem Boden. Tiffany fuhr erschrocken hoch und begann, wie wild zu bellen. Erst da begriff ich, was Britt rief. Immer und immer wieder kreischte sie: »Ich gehe auf Weltreise! Nia und ich segeln zusammen um die Welt!« Und im nächsten Moment flog sie mir so heftig um den Hals, dass es uns beide umriss und wir in einem kreischenden, lachenden Knäuel auf dem Terrassenboden landeten, während Tiffany kläffend um uns herumsprang.

Ich schätzte mal, damit war meine Frage beantwortet.

45. Kapitel

Am nächsten Tag, als ich im Supermarkt Regale einräumte, vibrierte ständig das Handy in meiner Tasche. Es waren alles Nachrichten von Huta-Kunden, die die sensationelle Neuigkeit von Britt erfahren hatten und nun uns beide zu dieser tollen Regelung beglückwünschten.

Supermarkt-Chef Gustav war von meiner kurzfristigen Kündigung natürlich nicht begeistert. Doch dann fiel ihm ein, mich allerlei Dinge darüber zu fragen, wie er am besten dabei vorgehen sollte, einen »netten, kleinen Dackel« zu erziehen.

Wiebke hatte ich am Vorabend noch besucht und ihr von den neuesten Entwicklungen erzählt. Sie hatte mich zunächst fassungslos angestarrt und dann so fest umarmt, dass mir die Luft weggeblieben war.

Das alles sagte mir: Meine Entscheidung war vollkommen und komplett richtig! Und trotzdem … als ich abends meinen Spintschlüssel bei Gustav abgab und mich aufs Fahrrad setzte, um in die Huta zu fahren – nach Hause! –, schwang in diesem grandiosen, warmen Gefühl der Freude auch eine kleine Portion Unglauben mit. War dies wirklich Realität? Würde ich wirklich eine gut eingeführte, fantastisch aufgebaute Hundetagesstätte samt gemütlicher Wohnung mitten im Wald und nahe dem Hundestrand der wunderbarsten Insel der Welt übernehmen? War das nicht zu schön, um wahr zu sein?

Als ich eintraf, waren im Welpenauslauf Mandy und Richard gemeinsam damit beschäftigt, mit den kleinen wilden Vierbeinern zu spielen. Ich wollte ihnen, in der Tür stehend, schon etwas zurufen, als Mandy sich plötzlich zu Richard beugte und … ihn küsste!

Mir blieb die Luft weg!

Richard legte den Arm um sie und zog sie nah an sich. Plötzlich schienen sie all die niedlichen kleinen Welpen vergessen zu haben. Die beiden waren so versunken, dass sie mich gar nicht bemerkt hatten. Auf Zehenspitzen zog ich mich zurück.

Während ich leise die Stufen nach oben schlich, spürte ich jedoch, wie sich auf meinem Gesicht ein ultrabreites Grinsen ausbreitete.

«Hoppla!«, rief Britt, die im oberen Stockwerk herumsauste, mit einem ganz ähnlichen Gesichtsausdruck – wenn auch wahrscheinlich aus einem vollkommen anderen Grund. Sie flitzte von einem Raum in den nächsten, um Kisten zu packen, Möbel zu rücken und Sachen umzuräumen.

»Mandy und Richard ...«, wisperte ich und deutete die Treppe hinunter.

«Boah, das wurde aber auch Zeit, oder?!«, meinte Britt augenzwinkernd. »Ich hab schon lange gedacht, dass die beiden super zusammenpassen würden.« In ihrer momentanen Situation war Britt bereit, mit der ganzen Welt mitzufühlen – solange sie nur richtig schwer verliebt war.

Wir grinsten uns an.

»Kann ich dir irgendwie helfen?«, bot ich mich an.

»Morgen vielleicht«, überlegte sie. »Nia kommt am Vormittag, um meine Sachen abzuholen. Meine Güte, sind das viele Klamotten, die man so anhäuft in ein paar Jahren!«

»Ist das auch wirklich okay, dass du hier alles zusammenräumst?«, erkundigte ich mich noch mal.

»Na sicher. In Nias Wohnung ist genug Platz, um die ganzen Sachen unterzustellen. Und du brauchst doch Raum für deinen eigenen Kram. Wirst ja bestimmt auch einiges hier hochbringen wollen. Das ist doch schließlich ab jetzt *dein* Zuhause!«

Ich holte tief Luft. »Stimmt.«

Sie räumte weiter eine Kommode mit Nippes aus und packte alles in einen Karton. »Ist noch was?«

Ich zögerte. Doch dann fragte ich: »Was sagt denn Niklas zu dem allen? Hat er nicht etwas dagegen, dass seine kleine Schwester ihren Betrieb einfach so aufgibt, um ... von Meer und Liebe zu leben?«

Britt schnaubte. »Ach der! Ist seit Sonntagvormittag mit ein paar Doktoranden im Busch. Ich hab ihm natürlich sofort eine Nachricht geschickt, aber auf diesen Touren gelten seltsame Regeln, sag ich dir. Kein Handy, kein Internet. Ich kann froh sein, wenn er wieder hier ist, wenn Nia und ich am Freitag auslaufen.«

»Er ist gar nicht da? Und weiß gar nichts davon?«, hakte ich erschrocken nach.

Britt schüttelte den Kopf. »Eigentlich wollte er Sonntag früh hier noch vorbeischauen und Tschüs sagen, bevor er für ein paar Tage verschwunden ist, aber er ist nicht gekommen.«

Zufällig wusste ich, dass er hier gewesen war. Doch als er mich vor der Huta gesehen hatte, war er wieder gegangen. Ich hoffte, dass Niklas die Nachricht seiner kleinen Schwester früh genug bekommen würde – damit er sich von ihr verabschieden konnte, bevor sie für mindestens ein Jahr davonsegeln würde.

Doch die Tage vergingen, und von Niklas gab es kein Zeichen.

Britt und ich organisierten und erledigten alles, was getan werden musste. Sie suchte diverse Seminare und Fortbildungen heraus, die im näheren Umkreis angeboten wurde – für Menschen, die mit Hunden arbeiten wollten und zu diesem Zweck eine Prüfung ablegen mussten. Erstaunlicherweise freute ich mich schon unbändig auf das Lernen. So wie es wohl immer war, wenn man sich mit Dingen beschäftigen durfte, die man liebte. Und dann gab es ja schließlich auch noch die offizielle Seite der Regelung. Diesmal war auch Britt der Meinung, »wir sollten mal besser einen Vertrag aufsetzen«, der die Übergabe der Hundetagesstätte regeln sollte. Dazu besuchten wir einen Freund von Ole, der praktischerweise Notar war und unser Vorhaben wasserfest machen konnte.

Mir schwirrte der Kopf von den Überlegungen, welche Sachen und vielleicht auch Möbel ich aus meinem alten Zuhause hierherschaffen wollte, von Ablösesummen, von Übergangskrediten und von der Tatsache, dass Niklas sich einfach nicht meldete.

Britt rief bei der Uni an und versuchte herauszubekommen, wo ihr Bruder sich aufhielt. Doch dort konnte man auch nur vage Angaben zu seiner momentanen Feldforschung irgendwo an der Mecklenburgischen Seenplatte machen, die nicht weiterhalfen.

Sehr früh am Freitagmorgen, dem Tag ihrer Abreise, lagen Britts Nerven ziemlich blank.

Einerseits schien sie vor Glück über die anstehende Reise mit ihrer Liebsten beinahe zu explodieren. Andererseits quälte sie die Vorstellung, ihrem Bruder, der doch ihre einzige Familie war, nicht auf Wiedersehen sagen zu können. Wegen dieses Spagats war sie vollkommen aus dem Häuschen.

»Ich wette, sobald Niklas zurück ist, werdet ihr stundenlang skypen«, versuchte ich, sie zu trösten, als sie zum wohl tausendsten Mal auf ihr Handy sah. »Dann kannst du ihn erst mal ordentlich rund machen, und dann dürft ihr euch wieder sagen, wie lieb ihr euch habt.«

»Ich werde ihn zwingen, zum Ort unseres ersten Stopps zu fliegen und sich zu verabschieden, wie es sich gehört – auch wenn das in der Karibik sein sollte«, schimpfte Britt.

»Komm«, sagte Nia, die bereits Britts gewaltigen Seesack in ihr Auto verfrachtet hatte. »Wir müssen los.«

Britt nickte grimmig. Doch dann fiel sie mir plötzlich um den Hals und umarmte mich fest.

»Versprich mir, dass du auf ihn achtest!«, sagte sie leise. »Manchmal vergräbt er sich zu sehr in seiner Arbeit, und dann braucht er jemanden, der ihn wieder rausholt, ihn zwingt, was Schönes zu machen. Essen, Kino, Strand, so was halt. Machst du das?«

Ich drückte sie auch einmal fest. »Dafür hat er doch Freia«, sagte ich.

Britt löste sich von mir und sah mich an. »Ja. Freia«, murmelte sie. »Aber das ist was anderes.«

»Okay, ich versprech's«, nickte ich.

Sie drückte mir einen Schmatzer auf die Wange, sah noch ein letztes Mal das Haus an, in dem sie gewohnt, gelebt und gearbeitet hatte. Dann sprang sie zu Nia ins Auto, und die beiden brausten in einer Staubwolke den Waldweg entlang.

Ich stand noch lange da und starrte ihnen nach.

♥

Auch an diesem Freitag war Backtag in der Hundehütte Usedom.

Es fühlte sich an, als hätte es die kleine Pause nicht gegeben, in der ich Tag für Tag zum Supermarkt geradelt war.

Die Hunde standen vor der Klöntür, hofften auf eine milde Gabe, und fortwährend klingelte die Glocke des Shops. Auch Frau Sandersen erschien, kaufte drei Tüten Kekse, erzählte von den Fortschritten in Sachen Umzugsvorbereitungen und nahm die entzückte Tiffany für einen Spaziergang mit.

Es war fast Mittagszeit, und ich war gerade dabei, in der kleinen Huta-Küche das Futter für die hungrige Welpenschar im Nebenraum anzurühren, als die Glocke schon wieder läutete.

Noch mit dem Handtuch in den Händen ging ich hinüber. Und blieb in der Tür wie angewurzelt stehen.

Direkt am Eingang stand Niklas. Und er sah mich an, als hätte er mich nie zuvor gesehen.

Er trug eine abgewetzte Trekkinghose, aus der ein weißes, zerschlissenes T-Shirt halb heraushing. Und er sah aus, als hätte er sich ein paar Tage nicht rasiert. Seine grünen Augen leuchteten regelrecht aus dem braungebrannten Gesicht. Mein Magen zog sich bei seinem Anblick schmerzhaft zusammen.

»Lara«, sagte er wie üblich.

»Mensch, Niklas«, erwiderte ich. »Du ... du hast Britt verpasst.«

»Hab ich nicht«, entgegnete er, während er mich weiterhin einfach nur anstarrte.

»Hast du nicht?«

»Nein. Ich ... ich hab heute Nacht ihre vielen Nachrichten abgehört und bin sofort ins Auto und los. Ich komm gerade vom Hafen. Wir hatten Glück. Das Ablegen hatte sich verzögert. Sie sind gerade erst ausgelaufen.«

»Dann ... dann konntet ihr euch verabschieden?«

»Ja. Haben wir.«

»Und du ... ich meine, du bist anschließend nicht nach Hause gefahren, sondern ... hierher?«

Er sah mich so an. So, dass mein Herz mit jedem Schlag ein wenig kräftiger gegen meine Rippen hämmerte. Wieso sah er mich *so* an?

»Genau.« Nur weiter der Blick aus seinen grünen Augen.

»Aber ...« Ich hob die Hände und merkte erst jetzt, dass ich immer noch das Handtuch darin hielt. »Aber wieso?«, brachte ich schließlich heraus.

Das löste offenbar Niklas' merkwürdige Starre. Plötzlich wurde er sogar sehr schnell und war mit nur wenigen großen Schritten durch den gesamten Raum auf mich zugekommen. So schnell, dass es ihm sichtlich Mühe machte, wieder anzuhalten. Denn mit einem Mal stand er sehr dicht vor mir.

«Lara«, begann er, verstummte, benetzte seine Lippen.

»Ja?«

»Lara, ich finde es wirklich ganz wunderbar, dass du die Huta übernimmst«, presste er hervor.

»Echt? Danke!« Ich spürte, wie mein Gesicht sich zu einem breiten, nervösen Lächeln verzog. »Das bedeutet mir wirklich …«

»War die Huta der einzige Grund?«, fiel Niklas mir ins Wort.

»Wie?«

»Deine Entscheidung hierzubleiben, nicht zurückzugehen«, erklärte er langsam. »War die Huta der einzige Grund für diesen Entschluss?« Ich musste schlucken. Er stand wirklich verdammt nah. »Ich weiß, was du meinst, Niklas«, sagte ich dann möglichst fest. »Aber ich kann dir versichern, dass hier alles unter Kontrolle ist. Ich meine, gefühlstechnisch, du weißt schon. Ja, es stimmt, da war etwas. Aber dann ist mir klar geworden, dass Freia und du …«

»Freia und ich?«

»Ja, ihr passt super zusammen. Ich bin sicher, dass ihr …«

»Lara«, unterbrach er meine verstandesorientierte, sorgfältig vorbereitete Erklärung. »Freia und ich sind Freunde. Sie hat mir erzählt, dass du Andeutungen gemacht hast. Aber zwischen uns war nie was, ist nichts und wird nie was sein. Das alles wollte ich dir übrigens schon mal erzählen – in der Nacht, als die Welpen geboren wurden.«

»Aber …?«, stammelte ich fassungslos.

«Halt einfach mal kurz den Mund«, grinste er.

Und plötzlich kam er noch näher. Er beugte sich vor, seine Augen ganz dicht vor meinen. Die widerspenstige Strähne in seiner Stirn wippte verwegen. Ich wollte die Hand heben und sie ihm liebevoll aus dem Gesicht streichen. Zärtlich. Doch stattdessen hob er seine Hand und legte sie an meine Wange, ganz sanft, ganz zart, als befürchte er, mich zu erschrecken.

»Ich war so grässlich eifersüchtig, als ich dachte, dass du dich für Richard interessierst«, raunte er leise. »Und kaum wusste ich, wie es wirklich war, ist Marcel aufgetaucht. Au verflixt, auf dich muss man verdammt aufpassen, oder?« Seine Stimme klang nach einem breiten Grinsen und nach sehr viel Zärtlichkeit. Sein Daumen strich liebevoll über meine Wange. Ich konnte den Wald und das Meer riechen.

Und dann beugte ich mich vor und küsste ihn.

Es war lange her, dass ich jemanden auf solche Weise geküsst hatte. Wenn es sich überhaupt jemals so angefühlt hatte.

Das Handtuch rutschte mir aus den Händen und landete irgendwo auf dem Boden. Ich grub meine Finger in Niklas' Haar, während er mich hielt und küsste, und küsste und hielt.

Mein Hirn war vorübergehend ausgeschaltet. Und bestimmt hätte ich es eine ganze Weile nicht mehr anschalten wollen, wäre da nicht plötzlich die Ladenglocke gegangen.

Niklas und ich fuhren auseinander und schnappten beide nach Luft, als hätten wir minutenlang mit den Köpfen unter Wasser gesteckt.

In der Eingangstür stand eine Frau etwa in unserem Alter, neben sich an der Leine einen beigefarbenen Tibetterrier.

»Entschuldigung«, sagte sie leise.

»Oh, macht doch nichts«, lachte ich und strich verlegen mein T-Shirt glatt. »Möchten Sie Kekse?«

Die Frau folgte mit dem Blick meinem Zeigefinger und betrachtete kurz die aufgestapelten Cellophantüten mit den frischen Leckereien darin.

Doch dann schüttelte sie den Kopf. »Ich wollte mich erkundigen, ob Sie noch einen Platz frei haben für meinen Eddi. Ich bin erst letzten Monat hierhergezogen und hatte ehrlich gesagt nicht damit gerechnet, dass ich Sie vielleicht in Anspruch würde nehmen müssen, aber …« Sie zuckte mit den Schultern. Ihre Augen wirkten traurig, als sie zu ihrem Hund hinuntersah.

«Oh, ich glaube, es wird tatsächlich ein Platz frei. Ein kleines Pudelmädchen wird bald ein neues Zuhause haben, sodass die Huta nicht mehr gebraucht wird«, antwortete ich und ging zum Kekstisch hinüber. »Haben Sie schon unseren Flyer?«

Während ich mir Niklas' Blick die ganze Zeit über mehr als bewusst war und daher nichts gegen meine brennenden Wangen unternehmen konnte, erklärte ich der Fremden die Modalitäten und schlug vor, dass sie Eddi am Montag für einen Probetag herbringen solle. Sie bedankte sich überschwänglich und ging wieder.

Als die Tür hinter ihr ins Schloss fiel, drehte ich mich zu Niklas um. Er stand immer noch am gleichen Fleck und sah mich an.

»Frau Huta-Leiterin«, sagte er mit einem Lächeln, das ich ihm bei unseren ersten Begegnungen ganz sicher nicht zugetraut hätte.

Ich ging zu ihm hinüber, und wir machten da weiter, wo wir gerade unterbrochen worden waren. Doch nach ein paar Minuten löste ich mich von ihm.

»Was ist?«, wollte er wissen. »Du guckst ja so nachdenklich.«

»Ich überlege, was mit ihr wohl nicht stimmen könnte«, sagte ich und deutete mit dem Kopf zur Tür.

»Findest du etwa auch, dass sie irgendwie traurig wirkte?«, fragte Niklas.

»Definitiv. Bestimmt ist sie wegen irgendwelcher dummen Umstände dazu gezwungen, Eddi tagsüber hier unterzubringen.«

»Von außerhalb ist sie auch.«

»Vielleicht sollten wir uns das mal genauer ansehen?«, schlug ich vor.

»Ja, womöglich können wir ihr helfen?«, stimmte Niklas zu.

»Wo waren wir gerade noch?«, wollte ich wissen.

Er streckte die Arme aus und zog mich wieder an sich. Ach ja. Ich erinnerte mich.

ENDE

GANZ BESONDERS

möchte ich an dieser Stelle meinen LeserInnen danken, die in Leserunden oder einfach weil eines meiner Bücher gut gefiel solch tolle, detaillierte Rezensionen geschrieben haben: Eure fantastischen Buchbesprechungen, die Ihr auch in Verkaufsportalen teilt, helfen neuen Interessierten dabei, sich ein Bild von meinen Romanen zu machen.

Wenn ich auf diesem Wege erfahre, wie gut meine Bücher bei Euch ankommen, macht es einfach doppelt Spaß, an neuen Geschichten zu feilen!

Und daraus entstehen auch oft schöne Ideen: Zur zweiten Leserunde »Kalle & Kasimir« bei LovelyBooks wünschte ich mir von den Bewerberinnen Vorschläge zu tierischen Nebenfiguren. Mindestens eine von ihnen wollte ich auswählen, um sie in meinem nächsten Buch lebendig werden zu lassen. Und das Versprechen habe ich gehalten: Pudelmädchen Tiffany war der Vorschlag der Buchbloggerin Anyah Frederiksson – vielen lieben Dank, Anyah, für diese tolle Idee zu solch einem reizenden Charakter, der »Hund aufs Herz« so bereichert hat!

Wer nach der Lektüre von »Hund aufs Herz« mehr über meine Romane mit Hund und Herz lesen möchte, kann das auf meiner Website www.mirjam-muentefering.de , auf LovelyBooks oder bei Facebook.

Ich freu mich auf euch!
Mirjam Müntefering